혼자 떠난 유럽 여행 이야기

발 큰 여자 지구가 좁다

나운영 지음

평민사

혼자 떠난 유럽 여행 이야기

발 큰 여자 지구가 좁다

지은이/ 나운영
펴낸이/ 이정옥
펴낸곳/ 평민사
초판 1쇄/ 1997년 10월 25일
개정판 3쇄/ 2001년 5월 20일
주소/ 서울시 서대문구 남가좌2동 370-40
전화/ 02)375-8571(영업) · 02)375-8572(편집)
fax/ 02)375-8573
e-mail/ yeeuny@unitel.co.kr
등록번호/ 제10-328호
값/ 7,500원

* 저자와의 협의 하에 인지는 생략합니다.
* 잘못된 책은 교환해 드립니다.

이 나라 세계화를 위해 무엇을 할까 하나님이 나에게 물어 보신다면 첫째가 비행기를 타보는 것이요, 둘째는 완전한 국내탈출이며 셋째는 장기간의 해외 진출이라고 말할 것이다. 이 시대에 해외진출을 못하는 것은 부자집의 마당쇠에 지나지 않아 그럴 바에는 차라리 해외에 나가 불법취업자로 사는 것이 더 나을 것이라 할 수 있겠다.

(백범 김구 선생이 일찍 돌아가셨기에 망정이지 안 그러셨으면 이 글 읽고 가슴을 치시다 환장병으로 돌아가셨을 거야~.)

고등학교 3학년 때 해외입양아를 데리고 배낭여행을 떠났다는 김정미 씨의 『배낭 하나 달랑 메고』를 읽고 내 인생은 망가졌다. 지금 와서 생각해 보건대 그 언니가 망쳐 놓은 사람 아마도 한둘은 아니지 싶다. 아무것도 모르는 내 가슴에 배낭여행이라는 거대한 꿈을 심으면서 망가지게 되는 구체적인 예를 들어 본다. 그 언니로 인해 91년도 휘경여고 3학년 성적이 떨어졌을 것이며, 서점에 참고서와 각종 문제집이 안 팔려 여러 출판사가 망했을 것이며, 우체국을 빈번히 드나들어 우체국 문턱이 닳아서 그거 고치느라 철물점이 흥행했을 것이며, 내 해외 펜팔 편지 때문에 비행기 항공 운항 회수가 늘어, 스튜디어스들의 잦은 파업이 예상되었다. '그래 나도 대학만 가면, 대학 가고 나서 정말' 하는 꿈으로 그 힘들다는 고3도 기쁘게 지낼 수 있었다. 그래서 남들이 피땀 흘려 고등어들의 영원한 친구 『정석』과 『리더스 뱅크』 독해집에 열을 올리고 있을 때 난 해외 펜팔 답장 오게 할 수 있는 '정석'을 꿰고 있었고 그 해외 펜팔로 알게 된 외국친구들의 영어편지 독해에 더 열을 올리고 있어, 다른 영어는 못해도 자기소개, 학교소개, 가족소개, 취미, 한국현황, 성격묘사 등에 대해서는 독해 및 작문은 술술 꿰고 있었다.

그 무렵 난 4명의 해외친구에게 소개서를 보냈는데…

1번-소련 - 그때가 한참 고르바초프가 개혁을 부르짖을 때였던 것 같다. 이 친구도 나에게 몇 장에 걸쳐 구구절절 무언가 물질적인 개혁을 부르짖어 확 잘라 버렸다.

2번-그리스 - 그때가 91년도였는데 이 친구 보내 온 사진이 나보다 나이도 어린 게 배꼽티에(그 시절에 배꼽티는 나에게 충격이었다) 파마를 하고 귀도 뚫고 캡이었다. 결정적으로 다 맘에 들었는데 우리 엄마 보시더니 날라리라고 놀지 말라 그랬다. 근배자배.(배꼽티 입은 친구를 가까이하면 나도 그렇게 된다며)

3번-핀란드 - 우리 반에서 이미 펜팔을 하고 있던 친구의 펜팔 친구 같은 반 애였다. 한 10명의 신청자가 이름과 주소만 보내 왔는데 내가 쪽집게 마냥 딱 집은 게 리나였다. 상당히 하얀 피부에 다소 우울해 보이는 모습의 사진이 나에게 왔을 때의 그 기쁨이란… 나와 리나는 사랑에서 종교까지 장르를 넘나들며 깊은 우정을 쌓아 갔다. 그리고 5년의 교류 끝에 4일간의 해후로 회포를 풀 수 있었다.

그 시절 핀란드란 나라가 있다는 걸 첨 알았다.

4번-오스트레일리아 - 그때만 해도 오스트리아와 오스트레일리아를 구분 못할 때였다. 결정적으로 내 사진을 먼저 보낸 게 화근이었다. 영영 답장을 받을 수가 없었으니 말이다. 내가 좀 이쁘게 생겼으니까 별별 일을 다 당한다. 내가 이뻐서 참았다. 정말….

고3 때 기오라는 친구가 있었다. 그 공부만 해야 되는 시절에 재밌다고 읽어 보라며 김정미 씨가 쓴 책을 권해 준 바로 그 친구였다. 쉬는 시간이면 매일 배낭여행에 대한 꿈을 부풀리며 그 애의 집에서 시험공부를 핑계 삼아 우리는 매번 꿈의 여행을 떠나곤 했다. 그 친구도 형제들과 다녀왔다는 소식을 들었으니 그 어린 시절 꿈들을 이룬 셈이었다.

이렇게 했어도 급기야 대학을 한번에 철커덕 붙고야 말았는데……

대학교 1학년 - 멋모르고 들어간 대학이었다. 수업중에도 교문을 자유롭게 나갔다 들어갔다, 쉬는 시간에도 오락실 갈 수 있다는 게 참 신기했다. 그래 그렇게 오락실 전전하고 '대학이란 무언가'라는 명제의 답을 구하다 일 년이 후딱 가버렸다.

교문 밖 한남오락실에서 매일 책이 가득 든 가방을 등에 메고, 일장검 짚고 서서 라이덴으로 난 지구 평화를 지키고 있었다. 내가 지켰다는 것은 성경말씀에 입각하여 오른손이 한 일을 왼손이 모를 정도로 큰 비밀이라 아직도 모르는 사람들이 많다.

대학교 2학년 - 멋모르고 빠진 불장난 사랑이란 이름으로 난 연애를 했다. 아직 어렸던 탓에 진정한 사랑임을 깨닫지 못하고 겨우 사랑은 국경은 넘어도 학번은 아래로 넘지 말자는 유명한 말을 남기면서 나의 리즈 테일러 기질은 서클에 자자한 명성을 남긴 채 모두들 군대를 가게 되면서 나의 황금시대도 막이 내리게 된다. '배낭여행 그거 옛날 얘기예요' 였다.

대학교 3학년 - 학과내에서 가는 일본어연수가 가고 싶어 죽을라 그랬었다. 그러나 그 해 우리 언니가 기둥뿌리 하나를 뽑아 시집가는 바람에 좌절되고, 대신 비행기값과 약간의 용돈만 가져오면 자기 친척집에서 한 달간 먹여 주고 재워 준다는 희린이를 따라 약간의 아르바이트로 번 돈과 우리 언니를 갖은 협박과 구타로 회유하고 형부를 갖은 아부로 매수한 뒤 거액을 챙겨 첫 해외 나들이로 캐나다 밴쿠버로 떠났다.

캐나다 그 큰 땅덩어리에 가서 난 내 갈 길을 깨닫고 돌아왔다.

정말 세상은 넓고 할 일은 많다는걸….

대학교 4학년 - 맘만 먹었지 결심을 내리고 행동으로 옮기기엔 자신이 없었다. 그래서 갑자기 주어진 많은 시간에 난 잠을 잤다. 아침에도 자고, 점심에도 자고, 저녁에도 자고, 어제도 자고, 오늘도 자고 암튼 미치도록 잤다. 결국 2학기가 되었을 때 더 이상 머뭇거릴 수 없었다. 그 해 9월 1일 난 천연덕스럽게 아무 말 없이 쥐도 새도 모르게, 며느리도 모르게(?) 휴학을 했다. 휴학을 하고도 천연덕스럽게 한 달 동안을 수업에 나갔다. 집에서 들켰을 때는 이미 복학기간이 지나 있었다. 다리몽뎅이 뿌라지는 줄 알았다. 으윽….

돈이 필요했다. 내가 저질렀으니 내가 알아서 가라는 집안의 엄명이었다. 혼자서 저지른 일이니 혼자서 수습하라는 썰렁한 분위기가 집안을 감싸고 있었다. 내가 저지른 일이니 내가 책임져야겠다고 나도 생각은 하고 있었지만… 그래~ 하라면 또 못할 게 없는 게 나다. ^^;

아르바이트 1 - 새벽에는 영어학원을 열심히 다니면서, 통신을 보고 종로에 있는 선경건설 사무보조로 들어갔다. 그 해 삼재가 꼈지만 연애를 하면 삼재가 비껴 간다던 카페 점장이의 말(?)을 받아들여 난 영어학원에서 유독 나한테 냉대하게 대하던 그를 꼬셨다. 갖은 노력과 인내심,자존심을 죽여 가며, 감언이설로 꼬신 대가로 학원 끝나고 모닝커피 연애하느라 9시 출근 회사를 내 맘대로 10시, 어쩔 땐 제꼈다. 한 달 만에 알아서 그만두었다. 모두들 원하는 눈초리였다.

　아르바이트 2 - 날 유난히 따르던 은정이란 후배가 중고등학교 학원강사를 해보라고 소개를 시켜 주었다. 한 달에 오후만 나가고도 주 5일에 60만 원이라고 했다. 솔깃했다. 그러나 난 일문과였다. 영어와 담쌓은 지 4년째였다. 근데 머 중고생인데…

　난 은정이의 묘안대로 모여대 영문과를 졸업했다고 하고서 그 학원에 찾아 갔다. 중곡동에 있는 모 속셈학원이었다. 가볍게 믿고 써준 원장을 속인 것은 정말 미안했지만… 어쩔 수 없었다. 다음날부터 바로 수업에 들어갔다. 중학교 1학년 남자반이었다.

　가뜩 쫄아 있는 나에게, 들어가자 마자 한 아이가 물었다.

　"선생님 질문해도 돼요?"

　"그럼, 질문은 좋은 거지~ 해봐(매우 자상한 목소리였다)."

　"그믄요~~.

　선생님 '섹스'가 뭐예요?

　선생님 '컴 백 홈'이 뭐예요?

　선생님 '키스'가 뭐예요?

　선생님 '레즈비언'이 뭐예요?

　선생님 '퍽큐'가 뭐예요?

　선생님 '썬 오브 비치'가 뭐예요?

　선생님 '쉿'이 뭐예요?"

　기가 막힌 난 인사나 하고 물어 보자고 했고, 차렷 경례와 동시에 아이들이 외쳤다.

　머라고?

　"선생님 퍽큐."

　정말 환장하는 줄 알았지만 나도 곤조가 있다. 난 외국인이 아니라서 니들이 '퍽큐'를 하든 '썬 오브 비치'를 하든 절대로 화가 난다거나 열받지 않는다고 했다. 그 다음날부터 그만두는 날까지 꿋꿋한 조선 남아들은 '선생님 퍽 큐'였다. 환장할 노릇이었다.

　그래도 중학생은 가볍게 카바가 됐다. 문제는 고3이었다. 하루하루가 귀 중한 그 애들에게 난 성실히 열심히 준비해 가르친다고 했지만, 그러나 대학 입학을 앞에 두고 정리해 줄 나만을 철썩같이 믿고 있는 아이들이 너무 버거웠다.

저녁이 되어 학원에 나갈 시간이 되면 예전에 없던 전신마비가 일고 입에서 침이 괴는 등 이상한 일들이 일어났다. 버스폭과 같은 건 안 되는지? 중곡동에 혹 무장공비라도 침투해 그 동네에 접근 금지가 생기지는 않는지….

그렇게 다니기 슬슬 싫어지고 교육이 아무나 하는 게 아니구나라는 것을 뼈저리게 느낄 때였다. 미치도록 장난치는 한 아이를 오뉴월 개 패듯이 두들겨 패고 그것을 핑계삼아 난 그 학원을 나왔다. 3주 만의 일이었다.

정말 속이 다 후련했다.

아르바이트 3 - 그래도 포기할 수 없었다. 과외를 모집했다. 아무리 머리를 굴려 봐도 단기간에 목돈 마련은 과외밖에 없을 거 같았다. 상계동 아파트 일대에 전단지만 100장. 바로 그 날 연락이 왔다. 국민학생 산수과외였다. 상계동 17단지 어느 아줌마였는데 공부를 지지리도 못하는 딸을 데리고 사시다 답답했는지 내게 자신의 딸을 맡아 가르쳐 달라고, 눈물까지 흘렸다. 눈물에 감동했다. 어머니의 크고도 크신 사랑이었다. 그러나 어머니가 딸내미가 취약이라는 5학년 산수 도형파트를 펴는 순간 앞이 깜깜해져 왔다. 국민학교 산수가 이렇게 어려울 줄이야? 못한다고 할 순 없었다.

50만 원을 불렀다. 일주일에 두 번에. 어머니가 내 앞에선 돈이 문제겠냐고 하시더니 집에 돌아온 후 너무 비싸 못하겠다고 연락이 왔다.

휴~하는 안도의 한숨일까, 자조의 한숨인가가 새어 나왔다.

배낭여행 완죤히 물 건너갔으니 앞으로 맘 편히 그냥 놀아야겠다고 생각했다. 휴학기간 동안.

아르바이트 4 - 때 마침 아르바이트가 또 들어왔다. 그러고 보면 아르바이트 신은 나를 버리지는 않았었다고 생각된다. 그곳은 바로 은행이었다. 은행이라선지 보수가 높았다. 이제는 됐다 싶었는데 이제야 비로소 유럽에 가보나 했는데… 출근하기로 한 바로 전날 연락이 왔다. 갑자기 다른 사람을 구하게 됐다며… 그래 아르바이트 신이 결국 나를 버리는구나… 팔자에도 없는 무슨 배낭여행이냐 싶은 생각에 술에 젖어 살고 있는데 다시 연락이 왔다. 갑자기 그만두게 되어 좀 나와 달라고… 이렇게 아르바이트 신의 장난으로 나의 은행 아르바이트는 시작됐다.

난 철저히 시다였다. 은행장의 커피부터 그의 마일드 세븐이 서랍에서 떨어지지 않도록 사다 두어야 했고, 문방구에서 필요한 각종 문구류를 미리미리 사다 놓았어야 했고, 식당 아줌마가 은행직원들 뒷다마 까는 거에 장단도 맞춰 줘야 했고, 계장이 아들을 낳으면 차장의 부탁으로 축하 미역까지 사다 줘야 했으며, 신문도 배달해야 했고 때론 잔돈도 정리해야 했고, 윗상사에게 별거 아닌 일로 아침부터 울고불고 난리 부르스를 떨어야 했다.

그때마다 유럽을 생각하며 이를 악물고 한 달 벌어 유럽 가는 비행기 티켓 사고, 두 달 벌어 유레일패스 끊고, 세 달 벌어 환전하고, 네 달 벌어 준비물 사고 그렇게 여섯 달을 일하고 나니 나에게 주어진 시간은 복학 전 두 달이 남아 있었다.

은행에서 마지막 월급을 타고 난 다음날 난 파란만장한 아르바이트 인생을 마치고 긴 65일간의 유럽 여정에 오른다.

자~ 한 많고 설움도 많은 내 일생에서의 아르바이트 인생은 여기서 마감한다.

1997년 가을
나운영

혼자 떠난 유럽 여행 이야기

발 큰 여자 지구가 좁다

차 례

떠나기 전에 줏어 듣고 갈 이야기 모음!

잠자리에 대하여

"배낭여행 가게 해주세요~"라고 말씀드렸을 때 제일 먼저 맞부딪친 문제가 바로 잠자리 문제였다. 내가 남자였으면 당연히 아무 문제가 되지 않았겠지만 여자라는 이유 하나만으로도 못 가게 할 수 있는 가장 강력한 방해꾼이었다.

한국에서 나고 자란 우리네 할머니들이 그러했듯이 우리네 어머니 세대들이 그렇고 여자로 태어난 우리 세대 또한 잠자리만은 가려서 자라고 계속 교육을 받고 자라났기 때문에 나도 처음 이 문제 때문에 많이 고민했었다. 그래서 대다수가 잠자리가 이미 잡혀져 있는 확실한 패키지를 이용하는 것이다.

하지만… 해보는 거다. 거기도 사람 사는 곳이고 모두 다 부자들은 아닐진대 찾으면 좀더 저렴한 숙소는 어디나 있을 일이고 또 여행중에 현지인을 만나 폐를 끼칠 기회를 갖게 될 수도 있는 것이고, 그러다 기대하지 못했던 우정과 인연을 만날 수도 있을 것이고 또 유럽은 밤거리 되는 밤기차도 맘껏 공짜로 탈 수 있는데 정말 뭐가 걱정이 되는가 말이다. 물론 필자는 다녀왔으니까 이런 말할 수 있는 것이다!

그럼 나를 모델로 얘기해 본다. 난 유레일 2달짜리를 끊었다. 물론 2등석이었다.

처음부터 난 잠자리를 아끼기로 했다. 도저히 먹을 거에서 아껴 보려 했지만 그건 정말 무리였다. 잠은 좀 불편하게 자더라도 그 돈으로 차라리 어디 한 군데라도 더 들어가 보고 경험해 보자였기 때문이었다. 그래서였을까? 숙소로 이용한 밤기차는 잘 만했다. 우리와는 틀려 기차의자가 침대가 될 수 있도록 설계가 되어있어 정말 잘 만했다. 게다가 일행으로 든든한 남학생들을 만난다면 문지기 역할 하난 확실해 안쪽 자리 차지하고 잘 수 있다.(더러 밤기차만 타 발냄새가 코를 쑤셔대도~~)

내가 숙소에서 내 돈 내고 잔 것을 적어 본다.

파리 처음 도착해서 멋모르고 호텔에서 4일 잔 거, 그 유명한 아리랑 민박집의 명성을 확인도 하고 육개장 맛도 볼 겸해서 스페인 아리랑 민박집에서 2일, 스위스 유스호스텔에서 2일, 이태리 호텔에서 이틀, 패키지로 온 친구들을 만나 그 친구들 호텔에서 꼽사리 끼어 하루밤, 밤버스 타다 지쳐 터키에서 4일, 헝가리에선 싼 맛에 하룻밤, 죽이는 야경을 보기 위해 체코에서 하룻밤, 노르웨이에서 하룻밤, 질기고도 모진 인연의 핀란드 친구네서 4일밤.

그리고 나머지는 밤기차였고 그렇지 않을 땐 배 속이었다. 배도 참 질리게도 탔었다. 하지만 배도 참 좋은 숙소가 된다. 공항에서도 이틀 공항숙을 해봤지만 공항은 그다지 권하고 싶지 않다. 물론 권하지 않는다고 안 잘 수가 없을걸~~헤헤. 길거리 노숙은 그리스 로도스 섬에서 일 박 그게 나의 숙박계 전부이다. 믿어지지 않는다고 할 수도 있다. 그러나 여행을 떠난 거지... 내가 여자를 내세워 떠난 건 아니었다.

자! 이제 잠자리 걱정은 접어 두자!

(기우)

혹 여행허락을 받기 위해 나의 경우를 부모님께 말씀드렸을 때 이런 애는 미쳐서 그런 거지 이게 제대로 된 여자애냐, 머가 잘못되도 어디가 잘못됐거나 공부를 못하거나 (참고로 필자의 경우 공부는 잘했다) 얼굴이 호신술이어서 걱정할 필요가 없어 그런 거야 하시면 나도 할 말 없다.

다들 자기 말발과 능력에 달려 있으니 자 힘내고 말하고 또 하고 또 하면 언젠가는… 자식 이기는 부모는 정말 없다.

먹는 것에 대하여

처음 유럽에 가면 빵만 먹어야 되는 게 가장 걱정이었다. 빵은 빵이지 절대 밥이 아니다라는 평소 식(食)철학에 둘러싸여 있던 나였다. 서울에서도 빵은 정말 배가 고픈데 밥은 없거나 갑자기 빵이 먹고 싶은 일 년에 딱 한두 번 정도였지 아침에 일어나 간단하게 토스토로 아침을 먹는 건 상상도 못하는 일이었다. 그러나 인간은 환경결정론인가 환경가능론인가?

웬걸, 먹다 보니 빵도 먹을 만했다. 주식이 됐다. 먹으면 밥 먹은 듯 배가 찼고 다음 끼니 때도 또 먹어도 먹을 만했다. 정말 나중엔 없어서 못 먹는다고 하는 웃기지도 않는 상황이 펼쳐졌다.

주된 빵은 역시 양(?)으로 승리하는 바게트빵이었다. 파리에는 파리크라상은 없었지만 가장 싸고도 양이 많은 바게트빵을 하나 사면 길게 3등분으로 뿐질러서, 하난 아침에 가운데 건 점심에 마지막은 저녁에 이렇게 하루 세 끼를 잘 해결하고 사는가 했더니, 일주일이 지나자 먹고 나도 돌아서면 배가 고팠다. 어쩔 수 없었다. 그 다음날부터 한 끼에 바게트 빵 하나씩 먹지 않을 수가….

바게트빵 긴 걸 다 먹고 나면 딱딱한 껍질에 입천장이 벗겨졌지만 그렇다고 안 먹을 순 없었다. 입천장 데었다고 밥을 굶는다는 건 절대 말도 안 된다. 이게 내가 살아남은 방법이었다.

그렇게 먹다 보니 돈에 여유가 생겼다. 그래서 빵 사이에 잼을 바르기 시작했다. 그러던 어느날부터 바게트빵 사이에 치즈를 과감히 넣어 먹기 시작했다. 맛있었다. 또 그 어느새 햄도 함께 넣어 먹어 보고 과일도 잘라 넣어 보다 결국 난 엄청나게 불어서 고국에 돌아오는 수모를 겪어야 했다.

언어에 대하여

고등학교 시절 영어 좀 한답시고 건방지게 고1 때부터 성문종합을 봤었다. 1학년 때 책을 갖고는 다니지만 한 줄만 봐도 아무것도 몰라~였다.

2학년 때 교복을 휘날리며 한참 학원과외가 허용된 신설동에 자리잡고 있는 청산학원 종합영어를 끊고 열심히 다녔다. 몰라도 듣고, 알아도 듣고 같은 걸 듣고, 또 듣기를 5번. 성문종합 가볍게 볼 만해졌다.

3학년 모의고사, 배치고사에 대비해 2학년 겨울방학 때부터 모든 걸 정리하고 혼자서 독학을 시작했다. 지겨우나 졸리나 마르고 닳도록 성문종합을 처음부터 끝까지 나 혼자의 힘으로 독파했다. 그 다음부터 시험지의 답은 매직아이처럼 톡톡 불거져 나왔다. 그거였다. 아무래도 난 커서 영어로 한 가닥 하고 싶었다.

대학에 들어와 일본어를 전공했다. 급변하는 현대사회에 영어는 기본이요, 일본어는 상식적으로 해둬야 멋있는 캐리어우먼이라 생각했었기 때문이었다.

그러나 동시다발로 외국어를 둘이나 익힌다는 것은 무리였다. 전공의 힘은 무섭다고 나의 두뇌와 언어발달 관련기관은 모두 일본어

시스템으로 가동되고 있었다. 입에서 'Yes'보다 일본어의 하이가 더 자연스럽게 될 무렵 일본이 침몰한다라는 책이 서점가에서 히트를 치고 있었다.

대학교 4학년이 되던 날. 발등에 떨어진 취직에 대비해 그 악명 높은 SDA에 하룻밤을 새가며 영어학원에 등록을 했다. 와루바시로 다꽝만 집어 먹던 입에 갑자기 버터를 바르려니 버터가 잘 녹지 않아 이상한 소리가 나오기만 했던 것은 당연지사였다.

그래도 꾸준히 버텼다. 왜 이 학원은 종교차원이라 실력보단 성실성과 한 클래스의 우애를 더욱더 중시했기 때문이었다. 내가 들어가는 반마다 왜 이렇게 잘 뭉치던지 글쎄 학원사람들끼리 엠티도 갔다면 말 다한 거 아닌가. 그래도 그 재미가 솔찬해 난 무려 1년 반에 걸쳐 영어를 가까이 해 파란 눈을 아무 거부감 없이 쳐다볼 수 있었다. 익숙하다는 것은 자신감을 나타낸다.

유럽에 갔었을 때 무수히 많은 일본인들이 개척해 놓은 관광시장은 나를 편하게 만들어 주었고, 나도 뭐 일본어만 해도 별 문제는 없겠지 싶었다. 그러나 영어로 But, 일본어로 시까시, 나가고 보니 날 보며 먼저 일본어로 대응하면 왜 이리 서운하단 말인가… 역시 나라는 잘살고 봐야 한단 생각이 머리 어깨 무릎 발 무릎 발에 생생히 와 닿았다.

많은 사람들 생각이 '혼자 가려다가도 말도 못하는데' 하며 머뭇머뭇거린다. 그러면서도 학원 다녀야지 하는 생각은 안 갖고 이제 와 그런 거 해서 뭐하남… 학교 다닐 때부터 영어는 쥐약이었는데 한다. 그러지 말도록 해보자. 영어 몰라도 눈 달리고 입만 있으면 어느 정도 감으로 찍는 건 익숙해져 있을 테니 절대 걱정 말고 떠나 보자. 내가 답답하면 그쪽도 답답해서 나름대로 대책을 강구할 것이 아닌가?

떠나서 주워 듣고 물어 보고 안 되면 한국말 써도 급박하면 다 통하게 돼있는 법.

내가 아는 사진작가 미식이 오빠는 그렇게 외국을 자주 드나들면서도 영어 안 쓴다. 혹 못 할지도 모르는데 (?)

오빠는 반가우면 반가운 대로 한국말로 말을 건넨다.

"안녕녕~~~."

우리도 그런 여유와 뚝심을 키워 보는 게 좋지 않을까 한다.

기본적으로 땡큐라는가 아임 쏘리라든가 굿 바이라는가 다들 알 테니까 말이다. 그걸로 족하다.

다녀와 보면 '아 이래서 영어가 필요하구나'하고 설실히 깨닫게 될 것이다. 다음날 바로 학원을 찾아갈 것이고 "아 이렇게 사는 게 다가 아니구나"라고 깨닫는 순간 당신은 또다시 어디를 가볼까로 행복한 꿈에 젖어 있을 것이다.

동행할 친구가 없을 때에 대하여

'여자 혼자서 어딜 가… 친구랑 같이 가면 가보겠는데……'

이래서 포기한다. 정말 안타깝다. 나중에 시집갈 때 장가갈 때도 친구 데리고 갈 사람들이다.

왜 군이 출발서부터 같이 가야한다고 생각하는지 다시 한 번 짚고 넘어가 보자.

1. 무서워서 - 혹시 나를 어떻게 하지는 않을까?

자, 거울 앞으로 가서 자신의 모습을 똑바로 보자.

예쁘면 더 많은 해프닝이 벌어질 수 있는 여지를 갖고 있는 것이다.

그런 기회를 옆 친구로 인해 놓칠 수도 있다고 생각해 보자.

아쉽지 않은가?

2. 여자가 어떻게? - 아직도 그 소리다. 그래 이해한다. 그러나 어떻게든 나가 보자. 일단 나가 보면 정말로 엄청나게 멋있게 사는 여

자, 여행하는 사람으로 세상은 가득 차있다.

그동안 혼자서 어떻게 일을 해왔는지 돌아 보고 "거 한번 해보지 뭐"하는 기분으로 도전해 보자.

어차피 인생은 도전의 연속이다. 또 도전함으로써 즐거운 인생이 되는 것이고…

길거리에서 옷깃만 스쳐도 인연이란 말이 있다. 그 옷깃 한번 스치려면 전생의 몇 겁의 인연을 쌓아야 된다는데… 스위스나 알프스 산장에서 인사하다 만난 사람, 같은 밤기차를 탔는데 우연찮게 동네사람이었을 때… 영화 '비포 더 선라이즈'에 나오는 인연은 정말로 가능하다. 물론 그 정도의 사이까지 발전하려면 영어를 끝발나게 잘해야 한다는 부담감이 있지만. 흐흐… 세상은 얼마나 좁고 인연은 얼마나 질긴가를 알 수 있다. 그 좁은 서울 하늘에서도 못 만났던 사람들을 그 넓은 유럽 대륙에 와서 만난다는 것. 인연은 만들면서 지켜 나가는 것이다.

▲ 기차가 목적지에 닿으면 여행객들은 그들만큼의 인생의 무게를 지고 또 다른 곳을 향해 빠져나갔다. 그렇게 오늘 떠나면 어딘가에 닿겠지만 거기에 머물지 않고 또 내일이면 어김없이 떠나갈 것이다.

▲ 천사표 사진작가 산드라/고요한 내 가슴에 한국말로 조용히 다가
와 어려움으로부터 우리를 구한 프랑스의 구세주. 엽서 사진작가라 같
이 다니다가도 늘 좋은 작품이 될 만하다 싶은 게 있으면 과감하게
우리를 뒤로 하고 셔터를 눌러댔다. 키가 허벌나게 컸다.

모델의 차이?

현지인이 자연스럽게 쫙 뻗은 다리로 서있는 개선문과 어정쩡한 자세의 숏다리 관광객이 서있는 개선문은 그 분위기조차 틀려져 버린다. 〈슬피~~〉

◀ 노틀담의 거지(?)/파리 어느 곳을 가나 소극적인 거지들(줄려면 주고 말려면 말아라파)이 많았던 데 비해 이 거지 아저씨는 노틀담 바로 정문 앞에서 떳떳하게 자신이 거지임을 인식시키며 근무하는 중이었다.

◀ 자기 앞이빨이 뽑아지도록 해줘잉~~/밝은 대낮에 그것도 백주 공원에서 앞이빨이 부러져라 키스를 해대던 어느 바퀴벌레 한 쌍. 가까이 가서 클로즈업해서 찍어 보고 싶었지만 너무도 무아지경인지라… 여자가 남자에게 내맡긴 자세가 여자인 내가 봐도 귀엽기 그지없다.

싱가폴 - 갈아 타다가

될 성 부 른 출 발

아르바이트를 너무 타이트하게 한 탓일까….

사실을 말하자면 돈이 모자라 월급날까지 기다린 거였지만, 그만 두고 이틀 만에 후닥닥 하려니 뭔가 빈 느낌이 들지만 어쨌든 드디 어 출발일자는 내일로 다가왔고, 맘은 벌써 하늘을 날아 유럽에 가있 었다. 벌렁벌렁 뛰는 처녀 가슴을 진정시키며 잠을 청해 봤다고 생각 했는데….

문득 눈을 떠 웬지 섬뜩한 기분이 들어 시계를 보는 순간,

"꺄아악~~~."

새벽 4시경 알람 소리에 눈을 떴을 때 좀 이른 거 같아 쪼끔만 더 잔다고 한 것이 일어나 보니 5시 30분이 넘어가고 있었다. "나 오늘 가는 애 맞아?" 아침 8시 비행기였다. 밖을 보니 뜬금없는 비는 부슬 부슬 내리고 있지 오늘 아침 일찍 일어나 마저 챙기려고 놔둔 가방은 무방비로 열려 있지, 덩달아 늦잠 주무시고 있던 엄마도 부랴부랴 일 어나셔서

"저놈의 지집애, 미리미리 준비해 놔야지, 지가 갈 거면서 딱딱 알 아서 해놔야지~."

"운다고 돼? 빨리 챙겨서 나가야지~~?"

바빠 죽겠는데 난 마구마구 울고불고 비행기 못 탈까봐 난리 부르스(내가 제일 잘 추는 춤이다)를 춰대는 사이 어느새 엄마는 내 큰 배낭을 들쳐 메고 전철역을 향해서 뛰고 계셨다. 역시 여자는 약하나 어머니는 강하다였다. 비가 퍽이나 많이 오던 비 오는 날의 젖은 공항이었다.

시작부터 허둥대는 딸내미를 내보내려니 우리 엄마 걱정이 이만저만이 아니셨겠지만, 떠나는 딸 앞에서 그래도 웃으시면서 많은 거 배우고 잘 보고 오라고 보내 주셨던 어머니를 뒤로 하고 난 비행기에 올랐다.

여기서 잠깐 나의 욕심에 대해 이야기해 본다. 난 한번 내는 돈이나 한번 가면 뽕을 뽑는 기질이 있다. 아주 더러운 성격이라고 볼 수 있는데 일단 비싼 돈을 주고 가면 엄청 오래 있다 온다거나 한 군데라도 더 들르려는 기질이 있다. 물론 유럽갈 때도 마찬가지였다. 거금을 주고 가는 돈인데 한 달이 아닌 두 달을 잡은 것도 그 이유였고 갈 때 직행으로 안 가고 스탑 오버한 것도 그 이유에서였다. 그러다 고생 직싸게 했지만 늘 욕심이 많아 몸이 고생스럽지만 후회는 없다. 그뿐이면 된다.

그렇게 덤벙대던 아침이 지나고, 비행기는 이미 싱가폴의 푸른 공항을 향해 아래로 아래로 내려가고 있다는 기내방송이 흐르고 있었다. 욕심을 부려 비행기 타는 짐에 시간도 많겠다 한 나라라도 가볼 수 있을 때 더 가보자 싶어 싱가폴 환승 9시간을 택했던 터라 기내방송으로 "환승하는 손님을 위해 싱가폴 무료 투어가 선착순으로 실시되고 있사오니 많은 이용 바랍니다"가 나올 적에 이미 목숨을 건 상태였다. 눈썹을 휘날리며 시레빠가 미끄러져라 달려가 보니 빨간 간판 아래 접수원이 나를 반기며 앉아 있는 듯했다. 투어는 2시간. 선착순으로 버스 인원수만큼 잘라 여권을 담보로 가이드와 함께 시내를 버스로 투어하는 형식의 맛뵈기 관광이 그 내용이었다. 잠깐 내렸다 가는 나라지만 그들의 세심한 배려로 잠깐 둘러보고 가면서 다시 와야지 하는 마음이 들도록 잘 짜여진 코스가 그들의 관광정책을 읽을 수 있게 해주었다.

정말 깨끗한 도시 싱가폴. 가로세로 삐죽뾰죽 아파트가 이쁜 나라였다. 네모반듯 성냥갑 같은 우리의 아파트에 치어 살아 아파트는 다 그렇게 생긴 놈인가 했는데 여기 오니 아파트 개념이 달라져 버린다. 날씨가 기분 못지않게 끈적끈적하더니 돌아오는 길에 시원한 열대성 소나기인 스콜이 쫙 뿌린다. 지리책에서 시험대비용으로 외우던 스콜을 진짜 보게 되다니… 스콜에도 왕 감동이다.

이제 돌아와 남은 7시간을 공항에서 때우게 되는데, 인간과 공항 그 21세기가 낳은 건물 속에서 이 세기가 주는 외부와의 단절에 갇혀, 쇼생크에서 앤디 듀프레인은 왜 벽을 몇십 년간 아무도 모르게 파서 탈출했어야 했는지 그 맘 다 알게 된다. 내게도 모건 프리만이 조그만 망치와 패트릭 스웨이지 브로마이드를 가져다만 준다면 난 아직도 싱가폴 창기공항 한 편에다 패트릭 스웨이지를 걸어놓고 공항 벽을 뚫고 있을 텐데…그럼 공항세 안내고 싱가폴로의 탈출이 가능했을지도 모를 일이었다. 참고로 난 춤 잘 추고 끈적끈적한 타입을 좋아한다. 그래서 고른 사람이 패트릭 스웨이지다.

프랑스 파리는 빠(알)리 빠(알)리 봅시다!

거대한 유럽 대륙에 발끝을 톡

　장장 14시간 동안 비행청소년(?)을 하고 있는데 드디어 프랑스 파리 샤를르 드골 공항에 내린다는 기내방송이 들려 왔다. 유럽이란 델 나도 다 와보고 나운영이 정말 출세했고 시대 한번 기가 막히게 잘 타고 태어났다는 감회에 한량없이 젖어 본다. 제일 관문 입국심사대.

　얼굴 한 번-- - 도장 한 번--- -next!

　정말 진짜 너무 간단했다. 입국심사 테스트용 대사를 다 외워 왔는데, 하물며 예의상 봉주르도, 메르치 봐도 다 봐아 왔건만… 개인의 자유를 가장 소중히 여긴다는 파리의 정신은 공항 입국심사대에서부터 잘 나타나고 있는 것 같았다. 목적이 있었으니 찾아왔겠지 한건가 아니면 너무도 많은 관광객들로 얼굴만 봐도 왜 왔는지 도사들이 되어 버린 것일까? 간단하니 좋긴 좋지만… 웬지 아쉽다.
　예술의 도시 파리답게 공항 내부는 우주선 캡슐의 모형을 하고 있었다. 비행기에서 내려 우주선 캡슐을 타고 내려오면서 공항 하나도 실용주의와 미를 같이 추구하는 파리를 보며 항상 네모 반듯한 나라에서 살다 온 나의 눈에는 신기하기 그지없이 느껴졌다. 우주선 캡슐을 타고 내려오면서 내 마음은 UFO를 타고 와 홀로 남겨진 E.T처럼 새로운 경험을 위해 내 마음은 새로운 것을 받아들이기 위해 백치가 되어 있었다.

짐을 찾고 가방을 들쳐메 보니 올 때는 엄마가 메고, 들어 줘서 잘 모르겠던 짐무게를 절실히 느껴본다. 무식하게 뭘 이렇게 많이 넣었지? 허리가 휜다. 45도 각도로 허리를 꾸부리고 공항을 나와 시내로 들어가기 위해 책을 보니 두 가지다. 리무진 버스는 다운타운으로 쉽게 들어가는 대신 돈이 비싸고 공항 셔틀버스는 공짜지만 혼자 직접 알아서 찾아가야 하는 장단점이 있었다. 여행에선 아껴써야 한다고 누누히 작심하고 온 터라 당연히 자린고비 근성을 드러내면서 노란색 셔틀버스에 몸을 싣는다. 아직도 얼떨떨할 뿐이다. 그래 타고 보면 어떻게든 되겠지 했는데… 문제는 그 다음이었다. 도대체 어디서 내려야 하는지를 몰랐다. 시내로 들어가려면 전철에 해당하는 RER을 탈 수 있는 곳에서 내려야 하는데 도대체 그곳이 어딘지 알 수 없었다. 그래 큰 맘먹고 뒤에 앉은 그래도 영어 제법 할 줄 알게 생긴 사람에게 "Can you~??" 말도 채 끝나기 전에 고개부터 설레설레 흔든다.

저쪽 지성적으로 생긴 아가씨도, 젠틀맨 같은 양복쟁이도 자기는 영어 못한다며 떳떳하게 불어로 대답하며 등돌리던 사람들. "빠르동(죄송합니다)"의 연발이었다. 처음엔 괜히 여행객 놀리려고 그러는 줄 알았는데 사태는 정말 심각했다. 다들 영어로 말만 걸면 정말 미친 듯이 불어로 대답하며 안면 까고 창밖만 봤다.

그래 말로 안되면 글로 해보자. 『우간다』(우리는 배낭 메고 유럽으로 간다의 약자) 책을 뒤적거리다 보니 뒷부분에 간단한 말이 몇 나라 말로 나와 있었다. 게중에 다행히 "이 버스는 ~호텔에 섭니까?"라는 비슷한 프랑스 어를 발견했다. 원문을 옮기면 다음과 같다.

"Cet autocar s'arrete-t-il a l'Hotel~?"

불어로 호텔이 다행히 영어의 호텔과 스펠링이 같아 나는 호텔을 쓱쓱 지우고 RER을 대신해 써넣고 다시 물어 봤다. 드디어 대답이 나왔다. 물론 불어였다. 하지만 그쪽에서 몇 개라는 정거장 수를 손가락으로 표현해 주니 에고고 겨우 문제 하나 해결했다. 괜히 혼자 온 거 아닌가 이제 슬슬 현실적으로 부딪치고 보니 걱정됐다.

유럽에서 비싼숙소 100곳 (?)

'공항에서 시내로 전철 RER을 이용할 수도 있다(유레일 개시)'라고 책자에 적힌 대로 가까스로 찾아서 내린 RER에서 같은 비행기를 타고 왔던 상미와 은정이를 만나 동행을 이루었다. 일단 언니인지라 책임지고 리더를 하며 동생들 유레일과 내 것 3개의 유레일 패스를 창구에 들이밀면서 같이 개시해 달라고 했다. 개시를 마치고 다시 받아 든 유레일-내 설마 이런 실수를 저지르진 않겠지 했건만 예상대로 창구직원은 실수를 한 상태였다. 상미와 은정이가 한 달짜리 유레일인 데 비해 내 건 두 달짜린데 으레 3개가 같은 기간일 줄 알고 3개의 유레일을 다 같은 날짜로 적어 놓은 것이었다. 즉 유레일은 개시일로부터 기간별로 한 달, 두 달씩 창구 직원이 적어 줌으로써 효용이 되는데 이 창구 직원은 스탬프가 아니고 손으로 쓴 것이라 계속 여행다니면서 위조된 것이 아닌가 항상 의심을 받아 매번 여권과 같이 검사를 받아야 하는 수고를 들여야 했다. 그 창구 직원 바보 아냐?

우리가 탄 RER은 외곽지역을 미끄러져 들어가 시내로 서서히 향하고 있었다. 시내로 들어가는 길은 긴장될 수밖에 없다. 그래도 차창 밖으로 신기한 낙서와 집, 나무들도 유럽에서만 크는 나무인지 못보던 것들이 많다. 예술의 도시 파리라더니 예술의 기초가 되는 낙서가 여기저기 산재해 있어, 보는 이로 하여금 무료하지 않게 해주었다. 시내로 들어오자 이젠 또 내리는 게 문제였다. 가장 원초적인 문제들이 때론 너무나도 크게 다가온다. 어디서 내려야 한다는 게 과연 여행자에게 의미가 있을까 했는데 오기 전엔 이상이었고 이제부턴 현실인 것이다.

마침 은정이가 『유럽 숙소 싼 100곳』이란 책을 가지고 있었다. 그러면서 어느어느 역에 내리면 100프랑이 채 안 되는 싼 숙소가 있다며 어느 역에선가 내리자고 했다. 일행을 얻어 일이 순조롭게 풀리는구나 하며 우리는 드디어 큰 배낭 하나씩을 둘러 메고 이름모를 역에서 내렸다. 이제부턴 정말 혼자의 힘으로 하는구나 싶었는데 내려 채 5분도 안 되어 어느 숙소를 하나 알아보고 우리는 의심이 들기 시작했다. 분명 어느어느 골목길을 돌아가면 어느 호텔이 나오는데 가격이 얼마다라고 정확히 적혀 있어 찾아가 보면 위치와 호텔 이름은 맞는데 가격은 장난이 아니었다.

하룻밤에 900프랑에서 500프랑, 계중에 싼 곳이 한 250프랑 정도였다. 그때 내가 미리 일수를 계산하여 서울에서 환전해간 돈이 800프랑이었는데 후후 하룻밤도 안 될 돈이라니 그 물가가 기가 막혀 웃음밖에 나오지 않았다.

그래도 포기하지 않고 우리는 그 뜨거운 태양별 아래 이 숙소 저 숙소 암튼 싸다고 적혀 있는 호텔은 다 찾아봐도 아침 8시에 내려 해가 떠서 12시 30분이 되도록 우리가 안심하고 머무를 수 있는 숙소는 나타나지 않고 있었다. 도저히 맥이 풀려 갈 수가 없었다. 맥도 맥이거니와 무거운 가방 때문에 허리가 끊어져 버릴 것만 같았다. 어찌 해야 될 줄 몰라 정말 난감해 하고 있었다. 에이 모르겠다 싶어 가방을 땅바닥에 패대기를 쳐버렸다.

"한국인이세요?"

그때였다. "한국인이세요?" 수많은 불어 속에 "안 들려요~안 들려요~ 아 아름다워라~~." 한국어가 들려 왔다.

"네에~"하면서 뒤를 돌아다봤다. 어 한국인이 없다. 그렇담 이제 환청까지 듣다니 힘들어서 맛이 가긴 단단히 갔다 보다 했는데, 그게 아니었다. 분명히 들린 한국말이었고 그 말은 한국 사람이 한 게 아니라 롱다리에 금발을 한 아저씨였다. 너무 황당한 나머지 "Are you speaking Korean now?" 맞단다. 그 사람을 너무 못 미더워 하는 표정을 지어 보이니 자신의 부인이 한국인이라 한국말을 좀 할 줄 안다고 했다. 신이시여~~~ 오늘날 당신이 존재하심은 오늘날 이 길바닥에서 주님이 주신 양을 만나기 위함이었군요. 때마침 그곳을 지나다 우리가 들고 있던 한국어 가이드 책을 보고 우리가 한국인인 줄 알았다고 했다. 그 책 무겁기만 해 버려 버릴까 고민중이었는데 이렇게 도움을 주다니 가이드북은 맞긴 맞나 보다. 우린 그에게 한국말로 "우린 싼 숙소를 찾고 있는데 아무리 찾아도 싼 숙소가 하나도 없다"고 말하고 나니 가만히 듣고 있던 그가 말했다.

"Sorry I can't speak Korean except 한국인이세요, 안녕하세요, 해물잡탕, 김치찌개, 된장찌개, 파전, 부대찌개."

"꿍~."

다시 영어로 설명하고 나니 그가 웃었다. 여기가 그러니까 지금 우리가 숙소 찾아 헤매인 곳을 서울로 치자면 명동거리 정도라며 당연히 싼 호텔이 없는 게 당연하다는 듯 웃어제꼈다.

"쩝~."

그는 자기를 산드라라고 소개하고 숙소 잡는 것을 도와 주겠다고 했다. 그러면서 자기를 따르라며 지하철역으로 들어갔다. 역으로 들어간 산드라는 표를 끊기에 앞서 파리에서 며칠 머무를 거냐고 물어 봤다. 파리엔 원데이 티켓개념이 있어 낼 때마다 타고 내는 것보다 차라리 자기 머무를 날 수에 맞춰 표를 사는 게 낫다고 하였다. 우린 한 삼사 일 머무를 예정이었으므로 거금 106프랑을 내고 쓰리데이 티켓을 샀다. 산드라를 따라나서긴 했지만 여자 셋인지라 왜 이리 과잉친철일까라는 둥 믿어도 될까라는 둥 이러다 이상한 데로 데려가는거 아닐까라는 둥 의견이 분분했다. 그러면서도 아닐 거라고 천사일 거라고 굳건히 믿어 보기로 하고 잠자코 따라나섰다.

산드라가 우리를 데러간 곳은 외곽에 있는 별 2개짜리 자신의 숙소에서 가까운 곳에 위치하고 있는 유스호스텔만큼 싼 호텔이었다. 그러나 시간이 시간인지 처음 찾아간 호텔은 이미 만원이라 했다. 역시~오늘밤 오는 첫날부터 노숙하나 보다 했더니 그 호텔 여주인과 안면이 있는 사이인지 다른 호텔로 전화를 걸어 알아봐 주었다. 방이 있다고 하니 얼른 가보라고 했다. 그렇게 결국 최선을 다해 알아봐준 산드라 덕분에 우리는 일인당 75프랑을 내고 방을 구할 수 있었다. 참 사연 많은 하루가 되었다. 우리는 잠시 자신의 일인 양 도와준 산드라에게 너무 고마웠다며 이 은혜 평생 잊지 못할 거라고 했더니 더욱 감동한 산드라는 우리에게 파리 관광 가이드까지 해주고 싶다고 했다. 그러면서 너희들 피곤할 테니 짐 풀고 씻고 있다 한 오후 4시경에 다시 자기가 데리러 온다고 했다. 정말 완전무결 천사표다. 감동의 연속이다.

숙소로 돌아와 우리가 얻은 방 침대에 뛰어들어 기쁨을 만끽하고 제일 먼저 본격적인 짐정리에 들어갔다. 정말 너무 무거웠다. 이 짐 지고는 도저히 유럽 전대륙을 돌 자신이 없었다. 그래 하나씩 꺼내 정리하며 그때부터 쌓은 노하우를 적어 볼까 한다.

자 이 밑에부터 밑줄 쫙~별표 다섯 개!!!!

*신발 - 여름에 가는 여행자가 대다수. 랜드로바 비슷한 걸 신고 여유로 비치샌달을 꼭 챙길 것이다. 그러나 여름에 간다면 비치샌달 하나면 족하다. 랜드로바나 기타 신발 신을 일 없다. 비치샌달은 아주 다용도이다. 해수욕장에선 그 편리함이 극에 달하고, 추운 눈 덮인 스위스 융프라우요흐~에서는 양말 하나만 더 신어 주면 그 쓰임을 다할 수 있다. 비가 오면 양말 벗어 버리면 그만이니 이보다 더 좋은 신발이 어디 있겠는가. 비치샌달 신고 가고 다른 신발은 가져가지 않는 것이 현명~.

 *옷 - 티는 입고 가는 거 한 장, 가서 당장 갈아 입을 거 한 장 해서 딱 2장만 가져가자. 두 개로 갈아 입다가 정 모자라다 싶으면 사입는 것도 방법이다. 싸고 이쁜 것이 많고 또 여행 끝나고 돌아가는 사람에게 얻을 수도 있는 법. 끝까지 읽으면 방법이 보일 것이다.

 *긴 바지 - 청바지 하나면 족하다. 나의 경우 가기 전에 샀던 겔(?)빈클라인만 아니었더라면 여행 도중 확 짤라서 반바지화 했을 텐데… 얼마 안 입는다. 특히 좀 추운 데나 예의를 차려야 하는 곳 로마 바티칸, 융프라우요흐~빼곤 거의 입지 않는다고 보면 된다.

 *잠바 - 이거 제일 요긴하다. 유럽은 아침 저녁은 초겨울이고 낮에만 여름이다. 잠바는 이불 대용으로도 그만이다. 긴팔티는 지양하고 꼭 잠바를 가져가도록 하자. 안 갖고 갔다면 체코에서 하나 사입자. 싸고 괜찮은 게 많다.

 *반바지 - 음 유럽패션에 합류하려면 꼭 입어야 된다. 그보다 더 편하다. 반바지에 맨발. 일주일만 되면 여러분도 이렇게 될 것이다. 청반바지 하나 정도하고 면반바지 하나 정도 있으면 오케이!

 *속옷 - 열심히 빨아 입어야 한다. 그리고 흰색은 지양하자. 웬만하면 회색이나, 남색 등 진한 색으로 가져가자. 왜 그러는지는 직접 가봐서 몇 번 빨아 보도록 하자.

 *사전 - 영한사전, 한영사전, 6개국 회화집 싸들고 오는 사람이 의

외로 많다. 비싼 거 무겁게 가져와 버리지 말고 앗싸리 가져오지 말자. 그렇게 무겁게 짊어지고 다니면서 아까워 버리지도 못하다가 여행 다 끝나갈 무렵에서야 포기하고 버리는 이가 많은데… 사전은 집에서나 학교에서 베고 자는 거지 여행 와서 보는 게 절대 아님을 상기하자!

*카메라 - 여행을 친구와 동반해 올 경우 한 명이 카메라, 필름은 같이 사서 오는 경우가 많은데 처음 생각으로는 상당히 합리적일 것이다. 그러나 만약을 대비하자. 둘의 마음이 맞지 않아 갈라 설 경우가 있다. 이때 카메라 담당은 괜찮지만 필름 값만 내고 온 사람은 피보기 쉽다.

*필름 - 많이 가져가자. 가서 모자란 사람 나눠도 주고 팔기도 하고 많아서 피해 볼 건 없는 품목이다

*맥가이버 칼 - 이거 서울에서부터 사갖고 오지 말자. 스위스에서 사자. 원래도 스위스 아미칼이 아니던가, 스위스에 가면 이름 새겨주는 데도 있고 항상 신종이 나와 있으니 가격도 비슷한데 현지에서 사보도록 하자.

*라면 - 무식하게 라면을 다 싸갖고 오지 말고, 다음과 같이 줄여서 가져와 보자.

일단 라면을 산다. 그리고 봉지를 뜯는다. 면은 집에다 두고 가자. 스프를 챙기자. 스프만 가져가서 머하냐구? 유럽 가면 싼 가격에 스파게티면을 살 수 있다. 그게 라면의 면 대용이 될 수 있다. 끓일 땐 꼬옥 두 번 삶도록 하자. 한번은 스파게티면이 우동면이 될 때까지, 그리고 두 번째엔 스프를 넣고 라면처럼 끓여 먹으면 현명한 조리법으로 여행이 즐거워진다.

*고추장 - 케첩병에 담아 가는 것이 안 새고 먹기 좋다. 암튼 요긴하다. 다 들고 오니까 때론 안 들고 가서 얻어 먹어 보는 것도 괜찮을 듯도 싶다.

*침낭 or 담요 - 침낭은 길바닥에서 노숙하지 않는 이상 많이 쓰이지 않는 것 같다. 그러니 얇은 담요를 가져오자. 얇은 담요는 정말 군인으로 치자면 총에 해당되는 엄청나게 중요한 물건이라는 걸 골백번 강조해도 지나치지 않을 것이다.

다 버리고 난 후 메어 보니 이제 이 정도라면 북극도 갈 수 있을 것 같았다. 어느덧 시간은 흘러 산드라가 올 시간이었다. 혹 말로만 하고 오지 않는 게 아닐까 했는데 시간에 딱 맞춰 와서 기다리고 있었을 때의 그 감동. 자 그럼 우리의 화려한 파리에서의 관광을 시작해 보자.

모델이 되어 달라구요?

산드라는 호텔 주변의 조그만 시장부터 옛 집의 정원이 남아 있는 사소한 골목 하나하나부터 시작해 우리를 안내했다. 이때 "오 놀라워라~나의 영어 실력!오 대단해라~ 산드라가 콩글리쉬 알아듣던 실력!" 암튼 이렇게 두 박자가 맞아 떨어져 나는 산드라와 가장 많은 얘기를 나누었고 애들 얘기도 내가 통역, 번역 다 하고 암튼 반장하고 이장하고 나 혼자 북 치고 장구 치고 다 했다.

영어 잘하는 거 별거 아니더라… 일단 목소리를 크게 해서 자신감 있게 내뱉으면 저쪽에서 알아서 주워 듣는다. 전철, 버스 아무거나 탈 수 있는 티켓 있겠다, 빠방한 가이드 있겠다, 부러울 것도, 파리 지도도 하나 필요없었다. 마음은 내가 지금 밟고 서있는 땅이 한국이 아닌 유럽의 파리라는 게 마음은 들떠 둥둥 떠다니고 있었고,산드라가 이끄는 대로 하루에 파리를 완전히 구석구석 남들이 못 보는 것까지 마스터할 무렵이었다.

산드라가 우리에게 할 말이 있다고 했다. 드디어 올 것이 오고 말았구나 싶었다. 어쩐지 처음부터 친절봉사한다 했더니 이제 돈 달라 그러나 보다 했는데... 그런데 그가 정작 하고자 했던 말은 자신은 엽서작가이며 우리가 그의 모델이 되어 주었으면 좋겠다고 했다. 자신은 뉴욕과 파리를 오가며 작업을 하는 사진작가라는 것이었다.

우린 산드라가 내가 가이드해 주었으니 수고료를 달라고 하지는 않을까? 아니면 숙소 소개조로다 얼마의 돈을 요구하진 않을까 하고 예상하고 있었는데 정말 뜻밖의 제안에 어리둥절해지지 않을 수가 없었다.

"지금 모 델이라고 했능 겨??????"

이름은 들어 봤나 모데엘~ 자네는 찍혀는 봤는가 사진작가한테~ 오 놀라워라... 산드라는 우리에게 자연스럽게 그냥 걷고 웃고 보라고 했다. 자신이 뒤에서 알아서 찍겠다며... 참 먼데까지 와서야 드디어 나의 진가를 알아 주는 이가 생기다니... 셋 다 마치 전문모델처럼 걸을 때나 뛸 때나 자세에 신경을 쓰느라 여간 웃기지가 않다. 그것도 잠시. 서서히 배가 고파 왔다. 이번에도 역시 싸고도 맛있는 프랑스 전통요리집으로 산드라는 우리를 안내해 주었다.

그가 안내해 간 프랑스 요리는 다름아닌 대합이었다. 대합에 소스를 치면 조금 비쌌고 그냥 삶아만 나오는 것은 조금 쌌다. 신기한 건 우린 대합 삶은 물은 특히나 시원해 훌쩍훌쩍 다 마시는데 프랑스 인을 비롯 외국인은 절대 마시지 않는다는 것이엇다. 내내 속으로 아이구비 아까비라~~입맛만 다실 수밖에 없었다. 오늘 고마운 산드라를 위해 우리는 산드라 것까지 내겠다고 했더니 산드라 처음엔 아니라며 사양하더니 세 번을 안 한다. 아 그러냐고 그렇담 잘 먹었다고 (아마 한국 부인이 가르쳐 줬을 거야...) 셋에서 산드라의 몫까지 계산하여 돈을 주는데 다들 100프랑짜리밖에 없었다. 그래 하는 수 없이 잔돈 거슬러 받을 요량으로 큰 돈을 내니 웨이터가 이게 웬 횡재냐.

팁인 줄 알고 꿀떡하는 바람에 셋 다 망가졌다. 거슬러 달라는 불어한 마디 못 해보고 당한 완전한 참패였다.

파리에서의 첫날. 파란만장한 하루 일정을 마치고 우리는 산드라의 에스코트로 새벽에도 안전하게 숙소로 돌아와 꿀맛 같은 단잠을 이룰 수 있었다. 산드라를 만나는 것과 같은 행운이 여행 내내 함께 해 주기를 기원하며 내일도 오늘만 같아라 되뇌이며 잠을 청한다.

아차~ 학생증 하고 유스증 ~

다음날 다들 피곤했던지 10시가 넘어서야 일어날 수 있었다. 오늘도 산드라가 가이드를 하겠다고 했지만 너무 부담이 되는 거 같아 미안하기도 하고 해서 사양을 했다. 사실 나는 또 와도 좋겠다고 생각했지만 같은 일행이었던 상미와 은정이는 자기네들이 짜온 계획대로 해보고 싶다고 했기 때문이었다. 아침에 상미와 은정이를 먼저 보내고 난 내가 저지르고 온 엄청난 문제를 해결하기 위해 남아야 했다. 내용은 이렇다. 여행 오는 날… 천연덕스럽게 늦잠 자다 가방마저 정신없이 싼 탓이었다라고 말하고 싶다. 국제학생증과 유스호스텔증을 안 갖고 온 것이었다. 또 그게 생각난 게 파리에 딱 내렸을 때니… 정말 말하기도 싫고 떠올리기도 싫지만, 앞으로 장장 65일을 혼자서 다닐려면 절대 필요한 가장 중요한 것이었다. 내참 더 기가 막힌 건 잃어 버릴까봐 복사본 해논 것은 가져왔다는 것이었다. 그래 오늘 대사관을 가든 어디를 가든 이 문제부터 해결해야겠단 생각에 난 뒤쳐졌던 것이었다.

여행 오기 전날, 형부가 아무래도 불안했는지 형부가 다니는 회사의 전세계 지사 전화번호와 주소가 담긴 수첩을 주면서 "내 만약을 모르니까 주는 건데 만약에 말이야 만약에 현지에서 가장 난처한 일이 생기면 신세를 지라고… 그러나 절대로 가장 난처할 때야. 되도록이면 이용하지 말고~!"

그렇게 주의를 받고 왔건만 여행 떠난 바로 다음날 난 바로 꿋꿋하게 현대종합상사 파리 지점을 찾아갔으니 우리 형부 체면이 머가 됐을까? 그러나 얕은 내 생각으로 빠른 우편 DHL로 그것들을 파리 지사로 받겠다고 양해를 좀 구하면 되겠지 했다. 내참 여행 초반부터 이런 일로 이런 업무를 봐야 하다니… 나도 짜증나는 일이었다. 매일 뉴스에서만 나오던 야경의 개선문이 있는 샹젤리제 번화가에 회사는 자리잡고 있었다. 바로 앞에는 MBC도 있네? 음… 막상 올 땐 몰랐는데 들어가 부탁을 하려니 창피하기도 하고 해 쭈뼛쭈뼛 들어갈까 말까 하다가 큰 맘먹고 노크하고 들어가니 달랑 세 분이 앉아 계셨다. 전화부에 나와 있는 과장님 성함을 대며
"저 저의 형부가 같은 회사 다니는데요(동질성을 회복한다) 저… 부탁 좀 하나 드려도 될까요?(처절하게 안타깝도록 보인 후) 주저리주저리 횡설수설~~~."
하고 나니까 그분이 흔쾌히 서울에 있는 형부에게 전화를 걸어 주셨다. 그러나 서울은 그때가 퇴근시간이었는지 받지 않았고 그분은 집으로 연락을 해야겠다며 전화를 걸어 주었다. 잔소리꾼 우리 언니가 전화를 받더니 놀라 가지고. 정말 무슨 큰일이나 난 줄 알고 무슨 일이냐고 얘가 떠난 지 몇 시간이나 됐다고 "현대종합상사 파리 지점입니다"하고 전화가 걸려 오니 난리 아닌 난리가 나고 있었다. 우리 언니는 인간성 하나로 승부하는 사람인데 잔소리가 좀 많다. 특히 나에게도 그렇게 빼먹지 말고 잘 챙겨 가라, 써가면서 체크하라 했는데 내 힘이 있나? 잔말 말고 듣고 있어야지….
"언니야 이거 국제전화다. 그 소린 나중에 집에 가서 들을게… 나

그거나 좀 보내줘, 나 스페인 갔다가 한 삼 일 있다 올 거니까 그전에 도착하게 좀 보내 줘 알았지?"

임덕정 파리 지사 과장님께 목이 빠져라 인사하고 다음에 다시 들러 받아 가기로 하고 일은 다행히 일단락되었다.

'두 사람 세 사람 다함께 걸어가면 오 샹젤리제~'

노래하던 그 거리 샹젤리제지만 샹젤리제고 망젤리제고 이런 일이 있어서인지 별 감흥이 없다. 괜히 아침부터 덜렁대는 내 성격과 준비성이 부족한 내 자신에게 화가 났는지 관광할 마음조차 생기지 않았다. 피곤한 거 같기도 하고 에이 모르겠다 싶어 모두 나가고 없는 호텔에 들어와 잠이나 자자 싶어 그렇게 잔 게 점심 저녁 하나도 안 먹고 다음날 새벽에서야 일어날 수 있었다.

비 오는 날이 공치는 날이라던데 비도 안 오고 난 그냥 하루를 공쳐 버렸다.

베르 사이유 궁전, 얌마 거 진짜 크긴 크네~

셋째 날은 베르사이유 궁전을 둘러보기로 했다. 어차피 내 경우 나중에 여행 마치고 돌아가는 것도 파리이기 때문에 외곽지역을 먼저 보고 나중에 박물관을 돌기로 계획했던 터라 오늘은 그 유명한 베르사이유 궁전을 가보려고 했다. 상미와 은정이는 오늘 밤을 마지막으로 스페인으로 떠난다고 했다.

나도 처음엔 스페인 갔다 학생증 받으러 파리를 올까 했는데 번거롭게 왔다갔다 하느니 차라리 그냥 파리에서 더 있다가 받아서 나갈 요량으로 며칠 더 머무르기로 하고 일단은 표 끊는 데까진 같이 가주기로 했다. 다시 호텔 재예약을 해야지 싶어 나는 한국에서 싸온 부채 하나를 들고 리셉션에 나가 보았다. 아침식사를 만드느라 부엌에 계시던 아줌마를 불러 "봉주르~"하니 내 양뺨에 뽀뽀를 해주신다. 여차저차해서 거시기한 사정으로 나 혼자 며칠 더 방을 써야할 거 같은데 하니까 아줌마가 150프랑을 부른다. 부채를 건네줘 본다. 100 프랑으로 깎인다. 그러면서도 통역을 불러 하는 말이 내가 착하게 생겨 특별히 깎아 주는 거라고 했다. 후후… 사람은 정확히 보는구만… 할마니 동지.

파리에는 큰 역이 4개 있다. 그중에 오늘 내가 이용할 역은 베르사이유 궁전 가는 교외선 C가 다니며 프랑스 남부 지방으로 내려갈때 주로 이용하게 되는 오스트렐리치 역이다. 우선 유레일로 공짜인 베르사이유 표를 얻고 상미와 은정이 스페인 가는 표를 끊어 주고 나는 어떻게 할까 하는데 새로 일행을 만나게 되었다. 상미와 은정이의 좋은 여행을 빌며 나는 이내 새로 사귄 일행과 베르사이유로 향했다.

누군가의 어디가 좋다더라는 정말 대단히 주관적일 수밖에 없을 것이다. 베르사이유 궁에 대한 대단한 환상을 싣고 와서일까 궁에 대한 실망이 컸다. 그러나 그 정원만은 날 실망시키지 않았다. 거기서 만난 한국인 친구들… 가도 가도 봐도 봐도 끝이 없는 공원 한귀퉁이 앉은 우리 일행은 따뜻한 햇살 아래 인생을 얘기하며 공주가 된 양 왕자가 된 듯한 착각으로 정원을 즐길 수 있었다. 정말 크다. 베르사이유 궁의 격찬은 서양인 특유의 별거 아닌 걸 보고도 대단히 감격해 마지 않는 그네 성격에서 나왔을 거 같다라는 추측을 해볼 수 있었다.

얘기를 하다 보니 이 두 분은 나와 비행기를 같이 타고 온 동행이었다. 그러면서 그때 내 옆에 앉아 가던 석재훈이라는 애와 같은 숙소에 머물고 있다면서 같이 가서 놀자고 했다. 정말 좁고도 좁은 유럽이다. 이 두 분은 혼자 오기가 걱정되어 통신에 같이 가자는 공고를 냈다가 만나서 같이 유럽에 오게 된 분이셨는데 남녀라 자주들 신혼여행 온 줄 안다며 남자분이 광분해 하셨다. 후후….

우린 베르사이유 궁 정원을 돌아 파리의 아름다운 뤽상부르에서 오후를 한가롭게 보낸 뒤 그분들과 내 옆자리 탔었던 남학생이 머물고 있다는 사랑의 집이라는 한국인 민박집을 향해서 발길을 옮겼다. 그러나 인연도 잠깐, 사랑의 집에 머문다던 그 남학생은 오늘 어디론가 친누나 따라 가버렸다고 했고 나와 동행이셨던 분들도 오늘 밤 스페인 마드리드로 들어간다면서 작별을 나누어야 했다. 그러나 다행히 그 숙소 분중에 "오늘 파리 야경이나 보러가죠"하고 제의해 오는 분이 계셔서 나는 그분들과 일행이 되어 그 아름다운 파리 에펠탑 야경을 밤새도록 눈이 부시도록 감상할 수 있었고 샹젤리제 노천 카페에 들어가 커피 한잔을 기울이며 막차를 탈 때까지 즐길 수 있었다.

새벽 2시가 가까워 올 때까지 전철이 다니고 있었다. 난 내 숙소는 사랑의 집이 아니라 어느 외곽의 호텔이라는 걸 까먹고 세상에 이렇게 놀고 있었으니 그때부터 큰일이었다. 혼자서 이 밤에 찾아가야 한다니… 일행을 해주셨던 분들도 숙소를 향해 떠난 상태였고 난 괜찮다며 데려다 준다는 거 사양도 했었다. 그러나 이미 후회를 하기에는 늦은 상태였다.

아무도 없었다. 까만 밤에 차도 거의 끊긴 상태에서 나의 모든 말초신경까지 모든 감각기관이 총 비상상태로 호텔을 찾아 뛰었다. 이정도 가면 나올 거 같고 이 골목 돌면 나올 것 같던 호텔은 아무리 가도 나오지 않았다. 그제서야 4일째나 머물면서 호텔 이름은 커녕 전화번호 하나 안 적어 가지고 나온 걸 깨달았지만… 후회한다고 호텔이 나올 리 없었다.

저쪽에서 사람 하나만 마주보고 걸어와도 정말 강도 같고 인신매 매번 같더니만 그렇게 안 나오던 호텔이 드디어 나왔다. 반대편에 있었는데 딴 쪽에서만 찾고 있었으니… 호텔은 문이 잠겨 있었다. 염치체면 다 없애고 문을 두들겼다. 모두들 자는지 열어 주지 않는다. 무섭다. 다시 있는 힘을 다해 두들긴다. 그제서야 잠옷바람으로 눈을 비비며 주인아줌마가 나오신다. 연신 죄송하다고 하며 인사를 한다. 식은땀이 배어 있는 날 보며 야단은 치지 않는다. 오늘도 아름다운 야경을 본 대가로 엄청난 일을 당했다. 안에서 새는 바가지 밖에서도 샌다더니…파리까지 와서도 서울에서 하던 버릇 나온다. 막차에 헛점 투성이… 각성해 본다.

침대에 피곤한 몸을 재우며 생각을 했다. 파리에서 나가자. 일단 어디로든 나갔다 오자. 그것이 자신감을 심을 수 있는 가장 좋은 방법이 될 것이다. 그래 내일 아침 주인아주머니께 미안하지만 떠나야 겠다고 한 후 돈을 받아서 그래 어디든 떠보는 거야. 그리고 어디가 될 지는 내일 가봐서 생각해 보는 거야.

오늘은 자는 거구….

예약이란 것에 대하야…

다음날 아침 부산히 일어나 만반의 준비를 했다. 호텔 바로 앞에 있는 빵집에 가 갓 구워 낸 바게트빵을 오늘은 어디든 국경을 넘을 거니까 두둑히 먹고 두둑히 챙겨 넣어야지 하며 무리를 해서 어제보다 더 두꺼운 빵을 사본다. 빵집에 올 때 주인아주머니는 어제 일은 잊어 버린 듯 반가운 얼굴로 또 '봉주르~'했다. 오늘은 여기가 마지막이 된다고 생각하니 나름대로 더 반갑고 예쁘게 나도 "뽕쮸르~~" 하며 대답해 주었다. 이따 내가 아줌마에게 부탁할 일도 있고 하니 잘 보여야만 했기도 했다. 그러나 잠시 후… 그런 기대와는 달리 화면은 이미 떠날 짐을 앞뒤로 둘러 멘 나와 주인아주머니와의 대화가 행해지고 있는 카운터 앞으로 클로즈 업 된다. 심상치 않은 분위기가 흐르고 있다.

"파르동~~(실례합니다)~~."
봉주르 주인아줌마 무슨 머 또 좋은 거 줄줄 알고 앞치마를 휘날리며 다가온다. 웃는 얼굴로 난 영어로 이렇게 얘기했다.(번역해 보면 다음과 같다.)

"나 오늘 파리를 떠나야 해요, 근데 내가 예약 이틀치 더 하면서 낸 돈 있잖아요? 맞아?(Right?에 대한 우리말 번역이다) 그거 중에 오늘 나 여기서 안 머물고 떠날 거니까 100프랑 도루 줄래요? 아줌마 착하잖아요? 맞아?(영어는 존대말이 없어서리… 흐흐)"
분명히 이 주인아줌마 당신이 영어로 말은 못 하더라도 대충은 알아듣던 눈치더만, 봉주르 아줌마 갑자기 두 눈에 핏발이 서면서 하는 말 "아이 켄트 스피크 잉글리쉬!"

우와 말도 안 된다. 돈 낼 때 방 계약할 땐 아줌마가 일부러 영어할 줄 아는 사람 데려다가 통역시켜 주더니 이제 와선 못 알아들으니 말도 안 된다. 떠날 수 있는 기차시간은 다 돼가는데 이렇게 서로 동문영어(?) 서답 불어(?) 하면 오늘 또 프랑스 파리를 못 떠나 버릴 게 당연했다. 그러나 더 이상 머무르지 않기로 마음먹은 이상 급하게 나 혼자서 호텔 거실에 앉아 있던 사람들에게
"Are there anybody can speak English?"
하니 빵 먹으며 텔레비전 보고 있던 서양인들이 날 쳐다보면서 무슨 큰일이나 난 듯 내가 허둥대고 뛰어드니 놀란 와중에도 키 큰 젊은

남자 하나가 나에게 손을 들어 보인다.

"저요~저요~!"

키 큰 롱다리 서양인에게 "이차저차 여차저차해서 100프랑 도루 받게 좀 해줘. 아줌마 나뻐~아무리 말을 해도 봉주르 아줌마가 못 주 겠단다는 거 같은데 나좀 도와줘~."
난 당연한 나의 권리를 요구하는 거니까 다른 누군가가 와서라도 도와줄 줄 알고 있었다. 그러나 이 키 큰 롱다리맨도 봉주르 아줌마 와 무슨무슨 얘기를 하는가 싶더니 그 롱다리맨이 나에게 괘씸한 눈 빛을 보이며

"너에게 100프랑을 줄 수 없다! 네가 먼저 이틀치를 예약했기 때 문에 봉주르 아줌마는 다른 손님을 받지 못했다. 넌 니가 한 예약에 책임을 져야 한다. 그러므로 넌 안 돼!(어 이거 우리 집에서도 많이 듣던 말인데~)"
듣고 보니 맞는 말은 맞는 말이었다. 그래 인정은 한다. 그러나 난 오늘 프랑스 이 파리를 떠나지 않으면 엉망진창 망가져 버린다. 그러 니 내 돈 100프랑을 날리고 절대로 갈 순 없었다. 그러나 그쪽도 만 만치 않게 쉽게 돈을 내줄 자세들이 아니었다. 이제 롱다리맨까지 합 세를 했으니 앞길이 캄캄하고 다리가 후들거리며 만만하게만 보던 일이, 한국에선 절대 가능할 일들이 절대 불가능으로 바뀌고 나니 나 도 모르게 두 눈에서 눈물이 주르르 나오고 있었다. 순간 생각했다. 이 처절한 와중에도 돌아가는 나의 잔머리라니….
"우는 아이 떡 하나 더 준다. 우는 한국애 100프랑 도로 주지 않 을까?"

그런 생각이 미치자 난 소리까지 내어 호텔이 떠내려가도록 엉엉 울어 대기 시작했다. 슬프기도 슬펐거니와 이렇게 해서라도 된다면 아니 됐으면 했던 게 더 간절했다. 너무나도 실감나게 울고 있었던지 식전부터 난리가 됐다. 호텔 안이 모두 다 웅성웅성~그때 뭔가가 두 손에 쥐어지는 느낌이 들면서 등 떠밀리는 느낌이 들었다. 울던 눈을 떠보니 봉주르 아줌마가 도저히 안 되겠다 싶었는지 언제 꺼내 왔는 지 꼭꼭 접은 100프랑을 나에게 주면서 어여 가라고 등 떠밀고 있던 중이었다.

　그때의 그 모욕감. 그 쪽 팔림. 그 서러움. 모두 다 잊을 수 없겠지 만 계속 울고만 있으면 도로 줘도 운다고 그럴까봐 울먹거리며 간신 히 "메르씨~(감사합니다)"를 볶으며 나오는데 그 아름답다는 도시 파리 한복판에 내가 홀로 있다는 것이 너무나도 무섭게 다가왔다. 온 지 며칠이나 됐다고 벌써부터 이런 일이라니… 앞으로 남아 있는 나 머지 나날들이 버겁게 느껴졌다.

　그래도 울음 가득한 얼굴로 씩씩하게 걷다 보니 역으로 가는 길을 잃어 버리고 말았다. 내 참 정말 일이 안 되려면 접시물에도 코 박고 죽는 수가 있다더니 아침부터 완전 불행의 연속이다. 등에 멘 짐은 슬슬 무겁게 느껴지면서 다시 정신을 가다듬고 내가 길을 알고 있는 호텔로 되돌아갔다. 그래… 이제부터 다시 시작이다. 아까까진 액땜 한 거고 다시 무식하게 찾아보니 역은 그 전에 있던 그 자리에 그대 로 있었다. 역에 달려가 보니 내가 가볼까 했던 스위스 제네바 행은 이미 출발해 버린 상태였다. 다시 프랑스에 남자니 악몽이 되살아나 내가 오늘 떠나서 다른 지방에 낮에 도착할 수 있는 짧은 거리를 찾 아보니 스위스의 로잔이 눈에 들어왔다. 로잔하면 로잔하임하던 치 즈 마을인가? 아리송하기는 하지만 낯익은 이름이기에 어쨌든 좋다. 가보자 하고 오스트레일리치 역에서 표를 사니 그 표 판 애의 말이

"너 혹시나 해서 하는 말인데 이거 여기서 안 떠난다. 저쪽 다리 건너 리옹 역에서 떠난다. 너 그거 알고서 여기서 표 산 거지?"

"꿍~."

정말 철저히 날 안 도와 주는군. 시간은 30분 전. 직접 가는 버스는 없고 걸어가도 충분하다고 했다. 내 등에 진 짐이 보이지도 않나 누구 환장할 소리만 해댄다. 에고 이런 말 할 틈도 안 남았다. 뛰자!! 부지런히 금메달을 향해서 뛰자~~ 다행히 말한 대로 역은 바로 다리 건너 있어 시간보다 여유있게 도착할 수 있었다. 역에 도착하긴 했지만 어떻게 기차를 타고 국경을 빠져나가는 건지도 모르고 또 혼자인 것도 그래 리옹 역을 뒤져 보기로 했다. 아마 한 명 정도의 한국인은 있지 않을까 싶었다. 이 잡듯이 이곳저곳 동양인인 듯해 가보면 엉뚱한 나라 말들을 쓰고 있었고 괜히 멋적게 씨익 웃으며 돌아설 때 바로 그때 사람은 아니 보이고 저 멀리 신라면 박스가 눈에 들어왔다. 올려다보니 여학생 두 명이 있었으니…이 파리에서 저 라면 박스 들고 서있을 사람은 바로 한국 사람일 것이 당연한 이치였고 너무나도 반가운 마음에 천리마처럼 날아가 인사하고 어디 가냐고 물었더니 역시 같은 로잔을 향하고 있다고 했다. 이렇게 하여 나의 첫 국경탈출은 무사하게 넘어가게 되었다.

◀ 산상/정상에 서면 새로운 신세계가 펼쳐진다. 눈보라에 강한 바람으로 싱가폴 담요를 목에 휘둘렀으면서도 웃음만은 잃지 않는 저 자세(슈퍼모델 병?) 비록 샌달에 양말 신고 흰 눈에 서있지만 나는 바람 불면 쓰러지는 연약한 여인이고파였다.

◀ 산중/기차는 여기에 우리를 놔두고 잠시 시간을 준다. 개별로 온 사람들이 패키지로 뭉쳤던 스위스 패키지 일행들과 치즈~~.

◀ 산하/정말 달력이다. 허리 위론 겨울이요 허리 밑으론 녹음이 짙푸른 여름이다. 근데 달력에 웬 때?

TGV 타고 가는 자연의 나라/스위스 로잔

새내기들 TGV에 타다

성도 같고 이름도 같은 자매 같은 친구 김보영 양과 김혜영 양. 보기에 한 고1 정도의 외모를 하고 있었다. 하지만 우리 나라 교육현실을 되짚어 볼 때 그 나이에 유럽으로 배낭여행을 온다는 것은 상상할 수 조차도 없는 일이었고 분명히 대학생은 맞아 보이는데 하여 물어보니 보영이는 서울에서 러시아 어를 전공하는 대학 새내기였고 혜영이는 고등학교를 한국에서 다니고 영국에서 대학생활을 시작한 영국 새내기였다. 그러니까 보영이가 혜영이를 찾아 영국으로 놀러 왔고 그 틈에 그 친구들은 이렇게 유럽을 돌고 있다는 중이었다. 다들 새내기 분위기인데 나만 4학년이었지만 꿋꿋하게 나름대로 구실을 찾아

"나도 유럽에 처음온 유럽 새내긴데… 별 새내기가 다 있지? 호호~~."

오늘 우리가 타게 된 열차는 그 유명한 T!G!V!였다. 호호, 이름은 들어 봤나?

타보기는 했나? TGV
만져는 봤나? TGV

보기나 했나? TGV

이 유명한 기차를 우리가 탄다는 감격에 부풀어 예약한 좌석에 앉아 감탄해 마지않고 있는데 이윽고 떠나는 기적소리 차창 뒤로 파리가 멀어지기 시작하는 게 보였다. 그때의 그 감개무량. 나도 한 나라를 떠나는 보는구나, 이제부터 잘해 보자 하며 맘속으로 화이팅을 외치며 '어' 큰소리를 치려고 하는데 갑자기 엄청난 아픔이 엄습해 왔다. 귓구멍이 찢어져 나갈 듯한 그 아픔은 이 TGV의 특성인 빠른 스피드 때문인 것으로 보이는데 그 아픔이 너무나도 컸지만 "내가 이렇게 돌아가시게 아프다고 표 검사하는 차장에겐 알리지 말아다오~~. 윽 이게 아니던가?"

기차가 빠른 건 좋았는데 그 굉장한 귀울림과 고통 때문에 제대로 말을 할 수도 없을 것 같았다. 그래서 나중에 알게 되었다. TGV를 탄 다음에는 곧장 잠을 한숨 붙였다가 깨어나면 TGV 분위기에 귀가 적응되어 있어 괜찮아진다는 것을. 난 아까 계속 꼬이던 일에 너무 긴장을 한 탓인지 정말 꽤 긴 시간을 잠들어 버렸다.

손 흔드는 스위스 인심

스위스로 점점 가까워 오는지 4~5월 달력 그림으로 많이 사용되는 풍경들이 보이기 시작했다. "어 달력이다~.(이 말은 굉장히 멋있는 풍경이 펼쳐질 때 쓰는 나의 감탄사이다.)" 산 위로 띄엄띄엄 나무로 만든 집에 창문마다는 빨강, 노랑, 보라, 흰색의 이름모를 꽃들이 치렁치렁 이쁜 여자 긴 머리 뒤엉키듯이 엉켜서 흘러내리는 이 아름다운 곳~! 하늘에는 그야말로 하늘색이 칠해져 있고 길에는 고급차에 원색의 스포츠카와 가로수 즐비하게 늘어선 곳. 여기가 스위스란 말인가? 그중에도 내가 첫 선택지로 골라 온 로잔. 다행히 첫 국외탈

출치고는 동행자도 구할 수 있었고, 그리고도 영국에서 공부하고 있는 혜영이의 끝발 날리는 영어 실력으로 로잔 역에 딱 내릴 때부터는 겁나는 게 없었다.

항상 그 나라에 도착하면 밤에는 어디서 잘 것인가를 정하고 놀아야 하는 것은 불문율이다. 여기서 숙소를 잡고 묵어 갈 것인가, 밤기차로 다른 나라로 떠날 것인가를 말이다. 아직 여행 초반이라 밤기차를 탄다는 것은 알지도 못했다.

유스호스텔이란 데가 있다. 우리 나라로 치자면 극기훈련 갈 내 묵는 수준의 숙박시설인데 유스호스텔 또한 그 나라의 경제력을 반영한다. 잘사는 나라면 방 시설, 특히 목욕탕 시설이 좋고, 좀 못 사는 나라라든가, 아니 못 사는 걸 떠나서 학생에 대한 배려가 별로 없는 곳은 흑흑 목욕탕이 너무 야하다. 나중에 알게 되겠지만… 어떤 데는, 딱 꼬집어 말해 보면 터키는 목욕탕이 야하게 다 보이는 유리문에다가 결정적으로 남녀 공용이었다. 한창 목욕을 하다 나와 보면 나하고 좀 틀린 형체가 유리문 밖으로 비칠 때… 그때의 아찔함이란. 그리곤 흘린 침을 쓰윽~^^;

유스호스텔은 대신 찾기가 좀 힘들다. 책에 달랑 나온 주소와 전화번호로만 그리고 역에 내려서 인포메이션 센터에서 주는 왕따시만 한 지도에다 동그라미 쳐주면서 찾아가라 하니 두 눈은 제대로 달렸지만 까만 건 글씨요, 하얀 건 종이였다.

어느 장소를 찾아갈 때 의존하게 되는 것은 결국 그 나라 인심이다. 거리에서 만나는 몇 안 되는 사람으로 그 나라 인상이 좌지우지되는 배낭여행객에게 있어 스위스는 그야말로 지상천국이었다. 우리가 역에 딱 내려서 어떻게 할 것인가 얘기를 하고 있는데 갑자기 스위스 할아버지가 일부러 아직 물어도 안 봤는데 먼저 오셔서

"너희들 왜 그러니? 길 잃었니? 내가 좀 도와 줄까?" 물어 보는 나라가 스위스였다. 같은 예를 우리 나라에서 들어보자. 외국인들이 지

도들고 자기네 나라 말로 머라머라 하고 있으면 혹시나 모르는 영어로 말 물어 볼까봐 돌아가고 바쁜 듯이 지나쳐 가는 게 조선 사람 특징인데… 맨날 그런 거만 보다가 이런 턱없이 큰 친절을 만나니 생소하다. 우리는 지도를 보여 주면서 우리가 이 유스호스텔을 가야 하는데 버스를 타야 할지, 전철을 타야 할지, 잘 모르겠다고 하니까 이 표는 버스 전철을 동시에 다 이용할 수 있으니 전철 타고 가다 내려서 버스 타고 가면 된다고 가르쳐 주었다. 고맙다고 인사했더니 그 할아버지도 우리와 같은 버스 탄다고 전철을 먼저 탔다. 전철 안에 있던 사람들 시선이 일제히 우리에게로 향한다. 너무나도 대놓고 빤히 쳐다본다. 동네가 동네인만큼 동양인의 발길이 뜸한 곳이라 우리가 신기하기도 하겠지만 그렇다고 그리 대놓고 신기해 하면 쑥스럽잖아요. 그래도 처다보겠다면 더 이상은 할 말 없음이지만 말이다. 내릴 때가 다 되니 그 할아버지 옆에서 우리 얘기를 듣고 있었던 한 아주머니께서 여기서 내리라며 우리에게 일러 주신다. 진짜 이분들의 친절 앞에는 너무도 할 말이 없어진다. 더 놀라운 일이 벌어졌다. 버스에서 내려 유스호스텔을 찾아 찻길 옆 보도를 걷고 있는데 운전하며 도로를 지나는 사람들의 시선이 운전대에 손만 있고 모두 고개들이 우리를 향해 있었다. 내참 어떤 차는 손까지 흔들고 지나간다. 스위스에 온 한국인 부시맨됐다.

야… 그것도 그렇지만 재밌는 건 이 세상에 진짜로 멋있는 스포츠카들이 이 도로를 다 지나가고 있다는 거였다. 진기하고 신기한 차다 모여라. 여기 로잔에….

유스호스텔은 도로를 인접하고 있었다. 아직 손님은 없었다. 우리 셋은 유스호스텔 중을 보여 주고 같은 방을 얻었다. 여기는 한 방이 침대 8개로 되어 있었다. 우리가 첫 개시인 듯 보였다. 첫 여정지로 떠난 회포를 풀기 위해 우리는 아까 오면서 봐둔 해안가로 나갔다.

저 멀리 안개에 구름에 뒤덮인 산이 보이고 너무나도 바다 같은 호수 레만 호를 눈앞에 두고 있으니 정말 손이 다 시리고 눈이 시리다. 모 래사장에는 햇빛만 보면 미친 듯이 벗고 눕는 것을 즐겨 하는 이곳 사람들이 가족끼리, 연인끼리 다정하고 행복하게 벗고 디비져 누워 들 있다.

우리만 옷 입고 있는 것 같다. 참다 못한 혜영이와 보영이가 다시 가서 수영복 입고 오겠다고 유스호스텔로 들어갔다. 그러나 난 절대 수영 안 하지. 내가 수영을 하면 성을 간다. 왜냐고요? 헤헤….

만났을 때 사귀어라

석양이 질 때까지 로잔 호수에서 놀고 먹고 하다 보니 그때까지만 해도 우리밖에 한국인이 없었는데 갑자기 저쪽으로 우리와 비슷한 사람들이 걸어오는데 옷 입은 걸 보니 한국인이다. 한국인을 구별하 는 방법은 다음과 같다.

1. 한국인은 다같이 여름용 비치샌달을 즐겨 신는다. - 4천만이 즐 겨 신는 비치샌달 라피도부터 프로스펙스까지.

2. 여성의 경우 멀리서 봐도 백인 부럽지 않게 더 뽀얗다. 특히 패 키지 아가씨들은 최고조에 다다른다. 그만큼의 열성으로 탈까봐 국 내에서 갈고 닦아 온 화장술을 과시하기 위해 바른다. 당신도 이렇게 못 알아보게 달라질 수 있다!

3. 남자들의 경우 웬만하면 까만 개목걸이에 웬만하면 실내에서도 선글라스를 착용한다. 그외 나시를 즐겨 노출을 시도한다. 그리고 걸 음을 걷는데 어찌나 꼿꼿한지 옛 양반의 자손임이 한눈에 티가 난다. 또 배달 겨레에 알맞게 어디서나 배달이 가능한 면종류와, 그 비스므 리한 거 만나면 마다않고 먹는다. 그리고, 박물관과 미술관은 열이면 열 다 같다고 보고, 본격적으로 먹는 관광으로 방향을 선회한다.

4. 같은 한국인을 보면 상당히 아는 체 안 하려고 노력한다.

그러나 한국인 배낭여행 코스에 없는 로잔에서 만나니 서로 반갑다. 인사를 나눠 본다. 어~억양이 좀 세누마~가시네들 니그들 부산이가?(앗 근데 다 언니들이다) 하하~ 더 재밌던 건 드뎌 말로만 듣던 언니들을 만났다는 것이었다. 유럽에 온 나이 좀 된 언니들은 대다수가 직장 때려치우고 과감히 시집가기 전에 그동안 아껴 모은 돈 들고 나온다던데… 드뎌 만났다.

이미 정해진 일행들이 있어 인사 후 좀 서먹서먹해졌는데 나중에 유스호스텔에 들어가 보니 정말 인연인지 같은 방에 배정되어 있었다. 부산 언니인 정우 언니와 숙희 언니는 이제 여행이 후반에 치닫고 있었다. 엊그제 서울 떠나 왔다 하니 그동안 각 나라 돌며 남은 잔돈하며 여행정보를 죄다 다 가르쳐 준다. 벌써 다 끝내고 돌아가는 사람이 있는가 하면 이제 여행 시작하는 사람도 있고 그만큼 시간은 각자에게 있어서 너무나도 다르게 돌아가는 시스템이다. 금이 될 수도 있고 돌이 될 수도 있는 시간….

빵도 밥이다

아침에 일어나서 드디어 큰일이 발생을 해버렸다. 어제 예약할 때 입구에서 받은 티켓이 없으면 공짜인 아침식사를 할 수 없다는 것이었다. 무슨 표든 안 버리고 다 모으고 있던 나에게는 다행인 이야기였지만 같이 갔던 보영이 혜영인 더 이상 필요없는 표인 줄 알고 대충 아무데나 둔 거 같은데 버린 거 같다며 아침부터 불쌍하게시리 먹고 살겠다고 쓰레기통이며 가방이며 모두 다 뒤적거리고 찾고 있는데, 배고픔엔 장사가 없는지 의리가 없는지(?) 언니되는 나를 포함 내 위에 언니들도 말로는 걱정을 하면서도 발걸음은 식당으로 향하고 있었다.

밥이다...라는 무지한 생각에 달려간 식당에는 따끈따끈한 된장찌개에 하얀 쌀밥이 있는 게 아니라, 따끈따끈한 커피에 노릇노릇한 바게트 빵이 썰어져 기다리고 있었다. 참 나 유럽 와있지 지금. ^^; 식권을 보이고 급식하는 순서대로 빵 가져가고 잼이나 버터 마가린 치즈 가져가고 커피나 우유 주스 등을 가져가 우리끼리 테이블 하나 크게 차지하고 먹는데, 음 여행을 많이 하면 나타난다던 현상들이 언니들에게 자연스럽게 나타나고 있었으니… 수많은 가이드 책에 보면 유스호스텔에 가면 한글로 "빵 가방에 넣어가지 마세요!"라고 써있는 곳도 있다던데 그 정도는 아니었지만(그런 짓은 하지 말아야지 하고 왔던 터라…) 깨작깨작거리고 있었는데 그리고 결정적인 건 난 빵하고 안 친하다. 빵은 빵이지 밥이 아니기 때문인데. 우리 언니들도 절대 가방에 빵을 따로 챙기는 일 따윈 절대 안 했다. 그러나 역접이 나오면 항상 뭔가가 있다는 분위기죠? 그러나 말이다. 언니들 앉은 자리에서 거의 세 끼 분량의 빵을 한 끼에 해결했다. 정말 마파람에 게 눈 감추듯이 (이럴 때 쓰라고 우리 훌륭한 조상들이 만들어 놓은 말이려니 싶다) 정말 씩씩하게 꿋꿋하게 잘 먹었다. 그러나 나중에 내가 겪어 보니 얼마나 현명한(?) 식사방법이었는지 이해가 갔다. 근데 그때 정말 많이 먹긴 먹었다. 정우 언니, 숙희 언니 그쟈.

노르웨이의 떡대들

간밤에 내가 잔 침대는 이층침대였다. 같은 방에 4개의 이층침대로 총 8명이 한 방을 같이 썼는데 6명이 한국인이었고 나머지 둘이 노르웨이 여학생이었다. 근데 이 여자애 둘 다 기골이 장대하고 어깨가 떡 벌어진 게 정말 떡대 좋은 유도 대표급 선수 같다. 게다가 햇빛이라도 비칠라치면 노오란 털이 송송송 보이는데… 그러나 아무리

뚱뚱해도 다리 하나만은 미끈하게 다들 잘 빠져 있다. 잘 때가 되니까 최대한 벗을 수 있는 마지막까지 벗고 자더니(보는 내가 다 아슬아슬했다) 자기네가 윗층을 쓰겠다고 하길래 그래라 했다. 그랬더니 그 애들이 자다가 한번 뒤척일 때마다 침대 뿌개지는 소리가 들려 침대 내려앉아 졸지에 유럽 여행 왔다가 침대에 깔려 죽는 게 아닌가 했다. 나도 한때 서울에서 떡대가 좋다느니, 어깨 넓은 거 보고 투포환 했냐느니 했던 사람들이 이 친구들이랑 이층침대에서 자봤어야 했는데… 그들에게 내가 얼마나 빈약한 몸매인가를 절실히 느끼게 해줬어야 하는데 말이다.

새로운 인연은 끈끈한 동행으로

아침엔 항상 체크아웃으로 쫓긴다. 규정상 청소 및 정리를 위해 대부분의 유스호스텔이 오전 10시까지 모두 내쫓는다(?). 오전 10시까지라는 게 시간 많은 거 같아도 머리 감고 먹고 짐 정리하다 보면 항상 분주히 쫓기듯 나오게 된다. 내 처음으로 묵은 유스호스텔이라는 감격을 뒤로 하고 사진 한 방 박고, 다음 목적지를 향해 ~.

또다시 떠나는 거다. 일상에 안주하지 않고 늘 새로운 곳을 향해 떠나야 하듯, 이제 익숙한 로잔이라는 곳은 내 추억 속에 남겨 둔 채 새로운 추억을 만들기 위해 새롭게 떠나는 거다. 이 얼마나 아름다운 삶의 방식인가?

그러나 기차역으로 돌아가는 길에 알게 됐다. 어제 버스며 전철이며 갈아 타면서 왔던 역은 바로 코앞이었다. 그리고 우리는 어제 무임승차를 하며 돌아다녔다는 것을… 멀쩡하게 생긴 애덜이 차비 안내고 탔을 때 운전사 아저씨한테 좋은 소리 못 듣고 누구 새끼부터해서 가정교육까지 전반에 두루두루 걸쳐 욕을 먹었을 텐데, 어제 우리를 태워 준 아저씨 아무 소리도 안 했으니 우리도 아무 소리 없이 천연덕스럽게 앉아 있다 내렸다. 보영이와 혜영이는 자기네들이 너무나 가보고 싶었던 나라 이태리에서 남은 일정을 다 보겠다며 헤어졌고 잠깐 나왔다 다시 파리 들어갈 심산이었던 나는 에이 좋은 일행 만난 김에 좀더 돌다 들어가고 싶어 아름다운 알프스를 향해 언니들과 일행이 되었다. 혼자 나왔는데 누구랑 간들 어떠리요, 어디를 간들 어떠리요, 내 맴이지였다.

캠핑 융 프 라우 요 흐 ~

아름다운 풍경이 나오는 달력을 보자. 공통적으로 5~6월 부분엔 스위스 목가풍의 집이 있고 푸르른 그야말로 짙은 녹음이 깔린 스위스 언덕배기에 특수 레일로 만든 기차가 산중턱을 달리고 있고, 한편에는 겨울을 이고 있는 왕따시만한 산이 나오는 그림이 있다. 거기가 바로 융프라우요흐~다. 융프라유요흐~할 때는 끝을 가볍게 요들송처럼 올려줘야 제 맛이 난다. 그곳으로 가는 길에 옥빛의 빙하호를 만나게 된다. 하늘을 녹여 담근 호수 옆으로 기차가 휘돌아 나갈라치면 그 옥빛의 물이 튈까봐, 그래서 그 기차가 그만 날아가 버릴까봐 조심스런 눈빛을 갖게 되는 것이다. 혹시 내가 탄 기차가 은하철도 999가 아닐까?

한산한 시골역 같더니만 금세 역은 만원을 이룬다. 베레모를 눌러 쓴 어디서 본 듯한 꼭 손녀딸 이름이 '하이디'일 것만 같은 할아버지도, 떼거지로 몰려온 초등학교, 아 외국이니까 엘리멘터리 스쿨 학생들도, 그리고 말이 들리는 우리 한국인들과 혹 한국인가 해서 자세히 보면 다른 말 쓰고 있는 일본인들도, 중국인들도. 정말 다국적 여행자이다. 융프라우요흐~ 산장을 찾아가는 길엔 폭포를 보고 찾아가면 된다. 역에서 내려 벼랑을 타고 흩어져 내리는 새하얀 폭포를 쳐다보고 가노라면 물이 아니라 바람이다. 하얀 바람이 된다. 그 바람에 젖어 가다 보면 여러 채의 캐빈으로 지어진 캠핑장이 아기자기하게 놓여져 있는 그 유명한 융프라우요흐~캠핑장에 도착하게 된다. 우리가 도착할 때쯤엔 오후 3~4시라 부랴부랴 달려야만 했다. 그 시간이면 그 캐빈이 전부 만원이 돼 우리는 잘 곳을 상실할 수도 있었기 때문이다. 그렇게 부랴부랴 앞만 보고 달려가고 있는데 앞에 4명인가 되는 한국인 남학생 일행들이 "어...경쟁자다~" 그러더니 쏜살같이 앞질러 달려간다. 세상에 우리가 그렇게 뻘뻘 땀흘려 가면서 걸어가고 있는데 같이 도와 주지는 못 할망정 안 하고 가도 될 말까지 하고 가는 저 남성들. 정말 한국인들이여 제발 우리끼리 경쟁하지 맙시다. 우리 한국 남성들의 매너가 아직 멀었다는 등 투덜투덜거리면서 걸어오는데 언니들의 사투리를 알아들었는지 이미 와있는 한국인들이 시장가는 길이라며 밝게 사투리로 인사를 건넨다. 이번 연도에는 부산, 대구팀 배낭객이 대세다. 길에 가다 만나면 다들 부산 사투리, 대구 사투리를 만나 오히려 서울 표준어가 민망해진다. 언어에서 벌써 동질성을 회복할 수 없기 때문이다. 결국 도착된 산장에는 캐빈이 하나밖에 남지 않아 아까 앞질러 가던 그 매너 황 남학생들과 룸메이트가 되어야 했다. 그래도 같은 방을 쓰게 되어 언니들이 친해 보려고 아무리 대시를 해보았지만 그들의 매너 황에는 정말 맛이 갔다. 그들은 일단 짐을 풀자 한국에서 싸 짊어 온 신라면에 고추장을 꺼내기 시작했다. 그러더니 어디서 사왔는지 고기를 굽기 시작해 옆에서 침 꼴딱꼴딱 삼키고만 있던 우리 언니들과 나에게 예의상 먹어 보라 한 마디도 안 하고 그들끼리만 먹는 것이었다. 거기까진 좋았다. 그동안 빵만 먹은 데다 숙소도 변변치 않은 곳에서만 자 일단 먹고 죽어 보자인 건 이해가 간다 이거였다. 그러나 그들 일행 중 한 명의 말이 우리를 맛가게 했다. 그들이 차린 거나한 음식중 하얀 쌀밥이 거의 다 남은 상태였다. 우리가 그거 혹시 우리 주지 않을까 하고 있던 거를 눈치챘는지 "야 이거 이따 저녁에 먹게 냉장고에 잘 넣어 두자" 그러

는 거였다. 정말 침은 목구멍으로 넘어가지만 정말 드럽고 치사해서
안 먹는다 안 먹어였다. 여행 나오면 여자들보다 남자들이 정말 잘
해먹는다. 여자들은 귀찮아서 그냥 빵이나 사라다로 때우고 마는데
남자들은 일단 밥해 먹을 수만 있다면 어디서 배워 왔는지 닭도리탕
에 삼계탕에 정말 혀를 내두를 정도로 잘 해먹었다.

언니들과 나는 대충 통조림 옥수수에 빵 정도로 때우고 일단 밀린
빨래에 들어갔다. 여기저기 한국인들이 눈에 많이 띄는 게 보기에 좋
다. 우리의 국력도 이렇게 신장되어 한 캠핑장의 문화를 만들어 가는
주역이 되고 있다니 말이다.

내일 날씨가 좋아야 할 텐데… 해본다.

무 용 담과 승 재와의 만남

Morning Ticket이라 하여 정해진 시간 내에 올라갔다가 내려온다
는 조건의 싼 가격으로 내일 올라갈 융프라으요흐~ 표를 사놓았다.
내일 일어나 봐서 기상 사정이 여의치 않으면 다시 환불한다는 조건
이라 했다. 의외로 날씨가 안 좋은 날이 많다고 했다. 날씨 좋은 것도
자기 복이다. 모닝 티켓만 사도 가격이 반절이나 싼 데 비해, 이 표를
단체로 사게 되면 또다시 할인 혜택으로 무료 티켓이 한 장 더 나온
다. 가이드용이라 하여 한국인들끼리 같은 숙소에서 머물게 된 사람
들은 그 표를 구입하며 그 돈만큼 나누기를 한다고 하니 더 많은 가
격할인을 적용받기도 한다. 그러나 너무나도 많은 한국인들이 그렇
게 해서 올해부터는 그 제도가 없어져 다시금 유럽에서의 한국인의
위대함을 실감할 수 있었다. 유럽 관광지 제도의 패턴을 바꾸고 다니
는 자랑스러운 한국인말이다.

오후부턴 옆 캐빈, 앞 캐빈에서 묵고 있던 한국인들과 일행이 되어

어느덧 인사차 싸들고 온 과자며 음료수로 우리 캐빈에선 이야기꽃을 피우고 있었다. 나비가 꽃을 찾아오듯 우리 숙소에 여자가 많으니 자연히 남자분들이 꽃들(?)을 찾아 날아오는 건 당연한 이치였다. 제 각각 잊지 못할 모험담들을 얘기하며 어디서 소매치기 당한 얘기, 외국인에게 도움받은 얘기, 어디를 가보니 정말 좋았더라는 등, 서로 사는 곳이 틀리고 목적이 틀려도 우린 쉽게 같은 곳에 묵고만 있다는 이유 하나만으로도 하나가 될 수 있었다. 올 배낭여행에서는 전세계 각지에서 특히 경상도분과 대구분들의 파워가 대단히 셌다. 어딜 가서 일행을 삼아도 대구나 부산 사시는 분이 대다수였다. 서울 사람은 깨갱~이었다. 아마도 이제 배낭여행은 서울을 벗어나 다른 지방까지 확산될 만큼 다들 여유가 생긴 모양이다. 다만 아직도 전라도는 저만치 남의 얘긴 양 떨어져 있는 듯 찾아볼 수 없어 안타깝기만 했다. 이야기꽃이 질 무렵, 내일 서로 빨리 일어나는 팀이 깨워 주기로 하고, 일행들은 새벽녘에서야 각자의 캐빈으로 돌아갔다. 정우 언니와 숙희 언니와 난 끈적끈적한 이 더위에 찌든 몸을 조금이라도 씻고 빨래 좀 해야겠다고 해 별이 유난히도 밝은 밤에 샤워실로 향했다.

나라가 부강하다는 것이 이 산장에서까지 느낄 수가 있었다. 잘 마련된 샤워 시설뿐만이 아니라, 휴지 및 편의시설 그리고 환경미화까지… 우리네의 공동화장실하면 인상이 찌그러지는 것에 비하면 정말 하늘 땅 별 땅의 차이였다. 아무 생각 없이 코인 세탁기에 돈 아끼겠다고 흰 빨래 색깔 빨래 한 바구니 집어 넣고 빨다가 내 흰 옷 흰 양말 모두 다 새파란 옷과 양말이 되긴 했지만… 머 원래 파란색이었다고 우기면서 입을 수밖에 방법은 없었다. 몸과 마음이 상쾌해지게 씻고 나오니 옆방 캐빈에 머물고 있던 부산 사는 승재 군과 상계동 사는 종화 님이 잠이 안 온다며 나와 있었다. (유일하게 나와 동갑인 승재는 생긴 건 서울틱한데 엄청난 부산 사투리를 써버려 웃느라 정신을 빼놓던 친구였다. 이 친구와의 질긴 인연에도 기대하시길…) 머리나 말리고 잘 겸, 아직 때 미는지 나오지 않고 있는 언니들 기다릴 겸 밖에서 얘기 좀 하다가 내일 새벽에 일어날걸 걱정하며 일찍 캐빈 침대에 몸을 던졌다.

캬아악~

"캬아악~~~~~~~~~."(이거 어서 많이 듣던 소린데?)
"일나라 일나~~."
눈을 떠보니 언니들이 야단법석 난리가 아니었다. 기차 타야 되는 시간 30분 전이었다. 모닝티켓은 오후 12시까지 반드시 내려와야 하기 때문에 새벽 일찍 올라가야 하는 데 자칫 조금만 늦어도 거의 망가지기 일보 직전이었다. 씻을 틈도 없이 떠날 차비만 하고 눈곱만 떼고 역으로 뛰어간다. 그렇게 일찍 일어나면 서로 깨워 주기로 해놓고선 어제 얘기꽃이 너무 길었던지 옆 캐빈도 못지않게 늦게 일어났다고 했다. 어찌나 빨리 서두르긴 서둘렀는지 5분 정도의 여유는 남아 있었다.

특수한 레일 위를 달리는 기차를 타고 우린 자연이 얼마만큼 아름다울 수 있고 신비할 수 있는가를 체험했던 유럽의 지붕 융프라우요흐~에 올랐다. 새벽기차 안에 자리를 잡은 사람들은 대다수가 부지런한 국민들 대만인, 일본인, 한국인이었다. 모두 새벽녘부터 눈 비비고 일어난 탓인지 엉덩이 붙이기가 무섭게 고개를 떨구고 코를 골아 대기 시작했다.

오르는 길-- 이건 동화였고 환상 그 자체였다. 푸르른 초원 위에 소떼들이 뛰어 놀고 그림 같은 흰 물감 묻은 만년설로 뒤덮인 알프스 산은 떡 허니 그 자태를 빛내고 있는 천국 그 자체도 이보다 아름답진 못하리란 생각이 들었다. 기차 안은 목적지가 가까워짐에 따라

한, 중, 일 그 세 나라의 사람들이 얼마나 찾아왔으면 3개 국어의 방송이 연이어 나오고 있었다. 그런데 왜 우리말이 일본어 다음이냐고 분개하는 사람들 목소리가 커진다. 우리 나라 안내방송은 북조선 에미나이가 한 녹음인지 정말 북한군의 전형적인 목소리가 알아듣는 한국인들 사이에 작은 미소가 인다.

홍콩이라든가 대만사람들은 모여서 막 큰소리로 떠들거나, 먹거나, 자거나 셋 중의 하나였다. 언제나 어느 장소에서나… 오늘도 마구 떠들면서 웃어 대더니 정말 좋은 곳을 지날 땐 모두 다 자고 있었다. 기차는 유럽의 지붕에 우리를 내려놓고 다시 내려가는 손님을 태우고 우리에게 한 폭의 그림을 다시 제공해 주며 내려갔다. 올라올 때 분명히 꽃이 만발한 여름이더니 위에는 한겨울이 존재하고 있었다. 눈보라가 휘날리고 얼음과 눈만이 있는 곳~ 하루에 두 계절이 존재한다니 정말 얼떨떨하고 신기하다. 그 높은 위에까지 어떻게 들고 와지어 놨는지 너무도 잘 되어 있는 식당과 편의시설, 신기한 얼음조각이 풍성한 얼음동굴… 광활하고 시원한(?) 설경에 모두 넋이 빠져 버린다. 정말 아름답고 대단하다는 말뿐이다. 그 와중에 샌달에 양말만 신은 나는 추워 발 녹이느라 고생이었다. 이럴 줄 알았으면 파리에서 랜드로바 버리지 않는 건데….

새로운 일행~

이곳에서 알게 모르게 어느새 자연스럽게 유입된 새로운 일행들은 소개한다.

제대 후 노가다로 번 돈을 가지고 유럽 왔다는 황승재 군, 취재차 왔다는 나이는 아저씨뻘이지만 생긴 건 절대 젊은 오빠인 사진작가 미식이 오빠, 미술학도로 유럽의 미술을 둘러보러 밀라노 왔다가 미식이 오빠 꾀임에 넘어간 방성재 군, 유럽을 돌며 신혼여행 한 달째를 맞이하고 있던 잉꼬부부 한 팀으로 우리 자유 배낭 여행자들은 어느새 거의 패키지화 되어 있었다.

모닝티켓의 또 다른 점은 내려올 때는 중간지점인 클라이네샤이테크에서부터 기차에서 내려 걸어 내려오는 것이었다. 하이킹 코스로 뛰어난 절경을 자랑하는 이 구간을 걸어내려 온다는 것은 눈에 있어 최대의 호사가 될 만한 정도였다. 모닝티켓 우리 팀은 모두 다 내려 중간지점에서 기념사진 촬영을 간단히 마치고 국민학교적 소풍마냥 한 줄로 산을 걸어 내려갔다. 가끔씩 옆으로 지나는 기차에게 손을 흔들어 주면 그들도 반갑게 답례를 아끼지 않는다. 오늘 여행의 백미가 되는 이 내려오는 길엔 스위스의 전형적인 목가집과 자연 그리고 동물과 같이 호흡하는 정말 나도 하나의 자연이 되는 코스였다. 아침 일찍 부지런을 떨며 남자일행들이 싸온 샌드위치를 거의 빼앗아 먹으며 우린 약 3시간 가량의 하이킹을 마치고 모두 조금은 지친 모습으로 다음 나라를 찾아가기 위해 역으로 향하고 있었다.

밀라노로 갈까요? 베네치아로 갈까요? 차라리 파리로 돌아갈까요?

파리에서 받아 나오지 못한 국제 학생증과 유스호스텔 증 때문에 다시 파리로 가볼까 생각중이었는데 갑자기 불어난 새 동지들이 마구마구 꼬셔 대기 시작했다.

정우 언니: "아냐 운영아, 니 우리랑 베네치아 가야 된데이~."

미식 오빠: "운영아 밀란(밀라노) 오케이?"

이렇게 꼬셔 주니 슬슬 갈등이 된다. 어차피 이태리도 가야 되긴 가야 되는데 위험하기로 악명 높은 곳에 그냥 일행이 생겼을 때 후딱 갔다 파리 갈까? 아냐아냐 어차피 언젠가는 파리 가야 하는데 얼렁

62

갔다오는 게 낫지? 아냐아냐아~~ 하나님이 나 혼자 가면 무서울까봐 갔다오라고 보내 주신 일행일 거야….

으… 이 갈등~~.

결국 다시 정우 언니와 내가 밀라노로 갔다가 한국으로 조만간 돌아가야 하는 미식이 오빠를 꼬셔 정우 언니, 숙희 언니, 승재, 미식이 오빠, 나 이 다섯 명은 베네치아로 향하는 기차가 떠나는 더 큰 기차역으로 향했다. 같이 보냈던 미술학도 성재는 이제 돈도 떨어지고 얼렁 밀라노로 돌아가야 한다며 서울 가서 보기로 하고 아쉬운 작별을 나누었다.

베네치아 행 기차는 저녁 늦은 11시가 넘어서야 있었다. 때문에 시간도 많고 특별히 할 일도 없다 싶어 난 기차를 잡아 타고 한 정거장 떨어진 웨스트 역에서 한국에서 없어서 못 바꿔 온 돈 그리스, 포르투갈, 동유럽국가 등의 화폐를 바꿔 볼까 해서 갔다 온다고 했는데 승재가 심심한데 같이 갔다 오자며 동행이 되어 주었다.

스위스는 커미션(수수료)이 없어 여행객들의 대다수가 환전하는 장소로 많이 이용하는 국가이다. 나도 한 20만 원 돈 되는 여행자수표를 꺼내 "바까 주이소~~.(일행이 부산분들이라 나도 한참 닮아 가고 있던 때였다.)"하니 그리스 돈은 얼마 남은 게 없고 하니 포르투갈 돈하고 프랑스 돈으로 바꿔줘도 괜찮겠느냐고 물어 왔다. 별 생각 없이 그럼 그렇게 주이소 하니 약간의 잔돈푼은 스위스 돈으로 거슬러 준다. 남은 돈인데 같이 동행해 준 승재에게 맛있는 거를 사주고 먹으면서 돌아가는데 이 환전이 나중에 환장할 일이 될 줄은 그 누가 알았겠느냐 말이다.

◀ 베네치아 산타루치아 역광장/서울역으로 치자면 광장이 있어야겠지만 신기하게두 산타루치아 역앞에는 이렇게 바로 물길이 펼쳐져 있었다.

◀ 배택시/taxi 라고 쓰인 문구가 선명하다. 정말 택시다.

◀ 기운 센〈?〉 비둘기떼/던진 모이에 목숨걸고 달겨드는 통닭만한 비둘기떼들을 보고 있노라니 삭신이 다 후들거렸다.

▼ 이태리의 기원설화/늑대 젖을 먹고 자라 이태리를 세웠다는 기원설화의 주인공들. 동상의 크기가 생각보다 너무 작고 구석에 있어 잘 안 보면 못 보기 십상이었다.

▲ 가면의 정사(?)/가면의 정사가 왜 베네치아를 배경으로 찍혔는지 이곳에 있는 수많은 가면을 보면 알 수 있을 것이다.

▶ 무라노 섬의 유리공예: 애덜은 가~/순식간에 뜨겁게 달군 유리로 '말' 한 마리를 만들어 보이던 속알머리 없던 아저씨. 그들은 텔레비젼에서 봤던 대로 그대로 보여 줬다.

◀ 스페인 광장/오늘도 오드리 헵번을 찾아 나선 수많은 총각들이 진을 치고 있는 스페인 계단 사이에서 같은 동양인이라는 이유 하나만으로도 쉽게 친해져 한 판 박아 봤다. 정말 뒤로 나 남자뿐이다. 늑대들 틈에서 이쁜이 가슴 놀랐어요~~ ̄;

◀ 이태리의 거지/여자 수영복 가게 앞에 멀쩡하게 생긴 아저씨가 한숨 때리고 있다.

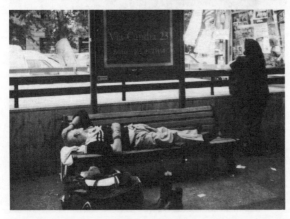

◀ 거지2/벤치 하나 전세낸 양 아침해가 중천에 떠있건 말건 신발마저 가지런히 벗어 놓고 자는 모습. 그러나 절대 추해 보이지는 않았다. 단지 한심해 보였을 뿐.

◀ ▼ ▼▼ 가우디 작품전/구엘 공원에서 자연스럽게 자연과 하나가 되어 있는 그의 작품들을 보면 '가우디, 너 진짜 죽이는 놈이구나' 라는 것을 느낄 수 있다.

이태리 입성/쇠사슬로 두 문 꽁꽁 잠근 채로…

비상 비상 여긴 로마 행 기차~

유럽 가기 전부터 그리고 여행다녀온 사람마다 이태리는 장난이 아니다라는 소리를 너무도 많이 들어 오기 전부터 익히 전해져 내려 오는 관습대로 쇠사슬이며 테이프, 열쇠를 가방 가득히 쌓아 온 나였다. 특히 혼자 떠나 온 여행이라 정말 철통 같은 자물쇠로 지퍼마다 채우고 왔겠만 그 하일라이트 이태리에 들어간다고 하니 겁나긴 매한가지였다. 아무것도 없지만 괜히 내 여권이 유레일패스가 돈일 줄 알고 빼가면 난 망가지는 것이기 때문이었다. 역시 예상대로 베네치아로 들어가는 기차는 대만원이었다. 아마도 그 기차를 기다리는 사람 누구 하나는 집시였을지도 모를 일이었다. 우리가 잽싸게 기차를 탄다고 타도 이미 콤파트먼트는 대만원이었고 그나마 자리라고 누울수 있는 곳은 일등칸에 딱 두개가 남아 있었다.

처음이라 기차 어떻게 타는지도 모르고 일등칸 이등칸 개념이 없던 터라 그저 일행이 하는 대로 일단 두 개조로 나누어 작전을 개시했다. 나와 황승재 군 그리고 정우 언니가 한 팀이 되고 두려움 없는 숙희 언니와 미식이 오빠가 한 팀이 되었다. 이름만 들어도 막강한 (?) 우리 팀은 들어가자마자 작전을 개시했다. 마침 우리가 들어간 방에는 어느 아줌마와 그의 아들내미가 누워 자고 있었다. 우린 혹시

68

저 아줌마가 아이 엄마를 가장한 집시는 아닐까부터 의심하고 나서 너무했나 싶어 남자인 승재의 지휘하에 비상경계 근무에 들어갔다. 일단 내가 사온 쇠로 된 개줄로 출입구를 봉쇄했다. 쇠사슬도 끊고 들어와 가방을 훔치고 우리 돈을 훔쳐 달아날지도 모르니 문이 열리면 머리위로 툭 떨어지도록 쇠뭉치도 위에 올려놓고 빈 틈으로 공기 한 점 들어오지 못하도록 스카치 테이프에다 파란색 테이프로 문을 다 붙인 뒤 승무원이 문을 열지 않아도 볼 수 있도록 여권과 유레일 패스를 펴서 창문에 붙였다. 그 후 커텐을 치고 그것도 모자라 가방을 모두 모아 열쇠로 채우고 우린 셋이 합심이 되어 이제 이 정도면 되겠지 싶어 모여 자려고 할 때였다.

"쿵쿵쿵~~."

밖에서 누군가 문을 거세게 두드리는 소리였다. 집시라면 저렇게 떳떳하게 문 두드리고 들어올 리가 없는데…??

"쾅쾅쾅쾅~~."

소리는 더 커져 문이 부서질 듯한 굉음을 내고 있었다. 순간 그렇게 철썩같이 믿고 있던 쇠사슬이 헐거워지면서 누군가의 손이 컴파트먼트에 들어왔다. 문을 두드리는 소리는 포성만큼이나 커지고 있었고, 우린 두려움으로 벌벌벌 떨고 있었을 때였다. 같이 있던 아줌마가 표 검사일 거라고 괜찮다고 문을 열어 주라고 했다. 저 아줌마하고 혹 승무원하고 짠 한 패는 아닐까 하는 의심이 든다. 그러나 점점 더 거세지는 소리에 우리는 커텐을 제치고 밖을 내다보았다. 역시 승무원이었다. 그는 어서 이 문 열지 않으면 자긴 완전히 가만 있지 않겠다는 투로 서 있었고, 쫄아 버린 정우 언니와 나, 승재는 그때까지도 사태를 파악 못 하고 여권하고 유레일 붙여 놨으니까 보고 가면 될 거 아니냐며 게기고 있었다. 그러나 다른 승무원의 설득으로 우린 문을 열었고, 악에 바쳐 있던 그 승무원은 문을 열자마자 쇠사슬을 뜯어 남자인 승재에게 집어던졌다. 결과는 간단한 유레일 검사였다. 2등석 유레일을 갖고 있던 승재와 나는 빨리 다른 칸으로 옮기라는 명령을 내리고 그는 씩씩거리며 다음 칸으로 건너갔다. 뒤를 돌아보니 아줌마와 아들이 우리가 더 무섭다는 듯이 겁에 질린 얼굴로 쳐다보고 있었다.

2등석으로 1등석을 탈 때는 추가요금을 더 내거나 아예 타지 말아야하는 것이 당연한 것이므로 나와 승재는 주섬주섬 가방을 챙겨 2등칸으로 건너가려고 하니 나이 제한에 걸려 일등석 표를 갖고 있던 정우 언니가 자기 혼자 남겨 두고 어딜 가냐, 가지 말라고 너무도 애처롭고 안타까운 눈빛으로 우리 발목을 잡았다. 일단 검사하고 갔으니 다시 안 올 거니까 같이 있자고… 날 버려 두고 어떻게 니들끼리 갈 수가 있냐고… 결국 우리는 다시 쇠사슬로 묶고 테이프로 붙이고 다시 눌러 앉았다. 10분을 넘겼을까?

"쿵쾅쿵쾅~~."

또였다.
짜증났다. 붙인 지 얼마 됐다고, 그래도 아까 쫄은 게 있어 금방 문을 열었다. 여권검사였다. 아까할 때 같이 하든가, 으…이 신경질…다시 여권검사 아저씨가 지나가고 우린 또다시 쇠사슬로 채우고 테이프로 붙이는데 질려 에라 모르겠다 싶어 그냥 더 이상의 쇠사슬로도 테이프로도 붙이지 않고 승재를 문앞에 재우고 우린 다같이 잠이 들었다. 새벽녘 국경을 넘어갈 때 2등칸이 1등칸에서 자면 어떡하냐구 갑자기 계산기를 두들기더니 엄청난 돈을 요구했다. 어리숙하고 겁 많은 나는 에구 드뎌 걸렸구나 하며 주섬주섬 돈을 꺼내려고 하고 있는데 이때 엄청나게 뻔뻔(?)한 얼굴을 한 승재가 가면 될 거 아니냐고 날 데리고 성큼성큼 자다 일어나 나갔다. 승무원도 기가 막혀선지, 말이 안 통해서인지 더 이상 잡고 늘어지지 않고 순순히 보내 준다.

화장실에 숨었다 다시 들어가 갔다. 2등칸은 발 디딜 틈도 없이 꽉 차있는데 우리보고 어딜 가란 말인가. 승재 깡다구에 놀라 보며 음 나도 혼자 다니려면 저래야 돼…하며 배워 본다. 이태리에서 일본인 관광객이 이태리 집시에게 당해 목숨을 잃자 일본국에서 이태리측에 치안을 잘 하지 않으면 앞으로 일본 관광객을 보내지 않겠다 하여 올해부터 모든 집시를 내쫓아 버렸다고 하는 후문이었다. 일본 국민이 다쳤기에 이 정도로 치안이 됐지 우리 나라 관광객이 죽어 우리가 그렇게 했다면 결론은 어떻게 되었을까. 결국 모든 집시는 쫓겨나가 스페인으로 다 몰려 스페인이 더 위험하다는 얘길 들을 수 있었다. 결국 우린 아무런 사고 사건 없이 그 엄청난 해프닝의 밤을 장식하고 수상도시 베네치아로 입성할 수 있었다.

버스 배? 버스 택시?

예전에 산소 같은 여자 이영애가 곤돌라를 타면서 화장품 CF를 찍었던 곳, 그 배가 아무렇지도 않게 떠있는 곳 물의 나라 베네치아에 도착한 건 찬란한 아침햇살이 뿌려지고 있는 이른 아침이었다.

다들 어제의 해프닝의 긴장으로 피곤했던지 얼굴들이 누렇게 뜬 상태였다. 그러나 역 밖으로 나오자마자 펼쳐져 있는 물길이 이색적인 도시에 우린 금방 매료되어 피곤도 잊고 버스 같은 배에 올랐다. 물살 위를 가르며 달려가는 배택시며, 곤돌라, 각종 보트들이 시원한

질주를 해보인다. 바람에 실려 오는 물미역 같은 냄새가 코끝에 닿는다. 물길 양옆으로 들어선 건물들엔 누가 살고 있을까, 참 재밌는 곳이구나라는 느낌에 즐거워진다. 중심지인 산마르코 광장은 사람도 만원이지만 이런 개떼처럼 모여 있는 비둘기떼에 둘러싸여 있었다. 워낙 관광객이 던져 주는 고급음식들을 먹어서인지 비둘기들이 다 통닭만하다. 징그럽기 그지없다. 미식이 오빠가 비둘기 모이를 사길래 좀 얻어다 손에 갖고 있으니 이 통닭만한 비둘기들이 감히 누구 안전인지 구분도 못하고 달겨든다.

"으악~~~~~~."

산마르코 광장 사이사이 골목길로 빠져나가 보니 골목마다 각종 기념품가게며 유명한 가면집, 유명한 옷가게가 산재해 있다. 베네치아에서는 골목으로 들어가면 들어갈수록 가격이 싸진다. 참 특이했다. 어떻게 이런 물 위에 이렇게 왕성한 도시가 생겨날 수 있었는지? 골목마다 사람들로 문전성시를 이루고 있었다. 발 디딜 틈도 없이 인파에 실려 우르르 그들 틈에 끼어 다녀 본다. 퍽이나 재밌다.

이태리하면 유명한 장갑하며 넥타이들이 리어카에 잔뜩 매달려 계절을 잊고 팔려 나가고 있었다. 우린 식사를 가볍게 하고 리도 섬으로 들어갔다. 해변을 갖고 있는 이 리도섬 여기저기선 연인들이며 친구들끼리 가볍게 수영복을 입고 선탠을 즐기고 있는 모습들이 눈에 들어왔다. 우리 일행중 누군가가 모래사장에 눕자 우린 누가 먼저랄 것도 없이 뜨거운 태양 아래 다들 누워 버렸다. 그리고 그대로 옷다 입고 뜨겁게 달구어진 모래사장에서 5명이 대자로 누워 낮잠을 2시간이나 즐기고서야 깰 수 있었다. 그 편안함… 자보지 않은 사람은 느끼지 못할 것이다.

그래도 베네치아에서 가장 유명한 유리공예가 열리고 있는 무라노 섬에 아니 가볼 수가 없었다. 쇼핑을 더 하겠다는 정우 언니와 미식이 오빠와는 역에서 만나기로 하고 우린 무라노 섬으로 가 유리공예를 구경할 수 있었다. 섬에 배버스가 닿으면 사람들이 나와서 공장으로 안내를 했고 인원이 차면 즉석에서 유리로 말을 만든다거나 컵을 만들어 보였다. 텔레비전에서 본 그대로였다. 무라노 섬의 상가 대부분은 그렇게 그들이 만들어 낸 각양각색의 유리공예품들이 손님의 손길을 기다리고 있었다. 정말 저게 유릴까 싶을 정도로 엄청난 제품들이 많았다. 그러나 이 긴 여정이 남은 나에게 유리제품 선물은 정말 어쩔 수 없는 그림이 떡이었다. 뉘엿뉘엿 베네치아로 지는 해를 바라보며 우린 기왕 내려온 김에 로마까지 같이 들어가기로 하고 오늘 밤 로마 입성을 위해 부산하게 기차에 올랐다.

베네치아에서 로마 입성은 오후 5시에 출발하여 밤 12시에 도착 예정이었다. 어젯밤 같은 해프닝은 벌이지 않아도 되지만 우리가 도착해 과연 숙소를 구할 수 있을지가 걱정으로 다가왔다. 그러나 차창 밖으로 몇 개의 이태리를 지나치고서 우리가 닿은 로마 테르미니 역에는 이 야밤에도 삐끼 왕국에 온 양 각종 삐끼들의 접선이 많았다. 그러나 우리 일행은 예상치 않은 난관에 부딪쳤다. 문제는 의심 많은 정우 언니였다. 언니는 겁이 많은지, 의심이 많은지, (내가 보기엔 공주병이 아닌가 싶지만^^:) 도무지 그 어떤 삐끼도 믿으려 하지 않았다. 밤은 점점더 깊어만 가는데 삐끼가 온몸으로 울어 봐도 정우 언니 끄떡도 않는다. 그렇게 정 의심이 되면 일단 따라와 보고 결정하라는 어느 삐끼의 말에 따라 (정우 언니 그 말도 못 믿고 있었지만…) 일단 반은 역에 남고 일행중 일부가 호텔에 가서 어떤지 보기로 하고 숙희 언니와 미식이 오빠가 따라 나서고, 여자 둘을 보호해야 한다는 명목하에 승재와 우리가 남게 되었는데 거의 우리가 승재를 보호해 줬다. 잠시 후 20달러 정도면 괜찮은 거 같다고 겨우 정우 언니를 안심시켜 우리는 늦은 밤 숙소를 잡고 들어갈 수가 있었다. 그렇게 고

생하며 잡는 숙소지만 패키지처럼 며칠날 어느 호텔하는 식으로 딱딱 정해져 있는 것보다 이 얼마나 재밌고 스릴 넘치는가??

로마에서 렌트를 ???

방 2개로 나누어 자던 우리는 다음날 미식이 오빠가 차를 렌트해서 로마를 일주하겠다는 제안에 다들 오케바리를 했다. 그러면서 오늘 로마를 다 보고 로마를 뜰 양으로 가방을 다 챙겨 나오다가 아니다, 기왕 로마 왔는데 바티칸을 가보지 않을 수 없다는 의견이 나왔다. 그래서 다시 호텔로 우루루 몰려가 원 나잇을 더 자겠다고 하고, 이번엔 한 방에 다섯이서 자겠다고 했다. 그래서 다시 짐은 호텔에 놓고 우린 차를 렌트하러 갔다. 인심 좋은 미식이 오빠가 여행에 동행이 되어 줘 고맙다며 우리를 위해 무얼 해줄까 하다가 고안해 낸 제안이었는데 후후… 그게 오빠의 의도만큼만 됐더라면 좋았을 텐데 말이다… 그 얘기는 이렇게 진행이 된다.

로마는 옛 문화유적이 곳곳에 산재해 있어 일방통행도로가 많은 도시이다. 거기다 어디서 유턴을 해야 할지, 어디에서 어디로 연결이 돼있는 건지 다들 초행길이라 차를 멋있고 큰 거로 빌린 것까진 좋았는데 문제는 길이었다. 분명히 이 길로 가면 나올 것 같아 신호 받아 돌고 돌고 돌면 웬걸 아까 그 자리가 나왔고 그래서 모르는 길로 가다 보면 다시 아까 아는 길이 나왔다. 그래 콜롯세움 하나 보는데도, 스페인 광장 가는데도 우리는 엄청나게 많은 시내를 돌아야 했고 많은 시간을 차 안에 있으며 "어 이 길이 아닌가벼? 아까 그 길인가벼?"만 연발하며 앉아 있어야 했다.

모나코나 노르웨이 그 광활하고 쫙 뻗은 하이웨이에서 미식이 오빠를 만나 렌트한 차를 탔더라면 멋과 낭만으로 미식이 오빠를 가만 놔두지 않았겠지만 더운 날에 렌트해서 자꾸만 같은 길을 돌고 있으니 언어 탄 주제에 다들 말이 많아지고 있었다.

결국 우리의 로마 렌트 여행은 콜롯세움과 운좋게 돌다가 발견한 스페인 계단과 어느 슈퍼와 쇼핑가를 끝으로 끝내야만 했다. 돌다 돌다 길 찾다 찾다 지친 미식이 오빠는 그 날 밤 가기로 한 트레비 분수고 나발이고 다 때려치우고 피곤하다며 쓰러져 잠이 들었다. 나중에 서울에서 그때 렌트한 카드 돈 메꾸느라고 뼈골 빠졌다는 후문이다. 뼈골은 뼈골대로 빠지고 인정도 못 받게 만든 로마는 나쁜 나라?

동전을 하나 던지면 로마에 다시 오고 두 개 던지면 사랑이 이루어지고 세 개 던지면 어찌 어찌 된다는 트레비 분수는 새벽 2시를 넘기고 있는 시간에도 만원이었다. 밥 한 끼를 굶어서라도 그곳에서 팔고 있는 아이스크림을 먹지 않은 자와는 인생을 논하지 말라고 할 정도로 유명한 아이스크림을, 정말 한 끼 안 먹고 모은 돈으로 사 손에 들고… 조명발이 끝내주는 트레비 샘을 내려다본다. 그 어느 누구라도 한번쯤 트레비 분수를 뒤로 하고 동전을 던지고 있는 모습이 참으로 사랑스럽기까지 하다.

가까이 다가가 보니 분수 안에 동전 정말 장난이 아니게 쌓여 있다. 저거 긁어 모아 세어 보면 얼마나 될까, 떼돈 벌 텐데, 낭만이 있는 곳에 여자가 있고 여자가 있는 곳에 남자가 있다고… 여기저기 여자들을 사냥하러 다니느라 여념이 없는 이태리 청년들에게 어느새 정우 언니와 숙희 언니도 둘러싸여 있었다. 내 옆엔 승재가 있어서인지 아님 내가 안 이뻐서 그랬는지(나도 조명발엔 좀 강한 면이 있는데 나라가 틀려 취향이 좀 틀리나?) 다가오는 남자 아무도 없다. 승재가 비켜 줄까? 너도 한번 꼬셔 봐라~" 해보지만 그러지 말라고 보디가드 겸 방패로 든든한 승재를 옆에 앉혀 놓고 너무도 눈이 부시게 아름다운 트레비 분수와 광장에 모여 앉은 젊은이들의 젊음을 즐겨 본다.

바티칸에 천지창조 ?

하루를 더 머무른 것은 바티칸 궁전에 들어가기 위해서였다. 바티칸 성당은 반바지 입장도 안 되고 짧은 치마도 안 되는 등 예절 바르지 못하면 입장이 안 된다 하여 아침부터 최대한 예의바른 옷을 골라 보지만 다 버리고 난 뒤라 기진 거리 곤 긴 청바지와 어제 산 하얀색의 로마라고 씌어진 티밖에 없었다. 샌달도 안 된다고 해서 어쩌나 싶었지만 양말을 신고 가니 별 문제 삼지 않고 들여 보내 주었다.

오늘은 그 악명이 자자한 로마의 전철을 타볼 수 있었다. 관광객과 소매치기만 탄다는 그 로마의 전철 안에는 소매치기를 조심하라는 문구와 그림이 실린 포스터가 여기저기 붙어 있었다. 우리 모두는 가방을 앞으로 메고 서로 몰려 있어 최대한 방어를 한다고 했지만, 너무도 많은 인원으로 만원인 전철 안은 정말 우리 통제 밖이 될 수밖에 없었다. 그 어느새 밀리는 틈을 타 정우 언니가 소매치기를 당할 뻔했다 하니 눈 뜨고도 코 베간다는 서울보다 날고 뛰는 사람들이 이곳 로마에는 많은 모양이었다.

성 바티칸에 아침 일찍 서둘러 간다고 갔는데도 불구하고 벌써 많은 관광객들로 입구부터 인산인해를 이루고 있었다. 입구부터 그 화려한 조각상에 감동해 마지않으며 우리 모두는 복장상태 양호 판정을 받아 한 명의 낙오자 없이 무사 통과하여 바티칸 성당을 둘러볼 수 있었다. 누군가 여기와 '천지창조'를 보지 않으면 왔노라 보았노라 할 수 없다고 하여 내내 천장만 올려다보고 다녔지만 그 어디에서도 찾을 수가 없었다. 그럴 수밖에 천지창조는 그 뒤에 있는 바티칸 궁전에 있다고 했다.

한마디로 깨갱이었다. 가장 우편배달 사고가 없고 제 날짜에 들어 간다는 이곳 우체국에서 엽서를 띄워 본다. 1살짜리 조카 승연이는 잘 크고 있는지? 작은오빠는 집에 일찍일찍 들어오고 있는지? 엄마 어디 편찮으신 데는 없는지? 조국은 잘 돌아가고 있는지? 친구들은 잘 있는지?

이제는 슬슬 바티칸 성당을 나와 천지창조를 보려고 궁전에 들어 가려고 하니 오늘은 CLOSED했다는 어명이었다. 아공~그렇담 우리 야말로 로마 왔노라 보았노라 할 수 없게 되어 버린 것이었다. 잘 알 아보지 않은 무성의를 탓하며 어제 로마 일주에서의 실패를 만회하 기 위해 기차시간에 맞춰 역에서 만나기로 하고 우리 일행은 각자의 취향대로 헤어졌다. 정우 언니는 쇼핑한다고 갔고 나와 숙희 언니 승 재는 하나라고 더 보고 가겠다는 일념하에 '진실의 입'을 찾아 우린 지도 한 장 손에 거머쥐고 여행을 떠났다. 상당히 먼 곳에 진실의 입 은 있었다. 겨우겨우 진실의 입이 담긴 엽서를 내보이며 찾아 낸 성 과였다. 어느 작은 교회에 그 유명한 진실의 입은 붙어(?) 있었다. 오 드리 헵번을 겁줬던 그 진실의 입~.

실제로 와서 보니 항상 명성만큼은 작고 초라함에 실망을 해보지 만, 유럽은 환상 버리다. 한 부분으로 불거져 나와 쓰였을 때 그 아 름다움이 미화되는 것이지 당연히 늘 있는 자리에서 보면 아무렇지 않게 보이는 건 당연한 이치였기 때문이다. 그래도 이렇게 어렵사리 찾아왔으니 오드리 헵번이 했던 것처럼 그 입에 손을 넣고 찰칵~한 장 거나하게 박아 본다. 진실의 입 앞에는 사람들이 사진을 찍기 위 해 줄을 서있는데 그 포즈가 하나같이 다 똑같다. 마치 제주도에서 신혼부부들이 줄 서서 똑같은 포즈를 취하듯이… 다들 '어머~'하는 표정을 취해 본다. 웃음이 배어 나와 여유있어 보인다.

진실의 입을 끝으로 로마 관광을 마치고 시간에 늦지 않기 위하여 우린 두 주먹 불끈 쥐고 무임승차를 해 안전하게 테르미니 역에 다시 모였다. 시간이 다 되어 가도 안 오는 우리를 정우 언니는 놀란 토끼 눈을 하고 혹 약속장소가 틀리지나 않는지 두리번두리번거리다 우리의 출현에 안도의 한숨을 내쉰다.

시간이 좀 남자 승재가 나에게 산교육(?)을 시켜 주겠다며 날 가판대로 데려간다. 이걸 보게 되고 알게 되면 앞으로의 생활에 도움이 될 거라며 괜히 모른 척하지 말고 기회 있을 때 봐서 공부해 두라며 골라 준 책은 다름아닌 포르노 잡지였다. 처음엔

"이기 미칫나? 머 이런 게 다 있노?"
했지만 잡지를 한두 장 넘기면서 쇼킹한 나머지

"야 더 야한 거 없냐?"
하다 결국 가판대 아저씨에게 공짜로 다 보고 간다고 미움 사서 쫓겨 나긴 했지만... 정말 왕 쇼킹이었다. 나중에 암스테르담에 가면 이보다 더한 섹스 박물관이 있다며 나에게 희망과 여행할 맛을 주었다. 이보다 더하다면... 이보다 더한 것도 있단 말인가... 이야... 기대된다.

안녕 안녕~

이제는 우리가 헤어져야 할 시간이었다. 한 달 여행은 너무 아쉽다며 더 있다 가고 싶다는 숙희 언니와 정우 언니, 비행기표를 두 번이나 연기하면서 우리를 돌보던 미식이 오빠, 동갑내기 승재군 이제 다들 자기의 길로 향해 헤어져 간다. 다음을 약속하면서... 난 이제 파리에 도착해 있을 내 국제 학생증과 유스호스텔 증을 찾으러 떠난다. 잠깐 나와 본다고 한 것이었는데 이렇게 뜻하지도 않은 일정과 이렇게 장소를 같이 하다니... 그 의외성이 주는 여행의 즐거움에 이제껏

일정대로 움직이지 못하고 있어 어쩌냐 싶은 마음은 다 버려 본다. 군이 며칠날 어디어디를 꼭 고집하는 것보다 앞으로 마음이 허락하는 대로 떠나기로 하고 기차에 오르니 오늘은 또 어떤 사람을 만나게 될지 기대가 되어 온다.

아침에 눈을 뜨면 다른 나라에 와있는 나는 오늘도 이른 새벽 차가운 아침에 부산하게 파리에 도착해 그동안 맡겨 둔 국제학생증과 유스호스텔 증을 찾으러 현대 파리 지사에 가보니 세상에 이런 일이… 내가 부탁한 이것이 모두 다 DHL로 하루 만에 도착해 내가 오기만을 손꼽아 기다리고 있었다고 했다. 럴수럴수 이럴 수가… 현대문명의 이기를 이렇게 무시하고 다녔던 내가 정말 바보 같았다. 전화 한 통화만 하고 갔더라도 내가 오날날 다시 오지 않아도 되는 건데… 암튼 다시 원상복귀된 나는 이제 스페인 그 정열의 나라로 그리고 나의 일정대로 떠나기 위해 발길을 돌린다. 파리를 한번 탈출하고 돌아오니 자신감으로 든든하다. 이제 제법 영국에서 입성한 배낭여행자들로 샹젤리제 거리는 붐벼 보인다. 괜히 어깨에 힘이 들어간다. 남들이 내가 파리 두 번째 온 거라도 알아 주라는 듯이… 남이 아무도 못 알아 주고 있는데도 말이다. 파리의 RER은 가격이 그새 올라 있었다. 내참 6월 가격하고 7월 가격이 틀리다니… RER을 타니 한국인 배낭여행객이 혼자서 고전 분투하고 있는 나를 향해 인사를 건네 준다. 남자인 그들도 친구와 둘씩 떠나왔는데 올 때부터 혼자였다고 하니 다들 격려를 아끼지 않는다. 짧은 동행이었지만 이렇게 좋은 사람들도 많은 법인가 보다. 격려에 인색해지지 말야야지 하는 교훈을 얻고 그들의 열렬한 환호를 등에 업고 난 떠난다.

◀ 가우디 작품.

▲ 성 가우디 성당/이 성당을 한 컷에 다 담기 위해 앞에 사진 찍어 주던 승재는 땅바닥에 배를 깔고 누워야만 했다.

▲ 벼룩시장: 엥칸테스/우리네 오일장의 규모로 각종 토산품, 생활용품으로 '없는 거 빼곤 다 있었어요' 였다.

▲ 말괄량이 스페인 아가씨들/남미 악단 뒤에서 만났다. 승재는 옆에 긴치마 입은 아가씨를, 나는 내가 안고 있던 터프한 아가씨를 좋아했다.

◀ 카탈루니아 광장의 남미 악사들/한번 듣는 것만으로도 음악에 이르는 길, 정말 한번만 저 팬플롯 연주를 듣는다면 뽕~하고 그 경쾌하고 속이 후련함에 빠져들어 버린다.

결혼식 ▲ 정신 못 차리고 서양 남자와 첫 키스에 빠져 있는 왕진지〈?〉한 모습. 자기 남편이 지금 누구하고 임맞추고 있는지도 모르면서 볼에다 뽀뽀받고 행복해하긴….
▼ 내가 지금 야릇 키스한 거 맞어. 이거이 꿈인가 생시인가? 거 참 느낌 죽이네 ~~. 헐헐 잊을 수 있나요?

▲ 팜플로나 길거리 소축제/풀어 놓는 대다수 소가 기운이 없고 약한 소였다는 것을 나중에서야 들었다. 하지만 흰 옷에 빨간 머플러를 두르는 사람들 사이를 걸어간다는 건 정말 자유, 정열 그 자체였다.

◀ 웬 떡대인형??/시청 앞에서는 투우
축제가 잠깐 쉴 동안 떡대 인형들의 퍼
레이드가 펼쳐졌다. 저 인형 안에 한 사
람이 들어가 춤추고 걷는다. 그러다 지
치면 뒤따르던 사람이 대신 들어가 교
대해 주면서 행진은 계속된다.

▲ 스페인의 소지로/버스에서 잘못 내리다 만난
내가 좋아하는 오카리나를 구워 팔고 있던 악사.
팔던 오카리나를 닮았나 얼굴 모양이 오카리나다.
목에는 프랑스 친구들이 사준 스카프를 두른 채..
오카리나를 평정하러 왔소이다.

▼ 빤쓰 도둑?/파리 지하철에서 보고 두 번째로
우연히 기차 갈아 타다 만난 교희 씨와 치규 씨
는 나와 이렇게 다정하게 사진을 박아 놓고 한국
에 와서는 '내 빤쓰 내놔라'고 전화를 했었다.

▲ 알함브라 궁전의 추억/궁전이라 해 잠실 롯데월드 생각만 하다 큰코 다쳤던 의외로운 모습의 궁전이었지만 기타 선율에 익숙해진 탓인지 내 집 같은 분위기였다. 좋은 추억이 가득한 곳~.

▲ 집단천사 프랑스 친구들/바에 외로이 앉아 비를 긋던 승재와 나를 프랑스 화류계로 안내해 준 천사친구들. 저들이 나와 비슷한 나이대라니. 시껍하긴 했지만….

거참 맘에 쏙 드네/스페인

훌리오 이글리샤쓰(?)가 좋아 서반아어학과에 간 친구

여고 시절 훌리오이글리샤쓰의 그 끈적끈적한 목소리를 죽도록 좋아하는 친구가 있었다. 덕분에 나도 괜히 좋아했다. 왜냐면 그 친구는 내가 젤 좋아하는 이름이 아주 이쁜 친구 설란이가 좋아하는 가수라는 단지 그 이유였다. 그리고 그 친구는 전공선택에 있어 여지없이 인정사정 없이 그 이유 하나만으로도 스페인 어를 선택했다. 지금도 그녀에겐 훌리오 시리즈 쭈악~, 루이스 미겔 쭈악~…(암튼 스페인 가수 중 좀 생기고 끈적끈적한 목소리를 가지고 있으면 내 친구가 바로 구입한다고 알아 두면 된다) 괜히 옆친구가 좋아하니까 스페인에 대해서는 나도 자연 좋은 감정을 갖고 있을 수밖에 없었다. 그래서 결정했다. 나두 갈 테야라고….

스페인 가는 길은 상당히 멀고도 험하다. 게다가 혼자 찾아가는 예약비 아끼겠다고 게기다 어떻게 가야 할지 몰라 좌석으로 예매를 하고 가는데 뭐 이리 많이 갈아 타야 하는지… 잘 만하게 자리잡으면 내려서 한 시간 정도 있다 갈아 타야 하고 또 서서히 새벽이 가까워 오면 갈아 타야 했다. 웬지 무시무시하고 동양인이라고는 나밖에 없고 떡대 좋은 미국, 캐나다 그리고 이곳 유럽 애들이 왕따시만한 짐을 메고 열차 들어오면 뛸 준비를 해대는데 이 연약하고 가방은 열라 무거운 여학생에게 돌아올 것이라고는 좁은 복도 아니면 이미 레저베이션이 돼있는 얼마 안 가 자리에서 일어나야 하는 자리뿐이었다. 무서워지기 시작했다. 밤의 유럽은 또 다른 분위기를 자아낸다. 물론 파리의 에펠탑과 같이 너무나도 감탄사가 나올 정도로 아름다운 것도 있지만 또 다른 밤의 위기는 무서움이다. 짙게 드리운 역에서 무작정 아무하고도 말없이 기다려야 하는 그 시간들은… 내가 왜 인간적으로 이곳에 와있나? 라는 생각을 연발하게끔 한다.

정신차리자!

아디오스 프레 씨엠쁘레… 바르셀로나?

역시 훌리오와 어느 여자가 불러 히트시킨 92년 바르셀로나 올림픽을 기억하는 이 많으리라. 우리 나라 다음 개최국이라 코비가 우리 나라 하늘 위로 호돌이와 함께 하늘로 올라갈 때는 이 나라 중학생으로 우리 나라를 얼마나 자랑스럽게 여겼었던지… 이제 와보면 우리는 올림픽 공화국이 되고 말았지만… 그래서인지 웬지 뭔가가 우선은 반갑다. 바르셀로나….

역에 내려 한국인 배낭족 사이에서 유명한 '아리랑의 전설'을 실감하기 위해 그전 여행길에 받아 둔 지도를 보고 찾아가려 하니 이 장식용 눈이 절대 필요가 없다. 과감히 역 밖으로 두어 번 나갔다가 포기하고 돌아와 전화를 걸었다. 그때 건 돈이 100페세타였는데 우리 나라 돈 600원에 해당하는 돈이었다. 그것도 모르고 그러니까 우리 나라도 치자면 서울 시내에 전화 걸 거면서 50원이면 되는 돈을 무려 15배의 돈을 내고 건 꼴이라니… 신호가 간다. 나온다. 한국말이다.

"아저씨 저 여기 바르셀로나 역인데요~거기 어딘지 못 찾겠어요~ 잉잉."

"지금 학생 내보냈으니까 등대 있는 데로 가봐~~."

하신다. 열심히 달려가 보니 한국인 애들 4~5명이 가고 있다. 너무도 반가운 마음에 "안녕하세요?"를 연발해 보지만 나만큼은 아니 반가운 눈초리다. 아리랑 민박집은 민박집에 묵은 손님도 항시 이렇게 무료 봉사를 해야 한다. 아저씨가 봤을 때 괜히 한가하게 놀고 있다는 느낌이 과감히 들 때는 전화로 못 찾겠다는 아이들을 데려오는 어명을 받아야 한다. 그러니까 나를 데리러 나온 애들도 그렇게 차출되어 나온 아이들이었다. 아리랑 할머니와 할아버지는 배낭객에게 상당히 유명하다. 그 인자하심이 한국 신문에도 실려 한국인으로서 배낭여행을 한다면 꼭 한번은 그러니까 누구나가 꼬옥 들러서 하룻밤을 자거나 육개장을 먹어야 한다거나 가방만을 맡기고 떠나야 하는 필수 코스 중의 하나인 것이다.

그러나….

할아버지 할머니 인심도 어디까지나 성수기에는 잠깐 쉬는 법인가 보다. 일단 사람이 많다 보니 잔소리가 많아지신다. 샤워 하루에 한 번만 할 것! 그 안에 오래 있어도 안 된다. 5분이 넘어가면서부터 아저씨가 문을 노크하기 시작한다. 육개장 먹을 애들 돈 걷기에… 보다 열중이 되게 되는 것이다. 그러나 이 아리랑 민박집에서 제공하는 여타의 서비스에 그만한 것들은 다들 참게 되는 것이다. 이 집에선 잠을 꼭 자지 않더라도 가방만은 공짜로 언제까지 맡아 주신다. 그러나 인정에 약한 우리 한국 청년들… 가방만 맡기기에 너무 미안하고 죄송하고 황송하니 항상 육개장 한 그릇씩은 뚝딱 해치운 뒤 씨익 웃으면서 할아버지께 가방을 맡기고 스페인 방방곡곡으로 떠난다.

항상 웃기는 일이지만 잠자는 것과 한국음식 먹는 것은 너무나도 기가 막힌 가격을 책정당하고 있다. 자는 거 1,000페세타(약 6,000원 정도) 육개장 900페세타(약 5,400원). 그러나 이 집에서 제공하는 신 오이김치와 다꽝 무침, 쉰 김치는 보는 이로 하여금 굶주렸던 식욕을 왕성히 일깨워 주기에 충분하다. 다들 한국 음식 육개장을 땀을 뻘뻘 흘리면서 먹고 있는데 괜히 썰렁하게 고까짓 돈 몇 푼 아낀다고 아니 먹고 앉아 있을 수는 없는 것이다.

"후루룩. 짭짭…~~~~~~."
사람 환장하게 하는 소리다.
결국 난 잠도 자고 밥도 2번이나 사먹었다. 실은 한번은 공짜로 먹었다. 처음에 와서 난 당연히 내가 낸 숙박비에 아침도 포함되는 줄 알고 껴서 천연덕스럽게 먹고 만 것이다. 아저씨가 한 그릇 값이 빈 다고 했을 때 그게 나였을 줄이야… 그 누가 알았겠는가?

가우디 넌 진짜죽이는 놈이구나!

스페인의 끈적끈적 흡사 우리 나라 서울 7월의 같은 날씨에 향수 병을 달래며 스페인 섭렵에 나서기로 했다. 아리랑에서 푼 한국음식 에 간만에 먹은 것 같은 식사를 하니 관광할 맘도 절로 난다. 지도를 펴고 먼 거리에서 숙소에서 가까운 거리로 옮겨 오는 식으로 계획을 잡고 2번째로 아리랑 민박집에서 헤어진 지 하루 만에 다시 만난 나 의 보디가드 승재와 그리고 승재의 일행들과 짜고서 가려다 무엇인 가 꼬여서 승재와 내가 먼저 떠나게 됐다. 우리는 가우디 공원이라는 데를 먼저 가보기로 한다. 가우디가 머하는 건지도 몰랐을 뿐더러 사 람 이름인 줄은 꿈에도 모르고 전철을 타러 간다. 참 각 나라 전철 타 보는 것도 여행의 또 다른 묘미… 스페인 전철은 참 산뜻하다. 그리고 웃기는 것은 스페인은 여자가 대부분의 남자보다 떡대들이 좋다. 그 러니까 기골이 장대하고 다리들이 쭈악쭈악 길다. 그러니 앞에 가는 대부분의 연인들은 우리 나라와 반대로 생각하면 된다. 여자가 남자를 꾸악 끌어 앉고 가는 뒷모습이란… 참 바람직한 현상?? 전철 안에 들어가게 되면 여전히 동양인은 구경꾼의 구경물이 되기 쉽다는 생각이 든다. 그렇게 수많은 일본인이 다 개척해 놓았을 줄 알았는데… 아직도 사람의 시선은 항상 우리에게 집중된다.

승재가 하는 말이 나중에 나 혼자 전철 타게 되면 상대방을 위협해야 한단다. 무슨 일이 생기기 전에 스위스에서 샀던 맥가이버 칼로 손톱 손질을 한다든지 자꾸 만지작만지작거리면 아무도 접근 못 할 거라며 한번 해보라 한다. 생각해 보라. 쬐그만 여자애가 지까짓 게 겁 줘봤자인 애가 맥가이버 칼로 전철 안에서 손톱 손질이라니… 그래도 난 했다. 속으로 생각했다.

"짜슥들~무서우니까 아무도 안 찝적대는군~~~~~~."

가우디가 건설한 꿈의 공원으로 그의 후원자였던 구엘에 의해 지어졌다고 한다. 장식물이 어릴적 원색으로 하얀 도화지에 칠한 느낌이다. 계속해서 감탄을 자아내며 승재랑 한국말로 걸어가는데 중간쯤에서 시커무리한 여자 언니가 다가온다. 그 옆에 곱슬머리 스페인 남자애랑… 다가와 하는 말

영어로 "Are you Korean?"

"Yes!"

그러자 물꼬를 튼 것처럼 "어머 반가워요~."

"저는 몰랐는데 옆에 알베르트가 쟤네들 한국말 한다고 갈쳐 줘서 알았어요!"

그 옆에 마치 곱슬머리 인형머리를 한 알베르트라는 애가 씨익 웃고 서있다.

사공이 성이요 은주가 이름인 언니는 영국에서 어학연수를 마치고 한국으로 들어가기 전에 스페인 지방을 여행하고 있다고 했다. 지금 옆에 있는 알베르트는 영국 어학 연수 때 같이 공부했던 친구라 했다. 연수를 끝내고 이렇게 같은 반 친구였던 친구집을 전전해 하면서 여행하는 사람들이 상당히 많다. 특히 스페인 사람들은 우리처럼 정이 많아서 이런 초대를 많이 한다고 했다. 유럽 생활에 익숙해졌는지 사공은주 언니는 화장기 하나 없는 얼굴로 상당히 타서 마치 동남아인 같기도 했다. (후에 나도 사공은주 언니 피부 색깔이 돼보니…) 언니가 헤어지기가 안타깝다며 이따 저녁에 다시 카탈루니아 광장 콜롬버스 상에서 만나기로 했다. 우리는 원데이 티켓 있겠다 뭘 못하겠는가….

약속하고 카탈루니아 광장을 찾아가는데 우와 정말 덥다.

아~~~~~~~~~~~~.

구엘 공원갈 때 정말 시에스타를 봤다. 갑자기 가게문들이 다 닫히더니 다들 자러 들어간다. 정말 사실이다. 이 더위에 잠자면 기분이 별로일 거 같은데 말이다. 저녁무렵 사공은주 언니와 알베르트를 만나러 카탈루니아 광장으로 향한다. 카탈루니아 광장은 우리 나라로 치자면 대학로와 명동 거리를 합쳐 놓은 것을 연상하면 쉽다. 길 하나를 중심으로 양옆으로는 각종 옷가게와 레스토랑 그리고 그 야하다는 스트립쇼를 하는 바가 있고 거리에는 각종 거리 공연과 벼룩시장 비스무리한 노점상들이 즐비한 곳. 눈만 있으면 이 세상이 즐거워지는 곳이 이곳이 아닌가 한다. 그러기에 관광객도 많고 이 나라 젊은이도 많다. 보기에 학교도 안 다닐 거 같고 직장도 안 다닐 거 같은 부류의 젊은이들. 치렁치렁한 머리와 헐렁한 바지. 신지 않은 맨발과 등에 멘 헐렁헐렁한 가방… 그것만으로도 자유는 충분하다. 이 시대 이 공간 카탈루니아를 중점으로 태어난 행운이기에 가질 수 있는 그들만의 자유가 아닌가 싶다. 관광객 있는 곳엔 언제나 소매치기--메뚜기도 한 철인데 그래 우리도 한 탕 잘 해보자라는 부류의 사람들은 동서양 어느 길바닥을 막론하고 있는 모양이다. 알베르트가 가방 조심하라며 귀띔을 해준다. 나 같은 배낭족 가방 털어 봤자 오늘 하루치 식량(빵, 잼, 포크, 숟가락, 이 참에 무리해서 산 사과 두 알)밖에 없지만 먹을 거 못 먹고 다니는 여행은 아무 옷도 입지 않고 있는데 좋아하는 남자애가 지나갈 때의 느낌과 같을 것이다.

술렁술렁 거리의 기분에 휩쓸려 본다. 목에 꽉 쬐는 목걸이도 사서 이 굵디굵은 목에 쩨보고 시원스레 잘생긴 애들 지나가면 눈웃음도 사알짝~~~~~~.

"아힝~나 한가해잉~~~~~~~~나 이뻥?"

에구 다들 키가 크니 이거 눈높이 꼬심이 되야지…원….
포기하고 카탈루니아 길 끝 광장을 보니 남미에서 온 듯한 인상의 거리 악사들이 공연 준비하는 게 보인다. 돌아보니 "팬플룻이다!!!(-맛가는 소리)" 보고 가자고 졸라 앞줄에 앉아 자리를 마련하니 이윽고 터져나오는 팜팔~~라~~… 이국에서 느껴 보는 최대의 극치라고 표현해야 하나? 붉디붉은 노을이 질 무렵 길게 늘어뜨린 인디언 복장을 한 네 싸나이가 앰프 두 대의 힘을 빌어 음악이란 단어를 귀로 들려 주는데 이건 천사들이 주는 그 포근함과 이국에서 느끼는 다국적감… 그리고 내가 정말 집 떠나와 있다는 생각이 저절로 들어 고만 푹 빠져 미쳐 버릴 것만 같은 것이다.

유럽에서의 거리 공연은 항상 대가를 지불해야 한다. 우리처럼 무언가를 보고 돈을 잘 내지 않고 다니는 문화에 익숙한 사람들은 안

내도 될 거 괜히 공돈 내는 거 같아 그렇지만 이렇게 좋은 공연은 아니 낼 수가 없지 않겠는가? 결국 낸다는 소리다. 없는 돈에 먹을 거 안 먹고 밤기차에서 자고 다니지만 이 인간 나운영 예술을 알고 인생을 안다. 어찌 아니 내겠는가? 그래서 난 이렇게 했다.

"승재야 너 돈 있으면 좀 내라. 남자가 말이야… 예술을 즐겼으면 내야지… 내 거까지 내라잉~."

"야야~~ 이만큼 내도 되겠냐?"

소리가 제법 묵중하다. 자슥~쫌만 내두 되는데… 배짱은….

"하하".

이런 승재야! 승재가 주섬주섬 꺼낸 돈은 우리 나라로 치자면 1원짜리, 10원짜리, 50원짜리 합쳐 봤자 채 300원도 안될 거 같은 분량이다.

"승재야 그거 주면 너 저 사람들한테 맞을 거다… 하하~."

악사들 앞으로 그들의 테잎과 시디를 파는 사람들과 일행인 듯한 뚱뚱하시고 나이 좀 드신 분이 음악에 맞춰 춤을 추신다. 조용히 발로 박자를 느껴가면서. 도무지 아름다움이라고는 찾아볼 수 없는 외모지만 열심히 관중을 위해 춤을 추는 늙은 아주머니가 그래도 아름다워 보이는 것은 마음이 넓어진 탓일지도 모르겠다.

알베르트가 카탈루니아(알베르트는 자기는 스페인 사람이 아니라 카탈루니아 사람이라고 항상 말한다. 은주 언니 말에 의하면 바르셀로나는 카탈루니아 어가 공식지정어로 된 곳으로 자부심이 대단하다고 한다)에 왔으면 전통 맥주를 먹어 봐야 되지 않겠느냐고… 저무는 저녁을 바~로 안내했다. 당연히 스페인 어 잘하는 알베르트가 있으니까 우린 아무 말 않고도 술을 먹을 수 있었다. 너무나도 넘치는 젊음에 우리가 가지고 있는 이 자유가 어찌나 좋았던지 단숨에 술을 들이 마실 수 있었다. 이곳 전통 맥주인 DAMN은 우리 나라 맥주마냥 깊은 맛이 우러나오고 쓰고도 맛이 깨끗하다. 한마디로 술 좋아하는 나에겐 이건 웬 떡이냥~~단숨에 마셔 버리니까 이번엔 알베르트가 우리들에게 한 병씩 돌린다. 너무 착한 알베르트다. 영화 앤에 나오는 여자 주인공을 닮은 착하디 착한 남자아이다. 우리를 담당한 웨이터는 어찌 이리 말랐을까. 하지만 알베르트라는 스페인 사람이 착해서인지 이 담부터 만나는 모든 스페인 사람은 다 착할 거 같다. 몇명에 의해 좌우되는 그 나라 인상. 이 인상이 후에 그 나라의 좋고 나쁨을 가늠하는 기준이 된다는 걸 우리도 명심해야겠단 생각이 들었다.

웨이터가 우리가 또 시킨 술을 가져오더니 갑자기 자기 팔뚝을 보여 준다. 자기 문신을 새겼는데 읽어 보라는 것이었다. 하하~이건 또 뭔가. 스페인 웨이터가 나에게 읽어 보라고 내민 팔뚝에는 "사요나라"가 정확한 가타카나로 새겨져 있었다. 승재와 나와 은주언니가 일본인인 줄 알고 우리에게 다가온 것이었다. 동기는 찝찝했지만 이 순진함이 날 즐겁게 한다. 우리는 그동안의 여행 얘기, 한국에 가서 다시 만날 것을 약속하는 얘기 그리고 너무 착한 알베르트를 위해서 뭔가 기념이 될 만한 것을 주자고 제의를 했다. 그때 내 가방에 접는 부채(여행 오기 전 기념품이 될 만할까 해서 전철역 어느 할아버지에게서 산 1,000원짜리 접는 한지 부채였다)가 생각났다.
우리는 난을 그리고 난 여백에 우리가 한껏 메시지를 썼다.

"알베르트 땡큐."
"알베르트~바부팅이~."
한글을 모르는 알베르트 시종일관 신기해 하면서 쳐다보며 웃어 대지만 은주 언니가 해석해 주니까 후후… 그제야 알고 장난으로 화를 낸다.

다시 "I LOVE YOU~!"

를 썼더니 알베르트 얼굴이 불그레… 어찌할 바를 몰라 빨개진다. 우리 모두 우하하 하고 웃어 본다. 서울에 돌아가면 다시 사진하고 편지 보내겠노라고 서로 주소 교환하고 우리는 다시 분수쇼를 보기 위해 일어나야 했다. 분수쇼는 요일에 잘 걸려야 하는 행운의 하나였다. 매주 목요일부터~일요일까지 10시부터 11시 30분까지 미술관 앞 광장에서 분수쇼가 있는데 무료였다.

무료다~~~~~~.

낮에 보면 그냥 높이 올라 떨어지는 분수에 불과하던 것이 밤의 조명과 그리고 음악이 함께 어우러지니 또 다른 장관을 자아낸다. 주분수대를 필두로 해 주변에 있는 크고 작은 분수대가 모두 음악에 맞춰 왈츠를 추고 있는 것 같았다. 연인의 사랑이 무르익고, 밤은 깊어 가고 여기에 있기만 하면 처음 보더라도 그냥 옷깃만 스쳐 지나가게 되더라도 그 사람과 얼싸안고 사랑을 나누고픈 마음을 들게 하는 것이다. 밤이란 사람을 정숙하게 만들지만 반대로 발광하게도 만드니까~ 밤이다. 지금쯤 서울에 있는 내 친구들은 무엇을 할까 하는 생각이 든다. 늦은 밤 여기까지 와서도 막차 전철 집어 타고 숙소로 향한다. 술을 먹고 타니까 축지법이다. 느낌상 한 5분 만에 숙소로 돌아온 기분이다. 씻고 자러 들어갔더니 오늘 밤 아리랑에서는 플라멩고를 모두 보러 간지라 텅 비어 있었다. 우와 ~자리 넓다. 이불도 많고 베개도 많고~ 이불 좋아하고 베개 양옆으로 껴앉고 자는 거 좋아하는 나에게 천국이다. 어여 자자. 오늘도 무사히 하루가 흘러가고 있는 것이다.

말괄량이 스페인 아가씨들

행사에 맞춰 그 나라에 당도하는 건 자신이 가진 여행복 중의 하나다. (우연히) 이맘때 스페인에 도착했고 (마침) 내일부터 팜플로나 CAW 축제가 벌어진다고 했다.

TV에서 세계 진기명기라든가 이색축제하면 꼭 안 빠지고 나오던 축제다. 오기 전엔 그 카우 축제가 벌어지는 곳이 스페인이었는지도 몰랐으며 더욱이 그곳 이름이 팜플로나라는 것은 금시초문이었으니 사람이란 자신과 관계가 없는 것에 대해 얼마나 무관심한질 알 수 있는 것이다. 그래서 현장학습이 필요하게 된 것일 것이고 자신과의 어느 정도 관계를 만들어 기억시켜 놓은 것이 백과사전 몇 개 펴놓고 하는 거보다 훨씬 낫다는 것을 그대들이여 동감하고 있을지어다~ 스위스로 가는 길에 테제베 타려고 예약 한번 해보고 자리 텅텅 벼가는 거 보고 내 다시는 예약 안 하리~였는데… 스페인은 모든 구간이 예약이 필수였고 만약에 안 했을 경우에는 탄 후에라도 추가비용을 내고서라도 타야 한다니… 예약 아니 할 수가 없다.

그 새 느려 터지는 게 몸에 배 얼렁얼렁 안 해서, 그만 2등석 시트는 이미 매진이라 1,300pst를 주고 가야 하는(그렇게 가서 내가 소코빼기라도 보고 왔으면 내 말을 안 해요~) 수모를(?) 겪어야 했다.

바르셀로나의 벼룩시장은 엥칸테스라고 하는데 월, 수, 금, 토요일 카탈루니아 광장에서 열린다. 분수쇼에 이어 너무나도 잘 맞게 일이 벌어지고 있다. 전철에서 우루루 내린 사람들이 주루루 가는 곳으로 발길을 향하면서도 내내 의심이 가서 옆으로 지나가는 사람에게 스페인 어는 모르고 하니까 책에 써있는 스펠링을 짚으면서 손가락으로는 오케이?를 해보인다. 웃으며 맞다고 자신이 발음해 보인다. 열라 좋은 발음으로

"엥칸테스~."

씨익 웃으며 화답하고 얼마 안 가니 웅성웅성한 분위기와 천막들이 보이기 시작한다. 우리 나라 오 일장과 비슷한 분위기를 연출하고

있는데 우리 나라 아줌마 아저씨들 할머니 할아버지를 빼고 거기 뺀 자리에 홀리오, 미겔 등의 스페인들을 콕콕 박아 두면 되는 것이다. 웬지 쌀 거 같은 기분에 그동안 사고 싶었던 조그만 손가방과 팔찌를 샀다. 사면서 느낀 건데, 아랍 계통의 피부가 검은 사람들에게 물건을 살 때는 안 깎아 주면 나 갈 거라고 으름장을 놓으면 우리네가 그러하듯이 못 이기는 척 하면서 적당한 선에서 깎아 준다. 그런데 안 그런 백색 계통의 사람들은 우와~ 간다고 열심히 튕겨 봐도~싫으면 관두슈~다. 배째라~.

(아니 내 비법이 어느새 바르셀로나까지^^)

내가 기대했던 벼룩시장의 물건들은 허름하고 막 망가진 것이라 생각했었는데 자질구레한 물건들이라든지 누가 쓰다가 갖고 나온 건 얼마 없었던 거 같으다.

단지…음….

아쉬움을 접어 두고 다음은 몬주익 언덕으로 향해 본다. 내가 몬주익 언덕을 향해서 갔던 것은 그곳에 선인장 공원이 있는데 정말 진기할 정도로 아름답고 묘한 갖가지의 선인장들이 많다 하여 거길 찾아 가려고 한 것인데… 이놈의 지도 보는 눈이 안 좋아 엉뚱한 곳에 가게 됐다. 하지만 이것 또한 내겐 행운이었으니… 몬주익 언덕은 1992년 바르셀로나 올림픽 스타디움과 제반 여러 시설이 운집해 있는 곳이다. 서울에서 잠실 올림픽 구경오는 외국인에게 뭐가 볼 게 있어 오나~라며 혀를 찬 일이 있는데….

오늘은 내가 그 짝 났다. 우리 나라하고 똑같다. 메인 스타디움에 들어가 보고 감격에 잠겨 보지만 이미 지나간 열기라 그런지 썰렁하다. 찾기로 한 선인장 공원을 향해서 앞만 보며 그 더운 시멘트 바닥을 걸어올라가고 있었다. 저 앞 그야말로 몬주익 언덕배기에 무언가 기념물 비스무리한 것이 보이기 시작한다.

드뎌~찾았다!!

하고 폴짝 뛰어 홀쩍 들어갈라 그랬더니…먼가 잘못 찾아온 거 같다
는 느낌이 꽉꽉 드는데… 역시… 내가 찾던 데가 아니구 너무나도 이
쁜 아파트 무덤이었다. 조그만 창 크기만한 각각의 무덤 속에 그 두
고 간 가족들이 장식했을… 죽은 이의 사진이며 그를 기념하는 문구,
사진, 십자가, 꽃….

　우리네처럼 무서운 공동묘지(무덤이 쭈~악 반으로 갈라지며 머리
를 산발한 여인네가 출몰하는 그런 식의 무덤이 아닌, 오고 싶고 보
고 싶고 가꾸고 싶고 경제적인 참 잠들고 싶은 무덤이었던 거 같다.)
사진 촬영 금지라는 푯말이 쓰인 영어 난 읽고 번역할 수 있었지만
너무나도 찍고 싶어 몰래 몰래 옷에 카메라를 숨겨 찰칵~.

결혼식에서 남의 신랑과 정열의 뽀뽀를!

　무덤을 내려와 아래로 아래로 내려오는데 어디선가 즐거운 왈츠
가 흘러나오고 있었다. 올림픽 경기장 아래쪽은 전부 숲으로 공원으
로 너무나도 조성이 잘 돼있었다. 뭘까? 뭘까?하는 궁금함으로 음악
에 귀를 맡기고 찾아가 보니… 결혼식이 한창이었다.

　7월의 맑고 청아한 하늘 아래 너무나도 이쁜 신부와 너무나도 귀
여운 신랑이 야외 숲속에서 친척과 친구들 앞에서 즐겁게 결혼식을
올리고 있는 중이었다. 처음에 우린 옷도 티에 반바지라 그들 틈에
끼기가 머해 머뭇거리고 있었는데….

　저쪽 편에서 우리에게 오라며 손짓을 한다. 그들에게 그들의 결혼
식 때 동양인 그것도 남녀가 나타난 것이 너무도 신기하고 재밌는 일
같아 보였다. 하긴 나도 즐거웠으니까. 카메라를 들이대자 우리네 등
을 떠밀며 저 신랑 신부와 같이 서서 찍으란다. 교대로 남녀남녀가

되도록 우린 섰는데 갑자기 앞에서 키스하라는 명령이 떨어졌다. 내가 기회는 놓칠세라... 입을 신랑에게 향했는데... 신랑은 이미 술이 거나하게 취해 나에게 볼이 아닌 입술에 하고 있었으니....

"에구 아까비... 너무 귀엽던데..."

못 이기는 척 놀라는 척 있는 내숭 다 떨면서도 입맞추고 있던 운영이~.

시켰어요... 저들이 시키는데 여자가 힘이 있남유... 하라는 대로 해야징~.

헤헤~.

좀더 남아 있었더라면 우리네식 국수를 먹을 수도 있었는데 그들의 행복을 빌며 우린 하산하기 시작했다. 죽음과 결혼이라~ 인생의 축소판을 동시에 보고 내려온 기분이다.

말괄량이 길들이기

저녁 무렵 내일 팜플로나 가기 전 싼 슈퍼에서 장이나 볼 겸해서 어제 간 카탈루니아 광장으로 향했다. 슈퍼에서 싼 빵이며 잼을 또 미친 듯이(슈퍼만 보면 미친 듯이 들어가 장을 보기 시작하는 슈퍼 알레르기 선천 불감증에 감염되기 시작한 때가 이때부터였던 거 같다) 한 짐 보고 나오니 역시 손이 무겁다. 어제처럼 이제 남은 시간은 남미 팬플룻 연주자와 함께 하러 갔다. 이참엔 앞쪽이 아니라(사실은 또 돈 내라고 한 바퀴 돌 때 낼 돈이 없어서) 뒤쪽 스탠드에 앉아서 듣고 있었는데....

우리 옆쪽으로 우리로 치자면 중학생 정도 돼보이는 여자애 다섯이서 머리에 실감기를 하고 있었다. 신기한 마음에 계속 쳐다보고 있었는데 그쪽에서도 우리를 힐끔힐끔 쳐다본다. 질세라 계속 쳐다보고 있었더니… 아이스크림을 어느새 사와 먹다가 나를 향해~한 입 먹어 볼 테냐며 지 침 댄 아이스크림을 들이댄다. - 아마도 우리 나라엔 그런 거 없어서 못 먹어 보고 산 애들로 보였나 보다… 아니라고 괜찮다고 너 먹으라고 고개를 흔들었더니… 틈새를 노려 이야기가 시작되었다. 너무나도 재밌는 아이들이다. 승재가 지 옆에 앉아 있던 여자애가 맘에 들었었는데 불행히도 그 여자애들 중에 한 명만이 영어를 할 줄 알아 그녀가 우리와 얘기한 후 친구들에게 해석하고 있었는데… 승재가 그 여자애가 이쁘다고 말 좀 전해 달랬더니… 게네들 뒤집어졌다. 승재가 그 아가씨 마음을 사로잡을라고 즉석에서 한국어로 된 사랑의 노래를 부르고 나니까 캬~ 감동의 도가니~~그 아가씨 완죤히 맛가서리… 서로 걸고 있던 목걸이 교환하고… (에구마 눈꼴시려 몬 보겠네마~) 그중에 내가 젤 좋아하는 스타일의 아이가 나에게도 머리를 해주겠다며… 색실을 고르란다. 아쉽게도 그 날 밤 우린 10시 30분 밤차를 타고 소 축제가 열리고 있는 팜플로나로 가기로 돼있었고 하필이면 이렇게 재밌고 좋은 애들은 이 짧은 시간 동안밖에 만날 수 없다는 게 너무 속상했다. 바빠서 가야겠다고 했는데도 5분이면 된다며 내 머리를 해주던 아이. 비록 승재와 눈이 맞아 맞이 갔지만 참 예쁘고 다소곳했던 그 아가씨… 승재는 시간이 다 되어 가야 했는데도 지금 가지 못하면 차 놓치는데도… 그 자리를 못내 아쉬워하며 뜨지 못하고 있었다. 그래서 결국 모레 저녁에 다시 이맘때쯤 여기서 만나기로 하고 우리는 헤어져 바르셀로나 중앙역으로 열라 뛰어야 했다.

팜플로나 카우 축제 (나 왜 왔니??)

열심히 뛰어 탄 기차에서 두 번째 쿠셋을 이용해 본다. 많은 수의 한국애들이 카우축제가 있다는 것을 다 알고 있었는지 열차 대부분이 우리 한국인이다. 정말 장족의 발전이다. 이들이 유럽에 알리는 우리 나라 외교도 무시 못할 것이다. 대다수의 유럽인이 한국을 모르기도 하지만 이 숫자로 한 2~3년만 밀어 붙인다면 아마도 열이면 열 다 한국을 알지 싶다. 달리는 밤기차 흔들리는 쿠셋에 누워 잠을 청해본다. 흔들리는 기차를 타고 다음날이면 매일 새 세상이 열리는 재밌는 여행~ 잠은 어디서나 쉽게 떨쳐 버릴 수 없다. 항시 도착은 잠에서 제일 깨기 어려운 5~7시 사이이다. 팜플로나에는 새벽 6시경에 도착되었다. 플랫폼을 빠져나오는 많은 인파들~ 나와서 두리번두리번 또 어벙벙한 티 내고 있는데 뒤에서

"어 나운영~~" 한다.

이 넓은 스페인에서 아니 이게 누구야? 처음 떠나올 때 싱가폴에서부터 같이 온 재훈이었다. 비행기 친구. 파리에서 그렇게 만나려고 찾아다녔는데도 한번도 못 보고 떠나오고 말았는데 참 넓고도 좁은 게 세상이다. 그러나 화근은 인포메이션에 물어 보니 소축제는 아침 8시에 시작한다는 것이었다. 그 시간에 비해 너무나도 빨리 도착되어 역 안에서 밖에서 밍기적 밍기적~ 거리고 있었는데 한 소문이 갑자기 쫘아악 돌았다. 거리에 소를 풀고 몰고 가는 카우축제는 오전 6시에 시작해서 이미 8시에 막을 내렸다는 거였다. 세상에 너무 빠른 거 같아 역에서 시간 때우고 있었는데 마른 스페인 하늘에 어인 날벼락~~ 이 말은 거짓말일 것이다 굳건히 믿고 우리는 나아갔다. 그러나 점점 축제가 열리고 있는 중심가로 다가 갈수록 그 말이 사실임은 역력해졌다. 들판마다 공터마다 텐트 치고 잠자고 있는 사람들하며 차 안에는 모두들 지친 얼굴로 다 자고 있었다.

축제 동안 모든 사람들은 모두 하얀 바지와 하얀 남방에 빨간색 허리띠와 빨간색 스카프를 메는데 어린아이부터 늙은 할아버지 할머니까지 너무나도 정열적이고 깨끗한 옷을 입고 한바탕 흥건히 즐기

고 지금 타임은 이제 밤에 펼쳐질 또 다른 흥청거림을 위해 모두 잠으로 재충전하고 있었던 것이다. 우리는 설마설마 하면 투우장까지 가보았지만 이미 마을을 한 바퀴 돈 소들은 투우장에서 한 바탕 투우사와 열전을 벌인 후 다 철거중이었고 남은 뒷처리하고 있는 중이었다.

"나 여기 왜 왔니???"

그래도 볼 건 있더라 머~

힘이 쭈욱 빠져 그래도 먹을 건 먹고 힘을 내보자고 즉석에서 만난 여러 일행들과 빵을 발라 먹고 있었다. 그러자 스페인 사람인 거 같은 사나이 둘이 오더니 자기네들 배고프다고 빵 하나씩만 달란다. 하나씩 줬더니 호호 우리가 착할 거 같았는지 멍청할 거 같았던지 하나 더 먹었어두 돼냐구… 아예 내 거려니~~~~하고 같이 질펀하게 앉아서 먹는다. 우리가 기가 막혀 한국말로 "고만 묵어라 니들은 얼굴에 철판 깔았니? 이 정도면 눈치채겠구만 자식 모르는 체하기는~~" 결국 그들은 같이 빵 다 먹고 후식으로 과자까지 챙겨 가는 뻔뻔함을 보였으니….

거리들이 온통 하얀색과 빨간색뿐이다. 아침부터 날씨가 그리 맑을 것 같진 않더니 슬슬 비가 흩뿌린다. 어제 그 스페인 아가씨들 때문에 입은 그대로(반팔 티와 반바지 달랑 하나) 올 수밖에 없었던 승재와 나는 슬슬 추워지는 것을 걱정했다.
뭘 하면서 지내야 할까 고민고민하고 있는데 누군가가 바에 가자고 했다. 우리는 제일 흥청거리는 바로 들어갔다. 그런데 거기서 재훈이네가 열차에서 같이 타고 왔다는 프랑스 애들을 만났다. 우리는 포도주 한 잔씩을 들고 타들어가는 음악에 맞춰 질펀하게 춤을 추어 댔다. 술을 한 손에 들고 발과 손과 고개는 음악에 맡긴 채… 세계의 젊음이 다 이 바에 모여 있는 듯 바의 젊음은 불타오르기 시작했다.

　앞으로의 스케줄을 생각해 볼 맘으로 나오려니 재훈이네는 이 친구들과 계속 같이 한다고 했다. 이 친구네들은 호텔을 잡은 거 같다며 한번 빈대 붙어 볼 계획이라 했다. 그들도 우리처럼 카우 축제는 보지 못했기 때문에 그들은 여기 온 목적을 꼭 달성하고야 말겠다는 것이었다. 그렇다고 그들 나름대로 호텔을 잡자니 비싸고 유스호스텔은 다 만원이고 하니 프랑스 애들에게 한번 빈대 붙어 보려는 것이었다. 그러기에 우리까지 합치면 인원이 너무 많으니 좀 미안하지 않을까 걱정하길래 걱정하지 말라고 우리들은 따로 계획을 잡아 구경하겠다고 헤어졌다.

　비는 점점 거세지고 있었다. 유난히 비가 오니 더 춥다. 승재와 나는 다른 바로 옮겼다. 거기서부터는 술을 사먹는 게 아니라 추위를 피하고 앞으로 뭘 할 것인가를 정하기 위해서였다. 한참을 그렇게 어느 바에서 처참히 앉아 있으니 인심좋은 스페인 애들이 피처 잔에 든 술을 가져와서 한 모금씩 먹어나 보라며 친절을 베푼다. 거절하면 상대방이 민망할까봐~(말이 좋다) 넙죽넙죽 주는 대로 다 받아 마시고… 호호 술이 들어가니 좀 낫다. 한기를 녹이고 우리는 첫째 인포메이션에 가서 오늘의 행사 일정을 알아보기로 했다. 팜플로나라는 마을은 의외로 작아서 우리는 쉽게 정보를 얻을 수 있었다. 중심가에서는 세계 각 곳의 재즈 뮤지션들하며 작은 거리의 악사들로 넘쳐 났고 어느 바에 가나 홍청홍청~ 사람도 홍청망청~~ 캬 죽인다. 시청사 앞에 이르니 무언가 왕따시만한 인형 여러 개가 서있다. 처음에 가서 건드려 봐도 거의 꿈쩍도 안 한다. 그러나 여기서 뭔가 행사가 있을 거 같아 한참을 기다려 보니 과연~ 잠시 후 사람 하나씩이 그 큰 인형치마 속으로 들어간다. 그리고선 행렬이 시작되는데 뒤에는 악대가 따르고 그 큰 인형을 짊어지고 안에 들어간 사람들은 음악에 맞춰 그 큰 인형을 움직여 가며 골목골목을 누빈다. 우리도 그 뒤를 우르르~~~~~~ 개떼처럼 쫓아가 보니 그 인형들은 어느 성당으로 들어갔다. 거기서 꽤 높으신 분들인 거 같은 분위기의 사람들의 연설을 들으며 그들은 성당 안으로 들어갔고 카메라 기자는 연신 그걸 찍느라 분주했다. 아마 나도 그 날 밤 스페인 밤 9시 뉴스데스크에 나왔지 싶다. 그 쇼도 끝나니 또다시 비다. 너무 춥다. 정말 유럽의 여름은 여름도 아니다. 정말 춥다. 승재와 나는 배도 고프고 춥기도 해서 골목을 누비고 있는데 마침 좋은 장소를 발견했다. 우리가 들어간 곳은 성당이었다. 졸립기도 하거니와 첫째 너무나도 추워서 들어갔는데 너무 좋았다. 우리는 뒤쪽에 자리를 잡고 앉아서 편히 잤다. 손을 꼭 모으고 마치 나는 자는 게 절대 아니예요~ 하나님께 열심히 기도하는 거예요 하면서….

여행자들 때문인지 미사는 계속 열렸다. 우리는 앞으로 진출해 더 떳떳이 앉아 이번엔 엄청난 일을 저지르고 말았다. 난 언젠가는 한번 꼭 그것을 먹어 보고 싶었다. 그러면서도 그것을 어떤 사람이 받아 먹는 것이며 그것은 예수님의 육체를 의미한다는 것은 알고 있었다. 그러나 그게 세례를 받은 사람만이 받아먹을 자격이 있다는 것은 정말 몰랐다. 다들 나가는 거 같길래 나도 슬며시 일어나 받아 먹고 왔다. 그것도 손으로 받아 먹은 것도 아니고 고만 입으로… 와 ~정말 그 사실을 알고 나니 내가 한 행동이 얼마나 잘못된 거였는지… 알았다. 정말 죄송하다. 그러나 그때만 해도 떳떳하게 나도 이제 저거 한번 먹었다라는 자부심에 부풀어 성당문을 나왔으니… 마을은 아까 돌듯 다시 돌고 돌아도 비는 그치지 않고 춥기는 왜 그리 추운지… 정말 사람 돌아 버리는 줄 알았다. 으~~~~ 승재가 그 스페인 아가씨한테만 빠져 시간에 빠듯이 오지만 않았어도 따뜻하게 준비해서 오는 건데…
도저히 안되겠다. 이대로 더 이상 갈 데도 없었고 돈도 없었다.

승재와 나는 아무 바나 들어가서 추위나 피하자고 했다. 우리처럼
반드시 들어가면 자리를 잡고 앉아야 하는 것도 아니니 우리가 들어
가 있다 해서 주인에게 쫓겨날 일은 만무했던 것이다. 그래도 사람
좀 많고(너무 없으면 사실 우리는 찍히기 쉽다. 첫째 우리는 동양인
이라 그들과 구별이 쉬웠고 우린 하얀 옷에 빨간 스카프도 하지 않았
기 때문에 눈에 너무 잘 띄었으니까) 화장실 시설 좋은 곳으로(후
후…엄청 뻔뻔하죠?). 우리는 들어가 저쪽 구석탱이에 의자도 아니
드럼통에 엉덩이를 걸치고 멍한 눈으로 바에서 춤을 추는 서양애들
을 쳐다보고 있었다.

천사표 프랑스인

아까부터 슬쩍슬쩍 이쪽을 쳐다보는 애들이 있었다. 어차피 얼굴
에 철판 깔고 들어왔지만 자꾸 쳐다보니까 아잉 쪽팔리잖아? 또 도
둑이 제 발 저린다고 우리가 공짜로 들어와 있으니까 머라고 그러는
거 같기도 하고… 나갈까 했는데 나가도 마찬가지일 거 같고 해서 정
말로 뻔뻔하게 그냥 앉아 있었다. 그러고 있기를 수분…잠시 후 저쪽
에서 먼저 와인 한 잔을 들고 온다. 그러더니 우리더러 마시란다. 우
리는 그래도 자존심을 살아가지구…아니다 안 마신다. 너희들 성의는
고맙지만 우린 no thank you~다라고… 그랬더니 그쪽에서도 괜찮으
니까 마시란다. 아까부터 봤는데 왜 그러냔다. 우리는 솔직히 말했
다. 너무 춥고 졸립기도 하고 그래서 아무 바나 왔다구(이거 완죤히
거지 3대 조건 다 갖췄구만~ 춥지요~ 배고프지요~ 졸립지요~~) 그
애들이 제의를 해온다. 같이 놀자고~~어 정말? 맘 변하기 전에
"그래그래 너희들은 참 좋은 애들이구나~~음 맘에 들어~."

손에 와인 한 잔씩을 들고 우리들은 춤을 추기 시작했다. 무언가를 자꾸 물어 보려고 했지만 우리는 영어뿐이었고 그네들은 불어 아니면 스페인 어와 아주 어정쩡한 영어를 사용하고 있으니… 대화엔 좀 수월치 않았다. 그래도 이미 익혀 온 바디 랭귀지~~ 그리고 나의 뻔뻔한 웃음(내 웃음을 아는 사람은 충분히 상상이 가리라~)으로 나는 한 개의 불편도 없이 얻어 먹고 있었다. 바들은 영업시간이 천차 만별이었다. 이 바가 문을 닫겠다며 영업이 끝나자 우리는 우르르 또 다른 바로 옮겼고 또 이 바가 문을 닫으면 옆집 바로 해서 이렇게 6개를 다녔다. 한 바에서였다. 6개의 바를 돌다 보니 더 이상 할 말이 없어지고 말았다. 그래서 내가 배운 대로 멀 보든지 화제로 삼을 수 있었야 한다고 그래 나는 그네들 목에 있는 빨간 스카플 화제에 올렸다. 그러자

"어머 너희들은 없니?"
"(지집애 보른 모르니?) 응 없어~."
"그래."
--쑥덕쑥덕(걔네들끼리~)

잠시 후 내게 젤 잘해 주는 남자와 여자가 나가더니 스카프 2개를 사온다. 우리 만난 기념이라며 하나는 승재에게 하나는 나에게 매어 주는데… 와 이 감동~ 이런 친절을 받다니… 정말 너무 고맙더라~구용~ 너무 친철과 은혜를 많이 받아 더 이상 같이 있기가 미안해 우리는 헤어지기로 했다. 너무나도 아쉬운 작별을 하려고 하니 그냥 쉽게 놓아 주질 않는다. 우리는 중요한 약속이 있다며 가봐야 한다고 했더니 이네들이 자기네들 어느 바에 가있을 테니 약속 끝나고 또 그리로 오란다.

야~ 집단천사들이다. 정말정말 너무너무 고맙기 그지없지만 벼룩

도 낯짝이 있다구….

그 다음 그래 우리는 투우를 봐야 한다고 결론이 나 투우장으로 향했다. 비는 미친 듯이 굵게 퍼붓고 있었고 우리는 종이 지도를 우산 삼아 투우장으로 향했다. 비가 와도 상관없이 거리는 술렁거린다. 투우장에 알아보니 오늘 6시에 투우가 또 있다고 했다. 그러나 이 투우는 스페샬이라 했다. 스페인에서 유명한 사람이 나온다는 것이었다. 그리면시 부르는 가격이 6,000pst. 이 돈이면 와~ 스페인에서 며칠을 더 묵을 수 있는 어마어마한 돈이었다. 여기서부터 부리기 시작하는 잔머리. 우리 나랄 생각하고 게임이 일단 시작되면 표값이 다운되겠지 그래 그때부터 사자라고 비를 피해 승재와 나는 왕따시만한 나무에 비를 피해 보지만 어림없다. 굵은 빗방울이 뚜욱 뚜욱~~ 그러나 나의 예상은 완쫀히 빗나갔다. 게임이 아무리 시작되어도 표값은 다운되지 않고 그대로의 가격을 지키고 있었다. 물론 거기에도 암표장사는 판을 치고 있었다. 우리가 아무리 암표장사에게 튕겨 보고 졸라도 보고 최대한 없는 티를 내봤지만… 어림 반 푼어치도 없었다.

아이구마~내 치사해서 안 본다. 안 봐!

그리고선 그 날 아침 역에서 내리자마자 돌아갈 표를 예매하고 온 것을 물를까 말까 했지만 숙소도 확보 안 된 상태에서 너무 무모한 것 같아 춥기도 하거니와 할 일도 없어 역으로 돌아가기로 했다. 그래도 역에선 비라도 피할 수 있으니까 버스에 올랐다. 버스에 오르면서 역에 가냐니까 이 아저씨가 못 알아듣는다.

"칙칙폭폭~~~~~." 입으론 소리를 내며 손으로 기차 모양을 해보이니까 웃으며 그렇단다. 맘놓고 타서 한참을 가자니 참 허무하단 생각이 든다. 그러나 우리 어디서 내렸는지 고만 잘못 내리고 말았다. 으이구 추워 죽겠는데 우리는 한참이나 역에서 멀리 떨어진 곳에서

부랴부랴 내린 거 같았다. 엎친 데 겹친다더니… 입으로 투덜투덜대며 너무도 추워 아무 생각 없이 역을 향해 걸어가는데 도중에 먼가 신기한 장이 서있었다. 수제품으로 만든 조각, 그림, 인형, 악기 등….

우와 내가 좋아하는 시장이다. 어 저건~~~~~~.

한 켠에는 내가 젤 좋아하는 악기 오카리나였다. 너무도 반가운 마음에 악기 팔고 있는 분에게 나두 서울에서 오카리나 배운다. 이거 직접 만든 거냐니까 그렇단다. 연주를 한번 부탁해도 되냐니까 즉석에서 해준다. 너무 좋다. 비가 내리는 스페인에서 듣는 오카리나 연주라… 길게 내뿜는 이 하얀 입김을 뒤로 하고 나는 이틀치 방값에 해당하는 돈으로 악기를 두 개나 샀다. 없는 돈이지만 쓸 때 푸악푸악 쓰자~.

추적추적 비는 연이어 계속 내렸지만 걸어서 역에 도착한 나와 승재는 또 한번 놀랐다. 역 안에는 발디딜 틈도 없이 꽉 차있었고 아까 헤어졌던 재훈이 일행도 이미 와있었다. 정말 오늘 하루 엄청 추웠다. 한참을 노가리 까고서 있으려니 추워도 잠이 온다. 고개 숙이고 최대한 웅크린 자세로 역바닥에 질펀하게 앉아 잠을 청해 보지만 너무 춥다. 꿈속에서도 춥다.

알함브라 궁전의 아줌마에 대한 추억

처음에 한참 클래식 기타에 빠지게 되는 경우는 이 한 곡 바로 '알함브라 궁전의 추억'이 되었던 사람들이 꽤 있을 것이다. 알함브라는 저기 어디 이집트쯤에나 붙어 있는 줄 알았더니 스페인의 그라나다라는 지방에 붙어 있었다. 음. 이런 무식함하며 혼자 자조해 본다. 가기 전에 여러 여행자에게 그라나다 알함브라 찾아가는 길은 절대 표지판 보고 가면 안 된다는 주의를 들어서 그들에게 빠른 지름길을 책에 그려 달라 하여 정보를 수집 알함브라가 있는 그라나다로 향했다. 계속 아래 지방에만 있으니 벗어나질 못한다. 저쪽 윗지방으로 치고 올라갔으면 하는 바람에 일정을 빨리 빨리 진행시켜야겠다고 생각했다.(하지만 후에 느낀 건데 윗지방에 미련 가질 거 없다. 아랫 지방이 얼마나 특색 있고 멋있는지 내가 왜 그 좋은 곳을 빨리 빠져 나오려고 했을까 후회됐다.)

그래 이제껏 같이했던 승재와 재현이네 일행과 떨어지기로 하고 과감하게 난 알함브라 궁전을 찍고 틴해서 세빌리아로 향하기로 했다. 그것도 예상을 안 해 가방을 코인락커에 같이 맡겼는데 그만 나머지 일행과 가는 시간대 목적지가 틀려 다시 락커 열고 짐을 나눠 짊어지고 시간이 바쁜 내가 먼저 앞장서 가기 시작했다.

알함브라 궁전을 찾아가려면 대형 슈퍼를 지나 분수가 보일 때 꺾어지라는 이정표가 보이나 거기에 속지 말고 곧장 직진하여 중앙분수가 나오면 그 곁길로 가면 알함브라 궁전이 있다고 했다. 오랜만에 혼자서 찾아가려니 걱정이 되고 혼자 잘 해낼까 의심이 갔지만 혼자서 잘 해낼 수 있을 거야 하는 마음에 계속 걸어가 본다. 얼마 안 있어 대형 슈퍼가 나온다. 제1 관문 통과! 분수가 나오고 꺾어지라는 이정표가 나오지만 속지 말랬다 무시하고 직진해 본다. 한참을 더 가본다. 어, 하나 더 나오기로 한 분수가 안 보인다. 그래 이젠 물어 볼 때가 왔다. 한 할아버지에게 물어 보니 곧장 쭈우욱 더 가면 있다고 계속 가란다. 계속 가본다. 그래도 안 나온다. 신호등 주위에서 상냥할 거 같은 할머니를 찍어 다시 한번 물어 본다. 윽~이 마지막 할머니한테 후하하 잡혔다고 해야 하나? 운이 좋았다고 해야 하나? 처음에 이 아주머니는 전혀 알함브라 궁전 가는 방향이 아니신 거 같았다. 그러다 내가 길을 묻자 할머니께서 일부러 나를 위해 동행해 주는 것이었다. 이국에서 다시금 이들의 친절에 감탄해 마지않았었는데 나중에 알고 보니 이 아줌마도 중남미에서 놀러 온 관광객이었다.

내가 보기엔 스페인 사람도 이태리 사람도 중남미 사람도 다 같은 미국 사람 같아 보이니 그들이 일본인도 한국인도 중국인도 다 같이 일본인으로 보이는 거 하고 같은 이치일 것이다.

그러나 그런 친절이 낯설어 왜 이 아줌마가 나에게 잘해 주며 왜 날 여기까지 데리고 가는 것일까? 의심은 계속 연이어 일어났고 나는 어여 빨리 이 아줌마와 째져야 겠다고 생각했다. 그러나 그러기엔 너무도 인상좋은 할머니였다. 포근한 미소로 내 가방이 무겁겠다며 가방을 들어 주겠다고 하셨다. 아무리 괜찮다고 해보지만 결국 뺏겼다. 참 이 할머니는 영어를 하나도 못하셨다. 자 내가 여기서 한 마디 말도 통하지 않는 할머니와 같이 하루를 보낼 수 있다는 정석을 보여줄 것이다. 자, 기대하시라.

알함브라 궁전으로 올라가는 길은 등산로 비슷하게 우거진 숲속이었고 보기보다 꽤 무겁던 내 가방을 할머니는 힘들어 하시는 거 같아 보였다. 내가 들겠다며 다시 제의를 하자 할머니 멋쩍어 하시면서 가방을 선뜻 건네 주신다. 씩~웃어 보인다.

올라가 보니 벌써 줄이 길게 서있다. 675pst. 일요일에는 전액 무료였는데 난 일요일날 소 보러 갔었기 때문에 머… 하지만 수많은 여행객들이 이 돈 아까워하지 말라 했다. 그래 과감하게 표를 사고 기회는 이때다 하고 할머니에게 인사를 하고 나는 먼저 성 안으로 들어갔다. 이고 머 계속 길바닥밖에 없네?

한참을 걸어다녀 봐도 이렇다하게 볼 것이 없다. 분명히 내가 뭔가 잘 못 와있다는 느낌이 들었다. 그래 다시 표 파는 곳으로 가서 다시 알아보고 와야겠다 싶어 다시 부랴부랴 표 파는 데로 가보니 어~~~ 아까 그 할머니다. 아직 안 가셨네? 그러나 저 손에 든 안내책자! 이제야 할머니도 여기 구경 오신 관광객이란 걸 알았고 왜 나를 따라 계속 오셨는지 이해가 간 것이다. 그것도 모르고 할머니를 계속 의심하고… 이런이런… 다시 멋쩍어 인사를 하자 할머니가 내 손을 붙잡으며 반가워해 주신다. 그러면서 자기랑 같이 구경하자는 것 같다. (영어가 안 통하니 할머니 자기네 나라 말로 하면 나는 대충 감 잡아 한국말로 네에~네에~한다.) 할머니는 사보집에 나온 장소를 하나하나 비교해 가면서 꼼꼼하게 보신다. 나처럼 실렁실렁 보던 사람에게 마치 관광은 이렇게 하는 것이다 라는 것을 가르쳐 주시듯이. 그러나 할머니는 내가 그 할머니가 어떤 얘기를 해도 마치 난 다 알아듣고 있다는 듯이 싱글벙글 연신 고개를 끄덕여 댔더니 할머닌 감동되는 곳이 나올 때마다 책자에 줄까지 쳐주며 나에게 읽어 보라고 책을 주신다. "할무니~~~~ 나 까막눈이예요~ 까만 건 글씨요 허연 건 종이라~." 그래도 굴하지 않고 할머니 계속해서 보여 주신다.

장하다 할머니! 훌륭하다 할머니!

난 정원이 젤 맘에 들었다. 처음 알함브라 궁전이라고 했을 때 나는 잠실 롯데월드에 있는 그 궁전을 연상했었다. 하늘을 찌를 듯한 높은 첨탑과 공주옷 소매봉오리 같은 지붕하며 높게 높게 쌓아올린 그런 것일 거라고 생각했는데… 예상은 언제나 빗나가는 법인지? 아라비아 문화의 집대성이라고 하니~ 유럽에서 느끼는 아랍풍의 성은 정말로 장엄해 보이기 그지없었다.

헤네 랄삐뻬 정원에서 시계를 보니 내가 떠나기로 한 시간이 이제 한두 시간 남짓 남은 거 같았다. 할머니에게 빨리 좀 돌아 보고 나 이제 가지 않으면 안 된다고 말을 해야 하는데… 할머니에게 말하려고 얼굴만 돌리면 귀여운 손주 보듯이 연신 싱글벙글하신다… 할무이~ 나두에 웃는 거는 능청스럽게 천연덕스럽게 잘하는데에~~ 지금 웃을 때가 아닙니다. 나는 시간이 얼매 없어서 퍼떡퍼떡 보고 튀야 됩니다. 알아듣겠는겨?

할머니: (배 째시며) 싱글벙글~

정말 같이 있으면 즐겁고 포근한 할머니셨지만 내가 너무 빡빡하게 스케줄을 잡은 탓인지 후회되기도 했지만 어찌해야 좋을 줄 몰랐다. 그래서 지나가던 외국인 영어할 줄 아는 아줌마에게 통역을 부탁했다. 할머니는 그제서야 야가 왜 이리 허둥대는지 알았다는 듯이 알았다며 같이 퍼뜩퍼뜩 구경을 하잔다. 끝까지 배려를 해주시니 너무 고맙다. 할머니께서는 내가 지금 마지막으로 들어가야 할 곳은 이미 갔다 왔다며 혼자 다녀오라고 하셨다. 나는 거기서 마지막 작별인 줄 알고 할머니에게 땡큐를 나누며 마지막 티켓 한 장을 내고 전망대에 올랐다. 가방 메고 올라가는데 계단의 연속이다. 장관을 구경하기에 들여야 할 응당의 수고라고 생각은 하지만 뒤에 멘 짐에 허둥지둥 서두르다 보니 정말 등이 땀으로 흥건하다.

전망대 위에서 보이는 장면은 정말 시원했다. 마을 앞에 촘촘히 박혀 있는 하얀 가옥들. 사진 한 장 박고 시원한 바람에 가방 벗어 놓고 바람을 쐬어 본다. 시원하다. 이런 여유가 많아야 하는 게 응당 여행자의 몫인데두 불구하고 나에게 오늘 이 알함브라의 여유는 주어져 있지 않다. 그래 바람을 짧게 아쉽게 남겨 놓고 가자. 기왕 아쉬울 거 많이 아쉬울 때 떠나자 하며 이번에는 나는 듯이 계단을 돌아 돌아 꽃길을 따라 나와 보니 자 다들 손수건 준비~.

할머니가 낮은 울타리에 앉아 나를 기다리고 계셨다. 우앙 할머닝~~~~~~.

할머니 한 번 스친 옷깃의 인연은 전생에 몇 겹의 인연을 쌓아야 한다던데… 할머니의 저 기다림에선 그 억겁의 기다림이 아니더라도 너무나도 지극하신 마음이 너무 감동 깊게 다가왔다. 정말 할머니처럼 할머닝~~ 응석 부리는 목소리로 다가가 할머니를 껴안아 버렸다. 할머니가 다독거려 주시며 나와 투키스를 해주신다. 잘 봤냐는것 같은 질문을 물어 보신다. 재밌고 멋있다면서 엄지손가락을 길게 뽑으며 한번 더 씨익 웃어 보였다. 이제부터 부랴부랴 가지 않으면 안 된다고 했더니… 할머니두 부랴부랴 같이 나오신다. 할머니~할머니가 나오는 길에 있는 엽서 가게에 잠깐 들어가잔다. 아무 생각 없이 나도 엽서도 살 겸해서 들어갔더니 한참을 고르고 있으니 할머니께서 무언가를 들이미신다. 거기에는 나도 읽을 수 없는 할머니네 나라 글씨로 머라고 쓰신 알함브라 궁전의 정원이 담긴 엽서를 건네 주시는 거였다. 정말로 말 한 마디 통하지 않은 외국인 대 외국인으로 만났지만 나와 할머니가 만든 알함브라 궁전의 추억은 정말 잊을 수 없을 것이다.

근데 그 알함브라 궁전의 추억을 만든 음악가도 혹시 구경 왔다가 나처럼 멋진 할머니를 만나 잊어 버릴 수가 없어 그 곡을 지은 건가???

세빌리아에서 쫄다~

큰 배낭 메고도 잘 뛰어 제 시각에 그라나다를 떠난 나는 드뎌 나홀로 세계여행에 나서게 된다. 세빌리아까지는 완샷으로 아니 가고 중간에 한 번 갈아 타란다. 와~~~~ 무진장 뛰었더니 배가 엄청 고프다. 예전에 사놓고 안 먹은 제일 싸고 양 많아서 고른 비스켓을 기차 한 칸에 앉아 아삭아삭 베어 물어 본다. 맛있다. 흐~~~~~~~.

주린 배를 채우고서야 창밖으로 눈이 간다. 너무도 이국적인 그래서 너무 잊을 수 없는 창밖 풍경이 딱 2개가 있는데 그 하나가 바로 여기서 만든 풍경이었다. 한참을 멍하니 창밖을 바라보며 아무것도 생각하지 않고 가는데 드넓은 초원에 갑자기 여의도광장(?)이 나타났다. 그러나 그냥 시멘트 콘크리트 바닥이 아니라 해바라기가 일제히 태양을 향해 서있는 너무도 아름답기에 탄성이 저절로 나온 장면이었다. 해바라기의 특성상 해를 향해 그 방향으로 바라보고 있다는 것은 다들 아는 사실. 한 송이의 해바라기가 아니라 아마도 3만4천6백9송이(?)였을 그 해바라기들이 일제히 한 방향으로 하늘의 태양을 향해 서있는 그 기가 막힌 절경은 내 아직도 눈감으면 아련히 떠오르나니… 그곳에 서서 나도 하늘을 바라보면 나도 하나의 해바라기마냥 그저 하늘을 향해 순수해질 수 있을 텐데….

그러더니 갑자기 그때부터 내가 혼자라는 것에 내가 왜 여기 와있는 것일까 하는 것에 대해 너무나도 큰 후회와 절망감이 드는 것이었다. 갑자기 너무도 두렵고 너무도 힘들어서 혼자가 돼버린 것이 너무도 버겁게 느껴졌었다 보다.

항상 어느 곳에 도착하든지 그 날 밤의 거처를 정하라- - 여행자 수칙 제1조 1항 말씀!

내리자마자 열차 내내 타고 오면서 책자를 보고 뒤적거리던 중 제일 싼 숙소를 찾았다. 세빌리아 역은 이름은 왠지 시골역 같으나 시설은 규모면이나 시설면이나 너무나도 크고 최첨단 설비를 갖춘 역이었다. 그러나 열심히 큰 배낭 메고 인포메이션에 가 내가 찾은 유스호스텔 이름을 갈쳐 주며 나 여기 좀 예약해 달랬더니 그 유스는 이미 문을 닫았다는 엄청난 사실을 알려 주는 것이었다. 우와~ 그러면서 여기저기 비싼 데밖에 없다고 하면서 요즘 세상에 이렇게 싼 델 바라면 어떡하냐며 웃어 보인다.

같이 웃어는 주지만 내 가슴엔 피눈물 흐른다요~ 아가씨래~.

앞이 캄캄! 혼자 떨어져서 굳세게 여행할라치면 꼭 변수가 생긴다. 역시 난 보디가드 여행 스타일? 헤헤… 역사에 앉아 곰곰히 생각했다. 내가 세빌리아에 너무 늦게 닿은 게 첫째 화근이었다. 둘째 대책 없이 그 유스만 마음에 생각하고 온 게 탈이었고 혼자라 너무 겁을 먹은 게 아무래도 문제였다. 그래 괜히 위험을 자처하느니 돌아가자. 바르셀로나를 가서 다시 윗 지방으로 돌아가자, 라는 최종 결론을 내린 후 표를 예매하려고 하니까 22:15분 차는 4900pst를 달랜다. 우와 내가 그만한 돈이 어딨니? 그래 나 돈 없다라고 했더니 그 아저씨 그럼 그 전시간에 500pst짜리 있다며 얼렁 끊어 주신다. 아저씨가 한참을 물어 보러 왔다갔다 했더니 사정을 눈치챈 듯~ 이렇게 하여 다시 조금의 안도의 한숨을 돌리고 세빌리아 역 대합실 의자에 앉아 한 치도 안 돌아디녔다. 이런 지집애~~~~~~~~ (비싼 돈 주고 외국 와서 리~~~~~) 역 고 자리 고기에 떡 허니 앉아서 열차 출발 때까지 "숨도 쉬지 말고 웃지도 말고 움직이지 마!"였다. (얼마나 쫄았으면~~)

결국 시간을 다 채우고 내 예약된 자리를 찾아갔는데 우와 웬 시커먼스에 집시 같은 애들만 내가 예약한 콤파트먼트에 있는 거다. 내가 쫄았다는것을 표 안 내기 위해… 그 방에서 제일 까맣고 무섭게 생긴 남자애한테

"여기 내 자리 맞아요?^^;"

"헤~~~~~."

일단 나 안 쫄았다는 걸 보여 주고 앉아 있으려니 롱다리 독일 애들이 들어온다. 자 이렇게 해서 열라 험악한 분위기에서 열차는 바르셀로나로 떠납니데이~~~~~~ 차가 가자마자 무섭다고 느낀 거 말짱 다 헛거다. 타자마자 미친 듯이 다들 자는데… 무슨 역일까? 마구마구 사람들이 많이 갈아 탔다. 그런데? 어~~~ 아는 얼굴~~.

승재다! 재훈이랑 그의 친구도… 이야 아이구 이거 왜 이리 반갑니???

그래 한 번 맺은 인연은 소중한 법이여~ 그래서 다시 일행이 되어 바르셀로나까지….

참 바르셀로나 오기 전에 스페인 콤파트먼트는 8칸인데 잡아댕겨도 의자가 침대화되지도 않을 뿐더러 나중에 갈아 탄 할아버지 할머니가 엄청났다. 할머니는 어디가 편찮으신지 엄청난 육중한 몸무게로 문앞에 버티셔서 앉았고 암튼 떡대 같은 장정들 노인들 할 것 없이 8명 만땅이서 일동 차렷! 움직이면 쏜다!였다. 그렇게 낑겨 자니 옛 조상의 흔적인 꼬리뼈에 꼬리가 날라는지 아파 죽는 줄 알았다.

그립던 아리랑에 돌아와 마지막으로 샤워를 하고 나왔더니 나를 마지막으로 그 집 샤워 끝이다. 벽에서 물이 샌다고 옆집에서 항의가 들어왔다나? 유럽 여행을 위해 노동판 보수공사를 했다는 승재가 손수 나서 벽 다 발라 주고서 육개장 공짜로 잘 얻어 먹고 드뎌 이 사연 많고 한 많은 스페인을 뒤로 하고 뜨는데…….

◀ 알카마르 치즈 시
장--가격결정/치즈 생
산자와 상인이 나와 치
즈의 맛과 크기를 본
후 손바닥을 서로 침으
로써 가격을 흥정한다.
낙찰된 가격에 서로 손
을 맞잡는다.

◀ 팬서비스/구경꾼 중
에서 가장 육중한 아줌
마를 지어 나름으로써
웃음을 선사한다. 뒤로
방송사의 경쟁도 치열
하다. 아줌마 얼마나
쪽팔렸을까?

◀ 네덜란드 2층 기차/
교외로 가기 위해 올라
탄 기차는 2층이었다.
2층 기차는 본 것도 처
음인지라 촌티 벅벅 내
면서 한 장~.

◀ 기현? 준태?/학생감
옥에서 발견한 기현
군과 준태 군의 자랑
스러움에 할 말을 잊
는다. 기현! 준태!(-이기
미칫나? 머 이런 게 다
있나? 그 밑의 래희하
고 재웅아 니네두다~)

◀ ICE〈아이스맥주?〉/
시설이나 모양면에서
너무나 여뻐 테제베보
다 더 타보고 싶어하
는 이체. 일부러 이걸
타기 위해 여정을 기
차운행 구간에다 맞추
기도 하는 여행객들이
부지기수다. 테제베 쨉
시도 안 된다.

◀ 슈트트가르트에서
점심을/길가에 철퍼덕
깔고 앉아 우리는 허
기진 배를 캔과 햄으
로 달래 본다. 조그만
가지의 그늘이 아슬아
슬해도 우리네 청춘이
늘 아슬아슬해도 일단
먹고 합시다~~.

◀ 하룻밤 동지애 유리에 상/우연찮게 일행이 됐던 위스콘신 대 여대생. 유리에 상과 헤어지기 전 아직은 내가 상당히 깨끗하다. 내가 저랬었는데… 원래 저 백옥 같은 피부를 노리~~.

◀ 수연이와 피렌체/터키를 갈 수 있게끔 꿈과 희망을 심어 주었던 수연이〈왼쪽〉와 히트 언니와의 첫 여행지. 그리고 슬슬 맛이 가기 시작하는 저 헤어스타일과 패션의 나운영 우피지 박물관 옆에는 벌거벗은 다비드가 서있다. 아이구마 남사시릅구리~~.

찍고 찍고 런~/파리에서 네덜란드로 독일까지 삼 일 만에 돌고…

찍고 찍고 찍고 런~

7월 14일 프랑스대혁명에 즈음해 파리에서는 성대한 시가행진에 불꽃놀이가 환상적이란 소문이 돌아 전세계 각지에서 떠돌던 수많은 배낭객들이 파리로 집결하기 시작한 이른바 한국 배낭 몽고인종의 대이동이 시작될 기미가 여기저기서 보이기 시작했다. 승재는 마지막 유럽을 떠나기 위한 장소로 또 나는 그 행사의 관광객으로 또다시 파리로 돌아가기로 했다. 이젠 스페인 국내에서 적용받던 예약문화를 끝낸다. 스페인에서 다른 국가로 나갈 때에는 예약이 필수가 아닌 데다가 이제 떠나는 막판(?)인데 예약은 더 이상 안 해도 된다고 승재를 꼬드겨도, 못 미더워하는 눈치길래 올 때 예약을 해봐서 어디서 갈아 타고 들어가는지 돌아갈 길을 잘 안다고 그냥 타자고 계속 꼬시니 넘어가기는 한다. 스페인의 말로만 듣던 정열을 흠뻑 맛보고 우리는 국경으로 향하는 밤기차에 몸을 실었다. 역시 예상대로 이제는 원숙미 넘치는 거울 앞에 돌아와 선 누님처럼 노련미 하나로 예약 안하고 자리를 맡고 이제나 저제나 Port Bou에서 갈아 타려고(내가 반대로 올 때 그렇게 했으니깡~~) 내리려다 그래도 하는 생각에 물어 보니 역장 아저씨가 다음에서 내리란다. 휴~~ 물어 보길 잘했지… (아는 길도 물어 가랑) 승재가 더욱더 니 잘 찾아갈 수 있겠냐는 눈이지만 그래도 이미 코가 꿰어 따라가고 있으니 어쩔 수 없는 얼굴이다.

그래서 그 말 믿고 다음 역에서 내렸는데 우와~~다른 팀의 한국애들이 지네들은 쿠셋을 겨우 400pst에 예약했다고 그러는 거다. 그래 댁들 잘났네… 하며 우리는 내리자마자 다음 기차로 가려고 역에 가보니 only 쿠셋이란다. 의자가 없단 소리다. 그래도 무식하게 추진해 보려고 만약에 예약 안 하고 기차와 기차 사이에서 자면 안 되나니까? 두 말 않고 냉정하게 무섭게 "NO~" 한다. 그렇다면 다음 열차를 기다릴 수밖에….

다음 차를 기다리려 플랫폼을 지나 역으로 들어가는데 어~~~~~ 누가 날 갑자기 아는 체를 한다. 그런데 같이 "어~~~~~~~~~"하면서도 도대체 누군지 모르겠다. 도대체 누구지? 어디선가 보긴 본 거 같은 낯익은 그 2명의 남성, 날 아주 잘 아는 듯한 인상이다. 가만 파리에서 날 만났었다고? 이렇게 만난 사람이 한둘이어야 말이지… 내심 고민하고 있는데… 아하 생각났다. 파리 지하철에서 나에게 격려를 해주던 그 남자 일행들 중 두 명이구나… 그때 잠깐 몇 정거장 같이 간 건데 기억을 해주다니… 7월 3일 날 내가 파리에 유스호스텔 증이랑 국제학생증 찾으러 갔을 텐데… 다시 만난 걸 기억하며 정말 죄짓고 살기엔 좁은 세상임을 공감하며 서로 기차시간 될때까지 인근 해변가에 앉아서 통성명하고 사진 찍구… 그리구서 같이 시간 보내다 승재와 나는 차를 타기 위해 먼저 헤어졌다. (후에 한국에 왔을 때 전화가 왔다. 자기네들 기억하겠느냐고? 그래서 나는 반가워 기억하지 그럼 못 하겠느냐고 했더니… 자기네 속옷을 가져가 버려서(?) 자기네들 열나게 속옷 빠느라 죽는 줄 알았단다. 무슨 얘긴고 하니 이분들을 만났을 때 아직 덜 마른 속옷 및 양말을 빤 것을 비닐 봉다리에 넣어 들고 다녔는데 우리가 먼저 가면서 모르고 들고 가버렸다는 것이다. 그래서 물가 비싼 유럽에서 살 수도 없어 연신 빨아 입느라고 허리 뿌라지는 줄 알았단다… 헤헤 난 들고 간 기억 아직도 안 나는데, 암튼 교회 님과 치규 님과의 인연은 자다가도 웃음이 나온다.) 서울에 와 다시 연락이 돼 만났을 적에 그때의 내 까만 얼굴과 초자연 그대로의 얼굴은 지금과 너무나도 다르다며 역시 화장발이 무섭긴 무섭다고 했다. 그러면서 이제는 그들과 좋은 사이로 회복이 됐지만 그때 얼마나 들고 가버린 날 원망했었을까 생각하면 웃음이 절로 나온다. 아직도 풀리지 않고 있는 미스테리다.

이번 열차가 서자마자 플랫폼에 달려가 역무원에게 seats가 있냐니깐 자기네는 many many seats란다. 음미 이 아저씨 맘에 드네…그려 대화도 내가 시트?? 그러면 매니매니하고…음 대화가 되…된다니까… 자리 맡을 요량으로 후다닥 기차에 올라 동양 애들인 거 같은 애들한테 예약하고 탔냐니까 자기네들도 안 했단다. 그래서 안전빵으로 개네들 뒤에 자리를 마련하고 잘 왔다.

"으~또 파리야~~."

아침 일찍 기차가 어둠을 해치고 은하수를 건너(앗 이건 은하철도 999다 참~) 또다시 파리라는 곳에 나를 내리고 떠나갔다. 도대체 몇 번째지 세다 까먹을 정도로 종로 가듯 이렇게 자주도 온다. 아침 일찍 서울에 전화 걸어 안전을 고하고 하얀 대문집으로 가 라면 먹고 가방은 넉살좋게 맡기고 그전에 다 본 파리를 또 돌았다. 오는 밤에 네덜란드에서 열리는 알카마르 치즈 시장을 갈 거다. 밤차 타고… 일행들이 돌아갈 날이 얼마 안 남자 마지막 혼신의 힘을 다해 필사적으로 한나라라도 한 곳이라도 더 돌려고 했다. 한 달이라는 기간은 그만큼 익숙해져 이제 할 만한데 돌아가야 한다는 아쉬움이 쌓이는 기간인 거 같다.

밤차에서 신문지 덮다~

이제 기차가 들어오면 미친 듯이 뛰어야 하는 시기에 접어 들고 있었다. 6월말에 떠나 온지라 여행자 가운데도 선발대에 속해 그래도 아직은 사람이 덜 북적댔었는데 이제는 발에 밟히는 게 김군~박양~박씨 아저씨 이씨 아줌마다. 옆 동네 쓰메키리 상까지~~이젠 기차 타면 자리 맡는 방법도 터득했겠다~(제일 먼저 타서 할 일은 그 자리가 예약이 된 건지 안 된 건지를 빨리 확인한 후에 가방을 얼렁 윗짐칸에 올리는 거다. 사람이 하도 많아서 나중에 꾸물거리다가는 가방 놓을 자리 마저 없어서 당혹해 하기 쉬우니까서리) 느긋하게 두 자리 맡아 놓고 이 두 자리는 내가 다 쓸 자리가 아니라 내 친구 자리 맡아 놓은 거라고 거짓을 가장해야 한다.

서양애들도 똑같이 두 자리 맡아 놓고 끝까지 개겨서 지네들은 편하게 두 발 뻗고 자는 수가 생기는데 우리네는 그놈의 정이 뭔지 누가 와서 자리 있냐고 하면 으이그 내가 좀 고생하고 말지 하고 금방 내줘 버리니… 그래도 이번만은 두 발 뻗고 내 누워 갈 자리 확보했건만 승재가 어느 여자애가 와서 물어 보니까 헬레레하고 그냥 않으란다. 그래도 동석인데 전공이 머냐? 이름이 머니? 아주 기초적인 인사를 하는데 한참을 했다. 참 너 어디서 왔니를 안 해서 너 어디서 왔니 하니까? 야가 하는 말!

"ENGLAND."

그때부터 그담 날 기차 도착하고 굿 바이 할 때까지 나 야랑 말 안

122

했다. 지집애 그래 놓고 나보러 영어 잘한다고 놀리구 있어… 힝~한 동안 자리 맡고 여기저기서 떠들썩하더니 이제 다들 자는지 조용하다. 나도 불편한 자리지만 최대한 자세를 잡아 본다. 자세가 안 나온다. 옆의 영국애는 능숙하게 롱다리를 꼬고 꼬아 잠만 잘 자는데 나는 숏다리인 주제에… 흑흑… 한참을 뒤척이다 잠이 와 잠을 청하는데 우와 이놈의 기차 냉방 한 번 끝내 준다. 내 낮에 틀어 주는 건 진짜 이해하겠다. 낮엔 더우니까, 근데 이놈의 기차가 화통을 삶아 먹었나? 이 밤중에 왜 냉방이여… 에어콘이 무신 말이냔 말이여? 추워 죽겠다. 그때 복장이 그래도 위에는 잠바를 입어서 참을 수 있지만 반바지 밑으로는 참을 수가 없어! 참아서도 안 돼! 내 참 7월 오뉴월에 발이 시렵다니?? 상상이 가는가 말이다? 가방 가볍게 여행 다니겠다고 담요는 파리에 두고 와버렸는데 꼭 뭐도 약에 쓰려면 없다더니 항상 나는 그 짝 난다. 여기저기 담요에 침낭에 둘러싸인 모습이 너무 부럽기 그지없다.

저 건너 이제 막 여행 떠나온 팀은 비행기에서 쓰윽 넣어 온 담요로 뜨듯한 듯 행복한 듯 잠을 청하고 있었지만 체면 때문에 못 가지고 나온 나 나운영이는 초면이라 빌려 달랄 수도 없고 정말 사람 환장하기 20초 전이었는데~~.

궁하면 통한다고 그때 거지들이 신문지를 덮고 자는 텔레비전 드라마가 생각이 났으니 호호~나는 얼렁 내 가방 속 큰 지도를 2장이나 꺼내 내 연약한(?) 다리를 덮고 내 가련한 발바닥을 덮고 나니 음~거지들이 왜 그 추운날 담요 안 덮고 신문지 덮고 자는지 그 심정을 알 수 있었다. 창피함은 모른다. 내 한 몸 건사하기가 정말 만만치 않다. 난 이제 에스키모가 사는 곳에 내놔도 살 수 있을 정도의 삶의 지혜를 배워 나가고 있는 것인가 보다.

인간이 만든 땅 네덜란드

아침에 부세세 눈을 떠보니 암스테르담의 풍경이 펼쳐진다. 육지가 바다보다 낮은 땅. 인간이 개척한 땅 네덜란드. 그리고 운하. 푸른 초장으로 소들이 한가롭고 기차는 그 땅보다 높은 곳을 스쳐 지나간다. 길섶 풀들이 한들한들거리며 뒤로 사라져 간다. 자그마한 동화 속 종이로 만들어논 집들이 서있는 기분이다. 블럭처럼, 레고처럼 조그만 틈새도 없이 잘 끼워 맞춰 놓은 집들. 내리자마자 곧장 알카마르 치즈 시장을 향했다. 전철인지 기찬지 2층인데 새롭다. 편하기도 하고. 교외로 나갈수록 초원도 많아지고 젖소도 많아진다. 간간히 표 검사를 다니는 아저씨도 여유있고 한가로워 보인다. 스페인에서 만났고 또 하얀 대문집에서 만나 동행하게 된 황일철이란 사람과 나 그리고 나의 보디가드 승재와 이렇게 셋서 알카마르 치즈 시장에 내리는데 도대체 치즈 시장이 어디 있는지를 모르겠다. 딱 내리면 바로 뭐가 있을 줄 알았는데 딱 내리면 아무것도 보이지 않는다. 이른 아침의 공기를 가르며 계속계속 중심부로 걸어들어가 보니… 뭔가 열리고 있는 거 같기는 한데 치즈는 아니어서 음… 여기가 아닌개벼하고 있는데 저쪽에 사람이 몰려 있는 게 눈에 들어온다. 가보니 호박만한 치즈들이 큰 마당을 가득 메우고 있었다.

재미있는 가격 흥정과 운반

시계가 10시를 울리자 치즈 검사원 둘이 나와 검사를 시작하는데 치즈를 찔러 맛을 본 후 둘이서 손바닥을 치면서 둘이 합당한 가격을 부를 때까지 손을 계속 친다. 그러다 어느 정도 합당하다 싶으면 한 쪽에서 손을 잡고 그 가격에 낙찰을 보는 것이다. 참 어쩌면 안에서 자기네들끼리 해도 될 것을 관광상품화 해놓은 걸 보니 참 아이디어

124

가 좋단 생각이 든다. 가격이 결정되면 본격적인 치즈 운반이 시작된다. 마당에 그득 쌓여 있는 치즈를 차로 옮기는 작업인데 이 치즈 운반하는 사람들의 동작이 압권이다. 흰 남방 흰 바지에 빨강 파랑 노랑 녹색의 모자를 쓴 2명이 한 팀을 이루어 치즈 운반 전용 지게에 치즈를 운반하는데 행동들이 무척이나 웃음을 자아내게 한다. 엉뚱한 걸음걸이, 괴상한 환호, 그리고 관객을 향해 보여 주는 그들의 성실한 자세에서조차 말할 수 없는 웃음이 배어 나온다.

치즈 운반자들은 20대 젊은이부터 하얀 머리에 하얀 수염이 자라 꽤 나이가 들어 보이는데도 어디서 그런 힘이 나왔는지. 너무나도 즐겁게 운반을 하니 보는 사람도 너무 즐겁다. 때론 치즈가 아니라 가장 무거운 구경꾼 아줌마도 태워 운반해 주고, 카메라 기자를 치즈 대용으로 싣고 달려 연신 관객들의 웃음을 자아냈다. 보는 이도 즐겁고, 하는 이도 신나고… 이게 바로 자연스러움인가 보다.

한참을 보고 있으려니 누가 뒤에서 어정쩡한 영어로 "Are you Japanese?" 물어 본다. "No, I'm not Japanese." 역시 어정쩡한 영어로 대답하니 그 다음 말이 가관이다.

"어쩐지 아닐 거 같았어요~."

아닌 줄 알았으면 "Are you Korean?"으로 물어 보는 것이 당연했을 텐데 왜 일본인이냐고 먼저 물어 봤냐니까 내가 꼭 일본애 같아서 그랬단다. (오잉~난 어딜 가도 전형적인 된장국 냄새가 풀풀~ 풍긴다던데…)

김병철 씨(전주교대 91학번) - 오늘 아침 막 유럽에 내린 아주 따끈따끈한 여행자란다. 큰 가방 둘러 메고 여행책자를 두 개나 들고 서 있는 폼이 영락없이 초보다. 벌써 어느덧 난 여행선배가 되어 있던 것이다. "짐 다 버려요~ 책도 한두 권 버려 버리고~." 남의 집에

감 놔라 배 놔라 하니 음 흐뭇하다. 어느덧 생긴 내 자신감과 요령에.

너무도 반가운 마음에 고국이 어떻게 돌아가고 있느냐고 물어 보니 올여름 클론이 국토를 강타했다고 한다. 역시 온 국민이 심심해 할까봐 별 이상한 일이 다 일어나고 있네, 나의 조국 한국에 대해서 별 생각 없다가도 문득 듣게 되는 내 나라 소식들. 그때마다 한국에 가고 싶은 마음이 절로 난다. 그 후 막 유럽에 도착한 한국인들에게는 요새 한국 머가 잘 나가요?라고 물어 보는 게 습관이 되곤 했다.

그리고나서 옆 시식하는 데 가서 치즈 두 조각 얻어 먹고 돌아서 본다. 만화 '톰과 제리'에서는 제리가 훔치려고 했던 구멍 송송 난 치즈였다. 정말 입에 쩍쩍 달라붙는다. 이러니 제리가 맨날 지보다 몇십 배나 더 큰 톰을 속여 가며 훔치려고 했군 하고 이해가 간다.

풍 차마을 잔세스 칸스

다시 기차를 타고 네덜란드의 상징물 풍차가 도는 잔세스칸스로 향해 본다.

풍차가 딱 7개! 강둑에 쭈욱 7개가 간간히 서있는 게 참 운치있어 보인다. 다리 위에서 한참을 바라보고 있노라니 어~~ 다리가 들린다. 내 다리 말고… 내가 지금 서있는 다리가 배가 지나가니까 반절이 뚝 떼어져서 들리는 것이다. 옹아~ 신기하당. 하도 신기해 다음 배가 지나가기를 기다려 2번이나 보고 말았다. 역시 재밌다. 다시 다리가 원상태로 되어 지나가 보니 흔들린다거나 어디가 경계선인지도 눈에 잘 안 띈다. 신기~.

풍차가 돌아가는 드넓은 초원 앞으로 드넓은 목초지가 펼쳐져 있고 소가 한가로이 풀을 뜯고 있는 곳. 한가로이 저편 하이디가 풍차에서 네로~를 부르며 파트라슈와 뛰쳐 나올 듯한 곳. 한가롭다. 바람에 스치우는 풀내음이 코 속을 간지럽히며 달아난다.

도대체 풍차 속 안이 어떻게 생겼는지 알아나 볼라고 거금 3.5G를 내니 안내원이 어디서 왔냐고 물어 본다. 난 또 내가 너무 마음이 좋게 생겨서 나에게 말 걸려 그러는 줄 알고 한국에서 왔다고 하니까 딴 게 아니고 풍차 설명문을 한글로 된 것을 주려고 했던 것이었다. 이렇게 한국어로 된 설명문을 만들어 줄 정도로 한국인이 많이 찾나 보다 했다. (하긴 대부분의 여행객이 영국에 처음 도착하여 유럽 대륙을 밟아 보는 곳이 대다수가 네덜란드니 알 만할 거 같긴 하다.)

그냥 우리 나라 물레방앗간인데 3층인 거 빼곤 별다를 거 없다 싶다. 대신 3층에서 내려다보는 전경이 눈앞으로 계속 푸르름만 있으니 눈이 참 값지게 느낀다.

델프트는 슈퍼가 싸요~

책자에 보니 델프트가 제일 이쁜 도시라며 설명이 되어 있다. 내 거짓말일 줄은 알았지만 심하다. 나름대로 운하가 동네 사이를 흐르고 자전거가 유난히 많고 생선을 날것으로 먹는다는 특징이 있지만 기존에 보아 왔던 여느 동네와 별 다를 바 없다는 생각이 든다. 하지만 내가 보는 건 이 잠시 동안의 스침으로 한 도시를 판단하는 것이니 절대 속단하지 말지어다. 슈퍼가 참 쌌다. 빵도 쌌고 과일도 쌌고 잼도 쌌다. 그래 미친 듯이 또 사고야 말았다. 여기서 장본 걸로 한 7주일은 먹었던 거 같다. 어떤거는 한 보름 뒤에 꺼내 먹기도 했다. 오늘의 네덜란드 외곽여행은 마치고 오늘 밤은 고등학교 독일 교과서에 나오는 하이델베르그로 향하기로 하고 기차에 몸을 실어 본다. 하루에 참 많은 것을 본 값진 하루였다.

새벽에 성오르기

타자마자 누군가가 발냄새가 난다고 한다. 조용히 일어났다. 화장실로 향했다. 처음엔 양말을 발목까지 접어 꼬박꼬박 신었다. 그러나 하루 이틀 지나면서 빨아 신기가 장난이 아니었다. 그래서 안 신기로 했다. 그랬더니 움미 편한그… 근데 냄새가 붙어 다녀 남들에게 미안하다. 나야 내 냄새니까 괜찮다. 어쩔 땐 고향 냄새도 나고… 참 향수적인데 멀~^^;

새벽 3시 도착 예정이었다. 워낙 가까운 거리인가 보다. 네덜란드와 독일이라는 나라는. 그 4시간의 거리라는 게 정말 잘 만하니까 내려야한다고 깨우고 있었다. 덕분에 세수는 커녕 눈꼽도 못 빼고 내려야 했지만 역에 내려서도 한동안 눈 감고 걸을 정도로 잠에 대한 미련은 버리기가 쉽지만은 않다. 움미 추운그… 지금 7월 맞아? 왜이리 추운건데? 유럽도 새벽이 주는 고요한 적막감에 쌓여 모든 것이 조용하다. 역 대합실에서 쪼그리고 그 추운날씨에 모자란 잠을 자본다. 내가 진짜 여기 머할라고 와있지? 꿈속에서 내가 물었다. 호호… 이런 고생도 해볼 만해서 왔지? 내 인생에 언제 새벽 3시에 역대합실 의자에 앉아 새우잠을 자겠능겨? 내 무의식이 대답해 준다. 재밌잖아? 이렇게 사는 인생이란 게? 막 나가는 기분도 들고 말이다. 6시가 되니 정복 경찰들이 깨운다. 어디 아가씨가 방금 뽕 맞은 얼굴로 침을 쓰윽 닦으니 이 경찰들
"할 말이 없다~"였지는 않았을런지?

그래도 세수는 해야겠다는 생각에 역 화장실로 가보니 영판 못 보던 글씨가 적혀 있다. 짧은 건 남자, 긴 건 여자라는 영어를 모를 때

화장실 골라 들어가는 편법을 내 익히 들어 알고 있었는 데 이건 어째 단어가 길다. 누가누가 더 기나 재보는 거 같으다. 독일어였던 것이다. 쓰윽 열어 보고 화장실 분위기로 파악하고 들어가 일을 보고 있는데 어 밖에서 웬지 남자 같은 목소리가 나는 것이었다. 어~~ 고르고 골라 들어온다고 한 게 남자화장실이었나 보다. 어쩌나어쩌나 나갈 때가 가까워 오는데… 그래 쪽팔림은 한순간이다. 그리고 걸린다 해도 나 독일어 몰라요 하면 지들이 어쩔 거냔 말이다.

문을 연다.

단거리 마라톤 스타트 자세로 튀어가면서 살짝 뒤를 보니(범죄형이지요? 자신이 저지른 범죄현장에 꼭 한번 다시 와보는 습성은) 울랄랄라~~ 여자 맞잖아.

이 아줌마들이 사람 긴장하게시리… 왜 남자 목소리를 내고 있는 거야? 어 혹시 게이 아닌가??????? 음… 그래 내 다시 아무 일도 없었다는 듯 천역덕스럽게(으 가증스러운 것!) 세수하고 렌즈 끼고… 올라가 보니 아침 일찍이라 인포메이션 문도 열려면 멀었고 하니 그냥 가이드책이랑 이정표 보고 하이델베르그 성을 찾아가기로 하잔다. 좋지 머~인생은 항시 도전의 연속이고, 도전하는 자만이 성공이란 거물을 잡을 수 있으니까….

너무도 이른 새벽이 주는 이 하얀 안개에 둘러싸인 도시와 흐르는 아침이 오는 소리. 입으로 찬 입김을 내뿜으며 차 몇 대 지나지 않는 거리를 걸어갈라치니 내 또 다른 벅참이 찾아오누나! 근데 이정표가 헷갈리부러~ 드뎌 물어 봐야 할 타임이 돌아왔군. 우리는 모두 새로 동행하게 된 김병철 씨께 여행방법을 가르쳐 주겠다며 사람한테 길을 물어 보라고 시켰다. 아침 일찍이라 사람을 거의 찾아보기 힘들었는데 다행히 신문돌리는 사람이 있었다. 쭉 가란다. 그러니까 우리가 가고 있는 방향이 맞다고 했다. 전진!!

아침에 둘러싸인 옛 고성이라. 생각만 해도 가슴이 벌렁벌렁 뛰어

오르고 만다. 도착해 보니 아침이라 아직 문도 안 열었고 해서 주위가 너무 멋있어 마구 사진 찍고 성 한 컷. 그러니까 그 독일어 교과서에서 많이 봤던 다리가 내려다보이는 성 어느 구석에 앉아 빵과 캔으로 아침식사를 하고 있는데 우리가 있는 곳 바로 옆에서 성으로 올라오는 관광객에게 입장료를 받기 시작하는 게 보였다.

"The early birds get the warms" 캬~ 옛어른 말씀 들으면 역시 자다가 떡을 얻어 먹는다니까… 벌써 좀 부지런 떠니까 입장료 굳었잖아?

220,000리터 럼주통이 이 성 안에 있다는 것을 알고 럼주통 보러 들어갔는데 바로 카운터 옆에 큰 통이 놓여 있었다. 우린 이게 그건거 같아 나름대로 느낀 감탄 한 마디씩을 내뱉고 있는데 그게 아니란다. 뒤로 좀더 들어가 보니 우와 진짜 쩐짜 입 떡 벌어지게 큰 럼주통이 있는데 암튼 크기로 치자면 어디다 내놔도 뒤지지 않을 만해 보였다. 그 술집은 자신이 직접 마신 와인잔을 기념으로 갖게 하는 이벤트를 벌이고 있었다. 일부러 여행이 끝나갈 무렵인 사람들은 그 잔을 얻으러 오기도 했는데 동행이었던 황일철 씨도 돌아가기에 앞서 이 잔을 얻기 위해 자신이 오늘 여기에 온 것이라며 너무 좋아했다. 나는 이거 살 수도 있으나 앞으로 남아 있는 날수를 생각하면 엄두도 안 난다. 우리가 개시손님이었는데 잠시 후 일본 단체 관광객이 벌떼처럼 밀려 들어오는 것을 보고 나왔다. 이제 슬슬 새벽공기가 거치고 청명한 아침햇살이 내리쬔다. 성을 내려 이제 중심 타운으로 모두 발걸음을 땡겨 본다. 전망이 좋았던 다리로 해서 학생감옥을 찾아가기 위해 중심가로 나오는데 앗 맥도날드다!!!

맥도날드를 보면 멀 한다구요? 자 볼일을 시작해야지요. 우리 같으면, 개시도 안한 집에 화장실만 쓰고 나간다고 아침부터 재수 더럽게 없다고 야단 맞았을지도 모르지만, 급한 자여! 가난한 자여! 그대 이름은 빈대 붙은 철면피 개별 배낭여행자가 아니던가? 식전부터 바로 문 열자마자 우린 들어가서 음 큰 일을 치르고 세안을 하고 내가 할 수 있는 최대한의 일을 미리 봐두는 곳. 편리함이 있는 곳 맥도날드! 맥도날드로 오세요! 어 100원이 남네? (실은 화장실에서 휴지 간다고 휴지를 빼가는 바람에 기다리느라 엄청 난처했었다.)

학생감옥이 있다는 하이델베르그 대학은 우리 나라의 대학처럼 한곳에 담을 치고 모아 놓은 곳이 아니라 인근 마을과 섞여 어디가 학교인지 구분이 안 가고 있는데 저쪽 사람들이 모여 있는 것이 그들의 수업중이라고 하니…음… 다르군하고 느낄 수밖에… 학생감옥을 찾아가 보니 아직 열지 않는다고 했다. 시간을 맞추기 위해 사진에서 많이 본 다리로 해서 철학자의 길로 향하니 그 전에 유럽여행을 다녀온 사람들에게 철학자의 길은 체육자의 길이라고, 악명은 익히 들어 알고 있었지만 진짜 가파르고 험난하니 그 말 또한 진짜더라.

하지만 단숨에 등반! 언덕배기 평지길에서 두 명은 벤치에 누워 잠을 청하고 나와 황일철 씨는 서로 자기 사랑 얘기를 하는데… (개인의 프라이버시를 위해 과감히 삭뚝! 어? 멀 바랬던 눈초리들…)

숨겨진 한국 어들

학생감옥은 밖에서 벨을 누르면 안에서 담당관이 나와 열어 준 후 다시 문을 걸어 잠근다. 여행 가이드북에 학생감옥엔 한글낙서가 너무 많아 국가적 망신이라 해 가보니 어~ 하나도 안 보인다. 한글은… 그럼 우리 국민이 어떤 국민인데 이런데 낙서를 하겠어? 웬 호들갑이었담, 하고 지나가려는데… 그림 중에 사람머리 모양이 그러니까 시커멓게 칠해져 있는 부분을 자세히 들여다보니 내가 읽을 수 있는

글들이 너무 많았다. 너무 많아 그러니까 다시 덧칠해 놓은 것이었다. 새겨도 영양가 없는 것들

"나 여기 다녀갔노라."

"자기 이름 석자 크게"(때로는 애인 이름도 같이 적혀지곤 한다)

"자기 집 주소: 영어로 쓰면 펜팔이라도 한다 하지만 한글로 써놔서 멀 어쩌겠다는 건지?"

정말 창피해 죽는 줄 알았다.

점심은 슈트트가르트에서

하이델베르그에서 한 시간 남짓 ICE(아이스가 아님 - 이체)를 타고 가면 도착하는 곳 슈트트가르트! 무용가 강수진으로 그 외우기 힘든 6자가 넘는 외국 지명이 낯설지 않은 곳일 것이다. 그런 생각이었는데 슈트트가르트는 한국으로 치자면 명동거리 같았다. 즐비하게 늘어선 상가. 그게 다다. 물론 공원을 중심으로 신궁전, 구궁전, 박물관이 있긴 하지만 그게 다다. 공원 한 켠에 자릴 잡고 또다시 먹는다. 우리가 장소를 옮겨 다니는 것이 흡사 앉아서 먹을 만한 좋은 장소를 찾아다니는 느낌마저 든다. 어디든 도착하면 먹는 걸 최우선으로 하니까… 남은 잔돈을 해결하러 슈퍼에서 또다시 한 보따리의 장을 보고자 이번엔 마인쯔에 유람선을 타러 가기로 하고서 다시 기차를 타고 마인쯔로 간다.

마인쯔 찍고 쾰른에서 턴해서 파리로

마인쯔로 한낮의 햇빛을 받으며 갔건만 오늘 웬지 일이 쉽게 너무 잘 나간다 했더니 급기야 제동이 걸렸다. 마인쯔에서 고만 10분의 차이로 막배를 못 타고 만 것!

엉~~~ 그렇다고 주저않을 우리의 동행자들이 아니지 않던가….

이번엔 쾰른으로 향해 본다. 내일 파리로 들어가려면 역의 맨처음 출발점으로 가있는 것이 자리잡기에 더 낫겠다는 결론을 얻어 쾰른으로 향했는데 중간에 스쳐가는 마을들이 정말 예쁘다.

중간에 그 유명한 로렐라이 언덕을 지나게 되는데 벼랑에 깃발 하나 꽂혀 있고 그 밑에 로렐라이라고 하얀 페인트로 새겨서 있는데 생각보다 엄청 썰렁~.

코블렌츠라는 마을이 예뻐 거기서 내릴까 하다가 그냥 가기로 하고 쾰른에 와서 대성당을 보러 갔다. 쾰른 역 광장은 부랑아 집합소로 유명하다. 아직 밝은 낮인데도 각종부류의 부랑아들이 활보하고 다녔다. 정말 음미 기죽어다. 쾰른은 쾰른 대성당이 다. 그거 보면 쾰른 다 본 거다. 그래도 차를 기다리려면 쾰른에서 좀더 시간을 보내야 한다. 뒤쪽에 상가지역을 휩쓸고 다니는데 하두 많이 봐서 그런지 그게 그거다. 그리 한참을 돌아 11시 15분 밤까지 문 닫힌 남의 카페에 앉아 쾰른 대성당의 야경을 즐겨 본다. 한눈에 다 안 들어오는 풍경. 저무는 밤이 여유있어 좋다. 역시 이번에도 또 파리 간다. 왜 나는 모든 나라 끝엔 꼭 파리로 가는 거지?

파리에서 건진 내딸?

또다시 파리다. 왜 눈만 뜨면 파리에 와있고 와있고 하는 것이야? 그래도 이번엔 프랑스대혁명 축제로 들뜬 기분에 온 건데 방이 없었다. 우리 일행이 예약을 안 한 것도 문제였지만 그걸 노리고 온 많은 여행자들로 방이 대만원이었다. 지금껏 동행이었던 승재와 일철 씨는 삼 일 후면 한국으로 돌아갈 때였으니 어차피 머물러야 했지만 파리라면 학을 떼던 나는 이제는 정말 나 혼자 다녀야겠다고 생각한다.

정말로 정 들었던 일행들과 작별을 나누니 서로 아쉽다. 그래도 없는 시간 쪼개 여러모로 도와 주던 승재와 일철 씨였는데, 짧은 시간 안에 많은 것을 같이해서 그런지 정말 헤어지기가 서운했다. 그래도 정신차리고 난 다시 어디론가 떠나야 했다. 어디로 갈지 막막했다. 그러다가 예전 파리 한 역에서 우연히 만나게 됐던 통신 친구들이 호텔 패키지로 여행중이었는데 나중에 시간 맞고 장소 맞으면 찾아오라고 주고 간 일정표를 보고 있자니 니스에 있었다. 마침 나도 아직 니스는 안 가봐서 내 발걸음은 니스로 향하고 있다는 것을 알게 됐다.

니스 - 호 텔 찾 아 삼 만 리

TGV는 반드시 예약을 해야 한다. 기차를 타면서 굳이 예약을 해야 된다는 문화에는 아직 익숙하지 않지만 따를 수밖에 없다. 또다시 동양인 하나 없는 기차칸에 앉아 열심히 자본다. 자다가 먹다가 놀다가 하니 이제야 니스다. 니스로 향하는 길에는 칸느 영화제의 그 칸느와 모로코의 아름다운 해변을 지난다. 바다 위로 서있는 하얀빛의 요트들이 하늘을 찌르며 바람을 빼고 있다. 휴양도시답게 역에서부터 피서 분위기는 연출되고 있었다. 아래 지방이라 꽤 더운 것도 있는 데다 오늘 나의 지상최대의 목표는 호텔패키지하는 친구를 찾아 빈대를 하는 것이기 때문에 자연 긴장이 될 수밖에 없었다. 방향치인 나는 정말로 지도 한 장 달랑 들고 호텔과 호텔 사이를 여행해야만 했다. 휴양도시라 웬 놈의 호텔은 이리도 많은지. 게다가 난 왜 이리도 헤매고만 있는지… 한참을 걷다가 아무래도 지도하고 너무 틀린 거 같아 다시 돌아가 보면 아니고 해서 다시 역 인포메이션 가서 물어 보려고 돌아 나가고 있었다. 가다가 그냥 호텔 안을 문득 쳐다보다 한국 애들 키세스 패키지 가방이 보였다. 혹 했지만 다 남자애들밖에 없어 그냥 가려다 그래도 그냥 쭈뼛쭈뼛 들어가 물어 보려고 했을 때였다. 그때였다. 갑자기 뒤에서 "운영아!"였다. 현수였다. 믿지 못하겠단 얼굴 표정은 서로가 마찬가지였다. 그러나 문제는 거기서 끝나지 않았다. 서울에서 그렇게 친하던 현수와 지현이란 친구는 며칠째 만에 같은 방을 쓰면서 다투기 시작해 내가 갔을 때는 서로 말도 안 하고 있는 최악의 상황이었다. 서로가 서로에게 어찌나 실망을 했길래 그렇게 절친하기로 소문난 이 친구 커플이 깨지고 만 것이다. 그 사이를 빈대 붙자니 나도 영 어정쩡해져 버렸다. 그래도 사이에 껴서 오랜만에 봤다고 카드 들고 나가 뷔페를 사주던 고마운 지현이었고, 조용조용 그간 있었던 일을 얘기해 주던 현수와의 몰래 끼어자던 호텔의 밤도 조용히 기울어 가고 있었다. 니스의 밤 해변을 따라 거닐며 마치 피서철 부산 해운대 앞 바다에 와있는 느낌이 자꾸 들었지만… 그래도 그래도 니스 해변 그 자유스러움은 저버릴 수 없었다. (여기저기 홀러덩 웃통 벗은 멋있는 여자들 땜시)

다음날 인접해 있어 기차 타고 들어오다 지났던 칸느와 모나코 왕국을 돌기로 했다. 여기서부터 패키지의 단점에 난 학을 떼고 말았다. 원래 패키지 체질에 익숙해 있지 않던 터였다. 그런데 어디 한번 가려면 다같이 준비하고 나오는 시간이 장난이 아니었다. 일단 다 모여도 출발이 될 때까지 또 장난이 아니었다. 그리고 또 가다가도 문제였다. 일단 누가 배가 고파 잠시 머라도 좀 먹자고 치면 시간에 구애 없이 마음껏 쇼핑을 해댔다. 물론 패키지가 전적으로 다 나쁘다는 건 아니다. 모르는 땅에 와 서로 의지가 된다는 건 정말 좋다. 하지만 난 역시 혼자 털레털레 고독을 빙자삼아 다니는 여행이 더 체질에 맞음을 실감했을 뿐이었다. 그래 결국 잠자리가 확실히 보장되는 그 두 친구의 꼬임에도 과감히 거절하고 다시 혼자 초긴장하는 건 싫지만 다음날 혼자 다시 가겠노라고 작별을 했다. 호텔 패키지에 묶여 날짜가 되면 어김없이 좋으나 싫으나 떠나야 하는 그들의 여행이 너무도 안쓰러워 보였다.

보기보단 새가슴 (?)

다시 어딘가를 향해야 했다. 무턱대고 헤어지긴 했지만 일단 정해
진 목적지는 없었다. 기차 시간표를 꺼내 들고 적당한 시간과 거리를
찾아보니 스위스 제네바가 제일 합당했다. 그리고 다음 여행지를 향
해 출발하기에도 적당한 것 같아 제네바로 마음을 굳히고 동행이나
찾아볼까 하는 마음에 역을 둘러보기 시작했다. 니스에서는 대다수
가 이태리로 들어가 동반자를 구하기란 쉬워 보이지 않았다.

여행 오기 전 며칠날 어디어디 그리고 거기서 며칠을 지낸 후 지도
상으로 가까운 곳으로 이동에 이동을 하기로 했었던 것은 정말 쓸모
없었다. 별로다 싶으면 떠나면 되는 거였고 좋으면 다른 것을 포기하
더라도 눌러 앉으면 되는 것이었다. 지극히 간단했다. 하지만 대다수
의 새가슴(?) 여행자들은 그러지 못한다. 물론 짧게 한정된 시간에
여기저기 보고 갈 곳은 많아 어쩔 순 없지만 그래도 난 남들보다 일
단 기간이 많으니 내 맘대로 하면 되는 거였다. 좋은 사람 있으면 꼬
셔서 같이 갈 수도 있는 일이었고 또 없으면 쫄면서 나혼자 떠나면
되는 거였으니까. 묶인 곳 묶인 사람 없이 정처없이 오늘도 떠난다만
은… 내일은 내가 어디에 있을까를 즐거워해 본다.

역 안을 돌다 보니 답답하기도 하고 일행도 없는 거 같아 등 따신
햇빛이 들어오는 역 밖에서 시간이나 죽일까 싶었는데 갑자기 한 명
이 내 눈에 들어왔다. 자그마한 키에 기차역 한 켠에 기대 서서 맥가
이버 칼로 금세 깎은 시큼한 보기만 해도 침이 꼴딱 넘어가는 사과를
깎아 먹고 있었다. 한국인인가 글쎄다. 대번에 감이 오지 않는 스타

일이었다. 처음 여행할 때에는 제 한국인, 제 일본인, 제 대만, 제 짜장면, 제 우동~하는 식으로 쪽집게였는데 여행 기간이 조금씩 지나면 지날수록 현지에서 사 입고 사 신고 하다 보니 모두 알 수 없게 섞여 버렸다. 그래 나가려다 말고 돌아서 "한국인이세요?"하니 우하하 드디어 하나 건졌다. 29살 언니였다. 나는 "같이 여행이나 하죠"하고 건의하고 나서 아차하고 사오지 않은 빵을 사러 가기 위해 부랴부랴 바게트빵을 사러 날랐다. 부지런히 돌고 오니 능력있는 언니가 누군가를 또 포섭해 놓은 상태였다. 난 당연하게 "안녕하세요?"하니까 어 날 보는게 너 지금 무슨 굼벵이 허리 펴지는 소리를 하고 있냐는 투였다. 일본인 여자애였다. 이름은 유리에, 미국에서 유학하고 있는데 파리에 살고 있는 친구에게 방학을 이용해 놀러 가고 있다는 거였는데 단체가 아닌 혼자 다니니 너무 무섭다며 유리에도 일행을 찾고 있었던 것이다. 그중에 걸려든 게 언니였을 테고 또다시 만나게 된 게 나였으니까. 다행히 내가 전공이 일어인지라 유리에와는 일본어로 의사소통을 했다. 언니도 영어를 했느냐? 언니도 영어를 했으나 정말 언니다운 그러니까 조신한 대구사투리 영어를 사용해 역에서 뒤집어지는 줄 알았다. 언니와 나는 이제 어느 정도 여행에 도가 터 예약 같은 건 안 하고 다니는데 유리에는 혼자라 무서워 쿠셋을 예약했다고 했다. 우리 만날 줄 알아 예약을 안 했으면 우리와 같이 갈 텐데 해보지만 어쩔 수 없었다. 아직 어리고 무서워하는지라 내가 유리에의 쿠셋까지 데려다 주었다. 유리에가 머물기로 한 쿠셋은 거의 기차 저쪽 편에 있었다. 우리가 자리를 잡은 곳과 완전 반대쪽 끝이었다. 유리에가 예약한 쿠셋 칸에 같이 들어가 보니 그 방에는 인심 좋게 생긴 스위스 할아버지들이 타고 있었다. 여행의 묘미중 기차에서 만난 사람들을 빼놓을 수 없다. 같은 기차를 탔다는 것만으로도 하나가 될 수 있고, 또 목적지라로 같을라치면 그건 정말 죽였다. 유리에도 언어가 무기였다. 게다가 불어도 할 줄 알아 유리에는 "무서워 데려다줘~." 언제 그랬냐는 듯 금방 할아버지들과 친해졌다. 다행이었다. 위스콘신 대에서 경제학을 공부하고 있다는 그녀의 재능은 옆방에까지 퍼져, 옆방에 한국분이셨는데 위스콘신 대에서 유학중인 동문과도 만나 나는 완전히 새 됐다.

잠깐 유리에와 일본어로 얘기를 나누고 있었을 때였다. 그래도 불안해 하는 유리에 보기가 안타까워 옆쿠셋에 마침 한국 젊은이들이 있기에 유리에를 소개시켜 주러 한국말을 꺼내니 그 사람들이 회들짝 놀란다.

"한국인이셨어요?"

유리에와 계속 일본어로 얘기하고 있었더니 나도 당연히 일본 앤줄 알았다며... 하하... 암튼 서로 잘못 보고 잘못 보여지는 세상이다. 그러니까 세상은 얼마나 재밌는가? 유리에와 그리고 그 인접 모든 이들과 얘기를 하다 보니 어느새 기차는 플랫폼을 떠나고 있었고, 그제서야 저쪽에 두고 온 언니가 걱정이 되기 시작했다. 유리에와는 내일 아침에 만나기로 하고 헤어져 부랴부랴 가보니 언니 얼굴이 새파랗게 질려 있다. 기차는 떠나는데 가방 두고 간 나는 돌아오지 않아 혹시 기차 못 탄 거 아닌가? 싶어 이 큰 가방을 어떻게 처리해야 할지 한참 고민하고 있었다고 했다. 처음 만나 동행한 건데 그런 걱정 끼쳐 미안하다며 유리에를 핑계삼아 변명을 대고 언니와 친해지기 위해 그동안 재미있던 일을 얘기해 주었다. 언니 이름은 김선희였고, 대구에서 과외를 하고 있다고 했다. 그리고서 다음 얘기가 나의 흥미를 꽉꽉 끌어 버렸다.

얘기인즉슨 언니 친구가 독일 프라이버그 문지그라는 곳에 유학하고 있었는데 언니는 그곳에 큰 가방을 맡겨 두고 여행을 하다 떨어지거나 불편하면 가방을 바꾸러 왔다갔다 한다는 것이었다. 그러니까 언니는 여행에 가장 방해가 되는 큰 가방은 그곳에 두고 정작 필요한 차림을 하는 엑기스 여행을 다니고 있었던 것이다.

"언니 나두 가믄 안 되나요?"
이래서 쫄래쫄래 나의 방향은 언니 친구가 유학하고 있는 문지그 어느 한가로운 농촌 집으로 바뀌게 되었다. 도착은 했는데….

바디 랭귀지의 진수로 짐은 맡기고 …

도착해 보니 주인집 할아버지와 할머니만 계시고 언니 친구는 학원에 가서 아직 안 돌아왔다고 했다. 언니는 우리 식으로 치자면 자취를 하고 있었다. 주인이 없으니 그 방에 들어가기란 이네들 사고방식에서 기대도 할 수 없었고 우린 할머니네 식탁에 앉아 언니가 돌아오기만을 기다릴 수밖에 없었다. 부엌은 이 나간 접시며 컵, 그리고 늘 한쪽에 푸짐하게 마련된 가족 사진으로 꽉 차있었다. 부엌이 부엌다운 이미지를 갖고 있다고 생각되었다. 문지그의 버스는 시간대별로 운행해 돌아오는 시간은 거의 정해져 있다고 했다. 할머니께선 영어를 한 자도 못했다. 그러니 대화를 하면서 시간을 때우면 빨리도 갈 테지만 멍하니 식탁에 앉아 기포 올라오는 가스물을 마시며 죽때리고 있었다.
다시 말 안 통하는 할머니가 들어오시더니 무언가 할 얘기가 계신 양 벽에 걸린 시계를 한 바퀴 쭈욱 돌려 보이면서 하시는 것이 아마 다음 버스 들어올 시간에 언니가 들어올 거라고 말하는 듯했다. 기다리기엔 우리가 떠나야 할 시간이 임박해 오고 있었다.

예전에 써먹은 방식대로 우간다 책 뒤에 있는 어정쩡한 독일어를 가리키며 가방을 갖고 가야한다고 하니 할머니가 그제서야 눈치를 채신다. "아 그래서 너희들이 왔구나"하며 이제야 이해를 해주며 우리를 언니 친구 방으로 안내해 주셨다.

언니는 문을 열자마자 가방을 잽싸게 꾸렸다. 그런 모습을 보니 나도 이 큰 가방(인생의 무게와 같다)을 여기다 맡기고 여행을 할 수 있다면 하는 생각이 들었다.

"언니 저도 여다 가방좀 맡기면 안 될까요?"
했더니 언니가 한참 고민을 한다. 그러더니 그렇게 하고 친구에게는 편지를 써놓고 가자고 했다. 우히히~~ 미안한 맘 한량없지만 여행에선 빈대 붙을 때 철저히 빈대가 되고 뻔뻔해질 때 철저한 프로 정신으로 뻔뻔해지는 것이다. 고마운 마음으로 그 큰 배낭을 언니 집에 내려놓고 휠휠 나비처럼 그곳을 빠져나와 또 다른 곳으로 향했다. 내 이다음에 유럽 올 땐 학교 책가방만한 크기로 싸오지 더 이상의 큰 것은 절대 안 싸오리라 굳건히 태극기 앞에 맹세했다.

바젤에서 뒤바뀐 인생

그 다음 목적지를 결정하기란 쉽지 않았다. 그래 스위스와 독일 국경 사이에서 독일 들어온 김에 몇 번 스쳐가도 아직 돌아보지 못한 독일을 돌아볼까 마음을 먹고 있는데 그때였다.

"안녕하세요?"
하면서 아가씨가 다가왔다. 우리말은 들려 오는데 쳐다보니 보기에 절대 한국인 같지 않은 시커먼 외모(?)를 가진 단발머리 아가씨였다. 이 아가씨가 우리에게 한 줄기 살이 되고 피가 되는 여행 정보를 던져 줄 줄이야 그 누가 알았겠는가?

수연이라는 이 아가씨 역시 영국에서 1년여 어학연수를 마치고 이제 돌아가기 전 유럽 전역을 여행중이라고 했다. 보름 후에 1년여 만에 돌아갈 한국을 생각하니 가슴이 저린다며 기대에 가득한 얼굴이었다. 어디 갈까 지금 고민중이라며 어디 좋은 데 없냐고 물어 보니 대뜸

"언니 터키 가세요~."

'잉? 터키??????'

말인 즉슨, 터키가 내년부터 10여 년 동안 대대적인 문화재 보수 공사에 들어간다고 하니 올해가 그 마지막 찬스라고 했다. 더군다나 터키에는 정말 이 세상에 존재할 것 같지 않았던 그 모든 것이 존재하고 있다며 강력히 두 팔 걷어붙이고 터키를 추천했다. 터키 얘기에 가뜩이나 얇은 두 귀가 솔깃하지 않을 수 없었다.

그래 그럼 가야지. 가고 싶은 곳에 가고 싶을 때 아무 때나 가자. 나의 여행 철학이었다. 독일 나중에 보지며~ 자 내려가자.

터키로 가자면 이스탄불로 직접 가는 짧고 굵지만 가난한 여행자에겐 한번에 망가질 수 있는 비싼 비행기가 있었고, 배와 배로 이동해 들어가는 방법 두 가지가 있었다. 물론 나의 선택은 후자였다. 이태리 브린디쉬에서 배를 타고 그리스로 들어가 그리스에서 또다시 터키에서 가까운 섬 로도스에 가서 또다시 배로 들어가는 것.

말하기엔 얼마 안 돼 보였는데 이 선택으로 나는 평생 타볼 배를 한 큐에 다 타버리는 엄청난 일을 해버렸다. 배 안에서 정말 미쳐 돌아가실 뻔했다. 자고 일어나도 아직도 바다였을 때, 어두워져도 또 바다였고, 매번 자고 일어나도 "어 아직도 바다네"였다. 비누가 아직도 그대로인 건 용서할 수 있었어도 바다가 아직도 그대로일 땐 포세이돈을 확 그냥~^^;

마침 피렌체 우피지 박물관을 보러 간다는 수연이와 일행이 돼 나

도 일단 피렌체를 들러 우피지를 땡기고 밤차로 밤차로 이동거리가 딱 맞아 떨어지는 최종목적지 터키를 향해 키미테는 붙이지 못했지만 그 엄청난 출발에 테잎을 끊었다.

밤의 터널을 지나면 설국이 나온다는 일본과, 밤의 터널을 지나니 피렌체 역바닥이 나오는 나의 이국여행은 오늘도 불변 없이 지나고 있었다. 피렌체는 가죽제품으로 유명한 데다 거리 곳곳에 피자집이며, 한국여성의 가슴을 설레게 한다는 베네통이 여기저기 산재해 있었다. 일단 선희 언니와 나는 2시간여 줄을 서서 우피지 박물관을 유람한 다음 유스호스텔 방을 잡고 만나기로 한 수연이와 광장에서 만나 피자도 사먹고 가죽시장에 가 허리띠도 사고 가방도 사고 그동안 별러 왔던 쇼핑을 했다. 유감 없이 한국에서 깎던 실력을 발휘하여 일단 깎고 들어가는 당돌함을 보였으나 의외로 상인들이라 넘어가 주지는 않았다. 시장 한귀퉁이에 앉아 시장에서 사온 과일을 깎아 먹고 있으려니 비가 추적추적 내리기 시작한다. 한 계단을 다 장악하고 있던 다국적 배낭여행객들이 대책 없이 맞고만 있다. 맞고 있어도 행복한 기분, 바로 이거다. 담배를 피울 줄 알면 라이터를 빌리며 그들과 자연스레 이야기를 나누고, 피울 줄 몰라도 비가 오는 것을 보고 그들과 함께 말을 걸 수 있고 또 자연스레 어울릴 수 있는 그들의 여유가 더욱 좋아 보인다. 따뜻한 커피 한 잔이 생각나는 시간이었다.

이젠 떠나가 볼까.

수연이와는 아쉬운 작별을 하고 한국에 돌아가 만나기로 다짐을 하고 돌아서 일단 첫 여정인 그리스로 떠나는 항구 브린디쉬를 향해 역으로 향했다. 역에는 여기저기 패키지인 팀이 여럿 있었다. 다들 깨끗한 차림이라 더티 그 자체인 나는 깨갱 한다. 피렌체 역은 화장실이 공짜였다. 역 안에 있는 화장실이 공짜라는 게 이젠 신기하게 다가설 정도로 그들의 문화에 익숙해져 있었나 보다. 언니가 아무래도 우리 둘만 가기엔 너무 무섭지 않겠느냐며 일행을 더 포섭해 보자고 했다. 포섭의 여왕 내가 뜨면 아니 걸려들 사람이 없으련만 오늘은 웬지~~ 연이어 헛탕이다. 역 안을 돌고 돌고 또 돌아봐도 다들 nice행 아니면 패키지였고 한 달짜리 여행객들이라 가다 오다 시간 다 날릴 수 있는 그리스까지는 그들의 일정에서 제외돼 있기 때문인 듯했다. 이리 보고 저리 봐도 에고고~~. 오늘 밤은 정말 아무도 없나 보다. 언니하고 나밖엔. 단념하고 나니 슬슬 배가 고파 온다. 기차시간이 임박해 오면 하나라도 나타나겠지 싶어 기차역 구석에 짱박고 앉아 빵을 꺼내 먹고 있는데 우리 뒤로 웬 시커무리한 사내가 앉는다. 우리 옆에 왜 앉을까? 뭔가 냄새가 안 좋다. 그 사내가 말을 걸어 온다.

"@##$$%%^^&*?@#$%^&??"
"?????????????????"
잉 이거이 무스기 말???

가까스로 알아들은 그의 국적은 알마니아였고 지금 그가 한 말은 알마니아 어였다. 지금 그도 브린디쉬로 가고 있으며 영어를 하나도 못한다는 것이었다. 그 사내는 영어 못해, 우리 알마니아어 못해~ 양쪽 다 엄청난 오버 액션의 바디랭귀지에 웃음을 터뜨리고 만다. 한참 이 몸짓 저 손짓, 한국말, 알마니아 어, 영어로 대화를 하며 친해지고 있는데 갑자기 이국에선 귀한 천도복숭아를 보기에도 침이 괴는 복숭아를 언니 하나, 나 하나 먹으라고 준다. 한 개로 둘이 갈라 먹어도 아니고 한 개씩을 주다니. 일단 받아 들고서도 머리 속은 갖가지 상상으로 바쁘다. 이 복숭아 아마 수면제 들어 있을 거야 언니~ 둘이서 고민 많이 했다. 그 달착지근하고 시큼한 거 먹어 본 지 언제였던가

가 기억도 안 나는 복숭아를 먹을 것인가? 이 수상쩍고 말 안 통하는 사내를 의심해야 하나? 하고 결국 가슴으로 와닿는 먹고 보자라는 먹는 쪽으로 선택한 건 예상했지만 끝까지 먹으면서도 언니와 나 한국말로 "언니 우리 이거 먹고 10분 안에 어떻게 될 거야, 아직 나 시집도 못 가봤는데...힝~~."

알마니아 오빠 우리 말 아는지 모르는지 우리만 쳐다보며 연신 방실방실이다.

◀ 제우스 거북이(?)/
공원을 가로질러가던
거북이를 겁도 없이 잡
아 들었다. 이거 제우
스 신이 환생한 거면
난 바로 벼락을 맞을
텐데…앗 아닌 개벼?

◀ 아크로폴리스에서
불어 오는 바람은~/위
에 오르니 바람과 함께
시원한 아테네 시가 한
눈에 펼쳐진다.

◀ 국회의사당 포카페
이스 아저씨/국회의사
당을 지키는데 열중한
나머지 아무리 웃겨도
절대 눈길 하나 웃음하
나 짓지 않았던 포카페
이스의 지존~.

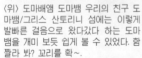

〈위〉 도마배앰 도마뱀 우리의 친구 도마뱀/그리스 산토리니 섬에는 이렇게 발빠른 걸음으로 왔다갔다 하는 도마뱀을 개미 보듯 쉽게 볼 수 있었다. 함 짤라 봐? 꼬리를 확~.

〈아래〉 훔친 포도가 더 맛난다/정말 큰 걸로 땄다. 하지만 보기에도 신물이 넘어갈 정도로 안 익은 청포도다. 그래도 포도 비스무리해서 먹어 봤는데 반 먹고 반절 이상을 버려야만 했다.

〈위〉 나 오늘 섹시하우?/예전 7~8월 달력에서 많이 보던 새파란 지중해와 검은 모래 원두막 같은 파라솔이다. 거기 함 누워 봤는데 나 어떠우?

〈중간〉 산토리니의 화산섬/예전엔 활동을 했다던 산토리니의 최고 명물 화산섬.

〈아래〉 산토리니의 대학로/이 광장을 중심으로 주변에 맛있는 피자 가게, 아이스크림 가게들이 이태리보다 더 맛있고 싼 가격으로 나와 있다.

146

◀ 배 쨀 산토리니 아저씨/픽업해 올 땐 그리도 잘해 주시던 아저씨가 갈 땐 완쫀히 배를 쨀는 바람에 씁쓸했다. 내가 사진을 찍으니 자기가 좋아서인 줄 알고 그럴듯하게 폼을 잰다. 왼쪽에 일행의 울분에 싸인 주먹이 보인다.

◀ 히치 하이킹에 걸린 그리스 천사 안나/그녀는 우리를 산토리니에서 가장 사진발 잘 받는 곳으로 안내해 주었다. 그녀의 웃음 뒤에 가려진 아픔이 빨리 치유되기를 바라며…

발 큰 여자 지구가 좁다 147

떴다~

기차출발 시간이 임박해 오고 있었다. 거의 일행 포섭은 포기하고 열차 들어오기만을 기다리고 있는데 그 와중에도 레이다 작동~키가 꺽다리맨치로 큰 여자애 하나가 까만 타이즈에 큰 배낭을 멘 게 어째 떡 보니 한국인인 거 같았다. 역시 물어 보니 한국인이었다. 역시 일행을 찾고 있었으니 서로가 아니 반가울쏘냐?

그녀 이름 장선동(중대 가정교육93학번) - 역시 영국에서 어학연수를 마치고 고국으로 돌아가기 전 두 달 동안 유럽을 쭈악 돌고 있는 중이었고 바젤에서 만났던 수연이와도 여행에서 이미 만나 알고 있는 사이였다. 인연은 돌고 도나니… 여기서 만난 사람 저기서 만나고, 여기서 헤진 사람 또 만나고… 돌고 도는 즐거운 세상.

셋이 됨을 즐거워하고 대강의 통성명을 밝히고 있는데 또다시 레이다에 걸려드는 두 아가씨. 오늘 여자가 풍년인걸? 그런데 이번엔 말이다. 너무나도 깨끗한 외모에 그리고 화장을 깨끗히 한 얼굴. 우리가 계속 쳐다봤는데도 아니 쳐다보고 가는 것이 잠정적 결론이음…일본인이군~그러면서 우리끼리 말하고 있는데…

"어머!"

"한국인이세요?"

음 와 이쁘다. 이쁜 아가씨 둘은 고등학교 동창으로 패키지가 아닌 자유여행중이었는데 이 두 아가씨들의 모토가

"여행은 자유여행 외모는 패키지."

라 상당히 깨끗하고 화려한 외모를 지니고 여행중이었다. 깨끗하고 일본인이라고 싸잡아 볼 일은 아니었던 것이다.

이태리 집시와의 치열한 자리 싸움

열차가 들어오면 미친 듯이 뛰기 시작하는 나는 하던 대로 열심히 뛰어 예약 안 된 콤파트먼트를 맡고 돌아서 일행을 부르려고 보니 나밖에 없다. 오잉? 창밖을 내다보니 저만치 잃어 버린 나를 찾고 있는 모습이 눈에 들어왔다. 혼자 다니다 보니 기차 타서 자리 맡는 거는 어디다 내놔도 지지 않을 만큼 단련이 돼있던 것이었다. 그러니 일단 나와 일행이 되면 가만히 있어도 혼자 내가 알아 다 지리를 맡아 주니 놓치고 싶지 않은 동행이 되는 것이었다. 나중에 나타난 깨끗한 숙이와 미나는 쿠셋을 예약해 그들의 자리로 갔고 우리 셋은 한 칸을 맡아 자리 펴고 두 다리 쫘악 펴고 브린디쉬의 불타는 밤을 태울려고 했는데 복도에 자리를 맡지 못한 너무나도 많은 사람들이 들어와 자리 있냐고 물어 보는 것이었다. 처음엔 이태리 어를 못 알아듣는 척~ 나중에는 이 여섯 자리가 다 꽉찬 것처럼 우리 셋, 짐 셋을 따로 놓고 있었는데~ 으 이 찔려 오는 양심과 가책. 그래 너무 욕심인 거 같다. 내가 편히 쉬고 싶다면 상대방도 그럴 것이다. 그렇게 우리 일행은 다른 일행에게 두 자리 정도는 내주려고 기다리고 있었다.

첫번째 행운의 주인공이 문을 노크했다. 그러나 연인이었다. 우리가 겪은 경험에 의한다면 이곳에선 연인끼리 같은 콤파트먼트에 타면 그 날은 맘이 설레 잠 다 잔다. 껴안고 뽀뽀하는 소리에 처녀 가슴이 뛰어서 말이다. 그래서 바로 짤랐다. 냉철한 세상이지 않은가?

두 번쩬 여자였다. 법학을 공부한다고 했다. 지금은 방학이라 고향에 돌아가는 중. 그래 너 맘에 든다. 너두 공부하는 학생이니까 말야. 그 애까지 좋았다. 넷 정도라도 발은 뻗고 편히 잘 수 있으니까….

그 다음에 육중한 체구의 아줌마가 들어온다. 장난 아니다. 재우면 거뜬히 세 몫은 할 수 있을 거 같다. 그런데 위에 얹어 놓은 짐을 세고 사람수를 세더니 다짜고짜 앉아 버린다. 우리가 "어 아줌마아~여기 자리 있어요~"하니까 웃기는 소리 하지 말라며 분명히 짐은 4개밖에 없는데 그러면서 무대포다. 우씨~우리도 그렇게 나오면 질 수 없다. 우리 친구 둘이 저쪽에 잠깐 가있는 거예요~하니까 우와 데려와 보랜다. 내참 데려와 보래면 내 무서울까?(객기였다) 그 아주머니는 증거를 보일 때까지 안 갈 기세였고 그때는 우리가 거짓말임을 인정하고 지기에는 너무도 쪽팔리는 상황이었다. 머 뀐 놈이 성낸다고. 증거 확보를 위해 쿠셋에서 멀쩡하게 자리잡고 자려고 하고 있던 숙이와 미나에게 상황을 설명하고 도움을 요청했다. 애길 해도 무슨 영문인지 몰라 따라오면서도 어리벙벙해 한다.

정말로 둘을 데리고 나타나니 이 아주머니 머 썹은 얼굴로 나간다. 우리의 완전무결한 승리다. 그랬는데 나가는가 했는데 이 아줌마 아직도 못 믿겠다는 듯 우리 옆 복도에 자리를 잡는다. 그렇다면 우리가 거짓말 친 걸 알면 다시 들어올 거라는 기세당당함이었다.

숙이와 미난 언니 우리 인제 가봐도 되요? 하는데 아줌마가 잠들기 전에는 어림도 없는 소리였다. 그때서야 한 명의 낯선 외국인이 이 방에서 우리가 하는 짓을 대강은 눈치를 채고 있다는 것을 알 수 있었다. 아까 그 법대생. 그러나 이 법대생 정말 맘에 든다. 그녀 왈 우리가 지금 무슨 짓을 한 건지도 알고 있고 우리가 한 게 너무 맘에 든단다. 그리고 아까 그 떡대 아줌마는 집시였단다. 그 소릴 들으니 죄책감이 좀 덜해졌다. 우리는 겨우겨우 아줌마 화장실 간 틈을 타 아이들을 돌려 보내고 커텐을 잽싸게 치고 브린디쉬가 들릴 때까지 덜컹거리는 기차에서 그렇게 또 하루를 쌓았다.

데크는 공짜라던데?

아련하게 잠이 깰 무렵 앞말은 안 들리고 브린디쉬! 브린디쉬 한
다. 기상이다. 벌떡 일어나 베고 자던 짐에, 발에 묶고 자던 짐을 들
고 미친듯이 뛰어내렸다. 휴~.

내렸다. 하마터면 자느라 제대로 못 내리고 더 갈 뻔했다.

브린디쉬에 내리자마자 그 날 타고 떠나 배를 예약해야 했는데 내
린 곳에 친절하게도 안내판이 붙어 있었다. 가이드 책을 보니 갑판
(deek)은 유레일이 있으면 공짜라고 써있었다. 그러나 화살표를 보
고 따라간 회사에서 난 유레일도 보여 줬고, 데크라는 말을 했는데도
19,000리라를 지불해야만 될 상황이었다. 뒤에 서있던 언니는 아무
래도 너무 이상하다며 자꾸 너무 성급히 산 것을 머라고 했다. 미안
하게시리말이다. 선동이는 유레일이 아닌 인터레일패스였으므로 회
사가 달랐다. 한참 후에 모인 우리는 언니와 나는 데크, 미나와 숙이
는 안에서 잘 수 있는 캐빈, 그리고 한참 후 나타난 선동이는 돈 한
푼 내지 않고 표를 사왔다. 인터레일과 유레일의 차이였다.

이쁜 포르투갈 돈?

환전 얘기가 토픽 감이다. 그때 스위스에서 포르투갈 가려고 수수
료 없는 스위스에서 바꿔 둔 포르투갈 돈을 아무래도 포르투칼은 못
갈 것 같아 그리스 돈으로 재환전하려고 하는데 아까 배 예약한 곳에
서 이 왼쪽으로 돌아가면 좋은 환율의 환전소가 있으니 그곳에서 하
라고 알려 주었다. 일단은 사무실에 물이 나오길래 천연덕스럽게 머
리를 감아 버렸다. 촉촉히 젖은 머리로 환전소에 들어가 돈을 내밀고
그리스 돈으로 환전해 달라고 하고 나는 딴생각을 하고 있는데 갑자
기 돈세던 소리가 멈추었다. 그리고 옆에 서있던 직원이 갑자기 이

돈은 바꿔 줄 수 없다고 했다. 포르투갈에서 몇 년 전에 화폐개혁을 해 1993년인가 그 이전 화폐는 안 바꿔 주니까 은행에 가보라는 것이었다. 딱 보니 내가 가진 돈이 그 돈이었다.

갑자기 마른 하늘에 돈벼락(?)이 쳐도 유분수지? 앞이 깜깜해졌다. 이 일을 우짤꼬… 아껴 쓰고 아껴 두고 모아 둔 돈이 한낱 종이로밖에 쓰이지 못하게 되다니. 이럴 수 없다며 은행으로 향했다. 더 캄캄해졌다. 은행에선 아예 환전 업무를 안 본다는 것이었다. 아이구 내 돈 ~내 돈~ 그렇게 종이로 끝나기엔 약 120,000원 돈인데… 입장 바꿔 생각해 봐도 절대로 미치지 않고는 못 배기는 일이다.

잔머릴 굴리기 시작했다. 나는 그 옆 환전소에 갔다. 얼렁얼렁 하고 튀자. 모르는 곳이 있겠지. 걸리면 재수없는 거고. 천연덕스럽게 아까 그 사실을 모른다는 듯이 속으로 어여어여 하고 있는데 갑자기 밖에 세워 둔 환전 간판이 바람에 확 자빠진다. 그 바람에 환전하고 있던 아줌마가 나에게 이야기를 걸기 시작했다. 자기 남편에게 그렇게 고치라고 말했는데 아직도 안 고쳐 놨다며 남편들은 다 그렇고 그렇다며 나에게 동의를 요구해 왔다. (이 아줌마가 시집도 안 간 처자가 뭘 알겠습니까? 누구 속도 모르고 환전이나 열심히 하시지…) 그러면서 덧붙이는 말이 자긴 지금 포르투갈 돈을 처음 본다고 했다. (부연하자면 포르투갈 돈은 유난히 다른 나라에 비해 크고 투박해 보인다) 너무 이쁘단다. 진짜 화폐답게 크게 생겼다는 등.

"포르투갈을 좋아하세요?" 아줌마 묻는 말에

"NO"라고 대번에 대답해 버렸다. 아줌마 무안한 듯이 이제껏 그렇게 칭찬해 대더니 하는 말이 가관이다.

"NEITHER"

그 아줌마는 다행히 끝까지 그 사실을 모른 채 26,000dr를 환전해 주었다. 후에라도 그 일을 알까봐 끝남과 동시에 후닥닥 뛰어나왔다.

나중에 어떻게 됐을까? 지금도 궁금하다.

　나는 매사에 얼렁뚱땅이다. 반면에 동행인 선희 언니는 환전을 하나하더라도 열 곳이면 열 곳의 환전율을 하나하나 체크하고 수수료를 체크했다. 옆에서 보기에 환장할 노릇이었다. 결국 따라다니던 나는 포기하고 언니 혼자 다니게 되었다. 그 후에도 언니의 환전시간은 여행시간의 거의를 잡아 먹는 듯 보였다. '고거 얼마나 된다고'의 생각과 '그래도 그게 얼만데'가 낳은 사고방식의 차이였다.

　각자 헤어져 볼일 보던 일행중 선동이가 이상한 벨기에 남자 하나를 데리고 나타난 건 슈퍼에서 장을 볼 때였다. 후에 알고 보니 이 벨기에 총각이 혼자 여행 다니다 보니 짐을 맡아 줄 사람이 필요해 열심히 우릴 따라다닌 거였다. 속 보이는 놈이었다. 그 애의 머리와 복장은 정말 양아치였다. 여행을 오래 다녔다 치더라도, 머리는 이상한 파마를 해 안 감은 듯 뒤엉켜 있기에 우리가 지나는 말로

"너 머리 언제 감았어?"

하니까

"난 머리 안 감아."

하도 다정다감하게 대답하던 놈이었다. 같이 쿵이었다.

그리스로 가는 길 - 인내와의 싸움 (?)

　브린디쉬에서 그리스로 가는 배는 오후 5시 정도와 6시 정도의 두 번뿐이다. 그것도 모르고 늘 아침 일찍 목적지에 닿도록 짜둔 나의 스케줄이 피를 본 것이다. 작은 도시 브린디시를 다 돌아도 거의 7~8시간을 기다려야 했다. 브린디쉬 항구 옆에는 그래서 시간 죽이는 광장이 있다. 날도 덥고 하니 그곳에 모여 앉아 몇 그루 안 되는 나무들 그늘 생기는 방향으로 이동하면서 하루를 꼬박 죽이고서야 그리스

로 향하는 배에 올라 볼 수 있었다. 가기 전엔 항구세와 국경을 넘어가는 확인 도장을 받아 놔야 했다. 그래 항구세를 내러 창구에 가는데 어 어디서 많이 본 총각이 아는 체를 해왔다. 간밤에 역에서 만난 알마니아 인이었다. 날 보더니 또다시 알아들을 수 없는 말로 너 또 만났네, 정말 재밌다라는 듯이 말했다. 정말 너무도 깊은 인연인 듯 싶어 내가 잘 가라고 악수하자니까 가방을 둘러 멘 이 총각 수줍은 웃음을 가득 머금는다. 이렇게 순박하고 착한 총각을 소도둑 비슷하게 몰았으니 정말 죄송, 죄송, 왕 죄송이다. 수첩을 내밀며 주소를 적어 달라고 하니 이건 글씬지 그림인지 모르게 써준다. 결국 편지는 그 이후에 불가능하게 되었지만 아직도 선한 그 웃음은 잊혀지지 않는다.

배 위에서 (?)

데크를 끊은 것은 그 넓은 배 위에서 잘 데 없을까였는데… 한낮에 쨍쨍 내리쬐던 땡볕도 어느새 자취를 감추고 이미 좋은 자리는 떡대 좋고 콤파스 긴 외국애들이 침낭과 배낭으로 점령하고 있었다. 선동이, 언니, 나 이렇게 셋이 겨우 자리라고 추스리고 앉은 곳이 남자 화장실 앞이었다. 에구 자자. 할 것도 없는데 잠이나 자자, 하고 잠자릴 마련하려는데 그동안 들고만 다니느라 힘만 들던 침낭이 이제 쓰일 때도 있구나 싶었는데… 아차차… 쓸모없을 거 같아 독일에 짐맡길때 빼놓고 온 것이었다. 침낭도 잠잘 때 쓰려면 독일에 있다더니… 정말 옛 어른 말씀 치고 틀린 거 하나 없다니까… 그래 내가 갖고 있는 얇디얇은 승재가 정표(?)로 주고 간 싱가폴 담요를 그 쇠바닥에 깔고 자려니 시간이 지나면 지날수록 바닥에 스며드는 쇠의 차가움으로 미치고 환장하게 허리가 아파 왔다. 정말 제정신으로 잠을 도저히 이룰 수 없었다. 그렇다고 소주 한 잔 하고 싶어도 이 망망대해, 머나먼 이국땅에서 소주 구하는 게 침대 구하기보다 어려울 건 당연한 이치였다. 옆에 번데기마냥 침낭 속에 꼭 파묻혀 자는 선동이가 그렇게 부러울 수 없었고 그 옆 언니도 나름대로 여러 가지 도구를 이용하여 잘 자고 있었다. 일단 추우니까 화장실이 가고 싶어졌다. 화장실 가면 그래도 좀 따뜻할 거 같았다. 화장실에 들어가 보니 누군가가 들어 있었다. 그래 거울을 보며 멍하니 있는데 갑자기 문이 열린다. 들어오는 사람은 웬 술병을 거머쥔 남자였다. 순간 의심했다. 내가 이거 정신없이 남자 화장실에 잘못 들어왔나? 하지만 내가 맞는 거였다. 그래 기가 막혀 여기는 여자 화장실이다. 니가 들어오면 안 된다 하고 친절히 설명하고 있는데… 벌써 술이 한잔 들어간 이 자식이 씨익 웃더니 지 머리를 삐삐처럼 잡아당기더니 하는 말

"I'm a girl."

할 말이 없었다. 웃고 말았다. 결국 그 애는 화장실에 들어가 볼일을 보는 대담성을 보이더니 나에게 굿 바이를 외치며 밖에 나가 그 무용담을 얘기하는 소리가 들렸다. 웃음소리로 배가 뒤집힌다. 진짜 별꼴 다 당한다. 근데 재밌다.

이곳 애들은 노는 것이 일정하다. 춤도 우리만큼 잘 추지 못한다. 그저 발과 손으로 흐느적거릴 뿐이다. 다들 젊기에 데크를 끊었고, 또 술 한잔 먹고 밤하늘 밤바다를 이불삼아 음악 크게 틀어 놓고 젊음을 만끽하고 있었다. 아까 벨기에 머리 안 감는 애가 우릴 또 발견하더니 짐 좀 맡아 달래 놓고 그들 틈에 섞여 춤추고 있는 것이 보인다. 정말 진드기다. 그 애들을 바라보며 다시 자세를 가다듬고 쇠바닥에 누워본다. 쇠바닥에서 올라오는 냉기와 살을 에는 듯한 밤바다 바람이 온몸에 와 부서진다. 춥다. 도저히 다시 잘 수가 없었다. 그래

서 결심했다. 내 양심을 버리고 아무데나 들어가서 자리라 하고, 내 걸려서 벌금 무는 한이 있더라도 도저히 잠은 자야 했고 참을 수는 없었다. 새벽까지 기다려 다들 자는 틈을 타 난 어느 캐빈에 들어갔고 그곳에서 자다가 아침에 누군가가 깨우는 소리에 난 조용히 언제 잤냐는 듯 도망쳐 나왔다. 아침 해가 서서히 햇살을 드리우고 있었다.

제우스를 만나 볼까?/그리스

그리스의 신화는 시작되고

아침이 되고도 배는 한참을 더 갔다. 선동이와 난 따스한 곳으로 자리를 옮겨 선동이가 빌려 준 침낭 속에서 간밤에 설친 잠을 더 잤다. 우리 옆으로도 피곤에 지친 여행객들이 단잠을 이루고 있었다. 선동이는 속옷을 빨러 간다고 했다. 한참 후 일어나 보니 선동이 빤쓰가 배 난간에 휘날리고 있었다. 기념삼아 그 앞에서 사진 한 장씩을 박아 본다. 그러다 보니 언니가 없어졌다. 어딘가 있겠지하고 따뜻한 햇빛을 즐기고 있는데 언니가 이상한 차림새로 나타났다. 잠바로 치마를 만들어 입고 나타난 것이다. 언니 왈 입고 있는 바지가 더러워 빨고 나니 입을 게 없어 임시방편으로 잠바로 지퍼를 채워 치마모양으로 나타난 것이었다. 나중에 이 언니에게 붙게 될 히트 언니다운 발상이었다.

나도 속옷을 빨고 반바지도 빨아 배 난간에 걸어 두고 하염없이 부서져 깨지는 햇살을 바다를 통해서 본다. 사방팔방 바다뿐이고, 사방팔방 하늘뿐이다. 바다로 부서져 내리는 햇살에 눈 떠보면 금빛 물고기마냥 바다 안에 햇살이 그득하다.

그리스를 알리는 안내방송과 함께 육지가 보이기 시작했다. 서서히 다가오는 그리스-- 뜨거운 태양에 가득 뎁혀진 그 땅에 우리는 다가가고 있었던 것이다. 일제히 자리에서 그렇게 자던 사람들이 일어나 입구로 몰린다. 우리네만 성격 급한 줄 알았더니 새치기하는 아줌마, 살짝 껴드는 이태리 할아버지…등 하도 오랜 시간을 배 안에서 갇혀 있어서 그랬는지 몰라도 어서들 하는 마음으로 짐을 챙겨 든다. 내리자마자 바쁘다. 왜인가 하니 아테네로 바로 향해야 했기 때문이었다. 항구 바로 옆 아테네로 향하는 기차역은 인산인해를 이루고 있었다. 우리가 도착 후 아테네 행은 앞으로 세 차례가 더 남아 있었다. 내렸을 때 이미 한 차가 떠나가 우리는 다음을 기약하고 앉아 있을 수밖에 없었다. 앉아 있자니 불안하다. 너무도 많은 사람들이었지만 너무나 작은 기차였다. 아무래도 이상해 역창구에 가서 물어 보니 다음 열차는 예약을 하지 않았다면 못 탄다는 것이었다. 그래 아무래도 이상하다 싶어 예약을 하겠다고 하니

"자리 없어요~~~."

쿵~.

시상에… 그럼 우리더러 어쩌라고 마지막 열차를 탈 수밖에 없었지만 그 차를 타면 우리가 아테네에 도착하는 시간은 자정을 넘어서였고, 그리고 나면 우리의 잠자리가 아련해졌다. 뜻이 있으면 길은 있는 법이라 했던가? 아까부터 역창구에서 분주히 오가는 한국인 남자가 눈에 들어왔다. 여자만 다섯이던 우리들은 그래, 그래도 보기엔 서양 것이 좋아도 인심은 우리 것만한 것이 없다는 결론하에 그 남자를 꼬시기로(?)하고 미모를 내세울 것인가? 말발을 내세울 것인가의 토론 끝에 미모는 딸리지만 웬지 가련하고 불쌍하게 그리고 말발이 셀 것 같다는 이유로 내가 뽑혀서 말을 걸게 됐다. 그분은 혼자가 아니었다. 저쪽에 (그쪽을 보니 남자분 한 분에 여자분 한 분이 더 쪼그려 앉아 계셨다) 일행이 더 있으니 합치자며 흔쾌히 승락을 해주셨다. 역시 난 말발이야~.

그분들은 그분들 자체만으로도 이미 재밌는 팀이었다. 서울 산에서 만나 이렇게 여행까지 오게 됐다는 그분들은 갑자기 밀어닥친 여자 풍년(?)에 다소 어리둥절해 보여도 반겨 주니 안심이 됐다. 간단한 통성명을 하고 화장실 옆 그늘에 죽치고 앉아 시간을 죽이다 보니 재밌는 걸 발견했다.

화장실이었다. 우리가 있었을 때 입구에서 돈 받던 사람이 없어서 나를 제외한 모든 이들이 화장실을 공짜로 이용을 마친 상태였었는데 내가 서서히 아랫배에 이상한 힘을 느끼게 될 무렵 돌아온 화장실지기 대빵 아줌마 때문에 난 아테네까지 아랫배가 터지기 바로 일보 직전까지 참아 내는 한국인의 인내를 발휘했다. 근데 그게 아니고 어떤 외국 여자아이가 진짜 화장실이 급한 것 같은데 아줌마는 나중에 나올 때 돈 받으면 될 것을 끝끝내 들어갈 때 받아 내려고 해 그 여자아이 돈 찾다가 거의 미쳐 가고 있는 것이 보였다. 그때 그 말이 아니었던 그 표정 잊을 수 없다.

아테네 삐끼 아주 나빠.

막차도 무지막지 많은 사람들이 대기하고 있었다. 자리의 여왕~기차 들어오자마자 미친 듯이 달려가 그 많은 사람들 속에서도 양쪽 4칸을 잡아 버렸다. 그리고 일행을 데리러 가보니 저쪽에도 자리를 맡아 딱 정확한 우리 일행 숫자 8자리를 맡은 것이다. 난 또 저쪽이 자리를 못 맡은 줄 알고 맡아 놓고 데리러 갔다. 그러다가 돌아오는 길에 복도며 기차 이음새에 꽉꽉 들어찬 아이들 틈을 빠져나오느라 이 짧은 숏다리를 원망하고 있는데 서양애들이 너 어디 가냐며? 저쪽에 가도 자리 없다며 하길래 내가 자랑스럽게 "나 자리 맡았다. 그래서 내 자리 가려고 한다"했더니 일제히 환성을 지르며 나를 이쪽에서

저쪽으로 넘겨 주는 쇼 아닌 쇼를 벌여 난 서양애들 긴 팔과 다리에
힘입어 내 자리로 돌아올 수 있었다.

바다를 지나고 어느 동네를 지나고 하염없이 밖을 내다보고 있으
려니 수학시간에 나옴직한 알파, 베타, 감마, 시그마가 간판마다 다
있다. 진짜 신기하다. 이 수학기호가 언어라니? 도무지 이상하다. 그
럼 그리스 사람들은 수학 다 잘하려나?

아테네 행 기차에 관하여 한마디만 하고 넘어가자. 야 이건 우리
나라 비둘기호보다도 엄청나게 떨어지는 기차다. 자리하며 암튼 불
편하기로 치자면 유럽 전역을 다 돌아 봐도 정말 견줄 기차가 없지
싶다.

기차가 아테네에 가까워 오는지 갑자기 시끌벅적해지며 삐끼들이
밀어 닥쳤다. 한국말 하는 삐끼도 있어 우리를 하염없이 웃게 만든
다. 이래저래 방값을 따져 보지만 내려서 보면 더 싸지겠지 싶어 계
약을 안 하고 일단 내렸는데 우와 이 엄청난 삐끼들, 역 안을 꽉 채우
고 있었다. 저마다 싼 방값을 불러 대며 사람들을 끌어 모으는데 이
쪽 삐끼 말을 들으면 저쪽 삐끼가 더 나은 거 같고 저쪽 삐끼 말을 듣
고 있자니 다른 쪽이 더 나은 거 같아 한참을 망설이며 이쪽 우르르
저쪽 우르르 쫓아다니다 보니 이미 삐끼들은 자기 할당량을 채워 거
의가 다 떠나가고 없어지고 말았다.

우악 큰일이다. 돌아보니 얼마 안 남은 삐끼다. 이번엔 우리가 삐
끼를 꼬셔야 되는 판국으로 역전이 돼있었다. 결국 우리는 그 중 가
장 가깝고 가격도 괜찮다 싶은 곳의 삐끼를 따라갔다.

게중에 가장 신뢰감 있게 생긴 여자를 따라기기로 했다. 여자가 부
른 가격은 두당 1,300dr였는데 이 여자 어렵쇼 호텔에 들어가더니

완전히 배쩬다. 원래 자기가 부른 가격으로 해주고 싶은데 지금 호텔 매니저가 바뀌어서 해줄 수가 없다는 것이었다. 대신 1,800dr로 싸게 해줄 테니 시간도 늦고 그랬으니까 그냥 머무르는 게 어떻겠느냐고 했다. 완전히 아쉬울 거 없다. 치~우리도 수가 있지. 일단 밖으로 나오니 캄캄한 저녁이다. 우리도 한번 뺑끼를 써보기로 했다. 서울에서처럼 간다고 뻣대면 잡겠지 싶어 당당하게 리셉션에 가서 우리 딴 데 가서 알아보겠다고 했더니 간단하게 그러란다. 머 이런 게 다 있나? 각본상으로는 저쪽이 저렇게 나오면 안 되는데 말이다. 다시 긴급회의 소집이다. 이 시간에 다른 숙소 찾는 건 무리이고 하니 다들 밉지만 머무르는 쪽으로 결정이 났다. 문제는 누가 다시 가서 넉살 좋게 우리 여기서 그냥 잘게~ 아깐 미안해 하느냐였다. 총대는 연장 많은(?) 연장자 송이 오빠가 가서 헤헤~ 웃어 보이며 해결되었다. 진짜 장사속도 너무하다. 요즘 상인들 너무 인정이 없다. 지는 체 좀 해주면 안 돼나… 하긴 우리도 못지않았지만.

이게 며칠 만에 누워 보는 침내냐 싶어 늘어지게 자고 싶은 기분이지만 언제나 아침이면 체크아웃 시간에 맞춰야 한다. 아침 9시쯤 일어나 언제가 체크아웃인지 몰라 부산떨고 있었는데 10시란다. 얼추 한 시간 만에 짐 꾸려 다시 나가야 한다는 소리다. 호텔비가 생각나는 타임이다. 호텔측의 배려로 짐은 호텔에 맡기고 오늘 떠나기로 한 그리스 섬 여행을 가기 전 아테네 관광에 나서 본다. 아테네-- 옛날 퀴즈 아카데미가 한참 유행하고 있을 때 아크로폴리스란 이름을 내 가슴에 간직하고 살았는데 내가 내 눈으로 그 아크로폴리스를 밟아볼수가 있으니 우리 나라 참 많이 발전했다 싶은 생각이 든다.

하지만 금강산도 식후경? 그리스 와서 보니 생각보다 이태리보다 물가가 싸게 느껴진다. 그래 그렇담 맥도날드 가보자. 맥도날드에서 너무도 오랜만에 치즈버거와 콜라 시켜 마시고 있으려니 이 아련하게 물결쳐 들어오는 햄*복*감(햄버거가 복에 들어오는 감정??)에 넘쳐 종각에 있는 맥도날드에서 우리 친구들 만나고 싶단 생각이 들었다. 기정이는 회사 잘 다니고 있는지, 진아는 오늘도 이 회사 때려치우겠단 말로 하루를 보내고 있진 않은지, 선례는 오늘도 육체와의 전쟁을 벌이고 있는지, 미나는 오늘도 물 좋은 나이트를 서성거리지나 않는지….

아테네 역에서 만난 세 분은 여행 말기였다. 여행 말기도 암 말기 증상과 비슷하여 거의 아무것도 안 하고 싶어진다. 그들은 이제 유레일도 끝났고 해서 영국까지 마지막 돌아갈 귀향지까지는 그리스에서 비행기로 가려고 산토리니 광장 비행기 티켓이 엄청 싼 곳을 먼저 알아보겠다고 헤어졌다. 싼 값일 때에는 엄청난 뭔가가 숨겨져 있다. 가령 비행기 출발 시간이 아무도 잘 다니지 않는 새벽 2~3시이기 일쑤이고 공항도 정식 공항이 아니고 변두리에 위치하거나 다른 좋은 비행기 쉴 시간에 떠난다. 하지만 그런들 어떠랴? 우리에겐 저렴한 가격으로 돌아가게 된다면 좋은 것을….

때때로 목숨이 위태롭게 느껴지기도 하지만… 쉽게 죽을라구? 죽는 것도 다 자기 팔잔데.

그리스의 여름은 끔끔하지가 않다. 이태리가 더우면서 끈적끈적한 게 꼭 우리 나라 같다면 그리스는 더우면서도 끈적끈적하지가 않아 활동하기에 별 짜증이 안 난다.

지도가 없다. 난 평소 지도 없이 길 가는 사람에게 물어 가자 주인데 아이들은 지도 없이 어떻게 여행이 가능하냐며 선동이가 얼른 인포메이션에 가서 지도를 구해 왔다. 동선이 짧은 거리로 처음엔 국회의사당을 지나가려고 했더니 앞에 보초가 있는데 복장도 복장이지만 이 아저씨 눈 하나 꼼짝 안 하는 마네킹처럼 서있다. 여자 넷이서 우리 한번 저 아저씨 꼬셔서 움직여 볼까? 싶어 다들 출중한 몸매와 미모를 지닌 우리는 한 명씩 아저씨 옆에 가서 우스꽝스럽게 그 아저씨를 따라하고 웃겨 보아도 끄떡도 않는 아저씨 -투철하다 직업정신 높이 사자 자기 정신-.

결국 이 아저씨 눈 하나 꿈뻑 안 하고 우리가 물러났다. 국회의사당 앞으로는 내쇼날 파크가 있다. 엄청나게 큰 공원이었다. 우리는 사이로 쑥 들어가 한참 숲속 오솔길 같은 길을 걷고 있을 때였다. 뭔가가 움직이고 있었다. 거북이었다. 우와 신기했다. 조금은 큰 듯한 거북이가 길 한복판을 가로지르다 재수없게 우리들 눈에 띈 것이다. 소리지르며 달려가 이거 가져갈 순 없고 기념사진을 찍느라 애들이 들었다 놨다 한 여섯 번을 그러고서 아쉽지만 놔주니 거북이가 한참 도망가더니 길가에 서서 가느다란 숨을 몰아쉰다. 그때의 미안함이라니~.

혹시 제우스가 거북이도 환생했을지도 모를 일이었는데 말이다.

관광지가 대중은 한쪽 코스로 다 연결이 돼있어 보인다. 한참을 걷던 공원을 빠져나와 보니 최초로 올림픽이 열렸다는 올림픽 스타디움이 찻길 바로 맞은편에 그 위대함을 내보이고 있다. 또다시 잠실 올림픽 경기장에 구경 온 외국인 기분을 느낀다. 헤헤~ 도로를 끼고 가다 보면 제우스 신전이 보인다. 화려했을 신전은 다 부서지고 이제 기둥 몇 개만 남기만 했지만 밖에서도 다 보여 우린 밖으로 제우스 신전을 한 바퀴 쭈악 돌고 발길을 재촉했다.

아크로폴리스가 제우스 신전을 등에 지고 돌아서니 한눈에 들어왔다. 저 멀리 언덕에 서있는 아크로폴리스! 퀴즈 아카데미가 내가 대학 들어가기 전 끝나 버려 출전은 못하고 말았지만, 남아 있었어도 예선에서부터 떨어졌겠지만 말이다. 그래 그래도 와보는구나. 지성의 전당 아크로폴리스를.

　아크로폴리스로 들어가려니 어떻게 들어가야 하는지를 모르겠다. 한참을 그 높은 곳만을 응시하고 가려다 보니 뭔가 들어가는 듯한 입구가 보였다. 입장료는 생각보다 쌌다. 300dr 음 맘에 들어. 이런 명소를 학생들 많이 보라고 싼 가격에 음. 그리스 정부 정말 맘에 들어. 헤헤~ 근데 한참을 가도 터만 나오지 저 언덕으로 올라가는 길은 보이지 않는다. 내가 올라가는 길인 거 같아 한참을 절벽을 타고 올라가 보니 길이 끊겨져 있었고, 높은 바위산이 턱허니 가로 막혀 있었다. 여기가 아닌개벼였다. 어쩐지 입장료 싸다 싶을 때부터 알아봤어야 하는데….

　돌산을 내려와 다시 아크로폴리스를 올라가는데 이야 텔레비전에서만 보던 신전 그대로다. 1,000dr을 내고 올라가 보니 완전히 보수공사중이라 다들 천막에 철탑에 가려져 있다. 유럽은 공사중이라더니 어딜 가나 유적지의 10분의 1 정도는 항시 감춰져 공사중이다.

　꼭대기에서 내려다보는 아테네 시는 서울보다 복잡, 시끌한 듯하다. 딱딱 규격에 맞게 세워져서 정돈된 스페인의 바르셀로나도 제멋이지만, 무질서하게 생긴 순서 없이 다같이 각자 아무 때나 생겨난 것 같은 아테네 시가도 나름대로 멋있어 보였다. 아까 지나쳐 왔던 제우스 신전도 한눈에 쭈악 들어오고, 저멀리 산들도 뿌연 매연에 가려 다 들어온다. 정상 저만치 시원한 물이 나오고 있다. 손에 들고 다니느라 더워진 물을 따라 버리고 새로운 물은 한껏 마시고 한 병 한껏 채워 나온다. 혹 그 어느 신이 마셨을지도 모르는 그 생명의 원천수를 가득가득 뱃속 물탱크에 저장해 본다.

　오늘 떠나기로 한 섬 여행을 위해 4시에 배편을 예매하기 위해 아까 헤어진 팀과 호텔 앞에서 만나기로 해서 우리 갈 길은 바빴다. 그 안에 명물들은 다 보고 가야 하니 말이다. 열심히 부지런히 아크로폴리스를 내려와 아고라 광장으로 향해 본다. 골목과 골목마다 가득가득 쌓여 있는 그리스 섬들의 예쁜 엽서들. 너무 예쁘다. 파란 지붕에 하얀 집과 파란 바다. 하얀 갈매기. 그 안에 시커먼 내가 선다면? 이건 흑백사진? 칼라사진?

아고라 광장을 지나 중앙시장으로 들어서니 우와~물건값 진짜 싸다. 예쁘기도 와 그리 예쁜지… 각종 은제품이 싼 가격으로 여자들을 현혹하고 있었고, 신발이며 기념품이 시장바닥을 점령하고 있었다. 그동안 가방이 작아 마침 잘됐다 싶어 그땐 이뻐서 샀는데 지금은 정말 이런 가방 메고 다닐 애가 있을까 싶을 정도로 엄청 컨추리하다. 항상 자연스럽던 것이 서울에만 오면 엄청난 용기 없이는 들고 다닐 수 없는 촌스러운 것으로 전락하고 마는 것일까?

살 게 너무 많다. 금, 은, 내가 다행히 금은에 관심이 얼마 없어서 그랬지 정말 이런 거 좋아하는 애들은 눈 돌아갈 거 같고 여행을 당장 중단하고 그리스에서만 살면서 이거 다 사가지고 싶을 정도였으니까….

한참을 넷이 헤어져 맘껏 사다 보니 히트 언니도 다시 만났다. 히트 언니도 부지런히 코스를 따라다니고 있었다. 일행들과 합칠 시간이 가까와 오니 우린 더 보고 싶고 더 사고 싶은 쇼핑을 마치고 호텔을 찾아가려고 하니 저쪽에 우리 일행들이 있었다. 좁군. 그리스도~ 다들 눈썰미 하나로 여행하고 다녔을 텐데 일행이 많이 생기고 나니 서로들 긴장을 늦추고 누군가가 하겠지 싶어 미루다 보니까 정확한 지리를 외고 있는 이가 없었다. 한참을 갔던 길 또 가고 안 갔던 길 다시 가봐도 안 나온다. 우리 가방을 맡긴 호텔이 말이다. 물어물어 보고보고 다시다시 겨우겨우 찾은 호텔. 안도의 한숨이 좀 놓인다.

곤조 있게 가려고 했던 대로 가야지

무슨 섬을 갈까? 사람이 많다 보니 제각기 가고 싶은 섬이 다 다르다. 난 처음부터 산토리니 - 로도스 - 터키를 갈 작정이었음으로 변함이 없건만 일행들이 그리스에 오고 나니 크레타 섬에 대한 미련을 쉽게 버리지 못한다. 현지인들 말로도 이제 크레타 섬은 너무 알려져 상가만 있고 더 이상의 볼 것이 없다고 만류를 하고 다른 섬을 추천해줘도 명성이 높아 그런지 쉽게 포기를 못한다. 처음엔 그래도 제각기 자기 갈 길이 있었는데, 난 너무 굽힘 없이 산토리니를 주장하고 있으려니 다들 내 의견 쪽으로 따라온다. 크레타 섬에 친구가 있어 가려고 했던 선동이도 모든 일행이 산토리니로 향해 버리니 선동이도 우리 쪽으로 따라왔다. 여행은 정말 알 수 없는 것이다. 남들이 갈 때 같이 가보는 것. 자기가 짜온 계획으로 며칠날 어디어디가 아니라 여유있게 전혀 갈 생각이 없었던 곳에도 가볼 수 있는 여유가 여행자들에게 필요하다고 느끼는 순간이었다.

섬에 가면 물가가 비싸니 육지에서 싼 대형 슈퍼를 골라 장을 보고 그리스 지하철을 타러 갔다. 우리 나라 용산행하고 비슷하다. 지하로는 하나도 안 들어가고 밖으로만 달리는 거 하며, 정겨운 지하철이 흘러간다. 그 안에서 하이네캔 하나 따먹고 얼른히 잠잘 수 있는 기분. 어느 것이 하늘빛이고 어느 것이 쪽빛인가? 싶을 정도였다.

남자는 배, 여자는 항구

그리스 피레우스 항구는 거의 모든 섬으로 배가 운항된다. 여기저기 뱃소리가 어서 오세요~하듯 뿌우뿌우 외쳐 온다. 역시 캐빈 표는 너무 비쌌다. 하지만 지난번 그리스 들어올 때 이태리 배에서 맞이 한번 갔던 까닭에 지난번 쇠바닥을 생각해 데크를 안 끊으려고 했는데 그리스 역시 배신을 안 한다. 데크인데도 인사이드에 있고 의자도 다리 쭉 펴고 잘 수 있을 만큼 많다. 흐~~좋네.

배 안에서 시간 때우기란 이젠 쉽다. 숙이가 카드점을 봐준다. 사랑점으로 현재 진행중인 사랑으로 남자 마음, 남자 행동, 여자 마음, 여자 행동 이렇게 4가지로 나눠서 보게 되는데 우와 내가 마음 8이 나오고 내 행동이 10이 나오도록 상대방 남자는 마음만 나하고 좀 비슷하지 거의 행동은 남자가 요조숙녀다. 주위에서 언닌 그럴 줄 알았다며 다같이 수긍하는 눈초리다. 나를 보니 내 데이트 방식을 조금은 꿰뚫어 본 듯! 내가 아무리 아니예요. 이 남자가 왜 이러지 하며 딴짓을 해봐도 헤~~ 다들 안 믿어 준다. 밤에 까만 바다를 바라보며 우린 밖에서 샌드위치를 하나씩 만들어 먹고 들어와 자리를 세 개씩 잡고 길게 늘어지게 잠을 청해 본다. 이렇게 바다 위에서도 어김없이 밤은 찾아오고 아침은 온다.

돌도 많고 바다도 많은 섬/산토리니

산토리닌 돌산?

뿌연 새벽 안개 속을 헤치며 도착한 산토리는는 앗 웬 돌산? 거의 돌밖에 없다. 어 멋있다고 그랬는데? 다들 날 째려 보는 분위기다. 속 았다는 기분이 든 것일까? 항구에 내리자마자 밀려드는 왕 삐끼들. 그래도 너무나 매너있는 국제적 감각이 있는 삐끼들이다. 하도 외국 인들을 많이 상대해서 그렇지 어떻게 하는 것이 기분 안 나쁘고 사람 들을 잘 끌어 들이는 것인지 잘 알고 있는 듯했다. 절대 맨투맨 호객 행위는 하지 않는다. 팔을 끈다거나 상대방을 떨어뜨리는 등의 방법 이 아니고 자기네 방 사진을 들고 나와 왜 이 가격에 이 방이 나왔는 지 그리고 어떠한 서비스가 있는지 너무도 세세하게 설명해 준다. 바 야흐로 삐끼의 세계화에 힘입은 매너화다.

한참을 서로 가격을 다운시키고 있었다. 우리는 일행이 꽤 많으니 삐끼들이 군침을 흘릴 만했기 때문이기도 했지만, 그들은 우리가 가 격이 높아서 망설이는지 알고 서로 가격을 낮추고 있었는데 웃긴 건 우리가 그들 중에 제일 비싸게 부른 방으로 우르르 몰려갔다는 것이 다. 다들 황당해 하는 분위기다. 우리가 좀 웃겼나? 기왕 온 거 한번 멋있는 집에서 머물러 보자는 의견에 합의를 봐 그렇게 결정한 거였는데 말이다. 선택된 행운의 봉고 아저씨는 우리를 픽업해 줬으며 물론 나중에도 픽업을 해 이 항구까지 내려 준다는 약조로 우리를 태웠다. 산토리니 섬은 여기저기 포도가 흥편하게 아무데나 내리깔려져 있고, 하얀 집들이 파란 하늘 아래 늘어서 있는 게 정말 너무나도 한적하고 여유있어 보였다.

배를 째다니 ...

수영장이 붙은 팬숀이 있는 곳에 도착을 하면서 문제는 발생하기 시작했다. 아저씨는 아직 체크아웃 시간이 안 돼서 그러니 좀 기다려 달라고 하는 것이었다. 기분좋겠다, 경치 좋겠다, 아저씨 인심 좋게 생겼겠다 싶어 괜찮다고 하고 계속 마당 앞 테이블에 앉아 기다리고 있었다. 아침 8시경이었다. 아저씨가 목캔디 향기가 나는 풀잎을 뜯어와 한 명 한 명 나누어 주며 우리에게 세심한 배려를 아끼지 않는다.

시간이 한 시간 흘러갔을 때 뭐 이 정도야... 두 시간이 흘러갈 때... 이젠 나오겠지, 세 시간이 지나 네 시간이 흘러가도 우린 아무 말 없이 기다리려고 했다. 그런데 주인아저씨가 먼저 배신하기 시작했다. 방으로 치자면 우린 숫자가 많아 무려 4개나 필요했다. 그런데 인원은 이만큼 데려와 놓고 이제 와서 방이 모자란다는 것이었다. 그러나 아저씨네는 체인점이 있으니 그쪽도 가보고 나서 다시 방을 계약하자는 너무도 뜬금없는 소릴 하는 것이었다. 일단은 기다리다 지쳐 가보았다. 체인점은 저만치 외진 곳에 떨어져 있었고 아직 채 짓다 말았는지 좀 어수선했고, 무엇보다 저쪽 본점은 예쁘고 정말 그리스다운 수영장 딸린 팬션인데 비해 이쪽은 단지 잠을 자기 위한 집이라는 분위기밖에 나지 않았다. 우리는 항변을 시작했다. 선동이가 그 중 가장 열받아 했다. 영어로 처절히 따지고 싸워서 키친 딸린 방을

3,000dr에 자기로 하고 싸움은 일단락지어졌다. 일단 방을 선동이와, 그리고 남자 둘은 이 체인점에서 자고, 나머지 일행은 저쪽 본점에서 머무르기로 하고 여장을 풀고 씻기 시작했다.

그동안의 목욕탕은 유럽 특유의 커텐치고 바닥에 하수도 구멍이 있던 적인 없었는데, 그리스는 바닥에 일명 수채구멍이 있었다. 맘껏 서서 물을 푸악푸악 튀기며 열심히 이태리 때타올로 때를 팍팍 밀고 나니 기분이 둥둥이다.

휴양의 섬 산토리니

씻고 저쪽 본점 수영장 선탠 의자에 앉아 본다. 수영복을 준비해 온 숙이와 미나는 예쁜 수영복을 입고 물 속에서 첨벙첨벙 예쁘게 논다. 정말 놀고 있는 것이다. 그리스는 정말 휴가차 오기 너무 좋은 구조를 갖고 있다. 따뜻하고 강렬하게 내리 쬐는 태양 아래 파라솔 갖다 놓고 하루 종일을 누워 있기에 너무도 좋은 나라가 바로 그리스일 것이다.

바닷가에 가봤다. 파란 바다를 배경으로 원두막 비슷한 파라솔이 지평선을 따라 쫙악 펼쳐져 정말 그림 같은 기분을 내는 곳이 이곳 산토리니 섬이다. 그때 다들 벗고 있었는데 말이다. 난 그때 내가 옷을 입고 있다는 것이 그렇게 창피할 수가 없었다. 정말 완전히 나만 병신된 기분이었다. 모래사장에 폭 파묻혀 있는 꼬맹이~바닷가에서 수영을 즐기는 연인들. 선탠 의자에 앉아 살갗을 태우고 있는 몸매 잘 빠진 아가씨~ 퍽이나 평화스럽다. 배가 고파 빵 먹고 낮잠을 디비져 자다가 저녁 6시에 일어나서 장봐다가 스파게티 라면을 끓여 먹고 다같이 부엌 딸린 방에서 애기꽃을 피웠다.

스파게티 라면 끓이는 법

여행을 가는 이중에 라면을 무겁게 싸가는 사람이 많다. 자 이제 머리를 쓰자. 물론 나도 이 비법은 나보다 일 년 먼저 배낭 여행을 다녀온 디마지오 오빠한테 배운 거지만….

1. 라면을 산다 - 라면은 빼고 스프만을 따로 챙기자.
짐도 가볍고 엄청난 양의 스프를 챙길수 있다.
2. 나머지 생라면 처리방법 - 남은 가족에겐 안됐지만 가족이 심심할 때 간식으로, 술안주로 처리해 주는 협조를 바랄 뿐~.
3. 유럽에서 가장 싼 스파게티 면을 산다 - 유럽은 스파게티 면이 싸다.
4. 끓인다 - 일단 스파게티 면을 팍팍 끓인다. 물 넣고 면 넣고 같이 삶는다. 스파게티 면이 워낙 두꺼워 같이 삶아야 한다.
5. 면을 씻고 다시 라면 스프와 같이 넣고 끓인다 - 즉 스파게티면이 라면을 대신하는 것이다.

이렇게 끓이면 라면 정통의 맛은 나지 않지만 우동맛 저리 가라의 우리 맛이 나온다.
정말 이렇게 먹으면 왓따다~~.

난 한참 여행중이었다. 그렇게 한참 여행중인 자에게는 그리스는 쥐약이다. 널널하게 퍼질 대로 퍼질 수 있는 그리스 휴양 분위기가 몸에 배고 나니 떠날 생각이 없어진다. 정말 그리스는 여행 다 끝나고 넣었으면 정말 편히 쉬다 갈 텐데 땅을 치며 후회해 보지만 …할 수 없는 일. 다들 하루만 머물다 가기로 했던 그리스 산토리니 섬 여행에 점점 눌러 앉아 날수만 더해 가고 있었다. 계획했던 만큼의 돈을 다 써가고 있을 무렵 이젠 더 이상 머무를 수가 없었다. 하지만 혼자 떠나기도 사정이 여의치 않았다. 그래서 선동이와 나는 고민에 고민을 했다. 아침에 일어나서 먼저 선동이가 씻고 있었다. 기다렸다 나도 다 씻고 나오니까 이집 주인 아저씨하고 선동이가 문앞에서 얘기중이다. 그 아저씨 왈 아무도 모르게 2,000Dr에 해줄 테니 자라(대신 이 방은 목욕탕이 없단다) 안 그러면 지금 목욕탕 딸린 방을 둘이 5,500Dr주겠으니 그냥 더 자라는 거였다. 내참 기가 막혀서리. 처음부터 2,000Dr짜리 방에 잤더라면 오늘같이 망가지지 않았을 텐데… 웬 배신감? 선동이가 가관이다. 우린 돈이 없다. 여기서 일할 테니 Free bed를 달라 했더니 그 아저씨 왈

"How many months~?"다.

"Just one day"를 원하는 건데 "How many months~?"라니…울랄랄라~내참?

우리보러 여기서 눌러 살라는 말?

그 아저씨가 Cleaning room을 하라는데 미쳤지 싶다. 기가 막혀서 마구 웃어 댔다. 어제 저녁 우린 방을 빼고 숙이와 미나 방에 침낭 깔고 몰래 자기로 했었는데 선동이는 같이 껴자는 게 불안했는지 자꾸 자꾸 돈을 주고 자자는 것이었다. 사람 마음 자꾸 약해지게시리… 그렇지만 굴하지 않고

"아냐 선동아 우린 할 수 있어."

하며 끝내 미나 숙이 방에서 성공 했잖수~우리가 먼저 주인인 척 샤워도 하구…), 침낭을 얇고 바닥은 차서 허리가 좀 망가지긴 했지만… 선동이와 내가 체크아웃을 하러 가기 전에 오빠들 방에 가방을 맡겼다. 왜냐면 가방마저 숙이와 미나 방에 가져다 놓으면 아저씨 눈치 채니까~

산토리니 돌아보기

오늘은 섬을 일주해 볼 생각이다. 따라오는 선동이와 함께 무작정 해안선을 따라 돌아보기 시작했다. 한참을 걷다 생각해 보니 우린 빵도 오빠들 방에 맡겨 놓고 나와 버린 것이었다. 오빠들이 나가 버리면 우리는 밥도 못 먹고 아무튼 그 날은 오후 4시까지 아무것도 못 먹는데 정말 환장하는 줄 알았다. 배고픔을 억누르며 해안선을 따라 일주를 시작해 본다. 엽서에 나왔던 집모양도 찾고 사진 찍고 밭에 마른 채 널부려져 있는 토마토 서리도 하고 아무튼 한참을 걸어가다 보니까 길이 어디가 어딘지 모르겠는 것이다. 그래서 다시 해변 비치를 찾는데 우와 그리 길던 비치도 찾으려니 안 보인다. 걷다가 생각했다. (오늘이 여행 한 달째고 양력 내 생일 7월 24일이라고.)

물어 물어 겨우겨우 찾아 비치에 닿자 너무 피곤해서 큰 나무가 있는 그늘진 땅바닥에 그냥 누워 한참을 잤다. 한참을 자다 일어나 보니 옆에 개도 한 마리 자고 있더만….

내참 사람팔자 시간문제라더니, 내가 어느새 개팔자와 맞먹는 신세가 되어 있다니 말이다. 좀 허무한 생각조차 든다.

처절하게 오빠들 방에 열쇠를 얻어 들어가는데 배가 너무 고프니 장발장이 왜 빵 한 조각을 목숨걸고 훔쳤는지 이해가 갈 것 같았다. 평소 길가에 있던 포도들이 쉽사리 눈가를 지나치지 못하고 있었다. 그래 훔치자. 훔친 사과가 더 맛있다지만 포도도 못지않을 거라는 생각에… 선동이가 한 송이, 내가 두 송이 따서 튀는데… 세상에 완전범죄는 없더라구. 방에 헐레벌떡 뛰어 들어와 보니 에고고 포도 한 송이가 모자라네. 얼렁 선동이보러 다시 나가 보라고 했더니 선동이가 떨어졌을 리가 없다고 부정해 보지만 잠시 후 선동이 팔에 담긴 포도

송이는? 너무 허겁지겁 따다 보니 설익은 포도다. 양은 많은 걸 땄지만 너무 양만 노리다 보니 질적으로 떨어지는 포도를 따고 만것이다. 그래도 따먹고 나니 아따 맛난그~~시큼한 게 입에 쩍쩍 달라 붙는구나! 붙어!

좀 있으니까 일행이 온다. 오늘은 마지막으로 밥 해먹는 날. 가정교육과 선동이가 밥을 멋들어지게 하고 오빠들이 햄 볶고 고추장에 김에 고추초조림에 맛있게 밥 한 그릇을 개눈 감추듯… 뚝딱-.
2부 스테이지 얘기 한바탕하고 느지막히 선동이와 나는 미나 숙이 방바닥에 침낭깔고 누워 자는데 그 날따라 안 골던 선동이가 왜 이리 코를 고니? 난 또 뱃속에서 왜이리 우르릉꽝꽝거리는데? 아침에 허리 아프고 베개가 마땅치 않아 되게 고생하며 잤다.

능청

아침에 선동이와 천연덕스럽게 리셉션에 가서 "우리 딴 데서 자고 왔는데 내 친구들 체크아웃하고 갔느냐?"(실은 그 방에서 자고 나왔음스롱 이 영악함)며 일단 우린 여기서 전혀 안 잤다는 분위기를 조성해 놓고 그 방에 다시 들어가 씻고 오빠 방에서 짐 가지고 나왔다. 그런데 문제 발생. 분명히 갈 때도 픽업을 해주겠다던 주인아저씨가 배를 째시면서 두당 1,000Dr를 달란다. 올 때는 공짜였지만 갈 때는 no free란다. 참…나~.
어떻게 할까 8개의 머리를 맞대고 고민을 하다 히치 하이킹을 하기로 결정. 오후 2시에 아이리 언니한테 티셔츠 남색 하나 더 얻고 빨래집게 2개 챙겨서(여행하다 바늘도둑이 소도둑 되지 싶다) 헤어지고 대로변에서 히치를 하는데 아무도 안 세워 준다. 우와 세상에 이런 일이….

인원이 너무 많다며….

다들 낭패해 하는 얼굴 모습을 한다.

다시 잔머리 가동.

일단은 항구에 가야만 했다. 결국 선동이와 숙이 여자 둘을 먼저 보내기로 하고 우리는 저만치 떨어져 있으니… 그렇게 안 서던 차들이 얼렁 데려간다. 암튼 전세계적으로 여잔 어딜 가나 대우받는다니까~.

문제는 남겨진 자들이었다. 히트 언니는 혼자서 이미 아침에 어디론가 떠나 버린 상태였고 남겨진 건 송이 오빠와 나 그리고 미나. 오빠가 제발 자기 버리지 말고 가라고 당부한다. 아무래도 혼자 남겨진다면 아무도 안 태워 줄 분위기였다. 우린 무슨 소리냐며 우리가 못 가게 되더라도 오빠 안 버린다고… 안심을 시켰다. 자꾸 우리가 차를 잡고 있는데 오빠가 자꾸 자기 탓이라 생각했는지 딴 데로 숨는다. 이때 우리 앞에 서는 까만색 차가 있었으니… 우와 우리도 차 섰다. 이 여자는 딴 데 볼일을 보러 가야 할 여자였다. 그렇지만 우리의 간절한 눈빛을 무시 못해 자기 잠깐만 딴일 보고 데려다 줘도 괜찮냐며 오히려 우리에게 물어 본다. 우와 무조건 오케이지. 미나와 나는 쓰윽 타면서 사실은 우리 브라더가 하나 더 있는데 타도 괜찮냐고 했더니… 그러란다.

우와 … 신이시여 우릴 버리시지 않으셨군요.

친구 집에 가서 5분만 얘기하고 온다고 약속한 그녀는 우리가 묵었던 팬션을 지나 Chilly Bar에 잠시 들렀다가 자신은 이제 프리라며 우리보러 바쁘냐고 물어 봤다.

바쁘지 않다면 Fila 마을이 좋다며 드라이브를 시켜 준다고 하는 것이었다. 움메 좋아라... 차 공짜로 얻어 탄 것도 감지덕지인데 덤으로 못 가본 곳까지 구경시켜 준다니?

막판에 너무 좋은 사람을 만난 우리의 복이다. 우린 안 그랬으면 Perisa해변이 산토리니의 단 줄 알고 가버렸을 텐데... Fila마을은 화산섬이 아주 잘 내려다보이는 곳에 위치하고 있었다. 그리스보다 더 잘 이루어진 상가. 골목골목 늘어선 상점들. 시원해 보이는 하얀색 건물 사이로 햇살이 뜨겁다.

Anna가 열심히 설명을 아끼지 않는다. 제일 사진발이 잘 받는 곳부터 화산의 분화구가 5개였는데 이제는 활화산은 1개와 물에 가라앉은 것 1개 그리고 나머지는 활동을 중지중이라는 자세한 설명을 해주는 그녀의 세심함이란... 그녀는 올해 32세로 이혼녀라며 자신을 소개했다. 다행히 아이 없이 헤어지게 된 것이 너무 다행이라며 이제는 하나도 안 슬프다고 했다. 그때 안나에게 걱정하지 말라며 위로를 해주긴 했어도 어쩐지 참 외로워 보인다. 혼자라는 게 말이다.

우리는 그녀에게 너무 감사했다. 너무 미안해서 그녀에게 아이스크림을 사줄라 했더니... 그녀가 다른 곳에 가면 아이스크림 잘 하는 데가 있단다. 우리는 우리로 치자면 대학로에 해당하는 곳으로 향했다. 거기서 피자 먹고 스파게티 2개를 시켰는데 그쪽의 실수로 2개 값으로 3개가 나와 배불리 먹고... 열심히 먹어 대니 송이오빠가 너 엄청 잘 먹는다 한다... 헤헤... 안나도 아이스크림에 피자에 니 것 내 것 할 거 없이 나눠 먹는 모습을 보며 따라해 본다. 한참을 그렇게 시간을 보내고 있으려니 먼저 가서 우릴 기다리고 있을 선동이와 숙이가 걱정됐다. 우리처럼 좋은 사람 만나서 여행하고 있을지도 모를 일이었지만 안 그렇다면 우리를 엄청나게 기다리고 있을 터이니까....

하는 수 없이 아쉽지만 우리 친구들이 항구에서 기다려서 우리 가봐야겠다고 하니 안나도 아쉬워한다. 그 섬을 아쉬워하며 항구에 도착하니 아이들이 보이지 않는다. 아직 안 온 듯싶어 저쪽에 가서 이쪽을 보니 먼저 와서 기다리고 있는 두 여자. 엄청나게 큰 소리로 우리에게 원망을 보낸다. 우리가 히치해서 필라 마을까지 갔다왔다니까 아주 안타까워한다. 우린 자리를 옮겨 오늘 헤어질지도 모를 우리들을 위해 송이 오빠가 피자를 사준다. 터키까지 같이 갈 거라던 선동이는 아무래도 안 되겠다며 오빠와 친구들을 따라 다시 아테네로 돌아간다고 했고 미나와 숙이도 언닐 따라가고 싶지만 자신들의 계획을 지키기로 했다며 다시 아테네로 돌아간다고 했다. 오빠도 터키에 갈 듯 말 듯하더니… 안 되겠다며 다시 다들 돌아가기로 했다.

와. 순간 진짜 고민됐다. 나 혼자 가야 하느냐. 아니면 나도 덩달아 따라가느냐? 하지만 마음을 모질게 먹고 나 혼자라도 터키 가기로 하고 남았다. 혼자 남겨지니 환장하리만큼 무섭고 두려웠지만 그래도 이제부턴 간다면 갈 거다. 머~ 그러나 혼자 있으니 하나님도 걱정이 되셨는지 일행 한 명을 하사해 주었다. 너무 타서 정말 우리 나라 사람같아 보이지 않던 여행객으로 우와 여행 90일이 넘어가고 있는 오빠였다. 이 오빠 또한 대단했다. 아까 일행과 함께 있을 때 저쪽에 혼자 앉아 있는 모습이 보였다. 우리들은 분명히 한국인이 아닐 거라며 서로 일본인이네 중국인일 거네 했는데 정작 그는 우리 말을 다 듣고 즐거워하고 있었던 한국인이었던 것이다. 우리가 무슨 말 하나 보려고 말 걸러 올 때까지 일부러 능청 떨고 있었다는 것이었다.

선동이가 당당하게 가서 물었다. 영어로 "아유 코리언?"
대답소리가 들려 왔다. "네!"

시간이 됐다. 아쉬움을 남기며 일행들은 아테네로 돌아가는 배에 올랐다. 삽시간에 술렁거린다. 바다가 풍랑이 일어 배출발이 늦어지고 우리 배도 11시 30분이었는데 새벽 1시 30분에 들어온다는 것이었다. 여행은 항상 기다림이다라고 다시 한번 실감한다. 오빠가 한 가질 가르쳐 줬다. 원래 로도스 섬까지는 5,700Dr인데 크레타까지 가는걸로 끊어서 2,700Dr만 내고 타도 된다는 것이었다. 일단 배를 타면 탈 때만 검사하지 내릴 때는 검사를 안 한다는 헛점을 이용해 3,000Dr를 벌게 해준 셈이었다.

글쎄 양심에 가책이 된다라기보다는 오히려 내가 복이 많다고 느껴진다. 점점 양심이 없어져 감?

음 미 지겨워 배~

배는 정말로 새벽이 돼서야 들어왔다. 그리고 진작부터 일행들이 탄 배는 우리 배가 들어올 때까지도 계속 서있었다. 오빠와 나는 배를 타고 식당칸에서 의자 2개 잡고 자다가 춥고 자세가 너무 안 나와서 다른 곳으로 자리를 옮겨 가며 자야 했다.

우와 이 배는 로도스까지 무려 23시간이 걸렸다. 정말 덜도 말고 더도 말고 23시간이었다. 하루에서 딱 한 시간을 뺀 시간을 배에서만 있었다. 낮에는 갑판 위에다 이불 깔고 자고 바람 불면 구석으로 해지면 해가 지는 방향으로 자리를 바꿔 가며 지겨울 때까지 잤다. 한참을 그렇게 자고 있는데 갑자기 웅성웅성한 소리에 눈을 떠보니 사람들이 다 우리 주변에 와있었다. 순간 놀라 깨어 보니 다행히 우릴 보고 있는 것이 아니라 섬을 구경하느라 섬 방향 쪽인 우리 쪽에 와있던 것이었다. 암튼 우리 보고 있는 줄 알고 순간적으로 느낀 쪽팔림이란… 이 배는 크면서도 파도가 거친지 너무 흔들거렸다. 속이 메스꺼워 죽는 줄 알았다. 속 가라앉히느라고 자고, 할 일 없어 자고 일어났으니 그냥 자고… 잠으로 잠으로 하루를 배 위에서의 생활을 때워야 했다.

로도스의 개

  그렇게 길고도 길더니 섬이란 섬은 다 들르더니 이윽고 로도스라
며 내리란 방송이 나오고 있었다. 그때도 난 오락실 쇼파에 자리잡고
자고 있었다. 시간은 밤 12시. 역시 내릴 때 표검사는 없었다. 역시
내리니 늦은 밤에도 불구하고 삐끼가 우르르 몰려온다. 처음에 삐끼
가 1,500Dr를 부른다. 아무 생각 없이 더 싼 방 있을 거라며 거절했
는데 에고 그게 아니었다. 그게 젤 싼 방이었다. 망가졌다. 열심히
그 삐끼를 찾아 나섰지만 없다. 골목을 찾아다니며 유스호스텔을 찾
았지만 골목마다 잠겨진 집만 있을 뿐… 그래 과감히 노숙을 결정. 우
린 어디에서 잘까 고민을 하다 보니 중심가에 공원이 눈에 들어온다.
저만친 홍콩애들도 숙소를 못 구했는지 우리가 있는 곳으로 다가온
다. 그때 그들 틈에 끼여 있는 아는 사람 히트 언니다. 그 언니 홍콩
애들이랑 있다가 우리와 만나 다시 우리와 합쳐졌다. 홍콩 애들도 끝
내 방 못 잡고 우리 옆에서 노숙을 결정한다. 우리는 잠은 자지 않고
밤새 카페에서 얘기하면서 아이스크림 먹으며 밤을 지새우고 있는
데 카페도 문을 닫고 아이스크림 아저씨도 집으로 돌아가 버린 정말
로 새벽에 공원으로 가는 길엔 거리 이곳저곳 노숙하는 애들이 많이
눈에 들어왔다. 모두들 누에고치마냥 침낭 속에 쏙쏙 박혀 떼로 자고
있었다.

  거리를 떠돌아다니던 개 한 마리가 우릴 지켜 주려는지 우리 옆에
서 같이 잤다.
  끝내 새벽녘에 한번 잠이 들었다가 다시 일찍 깼다. 유럽의 새벽은
겨울이다. 그만큼이나 춥다.

로도스가 멋있으면 하룻밤 머물다 가려 했는데 기존에 우리가 봤던 해안선밖에 없어 우린 새벽 일찍 로도스 섬을 일주하고 로도스를 떠나기로 결정했다. 로도스는 와인 축제가 한창이었으며 로도스 섬은 요새로 둘러싸인 조그만 섬이었다.

◀ 신의 선물 상모 오빠/로도스에서 노숙할 줄 아시고 나의 든든한 백이 되라고 신이 주신 상모 오빠. 둘 다 여행이 오래되어 피부색이 말이 아니다. 시커먼스 부부 같다.

▶ 로도스 성/로도스 섬을 둘러싸고 있는 성은 옛 터키의 공격을 막기 위해 섬 전체가 성으로 둘러싸이게 되었다고 한다.

◀ 마르마리스 초등학교/어느 것이 터키 빛이고 어느 것이 한국 빛이란 말인가? 화장실 갔다가 졸지에 스타 됐다. 아이들 틈에 둘러싸여도 구분이 잘 안 되는 걸 보니 역시 난 영계?

◀ 기준점 동네사원/길을 잃었을 때 동네사원 탑을 기준으로 찾으려다 실패했다. 이 사원 탑은 동네 어딜 가나 같은 모양으로 존재하고 있다. 시간마다 확성기를 통해 코란 읽는 소리가 바람결에 묻어 온다.

◀ 터키의 버스터미널/여러 회사가 난립해 있어 가격 경쟁이 치열하다. 그러나 버스 서비스 수준은 그 어느 선진국도 따를 수 없을 것이다. 버스 또한 최고의 디자인과 성능을 자랑한다.

▶ 터키 아르바이트생/끝끝내 나의 저 시커무리한 모습에도 다가와 호감을 나타내 주었던 터키 청소년. 그 뒤로 보이는 가격표의 자리 수를 읽어 보자. 엄청나다.(실은 0을 두 개 빼면 우리 물가와 같다)

▲ 터키의 차/터키엔 각종 차가 발달되어 있어 맛 또한 죽인다.

▲ 터키 카페트/세계적으로도 유명한 카페트. 내가 뭘 하나 쳐다보고 있는 아저씨의 모습이 퍽이나 귀엽다.

▲ 자연이 얼마나 훌륭한 조각가인가를 알게 해주는 석회암 온천 파무칼레.

◀ 이게 웬 밥이냐?/ 골목을 지나다가 마주쳤던 무료식사. 앞에 앉은 이들 대다수도 여행객들이다. 오랜만에 만난 밥에 치마에 고무줄을 빼고 〈?〉 양껏 먹어 본다. 짜식 쳐다보긴? 그런데 즐겁게 밥을 한참 먹고 있을 때 갑자기 무슨 소리가 나오자 먹다 말고 수분간을 그대로 멈춰 있었다.

▲ 케밥/터키에 와서부터 고기와 고추가 들어간 빵 케밥만 먹었다.

▲ 현명한 그대 이름은 여자!/너무나도 멋있는 풍경의 엽서를 다 살 수 없어서 굴린 잔머리~~사진 한 방으로 모든 엽서를 다 담아 버린다. 난 너무 천잰 거 같아~~.

◀ 카파도키아/터키의 그랜드캐년이라 불리워도 좋은 그 광대하고 웅장한 모습에서 환성을 지른다.〈다른 모델이 저 자세로 손을 들면 섹시 그 자체더니 내 뒷모습은 정말 떡대좋다다~〉

◀ 확대크기/바위에 구멍을 뚫고 옛 수도사들은 직접 저곳에서 살았다고 한다. 정말 지구상에 저런 것이 있으리라고는 내 보기 전까진 믿지 못했었다.

ORIENT
YOUTH HOSTEL

Akbıyık Cad. No.13 Sultanahmet / Ist. / TURKEY
Tel: 90-212-517 94 93 - 518 07 89 Fax: 90-212-518 38 94

OUR FACILITIES

★ ROOF TOP CAFE & BAR
★ SUN TRAP CAFE
★ LUGGAGE ROOM
★ SAFE-BOX
★ INFORMATION OFFICE
★ LIBRARY
★ NO CURFEW
★ TV & VIDEO
★ WASHING ROOM
★ HOT WATER
★ TRAVEL AGENCY
★ CENTRAL HEATING

HOW TO GET HERE

★ **From the Airport:** Take the Turkish airline service bus to Aksaray. Then take any tram to Sultanahmet stop. Then follow this map to the Hostel.

★ **From the main Bus Station:** Take tram to Sultanahmet. Then follow this map to the hostel.

★ **From the main Train Station:** It is a 10 minute walk to hostel following this map

▲ 유스호스텔 광고전단/전 세계 젊은이들을 만나 볼 수 있는 곳. 터키라선지 이름에도 오리엔트가 들어가 있었다. 그만큼 한국인도 일본인도 많았었다.

▲ 블루 모스크 조명쇼/밤 9시에 블루모스크에서는 아주 근엄하고 웅장한 음악소리에 맞춰 화려한 조명쇼가 열린다. 정말 멋있다.

▶ 성 소피아 성당 앞 군사행진쇼/옛 터키 군복을 입은 쇼맨들이 북소리에 맞춰 행진을 하고 있다.

188

정말 있을 거 같지 않았던 게 다 있던 나라 /터키

터키 간다

'날으는 제우스'라는 배를 타면 터키는 한 시간 안에 닿는 가까운 나라라고 했다. 역시 일본과 우리처럼 터키와 그리스도 가까우면서 서로 대접 안 해주는 가깝지만 먼 나라라고도 했다. 날아가는 배 안에서 한참을 자고 있으니 나갈 땐 출국세를 명목삼아 돈을 걷어 가더니 배 안에서는 터키 입국세를 걷는다며 두당 무조건 10달러를 내라고 한다. 내참 분명히 티켓을 사면서 여기에 입국세와 출국세가 포함되어 있다고 알아보고 샀는데, 또 내라고? 이건 이중 과세에, 무식하고 힘센 자의 횡포로밖에 생각되지 않았다. 나에게 왔을 때 따지려고 째려보니 헉~떡대가 너무 우람하다. 강압적으로 내라 하는데 여자가 힘이 있남유? 내야지… 내면서도 정말 기분나쁘기 한량없다.

한 시간 만에 도착하니 아직은 그리스의 연속된 분위기다. 터키 땅을 밟으려면 내려서 여권에 도장 받고 환전을 해야 했다. 완전 사기꾼에게 환전을 쪼매만 하고 버스터미널로 향했다. 나와 보니 허허벌판이다. 도대체 사람이라곤 살지 않을 것 같은 벽촌 분위기였다. 누군가가 터키는 꿈의 도시라고 했는데 내가 와보니 정말 이거 괜히 그 말 한 마디 믿고 잘못 온 거 아닌가 싶은 두려움이 밀려들기 시작했다. 광활한 들판에 서 난 선국자가 된 느낌으로 일송정(?)을 찾아 전진했다. 그래도 한 치의 기대를 갖고….

우리는 물었다. 버스터미널이 어디냐고? 지나가던 여행객이 대답했다. 쭉 더 라가고. 손으로 가리키는 것도 귀찮았던지 입으로 가리키며. 어느 한 명은 여긴 버스 타는 데가 정해져 있지 않다고 한다. 그냥 세우면 선다고 웃고 지나간다. 완전히 덴뿌라 도시 분위기다. 그러나 점점 다가가고 있는 터키는 누구의 말처럼 꿈속으로 나를 안내하고 있었으니… 우리의 처음 기착지 안탈랴 가는 버스 티켓을 끊으러 수많은 회사가 밀집해 있는 터미널에서 드뎌 물 만난 고기마냥 나 이 운팔(나의 별명)이는 빛나기 시작한다. 자, 기대하시라 개봉박두~~.

깎다 죽은 귀신이 붙었나??

참 이상한 나라였다. 고속버스터미널인데 한 목적지라도 가격이 회사마다 달랐다. 차라리 다 같은 가격을 받으면 서로들 편할 텐데… 서로 손해 봐가며 가격 할인으로 손님 유치하는 약점을 난 대번에 잡았다. 몇 개의 회사를 물어 보니 오늘 밤 내가 갈 안 타려는 우리 돈으로 8,000원이었다. 터키돈은 우리 돈에 00 두 개가 더 붙어 있다고 생각하면 된다. 정가였다. 하지만 어느 회사가 우리가 셋이라고 하자 조용히 귀띔으로 500원씩 깎아 주겠다는 제의를 해왔다. 처음엔 500원이 어디냐 싶어 표를 확 사려고 했는데 갑자기 빼끼가 쓰고 싶어졌다. 없는 자인 나는 튕겼다. 언니를 보내 다른 회사 가격을 알아보고 오라고 시킨 것을 눈치챈 회사 쪽에서 우리를 꼬시려고 깎아 준다고 한 것이었는데 언니가 다른 회사에 가서 알아보고 온 가격은 똑같은 가격에 이쪽에서 해준다는 500원의 할인도 없다고 했다. 언니는 혹시나 싶어 차 시간표를 종이에 적어 온 것이었는데 이 회사 아저씨가 그게 저쪽에서 가격을 얼마로 깎아 주겠다고 그런 종인 줄 알고 자꾸 웃으며 보여 달라고 했다. 난 싫다며 저쪽 이 언니가 알아본 회사는 우리를 6,000원에 해준다고 말도 안 되는 거짓말을 술술 마구재비로 해댔다. 우리는 가방을 들며 일어나려고 (그리스에서 그러다 망가진 적이 있었지만 -- 언제나 튕겨 보는 손님의 자세 속에 깎여 가는 버스차비)하니 아저씨들이 황급히 우리의 짐을 내려놓으며 잠깐만 기다려 보라고 한다. 자긴 사장이 아니라서 그러니 사장한테 물어 보고 오겠다는 것이었다. 몹시 난처한 얼굴들이었지만 뭔가 굳은 결심을 한 듯 보였다. 어렇담 흐흐~~ 슬슬 먹혀 가는군. 나의 삥끼가….

　한참을 기다려야 했다. 삥끼의 최고 경지는 삥끼를 치고도 기다릴 줄 아는 지혜라고 그 누가 가르쳐 줬던가? 터키의 정오는 무서울 정도로 흡사 가보지 못한 사막을 느끼게 할 정도로 더웠다. 게다가 끕끕한 게 우리 나라의 짜증나는 여름과 너무 닮았다. 정말 맛이 간다. 그때 아마도 가격 깎는 재미라도 없었더라면, 이 더위에 지쳐 버렸을 것이다.

　아직 완숙한 삥끼의 여왕은 아닌지라 내가 6,000원을 부른 건 좀 심했나 싶어 조금씩 조바심이 나기 시작하는데 아저씨가 왔다. 정말 그 가격으론 힘들다는 의견이었다. 도대체 어느 회사가 그렇게 싸게 해주겠다고 했는지 그 회사 이름이나 가르쳐 달라고 아저씨가 제법 강압적으로 내가 가지고 있는 시간표가 적힌 종이 쪽지를 빼앗아 가려고 한다. 흐흐… 쉽게 안 뺏기지 아자씨~~ 내 든든한 떡대와 떡 벌어진 어깨가 보이지 않는단 말인가? 그렇담 안 되겠군 하며 나도 무슨 통배짱인지 다시 가방을 줏어 들어 봤다. 이 아저씨 강압도 도통 안 먹혀 들어가자 아 그러면 그러지 말고 잠시만 더 기다려 달라며 다시 허둥지둥 사무실로 달려간다. 난 역시 연기에도 재질이 있단 말야. 내 입가에 승리의 미소가 번져 간다. 사실 무섭긴 무서웠다. 너무나도 엄청나게 깎은 가격이었다. 근데 한국 돈으로 치자면 2,000원을 깎으려고 내가 지금 머하고 있나 싶은 생각이 들었다. 그래서 에이 다음에 아저씨 나오면 아저씨한테 미안하기도 해서 부르는 가격에 살려고 생각하고 있었는데 아저씨가 알겠다며 6,000원은 어렵고 6,500원으로 해주겠다고 최종안을 가지고 왔다. 나의 승리라고 해야 하나??

하지만 일아두고 넘어가자. 터키는 좀 깎고 넘어가야 한다. 외국인에게 터무니없이 봉 잡은 듯 덤탱이 씌우는 가격을 알고 나면 내가 이렇게 팍팍 깎은 게 정말 조금은 미안하지만 아주 못할 짓 한 건 아니다라는 걸 알게 될 것이다. (중이 제 머리 깎고 있지요? 헤헤.)

그렇게 뜨거운 땡볕 아래 에누리를 마치고 우린 이제 코인락커가 아니고 버스 회사에 짐을 맡기고(터키에서는 항상 자신이 표를 구입한 곳에 가방을 맡기고 버스 타기 전까지 여행을 하고 돌아올 수가 있다라는 정보는 바젤에서 수연이에게 들었었던 내용이었다.) 동네를 돌아볼 수 있게 되었다. 인심 좋고 사람들 착하고 가방도 잘 맡아주고 터키는 정말 너무너무 좋은 나라라니까~~.

아무 거나 다 팔아요 _마르마리스 항구

우리가 밟고 있는 있는 이 터키 땅은 마르마리스로 그리스와 가장 인접한 항구도시이다. 환전도 해볼 겸 버스 떠나기 전까지 우린 동네나 한 바퀴 돌 양으로 버스 정류장 뒤로 돌아가 봤다. 차곡히 쌓인 빵집을 지나 간간히 지어져 있는 아파트들이 꼭 서울 외곽 동네에 와 있다는 느낌이 드는 게 낯설지 않고 친숙한 느낌이 든다. 뛰노는 아이들과 조금은 지저분하고 누리끼리한 게 별반 나와 다를 게 없어 보인다. 터키란 곳을 처음으로 다녀 보면 (그리스란 나랄 밟고 다니다 오고 나니 날씨와 땅은 변한 것이 없는 기분이 들더니만) 채 동네 한 바퀴를 다 돌지도 않았는데 가슴에 꽉꽉 다가온다.

일단 사람들이 익숙하다. 항상 곱슬곱슬한 금발이나 갈색, 햇빛에 비치면 눈이 부실 정도의 빨간 머리를 가진 이들을 보다가 우리네처럼 갈색에 검은색 그리고 살빛은 왜 그리도 같아서리…돌아서 가는 사람들에게 말이라도 걸면 "웅~~"하고 길게만 대답해 줄 것 같다.

동네도 말이다. 아파트 다같이 모여 있고 구멍가게 나란히 있을 땐 방앗간 하나, 문방구 하나, 쌀가게 하나, 빵가게 하나… 호호 어쩜 배치도 똑같다. 사는 게 다들 같은 이치리라.

같이 뛰어 놀아도 티나지 않아 좋고, 길 가면 방긋방긋 웃어주는 터키 뭇 총각들이 이 이쁜이 가슴 설레게 해서 좋은 곳. 처음 발 디딘 곳. 터키의 동부 항구 마르마리스 항. 역시 항구라 떠나는 사람, 들어오는 사람들에 이력이 난 듯 오늘도 그렇게 누구는 떠나고 누구는 들어오고 이젠 하루의 일과에서 이빨 닦고 세수하는 것처럼 모든 가고 옴이 자연스러워 보인다. 그래서일까? 처음 마르마리스 하면 항구 바로 옆에 있었던 재래시장이 떠오른다. 처음엔 좁은 골목에 잡화상들만 보이다가 이윽고 본격적으로 펼쳐져 있는 마르마리스 장터. 대형시장이다. 골라골라하는 소린 없어도, 곤니찌와, 니하오마, 안녕하세요가 여기저기서 들리는 시장. 터키의 각종 차가루가 밀집되어 있는 곳을 시작으로 쭈욱 따라 들어가 보니 어디선가 고추장 냄새에 굶주려 있던 매운 맛에 불을 지핀다. 냄새 따라 찾아가 본 곳은 각종 양념을 파는 곳이었는데 우리가 먹는 붉은색의 고추가루가 여기도 있었다. 어찌된 영문인지 고대 역사 속에서 우리와 그들이 만난 일은 없었던 것 같은데 어쩜 그렇게 먹는 게 같을 수가 있을 수 있는지 정말 신기해진다. 먹는 게 같아서였군… 통하는 게 많고, 정 많고, 유난히 더 머물고 싶었던 나라. 터키~.

시장에서 길을 잃다

이 길만 다가면 끝나겠지 하고 돌아나가면 또 어디서 난 물건인지 신기한 것들이 진을 치고 기다리고 있었다. 면티를 3장에 5,000원이 안 되는 가격에 팔고 있는 것 하며 모두 다 짜가인 게 정말 우리 나라지 싶었다. 켈빈 클라인, GAP, 게스, 리바이스 모두가 가짜인 것이 진짜인 양 번듯한 상점에서 팔리고 있었다. 세계의 가장 활발한 모습은 시장에서라고 하더니 이곳 저곳 우리가 관광객임을 알아보고 호객행위가 시작된다. 그러나 우리가 도대체 동양 3국 중 어느 나라 사람인 줄을 모르니 이네들의 자연스레 첫마디의 호객행위는

"Where are you from?"

(--가르쳐 주면 괜히 아는 체하며 끝까지 물고 늘어지지만…)

자, 그럼 나도 슬슬 말을 걸어 볼까? 내 장난기도 이내 발동한다.

"Guess where?"

내 딴엔 퍼펙트하다고 생각되는 영어로 대답했다. 그랬더니만 온 국민이 다 못 알아듣는다. 그러더니 영어 쓴 사람 민망하게

"게스 나라?"

이구 정말 못 알아들은 건지, 능청인지 대책 없다. 어떤 사람은 옆 사람보고

"Where is Guess?"

해대니 이거 원 사기도 손발이 맞아야 해먹지…다. 역시 일본이 떨쳐 놓은 힘은 여기 작은 항구에까지도 대단했다. 일본인과 우리가 구분이 잘 안 되다 보니

"아 유 자퐁?"한다. 자퐁보다 '자폭'이 더 나을 듯싶지만… "노"라

194

고 단호하게 대답하고 나니 "아 유 차이니즈?" 이번엔 정말 틀림없을 거란 눈초리다.

"노" 다시 한번 목소리에 힘을 주고 말했더니 유럽 대륙에선 세 번째로도 나오던 우리 나라 지명이 여기선 도무지 모르는 나란지 세 번째부턴 도대체 어디에서 왔느냐고 물어 보는 것이었다.

맞춰 보래도 못 맞추고 해서 "한국"이라고 가르쳐 주니

"오 코리아.(정말 아는 듯이 대답해 놓고)"

뒤돌아서 코리아 그거 어딨냐? 하는 눈초리들이 많다. 그럼 또 내가 해주는 설명이 있지. 이쪽이 차이니즈! 저쪽이 자퐁! 가운데가 코리아야~이제야 다들 알아듣는다. 나 지리선생님 될 걸 그랬나봐????

너무도 신기하고 신기해 시간 가는 줄 모르고 살 것도 없으면서 돌고 돌고 또 돌으니 아까 우리를 반겨 주던 상인들이 얼굴을 외워 버렸다. 돌면서 한국말로 인사하나만 가르쳐 달라는 사람에겐 "감사합니다"를 장난치고 싶을 때는 손뼉 치며 "골라골라 잡아잡아 싸다싸다"를. 그렇게 재밌게 한참을 돌아다니고 있는데 아까부터 계속 찝적거리면서 바지를 살까 말까 하던 집이 있었다. 그 안에 점원이 나에게 소리쳤다.

"너 지금 스물세 번째 이 시장을 돌고 있다. 이러다가 너 오늘 나랑 오십 번도 더 만날 거다. 그렇게 되면 오 마이 갓~~ 할 거야."

이러는 거다. 후후 많이 돌긴 좀 많이 돌았나 보다. 짜식 좋으면 좋다고 할 것이지. 괜히 구박은 하고 그러냐?

시장기가 좀 돈다. 작열하는 태양 아래 살라 하니 이 배는 나에게 식당으로 가라 하네다. 터키--그 환상의 나라에서마저 빵을 먹고 살 순 없었다. 그래 이참에 한번 망가져 보자. 시장을 빠져나와 한참을

걷다 보니 켄터키가 매달려 검게 그을린 모습으로 돌아가고 있었다. 옛날 대학 처음 갔을 때

"철사 줄로 두손 꽁꽁 묶인 채로 ×간당했네"

"해지고 어두운 거리를 나홀로 걸어가다가 ×간당했네"

하던 유행가 가사가 생각났던 건 통닭의 벗은 모습이 유난히 먹음직해(?) 보여서였을까?

일단 들어갔다. 들어가서 통닭을 시키겠다고 하니 앉아서 믹는 거하고 사가지고 가는 것하고 가격이 차이가 있었다. 우리 나라하곤 틀리다. 기왕 망가져 보기로 작정한 몸 거나하게 한번 크게 망가져 보자 하고 앉아서 통닭을 시키니 통닭 반 마리에 야채 버무린 거, 무한대로 먹으라며 썰어져 그릇에 한 가득 담겨져 있는 빵. 그리고 볶음밥~~밥아 너 본 지가 얼마 만이냐? 우와 눈 돌아간다. 숟가락을 잡고 포크로 닭의 가슴을 난자질(?) 해 가며 치킨들을 아무 말도 없이 미친 듯이 뼈까지 발라 먹고 있었다. 좀 배가 찼다는 느낌이 든 건 얼마 안 돼서였다. 평소 닭괴기라면 괴기영화 싫어하듯 손도 안 대던 나였는데 이렇게 맛있다니 이렇게 맛난 걸 내가 그동안 왜 안 먹었단 말인가 후회마저 들었다.

그렇게 쓰윽쓰윽 먹고 좀 기다리라더니 우리보러 주인 아저씨가 이상한 영어로

"머러머라~~" 한다. 뭔지 몰라 일단 '예스'를 해놓고 과연 계산이 얼마 나올까 추정을 하고 있는데 난데없이 아저씨가 조그만 이쁜 잔에 티를 가져온다. 다같이 화들짝 놀란 우리들

"아저씨 우리 티 안 시켰어요."

아저씨 갑자기 허둥지둥대는 우리들이 왜 그러는지 이해를 하셨는지 "공짜야"하는 거다. 야 터키 진짜 맘에 든다. 이 나라 앞으로 잘

될 거야… 암 그렇고 말고. 아주 조그만 잔에 들어 있는 진한 색의 차였다. 식사 후에나 간간히 먹는 그들의 차. 터키에서의 그 차(특히 애플차) 더운 날 덥게 덥혀 나오는 터키의 그 차, 이 세상 어느 차가 그 맛을 따라갈 수 있을까? 앞으로 가는 모든 곳에 나는 터키 인들이 뜨겁게 덥혀 오는 차를 마실 수가 있게 된다.

작열하는 태양 아래 미친 듯이 돌아다니고 보니 몸이 축난다. 시원한 수박 한 쪽이 생각나 가게 안에 들러 보니 왕따시만한 수박이 우리 돈으로 겨우 500~800원 사이다. 하지만 내가 제일 싫어하는 근수로 수박을 팔고 있었다. 크거나 말거나 한 덩이에 다같이 1,000원 해서 잘만 고르면 되는 사회가 하루빨리 터키에도 정착을 해야지. 이거 원 좀만 큰 걸 고를라치면 근수로 쳐버리니 가격차가 커서 맘컷 못 먹겠단 말야~ 어느 쪽이 합리적인지는 재봐야 알겠지만, 역시 수박 크기도 운에 맡기고 고를 수 있는 우리네 쪽이 낫단 생각을 끝끝내 떨쳐 버릴 순 없었다.

그래도 맘먹고 큰 수박 샀겠다. 그늘을 찾는데 마땅한 그늘이 눈에 안 들어온다. 마침 도로 옆에 초등학교가 눈에 들어온다. 건물 비스듬히 그늘이 생겨 제법 운치있어 보이는 학교였다. 때는 정오를 지나 햇빛은 내리 꼰지고 있었고, 우리는 더위에 지쳐 있었다. 살짝 들어간 학교마당에서 인포메이션 센터에서 얻어 온 큰 지도 몇 장을 땅에 깔고 스위스에서 샀던 맥가이버 칼로 시원스레 쫙쫙 수박을 쪼개 한 손에 한 가득 들고 베어 물어 본다. 여름이 한 움큼 씹힌다. 툭~툭~ 씨는 하늘을 향해 배 꼴리는 대로 혓바닥 튀는 대로 뱉어 버린다. 자유다. 한참을 그래 먹고 있는데 자가용이 한 대 들어온다. 교장선생님 비슷한 분위기다. 열심히 뱉던 수박씨를 주섬주섬 챙겨 쓰레기통에 갖다 버린다. 선생님은 무서운 분이라는 옛날 버릇이다. 아무 말

없이 무얼 꺼내 들더니 들어가 버린다. 도로 아무데나 버리기 시작한다.

아무래도 학교에서 무슨 체육대회 비슷한 게 열릴 기세다. 어여 먹고 나가야지 싶다.

터키에서 공주 되다

돌아와 그늘로 덮인 버스 정류장 구석에서 쉬고 있었다. 터키에서의 첫날은 너무나도 멋있던 시장 구경에 맘이 꽉 차서였을까? 앞으로의 일정이 기대가 되면서 쉬고 있으려니 아까 먹은 수박이 이제서야 소화가 됐는지 화장실이 땡겼다. 화장실로 향해 본다. 헉~~100원이나 달라는 거였다. 화장실을 이용하려면 말이다. 내 유럽 땅덩어리에서도 화장실은 돈 안 내고 맥도날드로만 해결하고 다녔는데 여기 와서 화장실을 돈 내고 쓰라니. 그것도 100원이나. 안돼 하는 순간 머리에 또 불이 들어온다. (아까 그 초등학교로 가시오, 공짜임) 깜박깜박 뇌리에 스치고 지나간다. 호호 난 역시 천잰가봐? 전유럽 및 터키 화장실 이용방법 공짜박사 나운영 직함 하나 만들까 보다.

차 떠날 시간은 충분히 여유가 있겠다 싶어 아까 낮에 수박 먹던 학교를 가보니 낮에 뭔가 할 거 같더니만 초등학교는 학생과 학부모로 꽉 차 춤판이 한참 벌어지고 있었다. 낮엔 너무 더워 해가 지고 나서 행사가 열리고 있다고 했다. 그러나 난 더 이상 참을 수가 없었다. 괴로움에 떠는 것보다 순간의 쪽팔림이 낫겠단 생각에 무슨 깡이었는지 현관 앞 춤판이 한참 벌어지고 있는 곳에 들어가 어느 아줌마를 붙잡고 화장실이 어디냐고 물어 보고야 말았으니… 꿍쫭거리던 음악이 꺼지면서 다들 일제히 나만을 쳐다본다. 그러면서 아줌마와 아이들이 나를 데리고 화장실로 긴 줄을 이루며 나를 안내했다(정말 무슨 올림픽 영웅된 기분이었다) 나는 너무 무안하기도 하고 춤판을 깬 거 같아 미안해 하며 얼른 화장실로 들어갔다. 한참이 좀 지났을까? 밖에서 여전히 아이들소리가 들려 왔다. 어 아직도 안 가고 있나 싶어 최대한 시간을 끌었다. 내 100원 안 내고 볼일 보려다 정말 죄값을 톡톡히 치르고 있다는 생각이 들었다.

조용하다 싶어 나가 보니 화장실 밖에는 내가 언제 나오려나 기다리던 아이가 "나온다~"하니까 어디 숨어 있던 아이들인지 다시 와르르 내 주변에 모여든다. 그리고선 난 내 의지가 아닌 아이들 힘에 의해 현관 무대 중앙으로 이끌려 갔고 그곳에서 아줌마 꼬맹이들이 나에게 같이 춤을 추자며 요구해 대는 바람에 난 에라 모르겠다 하고 그들 틈에 껴 춤을 추기 시작했다. 민기적민기적 추던 그들 사이에 미친 듯이 흔들어 대니 인기 절정 그 자체다. 아이들은 신이 나서 날 따라 추고, 아줌마들은 신기해서 바라만 보고… 아이들은 내가 동양인인 데다가 춤도 과격(?)하게 추니 너무나도 신기한 듯 존경스럽기까지 한 듯 쳐다본다.

그러나 아쉬운 시간은 흐르고 있었다. 이제 떠나야 할 시간이 다가오고 있었다. 떠나기 너무도 아쉬운 분위기였다. 누구 영어할 줄 아냐니까 한 이쁜 소녀가 자기가 할 줄 안단다. 난 차표를 예매했기 때문에 지금 가지 않으면 안 된다고 했더니 너무도 서운해 하며 통역을 해주었다. 주소를 교환한다. 한 시커먼 꼬마애가 자기를 가리키며 "아이 엠 브라헴." 그리고 나서 다시 그 꼬마가 옆친구도 가리키며 "아이 엠 토마" 한다. 하하하~~~ 이 꼬마 녀석 나도 아이 엠이고 당신도 아이맴 다들 아이 엠이다. 모든 이가 다 아이 엠으로 시작되는 엄청난 영어 실력을 가지고 있는 것이다.

영어 잘하는 그 소녀는 웃으며 너를 잊지 못할 거라 하며 작별의

키스를 해준다. 그러자 일제히 꼬마녀석들이 자기들도 하겠다고 해서 난 엄청난 양의 뽀뽀를 해야 했으며 또 그만큼 받아야 하는 엄청난 행운을 누렸다. 정말 떠나기 싫었다. 너무나도 아쉬워해 주는 꼬마들은 자기 이름을 불러 대며 나에게 자기 이름은 뭐라고 하며 역까지 따라오던 아이들. 다시 보고 싶다.

첫 버스 여행

아뿔싸~ 어쩐지 버스값을 너무 많이 깎았다 했더니 우리가 타야할 버스는 조그만 미니버스였다. 이 버스로 낼 아침 10시까지 너무도 끔찍했다. 그러나 너무 많이 깎다 당한 일이니… 머 어쩔 수 없다. 버스를 타고 자리를 잡고, 잠을 청했는데 한시간 남짓 갔을까? 누군가가 깨워 일어나 보니 안내원 보이가 무언가를 들고 손바닥을 대라고 했다. 뭔가 싶어 의심의 손길로 펴보니 쾌적한 여행 되라며 향수를 뿌려 주는 것이었다. 손님 하나하나에게 쾌적한 여행하라며 향수를 뿌려 주는 터키 난 정말 터키 사랑하고 싶다.

터키의 밤을 한참 달리는데 내 귀에 여기저기서 키득키득하는 웃음소리와 웅성웅성하는 소리로 차 안이 소란스러워졌다. 성급히 눈을 떠봐도 어 이상한 건 눈에 들어오지 않는다. 그때였다. 운전수 옆 볼록 튀어나온 평평한 면에 큰 대자로 뻗어 자고 있는 히트 언니가 보였던 것이다. 언니가 또 히트치고 있었다. 다음날 언니 왈… 자신은 허리를 곧게 바닥에 대고 자야만 잠을 청할 수 있었는데 도저히 잠은 오는데 자지 않을 수 없어 생각해 낸 것이 순간의 쪽팔림이 하루밤을 잘 수 있다는 모토 아래 그 통로 한가운데로 나가 대자로 뻗어 잤다는 것이었다. 상상해 보라. 멀쩡하게 생긴 여자가 갑자가 중앙으로 나오더니 그냥 눕는다. 그리고 천연덕스럽게 잠을 자기 시작한다. 용기 있는 자가 잠자리를 얻는다. 언니가 히트친 거 중에 가장 빅히트였다. 언닌 멀 그러며 왜 자기한테 그러느냐고 이해를 못하는 눈치다. 히트 언니 그대는 강한 한국의 여성이십니다.

안탈랴~ 안탈랴~

외쳐 대는 소리가 정겹다. 안탈랴에 도착한 건 새벽녘 아직 으스름한 시간이었다. 졸려 죽겠는데 생각해 보라. 그 좁은 미니버스에서 옆자리 떡대 좋은 남자와 이 긴 밤을 기대고 왔으니 말이다. 일어나려니 그 또한 죽을 맛이다. 한참 꿀맛 같이 결혼하는 꿈꾸고 있는데 신랑이 누군가 보려고 했는데 엄마가 학교 가라고 깨울 때의 그 허무함과도 같다면 이해가 갈려나?

잠결에 내리고 보니 요 며칠 보여 준 (나도 놀라 버린) 영어 실력을 언니 오빠가 믿고 내가 또 알아서 방값이며 뭐든지 척척 억순이같이 깎아 방 잡을 줄 알고 옆에서 계속 서성거리고만 있다. 그 순간 그게 너무 싫었다. 난 나이도 어린데 내가 다 알아서 해야 한다니 하고 속이 상해 왔던 것이다. 그러나 여행이란 같이 하면 항상 나서서 먼저 해결할 수도 있고 해결 능력이 있는 사람과 함께 있다면 그 사람을 믿고 따르게 되는 것은 당연한 이치였기 때문이다. 그래 그렇게 좋게 생각하고 마음 편하게 갖자 생각하고 삐끼의 접선을 기다리고 있어 보기로 했다. 이른 새벽녘이라설까 아님 아직 삐끼가 행동을 개시하지 않은 시간대일까 목을 빼고 찾고 있는 삐끼는 보이지 않았다. 그렇다고 그 새벽에 여기저기 사람들이 지나다니는 버스 정류장 한복판에 죽치고 앉아 있기도 그랬다.

"삐끼나 바람잽이 찾아요~에~~."

터키 가면 한번쯤은 호텔에서 자보라고 했던 수연이의 말이 떠오른 건 그때였다. 그래서 언니 오빠에게 우리도 한번 호텔 가격이나 알아보자고 해서 슬슬 가방을 들쳐 메고 호텔을 찾아 나섰다. 항상 떠남이 있고 도착함이 있어 호텔은 버스 정류장 가까운 곳에 위치하고 있었다. 그래 오늘부터 한번 공주같이 살아 보자, 별일 없으면 호텔에서 머물러야지… 하며 정말 으리으리한 호텔에 들어갔다. 깨갱하고 나왔다. 우리가 터키를 너무 무시했나 보다. 왕따시 비쌌다. 내가 환전한 돈 다 주면 하룻밤 자겠지만 내 하룻밤에 망가질 순 없는 처지. 쪼금 아주 쪼금밖에 안 놀랐단 표정을 호텔측에 보여 주고 슬며시 빠져나와 이번엔 별 3개 정도 붙어 있는 호텔에 들어가 봤다. 음… 역시 비쌌다. 어 이상하다. 싸다고 잘 만하다고 했는데 아무래도 이 동네가 아닌가 보다.

일단 숫자가 셋이고 보니 가격을 깎기는 유리했지만(터키는 호텔도 말발만 좋으면 깎을 수 있을 것 같았다) 그렇게 마음 편하게 그 돈 내고 나면 후회할 것 같았다. 여행 올 때 난 잠자리는 절대 집착하지 않기로 한 게 아직 변함이 없었으니까.
그래 역시 삐끼야~ 머니머니해도 삐끼가 최고지~.
처절하게 느끼면서 다시 우리는 버스 정류장으로 돌아가 앉았었던 자리에서 삐끼를 기다려 보기로 했다. 한참을 오가는 터키 인들을 바라보고 있으려니 음 예상대로 삐끼가 온몸으로 울어 대며 접선하기 시작했다. "삐끼 새벽에 온몸으로 울었다."

와 근데 예상 외로 삐끼조차 비쌌다. 그래두 좀 깎아 두당 4,000원씩에서 합의를 봤다. 그 삐끼는 택시 기사를 겸하고 있었다. 거기에 돈을 좀더 얹어 주면 택시로 데려다 준다고 했다. 우리는 가볍게 사양하고 버스 정류장 뒤로 숙소를 찾아 나섰다. 가만 보니 버스 정류장 뒤론 엄청난 팬션이 밀집되어 있었다. 그냥 지나칠 수 없었다. 기왕 지나치는 길에 셋이 째져서 이 팬션 저 팬션으로 알아보고 다니니 대충 가격이 2,000원부터 비싼 게 5,000원까지였다. 음 잘 만하단 생각이 들었다. 그래도 선뜻 용기를 내지 못하고(이른 시간이라 아직 체크아웃이 안 돼있었다. 그러나 우린 당장 눕고 싶었다.)

그래 기왕 가기로 한 osman 팬션을 찾아가기로 하고 가고 있는데 갑자기 등 뒤에서 "I'm sorry" 한다.

누가 우리한테 뭘 잘못했나 싶어 뒤돌아보니 나이든 터키 아저씨가 술이 조금 들어간 듯한 혀 꼬부라지는 소리로 우리를 부르고 있었다. 이 아저씨 말끝마다 그러니까 우리에게 무슨 말을 하려고 할 때 항상 "I'm sorry"를 쓰는데 알고 보니 아저씨가 영어 배울 때 "Excuse me"를 "I'm sorry"로 잘못 배운 거였다. 암튼 이 아저씨가 하는 말이 지금 혹시 방 잡으러 가는 거 아니냐고 물어 봤다. 그러면서 아저씨가 좋은 방을 알고 있는데 자기를 따라와 보라는 것이었다. 따라와 보라고 하면 곱게 따라갈 한국 여성이 아니다. 이 아저씨가 혹 날 어디다 팔려고 하는 건 아닐까? 왜 백주대낮에 우리를 타겟으로 삼았을까 심각하게 재고해 본 다음 아무 생각 없이 따라 나서고 있었다. 터킨데 머 무서울 게 없었다.

아저씨가 데리고 간 곳은 안탈랴에서도 가장 좋은 곳인 올드시티 바로 뒤에 위치한 근사한 팬션이었다. 역시 믿고 따르면 얻는 게 큰 모양이다. 아저씨는 먼저 그곳 주인과 우리를 어떻게 꼬셔 왔는지 터키 말로 설명을 하는 듯 보이더니 가격을 제시해 왔다. 두당 3,500원을 불렀다. 와 싸다. 싸~~.

하지만 거의 철면피에다 이젠 그런 생활을 즐기게 된 나는 또 미친 짓을 하기 시작했다.

"우린 세 명인데 500원씩만 깎아 줘봐요!!"

500원 아무것도 아닌 돈이다. 정말 500원 깎아 뭐하려고 했던 게 아니라 이미 습관이 돼버리고 만 것이다. 역시 당황해 하는 눈초리다. 그래 내가 가장 잘 내세우는 헤벌레한 웃음으로 "아힝~~" 하니까 그제서야 주인이 그러마 해준다.

"감사합니다."

항상 예의는 바르다. 한 명은 엑스트라 베드에서 자는 조건이있지만 침대만 있다면야~~ 그렇게 오늘도 방장사를 마치고 개처럼 침대에 뛰어들어가 한번 누워 보고 바닥에 하수구 있는 터키 샤워를 해본다. 이 밀리는 때~~ 이것이 여자인가???

밤과 음악과 안탈랴 사이에

씻자마자 침대에 비수처럼 꽂혀 자야 했다. 기차가 아닌 버스에서 밤을 새우게 되니 또 다른 종류의 피로가 말도 못하게 정말 피곤하다. 대낮에 햇빛은 찬란히 이층 방 창문을 찾아오건만 난 꿈나라를 찾아 열심히 떠나고만 있었다. 그렇게 한참을 잤을까 일어나 보니 등이 땀으로 흥건하다. 어찌나 햇빛이 따땃한지 - 이유는 내가 바로 희생 정신 내가 바로 창가 옆 엑스트라 베드에서 잤기 때문이다. 훌륭하다~나운영~, 드높다 양보정신~.

일어났을 때 히트 언닌 이미 나간 상태였고 옆에서 오빠 코를 드르렁 드르렁 골아 가며 늘어지게 자고 있었다. 자고 있는 오빠를 아무리 흔들어 깨워 보지만 절대 안 일어난다. 그래서 난 혼자 늘어지는 오후의 터키 안탈랴로 나가 보기로 했다. 팬션 옆 바로 뒤로 골목길이 이어지고 골목마다 시장이 들어서 있다. 혼자지만 백주대낮에 무슨 일 날까 싶어 그냥 혼자서 이것저것 신기한 거 구경하는데 오잉? 자꾸 웬 터키 남자가 말을 시킨다. 영어 못 알아듣는 척 무시하고 걷는데도 불구하고 그 남자 따라오는 게 집요하다.

"아 유 자퐁?"이다.
"아냐아냐~~."
"아 유 거짓말이지?" - 만만치 않군~.

무서웠다. 그 남자가 어떤 호의를 갖고 다가온 것일지는 몰라도 갑자기 난 혼자라는 것을 느끼자 난 구경하겠단 맘을 고쳐 얼른 숙소로 발길을 돌렸다. 들어와 생각해 보니 "아이구 안타까비~ 못 이기는 척 하고 따라갔으면 이참에 터키에 눌러 살 수 있었는데…^^;"

오빠는 느지막히도 일어났다. 다시 돌아온 언니는 샤워를 진하게 하고 다시 나갔다. 나도 혼자 나가 보고 싶었지만 아까 당한 일도 있고, 혼자 90일을 여행하다 이제야 동행을 만났는데 또 혼자 두고 가기가 뭐한 오빠와 동행이 되어 우리는 어느 해안가로 향했다. 터키의 낮은 가히 살인적이었다. 정말 살인적인 더위란 바로 이런 거구나 백문이 불여일견이었다.

해안가로는 한참 세일을 한다는 광고 전단이 붙은 옷가게들이 즐비했다. 가만히 지나다 쇼윈도를 들여다보니 우리로 치자면 카운트다운, 제이빔 정도에 해당되는 레벨의 옷들이 제법 이쁘다. 또 이쁘기도 이쁘거니와 엄청 싸다. 오빠가 싼 가격을 보더니 이 참에 여기서 쫙 빼입어야겠다고 가게 안으로 들어갔다. 난 그래도 여자라고 오빠 바지랑 티 색상 등 여러 가지를 봐주고 있었는데 여기서 역시 문화 차이가 났다. 우리네는 무얼 살 때면 꼭 손으로 만져 보고 느끼는 습성이 있다는 거 다들 인정할 것이다. 열심히 만지고 뒤적거리며 다니는데 터키 옷가게 점원도 부지런히 따라다니며 제발 만지지만 말아 달란다. 눈으로만 보고 확인하면 자기네가 꺼내 준단다. 그러마 했지만 나도 모르게 만지고 있다. 아무리 생각해 봐도 눈으로 보는 걸로만으로는 성이 안 차는데 말이다.

오빠가 고른 바지를 입어 보러 들어간 사이 아까부터 계속 추파를 던지고 있던 그곳 점원이 기회는 이때다 라는 듯이 다가왔다. 다가오며 물었다.

"아 유 자퐁?"

터키 인들은 동양인을 보면 제일 먼저 "아 유 자퐁?"을 생각하나 보다. 대단하기도 하고 부럽기도 하고 역시 국력이 세야한다는 생각이 든다. 이렇게 듣고 다니면 이런 말에 담담해질 만도 한데 말이다. 일문학을 전공하고 있는 내가 이 정돈데 아닌 사람은 얼마나 속이 뒤집힐까?

"아닌데~"하니 그럼 어디냔다. 그래 한국에서 왔다고 하니까 영 모르겠다는 눈초리다. 그래 또 설명했다. 중국과 일본 사이에 낀 나라라고. 그 점원 남학생은 지금 아르바이트중인데 자기하고 펜팔하지 않겠느냐고 주소를 교환하자고 제의해 왔다. 그러마 하고 주소를 적어 주니 꼭 편지해야 한다고 한다. 나는 지금 유럽 대륙을 여행중이라고 하니 부러운 눈초리로 바라본다. 자기도 꼭 여행해 보고 싶다면서... 그러는 사이 점원 모두의 시선이 나에게 집중되어 있다는 걸 알게 되었다. 동양인을 정말 좋아하는 눈초리다. 음 또 스타된 분위기다. 이 애를 서방 삼아 나 이 참에 여기 눌러 앉을까봐???

여러 가지를 산 오빠는 쇼핑에 맛을 들였는지 또 다른 데 가보자며 나가자고 했다. 그 남자점원이 또 올 거냐며 너무 아쉬워한다. 내 또 오마하고 정표로 해 박은 지 얼마 안 되는 금이빨이라도 빼주고 오고 싶었지만 내 이빨은 하나 빼면 3개가 다 뽑히는 3단짜리 붙은 금니라 그 짓도 못하고 헤어져야 했다.

그 옆으로 터키의 바다가 찬란한 햇살을 내뿜으며 펼쳐져 있다. 그곳에 앉아 잠시 쉬어 본다. 그런 와중에도 여전히 공원 안 사람들의 시선은 동양인인 우리를 주시하고 있다. 우리가 걸어가는 것도, 먹는 것도, 뭘 보더라도 우리는 항시 시선의 공격을 받아야 했다. 마치 유명배우가 대낮에 명동거리 나와 걸어다닐 때 느꼈을 그 백성들의 호기심 어린 시선처럼. 한참을 쉬고 있으려니 또 배가 고파온다. 항상 좋은 거 앞에선 배가 고파 분위기 버리기가 여러 번이다. 이심전심으로 오늘 점심은 또 통닭을 먹기로 하고 아무 집이나 들어가 이젠 여유있게 통닭을 주문해본다. 잠시 기다리라는 말과 함께 푸짐하게 포장되어 나온 통닭과 볶음밥. 터키의 양념은 우리네와 비슷해 언제 봐도 향수를 불러일으킨다. 꼭 먹어 보길… 그리고 꼭 느껴 보길… 터키인이 우리네와 얼마나 닮았는지를.

문제가 발생했다. 숙소로 돌아가는 길이었다. 서로 길 잘 보고 왔겠지 믿고 있다가 그만 길을 잃어 버린 것이었다. 분명히 무슨 큰 길을 지나쳐 온 것까지는 생각이 나는데 아무리 가도 그런 큰 길은 보이지 않았다. 아까 없던 아파트들도 즐비해 있고 정말 날도 더운데 짜증도 짜증이지만 걱정이 앞섰다. 그리고 숙소 주소 하나 전화번호 하나 적어 오지 않은 오빠와 나의 무대책에 정말 기가 막혔다. 오빠는 그래도 오빠니까 더 걱정이 되는지 무슨 사원인가가 우리 숙소 옆에 있었던 거 같다며 그 사원을 찾아보자고 했다. 좀더 가니 정말 무슨 사원인가가 보였다. 너무도 기쁜 마음에 길 잃어 버린 것도 아닌데 괜히 부산만 떨었다며 미안해 하며 웃으려고 그랬는데 이상했다. 우리 숙소는 없었다. 나중에 알고 보니 터키엔 여기저기 종교적 이유로 사원이 많았다. 그걸 우리 숙소 옆에 하나 있던 게 단 줄 알았으니….

무작정 걸었다. 슈퍼 나오면 물을 사먹고 콜라 먹고 싶으면 콜라를 사먹고 과일이 먹고 싶으면 과일도 사먹는 그런 호사를 누리며 걸었다. 찾을 수 있을 거라는 마음 하나만으로, 그러나 보여야 할 숙소는 점점더 보이지 않았고 이상한 동네로만 가고 있었다. 우리 나라 70년대 아주 깡촌인 듯한 마을도 지났다. 그 동네 아이들 태어나 이렇게 생긴 애들은 처음이라는 듯 손 흔들고 따라오고 난리났다. 마치 한국에서 처음 미국인 양코쟁이가 나타났을 때 보였을 우리네 엄마 아버지의 어린 모습처럼… 돌도 던졌다.

  나쁜 노므 시키들….

  우리는 유일하게 터키 어로 알고 있는 버스 정류장이란 뜻의 "Tager"를 물어 다시 버스 정류장부터 시작해서 찾아보려고 했다. 물어 보니 우리는 상당히 멀리 와있었다. 택시를 잡아타고 싶어도 어디를 가자고 할 수가 없으니 걸을 수밖엔 없었다. 서로의 무관심을 탓하며 터벅터벅 걷고 있는데, 정말 천만다행으로 우리 숙소가 보이기 시작했다. 안도의 한숨으로 들어가 씻지도 않고 오빠와 나는 걷느라고 배도 고팠겠다 사온 통닭을 맨손으로 게걸스럽게 뜯어 삼시간에 초토화시켜 버렸다. 살신성인의 정신으로 우리의 피와 살이 된 그때의 그 통닭에게 잠시 묵념을 보낸다. 그 통닭이 최선을 다해 마지막 살을 찢기우고 있을 때쯤이야 나의 허기는 끝을 찾았다. 먹었으니 자야 했다. 여행을 하면 자연인에 가까워진다. 졸리면 자고 배고프면 먹고, 귀찮으면 아무 짓도 안 하고… 여행은 굳이 많은 것을 보고 다녀야만 하는 것이 아니라 즐길 줄 알고 즐기기 위해 쉴 줄도 알아야 한다고 희린이는 캐나다에서 그렇게 주장했었다. 그땐 무슨 얘긴지 몰랐었는데 배부르고 등 따시니 이제야 머리가 돌아간다.

  잠깐 한숨 때리고 긴 밤을 자기엔 너무나도 아깝고 볼 게 너무 많

다는 언니 말에 우리는 다시 부랴부랴 챙겨 안탈랴에서 가장 이쁜 밤
항구로 향했다. 너무나도 이쁜 곳이었다. 나선형의 돌계단을 저벅저
벅 내려가면 올망졸망 배들이 있는 항구가 있고, 정박해 있는 배는
카페로 개조를 해 조명발로 끝내 주고 있었다. 게다가 이쁜 연인들은
서로의 팔에 팔을 감고 어깨를 얼싸안고 사랑을 속삭이며 걸어다니
고 있었다. 해안선을 따라 가로등이 쫙 늘어서 있고 귓속으론 다정한
연인의 속삭임이 들려오는 듯했다. 그런데 웃긴 건 오빠와 난 서로가
서로를 무시하는 눈초리로 이 좋은 곳에 왜 이 사람이랑 있어야 하나
싸랑하는 그이랑 왔어야 하는 건데… 였다는 것이다. 서로 아쉬워해
보지만 어쩔 수 없는 현실은 받아들이는 게 낫다. 저녁이라는 말이
이렇게도 아름다운 것인가를 느끼는 밤이었다.

눈앞으로 끝이 없는 해안선에 오징어잡이 배처럼 밝은 배가 노닐
고 등줄기에선 시원한 여름바다 바람이 다가와 부딪고 한 잔의 술로
도 취할 수 있을 것만 같은 낭만의 도시 안탈랴에서 그렇게 내 청춘
은 살아나고 있었다. 미친 듯이 그 새벽을 골목으로 찻길로 쏘다니다
가 지쳐서야 숙소로 돌아올 마음이 생겼다. 이제야말로 내일을 위해
자려고 누워야겠단 생각이 들었다. 침대에 누우니 어느 집에서 틀어
놨는지 노랫소리가 너무 정겹다. 차분한 톤의 굵직한 남자가수가 기
타를 치며 부르는 듯한 노래는 정말 사고 싶은 테이프처럼 너무나도
감미로웠다. 그때였다. 테잎 틀어 놓은 줄 알고만 있었는데 그 가수
가 노래를 하다 헛기침을 하는 것이었다.

'어 ~이거 테잎 아니고 생음악이잖아???'

이렇게 알아 버린 이상 더 이상 잠이 들 순 없었다. 난 오빠를 깨워
그 소리가 나오는 카페를 찾아갔다. 그래서 찾아간 곳이 이층 카페였

고 흥건하게 괴어 나오는 담배연기로 술 한 잔씩을 기울이며 그 가수를 중심으로 모여 앉은 전형적인 바 형태였다. 자리는 만원이었지만 종업원의 배려로 의학을 공부하고 있다는 터키 청년 2명과 합석을 하게 되었다. 그들은 영어를 잘하지 못해 많은 대화는 하지 못했지만 그곳에선 한 마디의 대화보다 한 소절의 음악을 들으며 한 번의 따뜻한 눈길이 몇 갑절 소중한 감동으로 다가왔다. 코란 경전을 읽는 듯한 차분한 목소리의 그 터키 노래와 시원한 한밤의 맥주 한 잔.

캬 죽인다. 이렇게 좋은 곳이 존재한다니. 정말 아까 낮에 만난 "아임 쏘리" 아저씨가 다름아닌 천사였나 보다. 우리를 이런 낙원으로 안내해 주었으니 말이다.

터키는 낮이 너무 더워 대다수가 저녁 한 7시 무렵부터 새벽 3시까지 활동한다고 했다. 내가 일어나 돌아가려고 하니 벌써 가나는 눈치들이다. 좋은 노래 앞에서 감기는 내 눈꺼풀-- 멜랑꼬리하고는 전혀 상관이 없나 보다. 배고픈 소크라테스에서 배부른 돼지가 돼버리는 순간이었다.

Side - 옆으로 긴 폭포

아침 10시경 체크아웃을 하고 side(시대라고 읽는다. 사이드가 아니고)를 가기 위해 어제의 그 터미널로 향했다. 터미널은 우리의 시골 버스 정류장을 연상시킨다. 나이 드신 아줌아 할머니들은 보따리 보따리 이고 들고 버스를 기다리는 곳. 역 대합실에 들어가자마자 웬 삐끼가 네 군데 장소를 봉고차로 도는데 두당 4,000원씩에 해준다는 파격적인 제의로 접선해 왔다. 혹해서 따라가 보니 버스도 좋고 아저씨도 좋아 보여 오케이 하고 짐을 트렁크에 다 실어 놓으니까 아저씨 그제서야 40,000원(모두 합쳐)이었는데 아깐 잘못 말했다며 선불로 내라는 것이었다. 또 속았군. 이런 식의 장사엔 지쳐 버렸다. 다들 아무 말 없이 내렸다. 미안하다고 우린 그렇게 못하겠다고 가방 빼서 조용히 아까의 자리로 돌아가고 있는데 이번엔 또 다른 젊은 아이 삐끼가 1,500원에(정가는 2,000원이다) 시대까지 태워 주겠다고 해서 우린 또 속더라도 가보자 하고 따라갔다. 이번엔 제대로였다.

한 두서너 시간을 달렸을까? 잠시 눈을 떠보니 흙먼지를 폴폴 풍기는 건조한 도로를 따라 버스는 달리고 있었고 주위엔 흙탑이 여기저기 서있어 절경이었다. 태양은 오늘도 한가운데 떠 쨍쨍 내리쬐고 있었고, 사하라 사막을 연상할 만큼 내 눈앞으로는 태양이 지글지글 익고 있었다.

조금 더 가더니 황량한 벌판에 달랑 버스 정류장만 있는 곳에 우리를 내리고 버스는 또다시 흙먼지를 일으키며 떠나갔다. 내리고 보니 도무지 관광지는 없을 것 같다. 그래도 버릇처럼 다음 이동지의 표를 사기 위해 오늘은 또 어디로 갈 것인가를 셋이 상의하는데 오늘은 영 가고자 하는 곳이 다르다. 결국 목소리 큰 내가 파무칼레로 낙찰시켰고, 표를 끊고 짐을 맡기고 인포메이션 센터를 찾아갔다. 우리 나라에서는 도무지 이용할 수 없는 인포메이션 센터가 여기 터키에서는 너무도 잘 운영되고 있었다. 항상 친절한 자원봉사원들에게 터키를 여행하기에 좋은 루트를 물어 보니 친절하게 지도를 펼쳐 놓고 '카파도키아 - 파무칼레 - 에페소스 - 이스탄불'로 하면 참 좋은 코스가 될 것이라고 했다. 어 그러나 우리는 파무칼레를 먼저 끊었는데 부랴부랴 버스 정류장으로 가 티켓을 바꿀 수 없냐고 물어 보지만 지금은 자리가 없어서 안 된다며 그쪽으로 해서 가나 이쪽에서 가나 시간, 돈은 다 마찬가지라고 아저씨가 위로 아닌 위로를 해주었다. 좀 거시기한 기분이 들기도 했지만 그래 어쩔수 없다 싶어 날도 덥고 하니 더 이상 짜증내지 말자고 오케이 그러마 하고 나왔다.

너무 덥다. 우선 낮시간대에는 폭포를 가기로 했다. 짧은 거리를 이동할 때에는 돌무시 미니버스를 이용한다. 봉고차보단 작은 크기로 요금은 우리 돈 200원이다. 폭포를 가기 위해선 두 번의 버스를 갈아 타야 한다. 버스 요금은 타고 있다가 차비를 걷는 가방이 오면 거기다 내면 된다. 아니면 내릴 때 내도 된다. 운이 좋으면 안 낼 수도 있다. 그러나 우리는 튀는 동양인이기에 안 내면 티가 확 난다. 그렇지 않더라도 낼 때 딱딱 내는 것이 좋다.

폭포 앞에 내리고 보니 우리네 유원지와 비슷하다. 가끔 동양인 여자가 혼자 오면 100% 공짜로 들여 보내 주지만 오늘은 남자인 오빠가 있어 돈을 내고 매표소에서 표를 사고 들어간다. 리어카에서 잔뜩 쌓아놓고 파는 수박을 600원이라는 엄청난 가격에 사고 참외는 아닌 것이 그 맛은 참외와 비스무리한 거 사서 안으로 들어가 보니 폭포가 높이가 높은 것이 아니라 옆으로 폭이 넓은 귀여운 폭포였다. 폭포 옆으로는 식당이 자리잡고 있었고 폭포엔 발 담그고 있는 사람, 시원하라고 띄워 놓은 수박들이 정말로 우리네랑 너무 같았다. 가족이 고기판 들고 나와 고기 구워 먹고 있는 모습이며 아줌마 아저씨들이 음악 크게 틀어 놓고 춤추는 문화만 없다 뿐이다.

폭포 한구석에 신문지를 깔고 앉아 맥가이버 칼로 수박을 시원스레 잘라 먹고 참외 비스무리한 것도 깎아 먹고 앉자마자 그 자리에서 끝을 봤다. 배가 빵빵해 온다. 히트 언니는 다 먹더니 터키 남자 꼬시러 간다며 먼저 사라졌다. 나도 오빠에게 헤어져서 놀자라고 말하고 싶지만 나만을 철떡같이 믿고 있는 오빠에게 그렇게 말하는 건 힘들었다. 나도 터키 남자 꼬셔 보고 싶단 말야... 힝~~ 마음은 굴뚝 같지만 오빠한테 만족할 수밖에. 식당 옆을 지날 때였다. 오빠랑 나랑 갑

212

자기 맘이 통했다.

"오빠 우리 오늘도 망가져 볼까?"

우린 누가 먼저랄 것도 없이 근사한 식탁에 자리를 잡고 앉았다. 맛있는 케밥을 시키니 빵이 먼저 나온다. 빵을 미친 듯이 뜯어 먹고 옆에 눈을 돌리니 폭포 위로 줄지어 가는 오리들이 꽥꽥거리고 있다.

한번 맘껏 먹어 보자 싶어 빵을 또 시키고 음료수도 몇 잔 더 시키고 나서 계산서를 받아 들고 우린 외쳤다.

"진짜 망가졌다~."

정말로 방값 500원 깎으려고 몇십 분을 입씨름할 필요가 없다. 우리가 먹은 돈은 몇 밤이나 더 잘 수 있는 돈이었다. 방값을 그 나라 물가의 지표로 삼으면서 여행다녔는데 여기선 먹는 걸로 물가지표를 바꾸어야겠단 생각이 강하게 든다.

황혼에 지는 시대

시대로 향한 시각은 오후 5시가 넘어서였다. 아직 해는 지지 않고 그 위력이 남아 있었지만 슬슬 버스 타고 머하면 대충 시원한 시간대에 도착할 것 같아 다시 돌무시 미니 버스를 탔다. 한번 타고 두 번째에서 갈아 탈 때 또다시 다가오는 터키 남자들

"아 유 자퐁?"
"아냐 아냐~내 그렇게 아니라고 했잖아 바보 아냐~."

그래도 고맙다. 말이라도 붙여 보려고 꺼낸 말이니까. 다정히 인사해 주고 자세하게 한국을 설명해 주고 있으니 버스가 온다. 그런데

담배 사러 간 오빠가 돌아오지 않아 눈물을 머금고 이 버스는 그냥 보내야만 했다. 아까 그 터키 남자가 기다려 주겠다고 같이 타고 가자고 한다. 너무도 넓은·터키 총각 가슴에 폭 빠져 버리고 싶구나. 아흐~~ 하지만 아무리 기다려도 오빠 오지 않아 미안한 마음에 먼저 타고 가라고 정말 미안하다고 떠나 보냈다. 아쉽다. 차는 떠나가고 남겨진 내 앞으로 이번엔 또 젊은 정말 어린 터키 남학생이 카메라를 들이댄다. 깜짝 놀라 하니까 웃으며 갑자가 어정쩡한 영어로 나에게 카메라의 기능에 내해 설명을 한다. 간단히 해석해 옮겨 보면 대강 이렇다.

"이거 일본 거. 플래시 잘 터져(플래시를 터뜨려 보임), 이거 건전지도 껴져 있어, 줌도 돼, 이거 너니까 특별히 싸게 팔게, 사라~."

였다. 내가 천전히 내 현대 자동 카메라를 보여 주며 설명해 줬다. 역시 옮겨 보면 다음과 같다.

"이거 한국 거, 일본 거보다 좋아, 플래시 끼깔나게 좋아, 건전지도 대빵 비싼 거야, 줌 끝내줘, 한번만 써봐, "

그러면서 그 애와 기념으로 사진을 찍고 있으니 뒤에 서서 보고 있던 아저씨가 웃어 보인다. 정말 재밌는 나라다. 시간이 가면 갈수록 더 재미있어져 버린다.

오 내상 도 꼬에 이 끼마ㅅ 까?(아 가씨 어디 가요 ?)

시대는 고대 원형경기장과 해안을 갖고 있는 도시다. 원형경기장은 오늘이 휴관일인지 문이 닫혀 있어 들어갈 수 없게 돼있었지만 여행객들은 어디서 알았는지 어디에 개구멍이 있는지 자꾸 들어가고 있었다. 우리도 궁금해 따라가 보니 정말 개구멍이었다. 개구멍을 따라 들어가 보니 원형극장이 옛 위엄을 더하고 있었다. 그곳에 쏟아지는 햇살이 더 멋스러움을 더해 주고 있는데 갑자기 뒤에서

"오내상"한다. 우리말로 하자면 "아가씨~" 정도에 해당한다고 볼 수 있다. 설마 날 부른 것이랴 싶어 의심차 돌아봤는데 역시 날 부르는 어느 터키 인의 목소리였다. 일본인인 줄 알고 나에게 접근하기 시작한 터키 인은 아니라며 도망가도 마구 쫓아오며 어정쩡한 일본어로 계속 "오내상 도꼬에 이끼마스까?(아가씨 어디 가요?)"하며 끈질기게 따라왔다. 경기장 안에 호루라기소리가 울린다. 경찰이다. 경찰에 쫓겨 부랴부랴 도망나오면서도 "오내상 잇쇼니 이키마쇼~(아가씨 같이 가요~)"를 외치며 따라온다. 환장하시겠다. 겨우겨우 그로부터 도망쳐 옆길로 빠져 보니 해안선이 근사하게 펼쳐져 있다. 발 담그며 첨벙첨벙 뛰어 논다. 모래사장에 그냥 안내책자를 깔고 앉아 바다를 보니 환장하게 감회가 밀려 들어온다. 선탠하는 외국인들 수영하러 나온 꼬맹이들에 섞여 해안은 활기에 차있다. 여기저기서 호객행위하는 삐끼들도 근사해 보이는 오후풍경이다.

한참을 앉아 쉬다 오빠에게 드디어 제안을 했다. 오빠 나랑 제발 떨어져서 걸어가자. 나도 터키 인이 따라오나 안 오나 보게 말이야. 한번 해보고 싶단 말야. 객기였다고 해야 하나? 그렇게 제의해 오빠 나와 떨어지고 내가 먼저 앞에 걸으며 꿈을 가득 안고 걸었다. 앞에 가던 터키 인이 자꾸 뒤를 쳐다본다. 속으로 '호호 걸려 든 것 같군… 좀 있으면 말 시키러 오겠지?' 하고 앞으로 자꾸자꾸 다가가도 이 앞서가는 터키 인이 쭈뼛쭈뼛할 뿐 용기를 내지 못하고 자꾸 뒤만 돌아볼 뿐이다. 그러더니 마지막으로 다시 한번 날 쳐다보더니 이내 단념한 듯한 표정을 짓고 가버리는 것이었다. 어 이런 게 아니었는데 이렇게 돼면 안되는데… 힝~~울상을 지으며 오빠를 향해 돌아서니 오빠가 박장대소를 한다. 창피한 마음에 따라 웃었더니 오빠 왈 "그 자

식 겁내긴~~."

그게 말이다. 오빠가 말이다. 멀찍이 떨어져서 오랬더니만 바로 뒤에 따라오면서 뒤돌아 보는 그 애를 겁줬단다. 주먹을 쥐어 보이며 그러니 그 터키 인 그냥 깨갱 하며 가버릴 수밖에… 으이그 오빠 하나 있는데 도움이 안 되는구만… 그렇게 해서 나의 남자 탐험은 끝을 내야 했다.

한참을 걷다 보니 매번 "아 유 자퐁?" 한다. 오빠가 그렇다고 해보란다. 내가

"응" 했더니 여기 참 좋은 음식점 있는데 오라는 거였다. 잘해 준다고. 나에게 먼저 접근하는 이는 삐끼들뿐이구나… 꼬인다 꼬여~.

시간은 흘러 해안선에 붉은 노을이 드리운다. 점차 떠날 시간을 알리며 지는 해를 바라다보고 있으려니 마음이 차분해진다. 붉은 해를 등에 지고 그곳을 떠나는 버스에 몸을 싣고 또다시 떠남의 길로 떠났다.

하얀 목욕탕 - 파무 칼레

아침. 이른 새벽에 도착이다. 버스에서 내리자마자 택시들이 엄청난 가격으로 비몽사몽한 우리들에게 가격을 제시한다. 그래도 비싼거 판단할 능력은 아직 있었나 보다. 건너편에 동양인이 잔뜩 서있는 곳에 가보니 버스가 있다. 한 명당 300원이다. 우리가 셋이라니까 버스 아저씨 하는 말

"셋이니까 1,000원 내~."

머 이런 산수가 다 있냐? 내가 아무리 산수 못했던 애지만 이 정도는 할 줄 아는데 말야~~ 말야~~ 내가 마구 따지려 들자 귀찮다는 듯이 아저씨가 아 그럼 그냥 타라고 한다. 나중에 알고 보니 이거 원래 공짜 셔틀버스

였다. 치사하게 멍청하게 보인다고 사기치려고 하다니… 암튼 조심만이 살아 남는 길이다. 한 10분을 달리더니 어느 동네 어귀에 우릴 내려놓고 버스는 떠나갔다. 삐끼들이 또 진을 치고 있다. 난 그 날 보고 떠날 생각을 하고 있었는데, 언니가 자긴 너무 피곤해서 오늘 밤은 도저히 밤버스를 못 타겠다고 했다. 그래서 의견이 왔다갔다하고 있는데 언니는 그냥 아무 말 없이 가버리고 남아 있던 오빠와 나는 어떻게 할까 마구 고민하면서 땅바닥에 불쌍하게 죽치고 앉아 있었는데, 그냥 앉아 있기도 뭐하고 해서 바로 앞에 있는 하얀 산으로 보이는 석회암 온천을 찾아 올라가기로 했다. 그냥 시간 때우려고 올라간 거였는데 그런데 신기했다. 하얀 석회암으로 이루어진 온천은 여러 개의 탕으로 나뉘어져 있어 그것이 또 깔대기 모양으로 생겨 정말 자연이 위대한 조각가라는 말을 실감나게 했다. 슬슬 돌아나 보자고 했던 것이 바로 관광으로 이어졌다. 너무도 기가 막힌 절경을 감탄하며 눈앞으로 펼쳐진 터키의 모습에는 입을 다물지 못하고 있었다. 먼저 올라간 언니는 보였다 안 보였다 했다. 개의치 않고 나도 나름대로 돌아다녔다. 그 위엔 또 다른 터키가 있는 듯했다.

갑자기 볼일이 급했다. 나는 화장실을 향해 뛰었다. 다행히 이른 새벽이라 돈 받는 사람은 아직 출근 전인 거 같았다. 급하게 볼일만 보고 나왔는데 아저씨가 없다. 기회는 이때다 싶어 세수하고 발 닦고 머리까지 감고 나왔다. 여행을 하다 보면 이렇게 볼일도 나의 의지대로 조절이 가능해진다. 인간이 정말 위대하다고 느낄 때였다. 갑자기 아저씨 목소리가 나는 듯했다. 난 잡혀서 부당한 요금 내지 않으려고 잽싸게 감고 빗다 만 머리를 휘날리며 뛰어나왔다. 기우였다. 지나던 사람이었다. 다시 들어가 여유있게 머리를 빗어 말리고 나와 깨끗한 맘으로 파무칼레를 여행하기 시작했다.

이른 새벽 아무도 없는 관광지에 자기 혼자만 구경하고 있다고 생각해 보라. 그 얼마나 가슴 미어지는 벅참인가? 난 그렇게 아무도 아직 오르지 않은 그 위에서 관광을 할 수가 있었다. 하루를 빨리 시작하니 다 돌아 봐도 시간이 이제 겨우 아침 9시다. 그제서야 인파가 서서히 올라오고 있었다. 이미 난 관광을 끝내고 우리는 다시 안쪽으로 나있는 길을 따라 걸어들어가 봤다. 그렇게 한참을 걸어가니 택시들이 자꾸 와 호객행위를 한다. 저 애들이 좀 있으면 날 더워지는데 무리지 싫었는지 안 타도 조만간 더워질 테니 조심하란 말을 해주고 간다.

우리가 찾아 들어간 곳은 옛날 번성한 마을이 있었던 유적터였다. 그 위에도 어제 보았던 원형경기장이며 여러 유적지가 터만 동그라니 남아 우리에게 다가왔다. 날은 점점 더워져 갔고 아침에 추워서 껴입은 잠바도 벗고 옷도 벗고 최대한 덜 입고 걸어가도 등에 멘 가방이 무거워 자꾸만 땀이 흘러내렸다. 그 옆으론 일본인 단체 관광객이 에어콘 잘 가동되는 대절 버스로 휙휙 지나간다. 부럽다.

한참을 유적지에서 두리번두리번거리다 나물 캐는 듯한 터키 아줌마들이 눈에 들어왔다. 신기한 마음으로 다가가 사진을 찍으려고 하니 아줌마들이 자꾸만 도망간다. 결국은 못 찍고 아줌마들 놓치고 말았다. 그 위로 언덕이 보였다. 언덕 위에 또다시 언덕이 있어 우린 올라가 보기로 했다. 올라가면 바로 닿을 듯했던 정상은 상당히 멀었다. 올라가도 올라가도 나오지 않는 꼭대기를 원망하며 돌아서 내려가려고 하는데 그 중턱쯤에서 나물 캐던 아저씨가 올라가 보면 좋은 거 보인다고 올라가 보란다. 그런 조언을 받고도 안 올라가면 후회하지 싶어 올라갔겄만 좋은 건 시내 전경이 다 내려다보일 뿐 너무 힘들어 그 위에 쓰러져 한숨 자고서야 내려올 수 있었다. 그렇게 오전 11시에 우린 모든 관광을 끝냈다. 하루 자고 갈 요량이었더라면 정말 따분하게 잠만 잤을 것 같았다. 그래서 오빠와 난 과감히 다음 장소로 떠나기로 하고 밑으로 밑으로 내려왔다. 내려오다 너무 빨리 내려오나 싶어 온천욕하는 사람들 옆에서 맨바닥에다 가방을 베개삼아 한 시간 자고 느지막히 12시 정오에 내려왔다. 내려오는 길이었다. 새벽에 일찍 올라왔던 우리는 입장료가 우리 돈으로 3,000원하는 그곳을 공짜로 들어갔었던 것이다. 매표소를 지나며 우린 우리말로 했다. "땡잡았다."

오늘 돈 굳었다.

버스 회사에 들러 버스표를 일단 사놓고 가방을 그곳에 맡기고 동네 구경에 나섰다. 그러나 우와 우리가 왜 빨리 내려왔을까 정말 후회했다. 동네는 채 10분도 안 되어 끝나 있었고 한 열 번 돌고서 너무 지겨워 나무 그늘에 앉아 버스 탈 시간까지 일곱 시간을 기다려야 했다.

동네를 한 다섯 바퀴 돌고 있을 때쯤이었다. 어느 골목을 들어갔더니 갑자기 웬 사람들의 왁자지껄한 소리가 들려 왔다. 재빨리 찾아가 보니 긴 식탁이 놓여 있고 모두들 식사하느라 바빠 보였다. 우리가 그 옆으로 다가가니 한 외국인이 여기 앉으란다. 그러면서 오늘 여기 식사가 무료로 제공되니 먹고 가라며 발길을 잡아 준 것이었다. 오잉? 이게 웬 횡재냐? 싶어 우리는 그들 틈에 끼여 앉아 식사를 하고 있었다. 그때였다. 갑자기 코란 읽는 소리가 나오면서 모든 동작이 일제히 딱 멈추었다. 그리고 뭐라뭐라 기도하기 시작하는 것이었다. 황당했다. 먹던 숟가락을 멋적게 내려놓고 그들이 하는 대로 손을 들고 경건한 것 같은 자세를 취하고 있었다. 몇 분이면 끝나겠지라고 상상했던 의식은 한 10분간 계속되었다. 팔이 저려 왔다. 그래 저쪽편 누군가가 참다 못해 에이 모르겠다 하고 밥을 먹기 시작하자 나도 그때 같이 이때다 싶어 손을 내려놓고 밥을 먹기 시작했다. 다 먹고 나서야 앞에 앉은 애한테 물어 보니 오늘이 기독교로 치자면 주일에 해당해서 이렇게 사원에서 공짜로 밥을 주는 것이라고 설명해 주었

다. 땡잡은 하루였다. 벌써 굳은 돈만 해도…^^;

밥을 다 먹고 골목을 빠져나오다 보니 저쪽에 떡대 좋은 미국애들이 식사할 식당을 찾아 두리번두리번거리고 있다. 꽤 많은 인원이었다. 난 그들에게 너희 식당 찾냐고? 물었다. 그렇다고 대답했다. 그래 내가 너희들 식당 안 가고 밥 먹을 수 있는 방법 가르쳐 줄까? 하니까 못 믿는 눈초리다. 그래 이쪽 골목으로 쭉 들어가면 지금 공짜로 배불리 먹을 수 있다고 하니 정말 안 믿어 준다. 바보같으니라고….

그런데 갑자기 한 애가 밑져야 본전 아니겠느냐며 가보자고 우르르 몰려갔다. 그 애들 지금쯤 나에게 감사의 기도를 하고 있으리라?? 후후후… 남의 걸로 인심 팍팍 써봤다.

시간은 많이 남아 있고 할 일은 없자 전화 생각이 났다. 우리는 전화를 걸기로 하고 공중전화를 찾기로 했다. 그러나 다행히 찾은 전화는 카드전화였다. 옆 구멍가게로 들어가 공중전화카드 사러 왔다고 하니까 카드를 아무거나 꺼내 준다. 그런데 공중전화카드 모양이 다 제각각이다. 난 그 전화카드 골라 살 수 없냐고 하니까 그러라며 보여 준다. 난 전화 다 걸고 기념이 될 만한 이쁜 모양의 전화카드를 고르려고 했다. 계속 들어 보자….

전화카드는 1,500원짜리. 그걸로 집에 전화하니 인간성 좋은 작은 오빠가 받는다. 오빠가 하는 말이 "너 지겹지도 않냐? 고만 집에 와라… 볼 거 다 안 봤냐? 아직?" 한다. 허 참 정말 돌아가고 싶어진다. 얼렁 끊고 언니네 집에 전화를 걸었다. 돈이 한 400원 남아 있었다. 난 언니에게 대답할 틈도 주지 않고 이렇게 나만 말하고 끊어 버렸다.

"언니 나 운영이야, 잘 있지? 나도 잘 있어. 그럼 끊어!"

이게 400원어치 국제전화통화내용이다. 기가 막히게 내용 전달이 잘 되지 않았는가 말이다. 내 안부 전하고, 상대방 안부 묻고(그쪽 확인 대답을 못 들어서 그렇지~), 인사하고… 앗 그런데 이게 또 웬일인가? 그렇게 다 쓰면 기념으로 남기려고 이쁜 전화카드를 일부러 골라서 샀건만 돈을 다 쓰고 나니까 전화기가 먹어 버리는 거였다. 우리처럼 다 쓰면 되돌려 주는 것이 아니라 재활용을 위해 전화기가 자동으로 먹어 버리고 만다는 걸 나중에 알았으니 아까 전화카드 고를 때 그 애가 속으로 얼마나 웃었을까?? 난 바보바보바보야….

마지막으로 골목을 돌 때였다. 이번엔 저쪽으로 돌아 이쪽으로 나오려고 하는데 어느 집 앞에 한 가족이 조촐하게 모여 앉자 수박을 막 잘라 먹으려던 곳을 지나가게 되었다. 시원하겠다고 생각을 하고 있었는데 그 가족이 지나가던 우리를 불러 세워 초대를 했다. 먹고 가라는 것이었다. 음메 인심좋은그~~ 괜히 미안해 몇 번인가 거절해 보았지만 그쪽에선 막무가내로 수박을 잘라 우리 손에 쥐어 줬다. 쥐어 준 수박 먹긴 또 잘 먹지만 말이다. 그렇게 속력이 붙어 한 통을 다 먹어 가고 있을 때쯤이었다. 이번엔 자두가 나왔다. 그것도 기왕 염치를 불구한 거 민폐 끼칠 때 확 끼쳐 보자는 정신으로 열심히 다 줏어 먹어 가고 있을 때였다. 아주머니가 조용히 일어나 집 안으로 들어가시더니 무언가를 한 움큼 들고 나오셨다. 뭔가 심상히 않은 일이 벌어질 것만 같은 기미가 보이면서 아줌마, 아저씨가 우리에게 다 먹고 나니까 무엇인가를 꺼내더니 하나 사주라고 했다. 보니 손으로 수를 놓아 만든 컵받침대와 아기 목수건이었다. 순간 아차싶었다. 하지만 이미 수박 한 통과 자두를 거덜낸 후였기 때문에 입장이 무척 난처해진 상황이었다. 그러나 사주자니 필요도 없는 물건이었고 또 가격도 비쌌다. 오빠와 난 서로를 멍하니 얼굴만 쳐다보며 어찌할까 상의를 했는데 그냥 미안하다고 나올 수밖에 없었다. 계속해서 불쌍한 표정을 아줌마는 지어 보여 날 당황케 했지만 어쩔 수 없었다. 미안했지만, 우리도 선의의 피해자였었으니까.

아까 새벽에 헤어진 히트 언니를 만날 수 있을 거라 생각했는데 언니는 없었다. 그렇다고 우리끼리 떠날 수도 없었다. 과감히 언니를 버리고 갈 수가 없어 버스 떠나기 삼십 분 전까지 히트 언니를 기다렸건만 언니는 끝내 나타나지 않아 우리끼리 출발하지 않을 수가 없었다. 그러면서 속으로 은근히 걱정이 됐다. 남자오빠랑 둘이서 여행을 한다는 게 좀 껄쩍지근하게 걸렸다.

그래도 버스는 밤을 달려 카파도키아로 향하고 있었다.

그랜드 캐넌 _ 카파도키아

새벽에 터미널에 도착해 보니 그래도 꽤 많은 동양인이 터미널을 채우고 있었다. 이제는 빈 자리에 앉을 때도 옆사람에게 양해를 구하고 앉는 그들 습관처럼 으레 앉기 전에

"Would you mind if I sit down here?"

"Yes."

(바보다. would you mind로 물었으니까 No로 대답해야 긍정의 답이 되는데)

"Thank you."(그런데도 긍정으로 알아듣는 이 놀라운 영어실력이다)

"Where are you from?"

"Korea."

"Oh Korea?"

"한국 사람이에요? 그런데 왜 영어로 물어 보고 그래요?"

후후~내가 앉아도 돼요?하고 물어 본 애는 한국인. 그것도 같은 서울에서 학교를 다니고 있는 나이 어린 동생뻘이었다. 한국인이라곤

여태껏 우리밖에 없어 으레 홍콩 인이나 대만인이지 싶었는데 늦게 이런 곳에서 한국인을 만나니 너무 반가웠다. 어젯밤 버스터미널에서부터 우릴 봤다는데 우리 둘 다 워낙 시커멓게 타있어서 설마 한국인일까 했단다. 그 정도로 그 시절 난 시커멓고 지저분하고 촌스러웠다.

  같은 과 친구인 명구와 호중이는 으레 한 달짜리 코스에선 잘 오지 않는 터키까지 어쩌다 보니 그만 내려왔단다. 그래도 후횐 절대 하지 않았지만 그 대신 오고 가는데 시간이 너무 걸려 다른 몇몇 지역을 포기했어야 했다고 말했다. 명구와 호중이와 그리고 나의 지음 짱돌과 너무도 닮았었던 귀여운 정남이는 오늘 밤 이스탄불로 돌아가 이제 터키를 뜰 계획이라고 했다. 순간 방황했다. 사실 시간상으로 난 아직 터키를 더 돌아 볼 여유가 있었다. 그러나 그렇게 된다면 오빠와 둘만 남아야 한다는 부담감이 날 그들과 합류하도록 하였다. 그리고 다시 대륙으로 돌아가 못 돌아 본 지역도 돌아 보고 싶고 핀란드에 사는 펜팔 친구도 하루빨리 보고 싶기도 하고 해서 그들과 같이 오늘 이스탄불로 돌아가기로 최종 결정을 내렸다. 문제는 오빠였다. 난 오빠에게 오빤 이제 영국으로 가서 돌아가기만 하면 되니 터키 같은 싼 곳에서 더 머물다가 돌아가라고 했다. 그랬더니 오빠도 혼자 떨어지기가 좀 그랬었나 보다. 그냥 우리와 같이 이스탄불로 간다고 했다. 그렇게 다섯 명이 합류를 시작해 첫번째 할 일은 오늘 밤 떠나게 될 이스탄불 행 버스표를 끊는 것이었다.

버스 값을 못 깎게 담합을 하다니...

  호중이와 명구 그리고 정남이가 표를 끊으러 한번 갔다왔는데 딴 곳과 달리 두 회사가 절대 한푼의 에누리도 없이 안 깎아 준다고 전해 줬다. 그때 얼굴 가득 웃음이 만연해진 나는 그 동안 쥐도 새로 모르게 갈고 닦아 온 실력을 애들 앞에서 보일 때가 됐구나 싶어

"애들아 걱정을 하덜덜덜 말어, 내가 깎는 게 뭔가 라는 걸 보여줄게~."

자신만만해 하며 이층에 있는 사무실로 올라갔다. 일단 좋아 보이는 회사에 가서 인사를 정답게 건네고 가격을 물어 보니 우리 돈으로 14,000원을 달라고 했다. 그 사람에게 알겠다고 하고 그 사람에게 보란 듯이 위기의식, 즉 손님이 저쪽 회사의 가격도 알아본다는 그런 위기의식을 심어 주기 위해 난 옆 회사에 가서 웃음 띤 얼굴로 가격을 물어 봤다. 역시 14,000원이었다. 무슨 이리 칼 같은 장사가 다 있지? 그 동안 만나 본 터키 인과는 너무도 다른 양상의 사람들을 만나고 나니 내가 다 어리둥절해졌다. 알겠다며 우당탕 쿠당탕 일층으로 내려와 내가 오기만을 눈빠지게 기다리는 얼라들에게

"이야 정말 한 개도 안 깎아 준다~~."

기대하던 눈들이 역시나~로 바뀌고 나니 참 미안해진다. 그래서 결국 우린 값을 깎는 건 포기하고 밖에 나가 버스를 보고 직접 결정하자고 다같이 갔다. 처음 물어 봤던 아저씨에게 우리 다섯 명이 다 이스탄불을 간다. 다섯 장을 군소리 없이 사면서도 그래도 아쉽다는 듯이 "다섯인데 안 깎아 주남~~" 했더니

그 아저씨 왈 "다섯이니까 한 사람당 15,000원씩 더 내고 살래?" 한다.

"아저씬 그냥 함 해본 소리지잉~~~ 미워미워~~."

두 회사가 담합을 해서 완전 서비스가 싸가지였다. 분명 표를 사기 전에는 표만 사면 짐을 다 맡아 준다고 해놓고선 표 다 사고 나니까 이번엔 유인락커에 짐을 맡기라고 완전 딴소리다. 그래서 내가 마구마구 따지니 돈을 꽉 내 앞으로 집어 던지면서 그냥 다시 준다. 안 판다 이거였다. 내참 정말 기가 차서 말이 안 나왔다. 내 드러워서 너희

회사에서 표 안 산다하고 내려가 유인락커에 짐을 맡기고 표를 다시 사러 갔다. 그런데 얼라들이 자존심도 없는지 다른 회사 버스는 후져서 타기 싫다며 같은 값이면 아까 그 회사 버스표를 샀으면 하는 것이었다. 안 사겠다고 집어 던진 돈 집어 들고 나왔는데 다시 돌아가 표를 사긴 정말 못할 짓이었다. 그래 그럼 니들이 가서 사갖고 와라 하면서 난 끝내 올라가지 않았다. 정말 속이 이만저만 상한 게 아니었다.

신비의 나라, 모험의 나라~

다시 기분을 가다듬고 버스 정류장에서 먼 곳부터 가까운 곳으로 이동하는 방식으로 하고 우선 한 30여 분 떨어져 있는 언더그라운드 시티로 가기로 했다. 이 지하도시가 왜? 무슨 용도로 지어졌는지는 아직도 불가사의로 전해진다고 했다. 그곳으로 들어가는 길에는 살벌한 군인의 검색을 받아야 했다. 그러나 난 여자. 그것도 터키 인이 좋아하는 동양여자다. 내가 들어가니까 군인들이 손을 잡아 들여 보내 준다. 음 정말 여기서 난 행복해 부러~.

지하도시는 여러 가지 방으로 나뉘어지면서 그 길이 마치 미로의 한 문같이 정밀하게 연결되어 있었다. 반쯤 수그리고 걸어다녀야 할 만큼 좁은 곳이었으므로 우리는 엉금엉금 기어 화살표대로 따라가고 있었다. 한 중간쯤 일본인 단체 관광객이 설명을 들으면서 멈춰서있었다. 나의 주 특기인 일본인 가이드 말 몰래 듣기로, 여기서도 대충 알아듣고 애들에게 대충 설명해 주니, 아무것도 모르는 이 동생들이 이 누나가 일본어 정말 잘한다고 믿게 되었다. 작전 성공이었다.

지하도시를 나와 엽서를 한 움큼 빼어 들고 구경하고, 슈퍼에 가서 오늘 먹을 것을 대충 사본다. 요새 무리하게 망가지는 짓을 즐겨 해서 돈이 좀 쪼그라들어 그동안 잊고 살던 빵을 다시 준비해 다녀야 했다. 그래도 터키는 정말 바가지만한 빵이 150원밖에 안 하니 먹고 살 만하단 생각이 절로 든다.

다음은 그 카파도키아의 명물--옛 수사들이 살았다는 돌로 만든 집이었다. 이쪽에서 상당히 떨어진 저쪽에 있었으므로 우린 다시 정류장에서 버스를 갈아타고 한참을 더 가서야 도착할 수 있었다. 아참~버스 정류장에서 내려 딱 정면을 보면 마치 우리가 우주 속 은하철도 999를 타고 어느 혹성을 여행하고 있는 것 같은 착각을 주는 우주적 건물이 서있어 보는 이로 하여금 신비감을 더해 준다.

먼지를 일으키며 시골길을 달려 우린 어느 마을에 들어서게 되었다. 조금 돌아가니 동네 개들이 열심히 이방인을 향해 짖어 대기 시작하면서 저 앞으론 무언가가 보이기 시작했다. 바로 그거였다. 처음 다가설 땐 보이는 거 단 하나뿐일 거라고 생각했다. 그러나 그곳에 밑으로 내려가면서 난 떡 벌어진 입을 도저히 다물 수 없는 절경 앞에서 정말 아연해질 수밖에 없었다.

미국의 그랜드캐년에 비교하면 될까? 아냐 사하라 사막의 크기를 갖다 대면 상상이 갈지도 몰라? 정말 대단하고 거대하다고밖에 표현할 길이 없는 그 절경이 계속해서 이어지고 있었다. 우린 그 거대하게 펼쳐진 고속도로를 따라 걸으며 이 절경 속을 걸어 여행했다. 그렇게 한참을 가다 좋은 전망 자리를 찾아 냈다. 한눈에 다 볼 수 있을 것 같은 자리에 앉아 더운 여름 햇빛 아래 미지근하게 뎁혀진 물을 마시며 인생을 논했다. 내 눈앞에 보이는 것이 정녕 내가 있는 곳이뇨?

경운기 히치 하이킹~

올 때가 되니 돌무시 미니버스가 도통 안 보였다. 에이 없으면 히치 하이킹하지 머~ 그러나 여론이 너무 인원이 많으면 안 태워 줄 가능성이 높으니 가위바위보로 해 두 팀으로 나누어 하자고 했다. 명구와 오빠가 한 팀이 됐고 나와 호중이, 정남이 이렇게 셋이 한 팀이 되었다. 명구가 우선 인원이 적은 팀 먼저 하자며 우리보고 저쪽에 가서 숨어 있으라고 했다. 남겨지게 된 우리들은 저쪽으로 어슬렁어슬렁 가고 있는데 저쪽 팀은 여자 없이 시커먼 장정 둘이 히치를 하니 잘 안 서준다. 후후… 역시 여자가 히치를 해야 재깍 서는 법인데… 그런 생각을 하는 사이 갑자기 "누나 얼렁 와요~~"하는 소리가 들려왔다. 우리들은 가던 길을 멈추고 뒤돌아서서 달려가니 명구와 오빠가 잡아 놓고 기다린 건 자가용도 아니요, 트럭도 아니요, 버스도 아닌, 일 마치고 돌아가고 있던 경운기였다. 우와 이런 거 시골에서도 못 타봤는데 정말 우린 운이 너무 좋았다. 우릴 태워 준 애들도 갑자기 나타난 우리 일행의 엄청난 수에 놀란 듯하지만 이내 체념하고 우리를 보고 웃어 보이며 출발을 재촉했다. 이건 엠티보다 더 재밌다. 그들의 경운기를 타고 푹 퍼져 앉아 지나가는 차들에게 손 흔들어 인사하니 앞에 경운기 운전하는 애도 재밌다는 듯 우리가 하는 행동을 따라했다.

그들의 농장에 다 도착했을 때 아직 우리가 가야 할 버스 정류장은 좀 남아 있었지만 군소리 하나 없이 태워다 준 그들은 농장 앞에서 사진 같이 찍자며 우리를 경운기 앞에 세웠다. 난 그들과 먼 거리에서 셔터 누르기만을 기다리고 있었더니 갑자기 경운기 운전하던 애가 지 앞으로 오라는 것이었다. 순간 터지는 환성 "누나 쟤가 누나 맘에 들었나 봐요~ 누나 클났다~."

그러나 웬걸 쉽게 작별을 고하고 한국에서도 보지 못한 감자꽃이 잔뜩 핀 들판을 따라 해바라기 꽃밭을 지나 그렇게 걸어걸어 정류장으로 향했다. 그 해 감자꽃이 피면 전쟁이 난다고 우리 엄마가 옛날 얘기할 때 들려 준 거 같은데? 고구마꽃이었나?

식빵에 고추장을 발라 먹다. 나도 …

정류장에 여유있게 돌아와 보니 그제서야 배가 슬슬 고파 온다. 특공대로 몇몇만 장 보러 가기도 뭐해 다들 할 일도 없고 하니 우리는 동네도 들어가 볼 겸 일제히 다같이 정류장 뒤쪽에 펼쳐져 있는 마을로 입성했다. 그 기세가 사뭇 당당하다. 너무 당당하게 들어서서인가 갑자기 동네가 수근거리기 시작했다. 동네 꼬마들이 우리 뒤를 졸졸 따라오기 시작하며 여기저기서 멈춰 선 터키 인들이 수근수근… 재패니즈?하는 귓속말들이 들려 돈다. 또다시 스타가 된 건가? 후후 이 정도의 관광 도시라면 동양인도 제법 왔겠거니 했지만 동양인은 또 다른 묘미를 주나 보다. 이제는 제법 이런 시선에도 견딜 수 있는 아량으로 느긋하게 슈퍼를 한아름 봐서 나온다. 게중에 용기 있는 동네 꼬마 녀석들은 와서 인사도 건네 보고 우리를 한번 건드려 보기도 한다…

한참을 내려가도 공원도 눈에 띄지 않고 마땅히 앉아서 먹을 자리가 없다. 하는 수 없이 정류장 뒤쪽에 신문지 몽창 깔고 마지막 남은 명구와 호중이의 고추장을 잼삼아 퍽퍽 발라 먹으니…

"아이 누나 쫌만 발라 먹어~~씨."
"알았어~~~~~~~~~."

그렇다. 서울에 있으면 고추장을 빵에 잼 대용으로 발라 먹으면서 이리 싸운다는 것은 상상도 못할 일인데… 사정이 바뀌니 참 재밌는 말다툼이 종종 일어나 일상을 즐겁게 한다.

석양이 노을지고 그 사이로 코란 읽는 걸쭉한 아저씨의 목소리가 확성기를 통해 들려 온다. 신도들이야 경건한 마음이겠지만, 우리는 허기지고 이국의 젖은 감회로 이 아름다운 저녁 한 귀퉁이에 존재한다는 사실이 너무도 낭만적이 돼버린다. 그렇게 빵이 바닥을 드러내고 영양 보충하려고 산 소세지를 하나씩 나누고 나니 시간이 얼추 떠남을 알려 준다. 그때였다. 우리 자리로 급하게 찾았다는 듯이 한 아저씨가 왔다. 버스가 떠날 시간이 지났는데도 다섯 자리나 비어 있어 우리를 찾으러 온 것이었다. 빵 먹다 이런 버스 떠날 시간도 제대로 못 맞추고 만 것이다. 여럿이 다니다 보니 서로 챙기겠지 기대는 마음이 낳은 실수였다. 부랴부랴 챙겨 올라탄 버스--나의 터키에서의 마지막 여행지 이스탄불을 향해 자 출발한다구~~~.

푸 넘 없는 높은 승객의식에 감탄해 마지않고 …

자리잡고 잘 자세를 잘 잡아야 한다. 기존의 날렵한 자세로 타자마자 날쌔게 자고 있는데 갑자기 웅성웅성거리더니 버스가 망가졌다는 것이었다. 뒤쪽 엔진 부분이 고장난 거 같은데 정확한 이유는 잘 모르겠고 여하튼 중간부터 뒷자리 사람들은 모두 일어나 나가 달라는 것이었다. 우리는 뒤에서 바로 두 번째에 앉아 있었으니 나갈 수밖에… 잉~그때 시각이 새벽 1시를 겨우 지났을까~꿈나라 문 앞까지 갔다 깨야 하는 기분이라니… 우리들끼리 투덜투덜거리며 나가는데 어 이상했다. 우리 같았으면 이쯤에서 성질 급한 승객 중 누구 입에서라도 욕소리가 튀어나와야 하는데 말이다. 그 어느 누구라도 벌써 한 마디 기사한테 했을 상황인데 아무 소리도 아무런 불평의 소리도 나지 않았다. 야~수준이 높은 건가? 아님 으레 이런 일이 때때로 있어 둔감해진 건가? 서로 나름대로 소견을 내놓아 보지만 아무래도 내 나라 정서에서 보려니 어색하다. 군말 없이 그렇다고 기회는 이때다 싶어 무안하게 볼일 보는 아저씨도 한 명도 없다. 와 진짜 이상하다. 그래 처음이니까 그러겠지... 그렇게 위안하고(?) 다시 고쳐진 버스를 타고 또 잠을 청했다. 이번에는 꿈나라의 한쪽 문을 열 때 바로 그때였다. 차가 엄청나게 기북스런 소리를 내며 또 멈춰 버렸다. 또 내려야 되남? 잠결이지만 짜증이 나려고 투덜투덜대면서 기사의 지시를 기다리는데 이번엔 다 말고 맨 뒷줄에 앉아 있는 사람만 일어나 달란다. 후히힝~~ 좋아라. 아고 저 뒷자리 앉은 사람들은 정말 무슨 죄가 많아서 이 추운 새벽에 나갔다 들어갔다 싶었는데 어 이상하다? 이번에도 전혀 투덜대거나 하는 사람 하나 없이 으레 버스가 망가지면 군말 없이 일어나야지 하는 눈치다. 야 정말 도덕정신 하나 투철하네? 하지만 세 번째에선 본성이 나올 거야...하며 다시 고친 버스 안에서 잠을 청한다. 참 잘도 망가지고 잘도 고친다. 용하다. 이 버스. 버스는 여전히 두 차례나 더 고장을 내 천사 같은 사람들이 앉아 있는 맨 뒷사람들은 두 번이나 밖에 더 나갔다 왔으면서도 아무 소리 안 했다. 결국. 모두들 이런 일쯤이야~라는 식이었다. 우리가 이렇게만 될 수 있다면 하고 바래 보지만 아무리 생각해 봐도 손이며 욕이 먼저 앞서는 우리 나라 사람들에겐 좀 힘들지 싶다.

이스탄불, 잉 터키의 수도가 아닌감?

그렇게 유럽과 아시아를 잇고 있다는 다리를 지나고 빽빽히 건물이 들어선 도시로 쫙 펼쳐져 있는 이스탄불로 버스는 아침 일찍 미끄러져 들어왔다. 새벽의 화한 공기가 입 안 가득 괸다. 시원하다.

간밤 긴 버스 여행으로 다들 뱃속들이 말이 아닌지 내리자마자 화장실을 향해 뛰었다. 냉정하게 여기도 화장실은 얄짤 없이 유료다. 급하니 돈 아깝단 생각 안 들고 들어가 본전 뽑을 걸 생각하니 내심 흐뭇하기도 하다. 정말 유럽 다니면서 작은 일(small one)로만 화장실 갈 땐 정말 미치게 되지만 큰일(?)까지 치를 수 있을 때엔 본전 생각 하나 안 나는 건 정말 화장실 갈 때하고 올 때가 틀리단 말이 딱 맞는다.

이게 아닌감?

화장실을 지키는 아저씨에게(여자 화장실이지만 문앞에 돈 받는 사람은 항상 아저씨일 때가 많다) 돈 건네고 들어가 잽싸게 여기저기 두드리고 다니지만 와 다들 꽉 찬 만땅이다. 역시 다른 버스 타고 온 손님들도 급하고 거북하긴 매한가지였나 보다. 그러나 나도 만만치 않았다. 얼굴은 울그락붉으락 걸음걸이에 힘이 빠지고 있었다. 입구부터 모든 화장실을 두들겨 보고 열어 보고 하다가 난 엄청난 실로 엄청나다고밖에 할 수 없는 것을 보고 말았다.

문이 빼꼼히 열려 있는 화장실이었다. 앗 비었다라는 너무도 기쁜 마음에 노크 같은 건 생각도 안 하고 문을 확 열어 버렸을 때 난 그 안에서 엄청난(?) 일을 하고 계시는 아줌마를 목격할 수 있었다. 그래 그래서 여기선 휴지도 아닌 냅킨 같은 걸 4조각밖에 주지 않았고 왜 늘 화장실 안에 수도물이 따로 나오고 조그만 바가지엔 항상 물이 준비되어 있었는지 그걸 보고서야 알 수가 있었던 것이었던 것이었던 것이다.

그때 아줌마는 응응응을 한 뒷 마감을 손으로 닦고 있었고, 그걸 두 눈으로 벌건 아침 식전부터 똑바로 보고 만 것이었다. 문화의 차이라고 뭘 그리 놀라느냐고 위로해 보지만 여기가 그런 나라인 줄 정말 몰랐었다. 진작 말을 해주징~` 난 죄송합니다 (급하니까 이 말도 우리말을 그대로 쓰고 있었다. 아임 쏘리가 아닌...)를 성급하게 외치고 그 아줌마가 민망해 할까봐 얼른 다른 화장실로 튀어 들어갔다. 가슴은 두 근 반 세 근 반, 머 야한 걸 본 것도 아닌데 내 가슴이 왜 이럴까? 나도 얼렁 중대한 일을 마치고 이 엄청난 사실을 동생들한테 알려야 한단 사명감에 불타 있었다.

"아~어찐지 애네 나라는 상당히 검소하다 했어요~."
"난 애네는 똥꼬가 작아서 그런가 했는데~."
"맨날 휴지 냅킨 같은 거 2장 줄 때부터 알아봤어야 하는데~."
다들 어쩐지 하며 한 마디씩 거든다.

이렇게 이스탄불의 첫날은 시작됐다. 그때까지만 해도 난 터키의 수도가 이스탄불인 줄 알았었는데 돌아와 보니 앙카라가 수도였다고 한다. 한 마디로 무식이 통통이었다. 여행을 하면서 서로가 건네준 숙소 정보는 참 유용하다. 헤매지 않고 바로 그곳으로 향하면 되니까 항상 명심할 것. 내가 갈 나라를 먼저 다녀온 사람이 있다면 귀찮더라고 가는 방법과 주소를 꼭 알아둘 것. 여행이 쉬워진다. 일행 중 누군가가 얻어 놓은 유스호스텔을 찾아 우리는 터키의 메트로를 탔는데(우리 것과 비슷했다) 마침 출근시간이라 여기저기 갖가지 차림으로 출근하는 모습이 싱싱해 보인다. 블루 모스크가 있는 오리엔탈 유스호스텔을 찾아간 시각이 오전 9시경. 아직 체크아웃이 안 돼 예약만 해두고 바닥에서 뻗대고 있는데 우와 이 양냄새~ 서양인의 몸에서 난다는 이 냄새가 특히 심한 사람이 있는데 저 쇼파에서 누워 잠자는 애 몸에서 독가스인 양 숨쉬기가 곤란하게 퍼져나온다. 참을 수 없어 밖에 나와 있다. 한 방을 배정 받고 여장을 풀고 제일 먼저 1번으로 씻으러 가는데 엄마야 이건 또 머 이런 거 다 있나????????

다 보이는 샤워실, 남녀 공용이라 이거지?

대부분의 유스호스텔 세면장은 남녀로 구분이 되어 있었고 또 그런 데만 다녔었는데 오늘 이곳은 남녀 구분도 없고 한 샤워실에 둘이 들어갈 수 있었는데 가관인 것이 문이 유리문이었다. 두 개의 유리문? - 밖에서 다 보인다. 아무리 불투명 유리를 껴놓았지만… 그러니 먼저 하고 나온 사람이 볼 수도 있고 기다리려고 줄 선 사람이 다 끝났나 싶어 문 열다 볼 수도 있는 일이었는데 내 몸매가 유리창에 비친다면 그래 나의 이 비대한(?) 몸을 보인다는 게 정말 있을 수도 없고, 있어서도 안돼~였다. 구원을 요청했다. 일행 중 오빠에게 오빠나 금방 씻고 나올 테니까 그때까지만 밖에서 못 들어오게 줄 좀 서 있어라~ 사정사정해서 후닥닥 아슬아슬하게 목욕을 하고 나오니 뭔가 안 들키고 했다는 그 자부심이라고 하긴 뭔한 감정이 드는 게 어깨가 으쓱해진다. 나중에 오빠도 봐달라고 했는데 호호 장난 좀 치려다가 오빠 놀라 자빠질 거 같아서 도와 줬다.

터키를 이렇게 과감히 들어왔던 매력 중의 하나로 유럽 대륙으로 돌아갈 때 미국 달러 40불만 주면 비행기로 갈 수 있다는 정보에서부터였다. 도착하고 나서 바로 비행기표를 알아보러 가기로 했다.

"누나 정말 그렇게 싼 티켓이 있을까?"
"야 내가 다 알아보고 왔어 나만 믿어~."
이렇게 말하고 데려간 동생들 앞에서 난 망가졌다~~ 에고에고!!
분명히 40불이면 가는 표가 있다고 했는데 여기저기 여행사를 돌아다녀 보지만 그런 얘긴 다들 처음 듣겠다는 눈치들이다. 어 이러면 안되는데 누구야 사기친 게? 아냐 어딘가 분명히 있을 거야… 다시 한

번 알아보자. 그때 들어간 곳은 어느 젊은 여자가 앉아 있는 곳이었다. 우린 우르르 개떼처럼 몰려가 사정을 얘기했다. 그런 표가 있다고 해서 알아보려고 하는데 다들 없다고만 한다. 우리 좀 도와 줄 수 없겠니? 했더니 그 여자가 너희들 싼 표 찾는구나? 하며 즐거워한다. 그러더니 다시 표정을 바꾸어 하는 말, 오늘부터 8월 13일까지 high season(계절이 높아 비행기표도 비싸진다는 성수기가 낀 것이었다)이라 40불짜리 비행기 요금이 없어졌다는 것이다.

울랄랄라~~~~~~~~~~~~~~~~~~~.

순간 내가 그렇게 싼 비행기표 있다고 꼬시고 다녔던 애들에게서 쏟아지는 그 눈길들이란… 이제부터 기차로 나간다 해도 한 3일은 넉넉히 걸릴 예정이었고 그 지겨운 기차로 나갈 생각을 하니 정말 짜증도 아닌 짜증이 났다. 그래도 싸고 또 싼 곳을 알아본 가격이 독일의 뮌헨으로 가는 90불짜리였다. 이 정도면 그래도 제일 낫다 싶어 이 표로 가자고 했더니 중론이 나중에 요일이 가까워 오면 올수록 표값이 싸질 수도 있다며 일단 표 사는 것을 보류하자는 것이었다. 그래 혹시나 싶어 그렇게 하기로 하고 우린 허무해진 채로 숙소로 다시 돌아와 맥주 한 병씩 위층의 바다가 보이는 바에서 마시고 그 한 병에 다들 맛이 가 오늘은 좀 자고 야경이나 보러 가자고 하면서 다들 침대 하나씩을 맡고 잤다. 야경 보겠다고? 하지만 일단 잠들고 보니 그게 그렇게 되나? 일어나 보니 그 다음날 아침은 밝아 오고 있었다. 너무도 피곤했었기에 주어진 침대를 뿌리치지 못하고 나뿐만이 아니라 우리 팀 모두는 미친 듯이 자고 다들 다음날 일어난 거였는데 일어나 하는 소리가 "왜 안 깨웠어?"다. 모두들 그렇게 다같이 안 일어날 수도 있는 건지 의아해 하는 분위기다.

멋있는 곳 - 이스탄불

아침 일찍 부산히 씻고 명구와 나는 리셉션에 가서 하룻밤 더 자겠다고 하니 오늘은 500원씩이나 가격을 올려 받는다. 환율처럼 날마다 달라지나 보다.

오늘부터는 본격적인 관광을 하자는데 다들 의견에 합의를 보고 일단 아침이니 배도 고프고 해 빵 하나씩을 간식으로 뜯어 먹는데 잼 하나 안 바르고 식전부터 먹자니 다들 속이 안 받나 보다. 난 맛있기만 한데 말이다. 이젠 몸도 서양 스타일로 변질이 됐나 보다?

블루 모스크가 우리의 첫번째 코스였다. 들어가야 하는데 아직도 빵을 다 못 먹어 다 먹기를 기다려 들어가려고 하니 입구에서부터 걸린다. 바지가 너무 짧다며 웬 아저씨가 녹색의 어정쩡한 길이의 치마를 각각 주며 입고 들어가라고 한다. 처음엔 공짠 줄 알고 이 아저씨 참 좋은 사람이네 하며 좋아라 들어갔더니 여기저기 구경온 단체 관광객들이 설명을 듣느라 줄지어 앉아 있다. 나는 고갤 높이 쳐들고 천장벽화와 창문에 새겨진 너무도 아름다운 문양들을 구경하며 한 바퀴 쭉 돌고 나와 입고 들어갔던 옷을 벗어 아저씨를 주니 아저씨가 팁을 요구한다. 역시 공짜란 없다. 인원이 좀 많으니 많이 내라는 게 아저씨의 요구였다. 우리는 속은 기분은 그랬지만 선심 쓰듯 우리 돈 1,000원을 내고 나왔다. 처음엔 친절하다가도 끝에는 항상 대가를 요구하는 때가 많아 참 그럴 적이 많다.

그 다음 성소피아 성당. 블루 모스크와 마주보고 있는데 예전에 두 종교가 공존하던 곳이었다 한다. 들어가 보면 지금은 먼지가 그득히 쌓이고 여기저기 들어오지 않는 전구 때문에 어둠만이 감싸고 있다. 옛 명성은 화려했던 벽화로만 가늠할 뿐이다. 일단 두 바퀴를 돌고 나오면서 이제 절대 깎일 것 같지 않는 비행기표를 사러 가기로 했다. 표는 금요일과 다음 주 수요일에 있어 우린 하는 수 없이 금요일 돌아가는 표로 끊어야만 했다. 그래도 천만다행이었다. 이렇게 올라가는 표가 남아 있어서… 그러니 가기 전에 맘껏 터키 이스탄불을 둘러보고 가자 하여 더욱더 박차를 가해 발길을 토카피 궁으로 옮겼다. 우리 나라로 치자면 국립중앙박물관에 해당하지 싶다. 학생이라 1,700원을 내고 들어가는데 들어갈 때부터 삼엄한 검사가 우릴 기다리고 있었다. 엑스레이 통과하고 몸수색을 당하고서야 나와 짐은 들어갈 수 있었다. 들어가 보니 정말 너무너무 멋있고 기가 막혔다. 각종 제목별로 전시해 놓은 전시실의 배치라는가 건물의 구조 자체가 예술이었다. 난 그중에서도 특히 책이 맘에 들었었는데 그 옛적에 어쩜 저리 채색된 아름다운 책을 펴낼 수 있었을까 너무나도 감탄하는 마음으로 돌아봤다. 어느 방에 가보면 상어한테 잡아 먹힌 인간뼈가 그대로 미이라로 남아 있는 방도 있고 시계만 잔뜩 있는 방, 옷만 잔뜩 있는 방, 정말 없는 거 빼고 다 있다. 이스탄불부터는 한국 사람들이 꽤 보였다. 성지순례 나온 사람들하며 각종 단체에서 온 사람들. 만날 때마다 반갑게 인사를 나눈다. 열심히 돌고 나니 오후 3시였다. 정말 열심히 돌았나 보다. 마지막 날을 불태우기 위해 다음은 좀 멀리 떨어진 그랜드바자에 가자는 분위기가 되어 갔는데 이건 바자 분위기가 아니고 관광객 그 중에서도 돈 있는 관광객을 돈 쓰게 만드는 화려하고 호사스런 분위기였다. 대충대충 실렁실렁 돌아보고 모두 다 금은방밖에 없을 것 같은 그랜드 바자를 빠져나왔다. 여기선 맥도날드 먹어도 되겠지 싶어 맥도날드로 들어갔는데 가격이 장난이 아니었다. 계중에 싼 아이스크림을 먹으며 시간 죽이다가 나중에 상모 오빠가 자기 카드로 돈 찾으면서 이 동생들을 위해 닭 한 마리를 샀다. 모두들 공원에 죽치고 앉아 손으로 벅벅 찢어 가며 맛있게 뼈만 남기고 먹었다. 배고픔은 창피함도 잊게 해주나 보다. 거지들이 왜 그렇게 아무 생각 없이 휴지통을 뒤지는지도 배고파 보면 다 알게 되는 법이다. 숙소에 돌아가 좀 쉬고 이제 어제 보지 못한 야경을 볼까 하고 숙소를 나오는데 숙소 옆에 아까 나갈 땐 보지 못했던 깜짝 시장이 열리고 있었다. 내가 좋아하는 시장이다. 싼 수박, 바나나 사가지고 이대로 숙소로 돌아가 잠을 자기엔 없다 하여 모두들 유럽과 아시아를 잇는 다리가 보이는 바닷가 방파제에 나가 수평선에 걸친 다리를 바라보며 타들어 가는 노을을 바라보며 아으~ 다롱디리를 외쳤다.

터키 일문과 학생, 섭섭하네요 ~

이때 등 뒤로 지나가는 한 터키 인이 있었으니… 아니나 다를까 그냥 지나가지를 못하고 능숙한 일본어로 일본인이냐고 말을 걸어 왔다. 동생들이 "누나 맞다 그래 봐~~." 내가 일문과인 걸 아는 동생들이 부채질을 해댄다. 난 시치미 뚝 떼고 "맞는데요"하니 만나서 반갑단다. 반갑단 인사 듣자 난 "그럼 사요나라"를 말했다. 그랬더니 말이다. 이 터키 인이 민망했었나 보다. 나에게 연이어

"당신은 이상합니다. 다른 일본인은 내가 일본어만 하면 길게는 몇 시간까지 짧게는 몇십 분이라도 응대를 해줬는데 당신은 만나자마자 사요나라를 말하다니 정말 서운합니다."

그러는 거다. 사람 미안해지게 말이다. 하지만 속으론 '니가 한국말로 했어 봐봐. 내가 이 밤의 끝을 잡고라도 니하고 얘기하지~.' 그러면서도 겉으로 "나라도 가지가지가 있듯이 사람도 마찬가지이다. 그렇게 잘 해주는 일본인도 있고 나처럼 이런 일본인도 있는 것이다. 슬펐다면 미안했다"하니 뒤돌아 가면서도 "서운합니다" 그런다. 나

도 좀 서운하다. 미안하기도 하고… 터키에서 일문과에 다니는 학생이라면 나하고 전공이 같은데 말이다.

치는 파도 위에는 저멀리 방파제에 앉아 낚시하는 아저씨들이 저녁 노을에 비쳐 한국 아저씨들같이 보인다. 서로들 아무 말 없이 바다만을 바라보며 있었다.

밤 9시경에 블루 모스크에서 조명쇼를 우연찮게 보게 되었다. 갑자기 거대한 소리와 함께 한 차례 블루 모스크에서는 조명쇼가 펼쳐진다. 놓칠 수 없는 진풍경이다. 그 아름다운 풍경은 마지막이란 느낌이 있어서인지… 점말 같이 타들어가고 싶어만진다. 광란의 밤. 터키에 내려오길 정말 잘했다는 생각이 들었다. 이 터키에서의 며칠이 정말 잊지 못할 정도로, 돌아가기 아쉬울 정도로 기억 속에 남을 것이다.

아이 러브 터키~~~~~~~~.

느지막히 최대한 버틸 때까지 버티다 체크아웃을 하고 다시 여행의 짐(늘 인생의 무게라도 내가 말했던)을 또다시 짊어 메고 이제 숙소를 나왔다. 비행기값으로 다 날리고 들어가는 입장료로 다 날리고 나니 떠나는 날짜는 내일 아침이었지만 오늘 밤은 그 비행기 시간에 맞춰 공항에서 공항숙을 하기로 모두 만장일치하고 오늘은 가고 싶은거 사고 싶은 거 다 해보며 남은 돈을 다 쓰고 가려고 했다. 하늘이 너무 맑았다. 이 엄청난 대륙을 떠나기 전에 할 일이 있었다. 싼 슈퍼에서 물건을 사갖고 유럽으로 돌아가는 것이었다. 잊지 말자. 유럽은 터키를 포함, 슈퍼의 규모가 크면 클수록 물건값이 싸다. 그러니 조그만 구멍가게보다 일단 대형슈퍼 앞을 지나간다거나 봤다거나 하면 내려서 먹을 만한 거 좀 필요하다 싶은 거 왕창왕창 사놔야 한다. 그러면 좋다. 어젯밤 번개같이 열렸던 유스호스텔 옆 장은 말끔히 언제 장이 섰었냐는 듯 없어진지라 어젯밤 맥주 샀던 슈퍼를 가야 했다. 뒷골목 뒷골목을 빠져나가 봐도 어제 이쯤에 분명히 있던 거 같았는데 확실히 밤길에 본 거라선지 아리송했다. 골목 한 귀퉁이에는 젊은 총각들이 몇 앉아 담배를 피우고 있는 한가한 곳이었다. 일단 뒤로 돌아가 보니 너무도 앞면과는 비교되는 좁은 집들과 널려 있는 빨래에, 허물어져 가는 벽들… 겉모습의 화려한 이스탄불이 갖고 있는 또 다른 맛이었다. 슈퍼를 찾았다. 바로 옆에 있었는데… 거기서 예전에 먹어 보지 못한 과자, 초코바, 중요한 빵을 산다. 가장 중요한 건 빵의 갯수였다. 난 3개 정도면 내일 것까지 계산해서 넉넉하겠다 싶어 산 건데--나중에 엄청 후회했다. 더 살 걸… 150원밖에 안 하는 빵 왕창 살걸. 150원 할 때 사뒀어야 하는 건데… 에고고.(나중에 공항에 가보니 이 빵은 보이지도 않고 이것보다 더 조그만 주제의 빵이 마구마구 비쌌다)

아침은 블루 모스크를 등에 지고 앉아 서서히 뜨거워지는 햇살을 받으며 그리스에서 사고 아직도 안 먹고 고이고이 간직해 두었던 참치캔을 동생들에게 풀었다. 빵 사이에 고기를 껴먹는 건 정말 호강중의 하나였으니까… 다들 참치 기름까지 떡떡 긁어, 고이고이 발라 먹을 때란~.

돌 발사고 에 납치 까지?

할 일이 하나도 없다고 생각하니 서두를 거 하나 없고, 그러나 보니 처진다. 이스탄불 볼 거 다 봤겠다. 시간만 죽이면 되는데 아직 남은 돈 있겠다. 그래 다 써보자. 돈 다 써보고 죽은 귀신 때깔도 곱다던데… 하며 주머니를 뒤져 보니 수중에 남아 있는 돈이 한 10,000원 정도였다. 그동안 하도 입고 버리고 입고 버리고 해서 반바지가 없었는데 남은 돈으로 다음 여행을 위해 청반바지나 살 생각을 하고 시장으로 향했다. 그런데 아주 이상한 나라였다. 종교가 이슬람이라서 그런가? 어떻게 청반바지 파는 데가 한 군데도 없는 것이었다. 긴 청바지는 있었다. 그런데 이렇게 더운 날씨에, 다들 칭칭 감고 두르기나 했지, 왜 짧게 입을 생각을 안 하는 거지? 그리고 자기네가 안 입을 거라도 여행객을 위해서 하나쯤 만들어 놓지. 힝~터키 미워미워였다. 그래도 포기하지 않고 시장을 서너 바퀴 돌고서야 겨우 구석진 곳에 딱 하나 마네킹이 입고 있는 청반바지를 발견했다. 아저씨는 딱 잘라 5,000원을 불렀고, 이젠 막판이라 깎지도 않고 딱 내고 탈의실에 가 입고 나오니 동생들이 이제 누나 살만 빼면 된다고 놀려 댔다. 정말 허벅지가 꽉 꼈다. 내가 생각해 봐도 여기서 어떻게 살이 이렇게 더 찔 수가 있었단 말인가? 내가 고기 먹어 가며 호텔에서 자면서 이렇게 살이 불었다면 원통하지라도 않았을 텐데... 이건 매일 빵만 먹고 물만 먹고 유스호스텔이나 싼 팬션이나 공항에서 노숙만 하는데 나날이 불어 가는 이 살들이었다.

더 이상 쓸 게 없을 땐 언제나 100원 남는 맥도날드다. 어 그런데 여긴 또 이상하다. 하룻밤 사이에 달러값 뛰듯 맥도날드 햄버거, 아이스크림, 콜라값이 다 변해 있었다. 이럴 줄 알았으면 어제 사먹는 건데 해보지만 이미 늦었다. 암튼 일단은 햄버거와 콜라에 사치생활(?)을 했다. 이렇게 먹는 게 사치생활이 될 줄이야 고국에선 알고 있을까? 오후 2시 30분-- 이제 서서히 돌아가 버스를 타고 공항으로 가면 오늘 일정은 마감이었다. 자리를 털고 일어나 둘 셋으로 째져 걸어가는데 난 벨트 사느라고 뒤로 오빠와 호중이 이렇게 셋이서 처져서 걸어가고 있었다. 맘에 드는 벨트를 겨우겨우 발견했는데 이번엔 돈이 모자랐다. 상모 오빠가 옆에서 보기가 안됐는지 서울 가서 갚으라며 나머지 돈을 과감히 내줬다. 얼씨구 좋아라 벨트를 허리에 감고 있는데 앞서 가던 정남이가 헐레벌떡 명구가 다쳐서 피가 난다고 뛰어왔다.

부랴부랴 달려가 보니 명구의 발은 한 4센티 가량 째진 상태로 빨간 피가 줄줄 흐르고 있었다. 우리가 너무 안 와서 우릴 찾느라고 두리번거리다가 주차방지용 쇠에 걸려 넘어졌단다. 처음엔 대단한 상처가 아닌 듯싶었다. 한번도 써 보지 못한 비상약에 붕대를 애들마다 다 꺼내 감고 피를 지혈하니 피는 금세 멈추었다. 그래도 병원에 가보자고 일으켜 세우는데 갑자기 멈췄던 피가 용솟음쳤다. 정말 콸콸 쏟아지는데 너무도 무서워서 내가 다 울어 버리고 말았다. 우린 도로 옆 공원 한복판이었고 어쩔줄 몰라 공원바닥에 피를 흩뿌리고 있는데 지나가던 터키 인들 불쌍하게 쳐다봐도 쉽사리 선뜻 나서 도와 주려 하지 않았다. 그때 어느 아저씨였다. 우릴 보더니 따라오라고 했다. 병원을 알아보자며. 애들은 영어를 할 줄 아는 나에게 누나가 따라가 알아보라며 등 떠밀어 난 그 아저씨와 같이 병원을 찾으러 갔다. 다들 거절했다. 병실이 없어서라든가 혹은 외국인이라서… 그리고 바빠서였다. 한 5개의 병원을 그 아저씨와 여름에 등이 땀에 다 젖을 정도로 돌아다녀 보는데 와 이거 정말 다들 안 된다고 하니 속이 탔다. 터키도 한국처럼 완전히 진료 거부다. 여섯 번째 병원을 찾아가고 있는데 갑자기 정남이가 나타났다. 내가 하도 안 와서 이번엔 내가 그 아저씨에게 납치된 줄 알고 찾으러 나선 거였다.

겨우겨우 다같이 간 병원이 처음에 갔을 때 비어 있었던 병원이었다. 그 병원은 약국 가서 우리가 직접 약을 사오라고 했다. 우리는 이미 떠날 걸 각오하고 미친 듯이 돈을 쓴 상태라 돈이 없었다. 친절한 아저씨에게 그 사정을 말씀드렸더니 그 아저씨가 자기가 사주겠다며 약까지 사주는데 정말 그 진한 감동, 꽤 나이가 드신 아저씨였다. 그런데도 땀을 뻘뻘 흘려 가면서도 이 병원 저 병원 알아봐 주는데 정말 눈물을 흘리며 고마워했다. 그렇게 사고는 친절한 아저씨의 도움으로 잘 해결되었고 우리는 이제 예정대로 떠나기 위해 공항 가는 버스에 간신히 몸을 실었다. 상모 오빠는 영국으로 들어가야 할 날이 며칠 안 남겨져 있어 혼자 남겨졌는데 혼자 버스 뒤로 사라지는 모습에 좀 안쓰러웠다. 그새 미운 정 고운 정이 다 들었나 보다.

도 떼기 티키 공 항

공항은 약 40분 만에 도착되었다. 공항 안은 흡사 시장인 양 복잡했다. 뒤를 돌아가려는데 앗 이게 누구야. 스페인 있을 때 같은 숙소에 머물렀던 사람을 극적으로 만났다. 암튼 넓고도 좁은 게 이 세상이라니까… 그 오빠가 타준 찬물에 커피 한 잔씩을 들이키고 한국에 있는 엄마한테 전화하려고 했는데 돈이 얼마 없어 "여보세요~"하고 바로 끊겼다. 이 정도면 몸 성히 잘 있는 줄 알겠지러, 혼자 위로를 하며 공항의자에 앉아 엽서를 쓴다.

공항에서 밤을 지새우기 위해 공항의자 좋은 자리로 두 칸 잡고 서서히 잠을 청했다. 밤이 깊어 가면 갈수록 사람들은 거의 떠나고 정말 잘 만한 분위기가 되고 있었다. 다음날 웅성웅성 소리에 한쪽 눈만 살짝 떠보니 오잉 사람들이 정말 많았다. 새벽 3시였는데 비행기가 도착해서 내려놓은 사람들인지 그들도 역시 피곤에 지쳐 여기저기 기대어 자려고 혈안이 돼있었다. 침낭이 아닌 얇은 담요를 덮고 잤더니 허리가 말이 아니게 아파 왔다. 그래서 명구가 자고 난 침낭을 양보해 난 그 안으로 들어가 다시 한번 잠을 청해 보는데 우와 너무 따뜻하다. 다시 일어났을 때가 새벽 6시 20분. 2시간 전에 보딩할 수 있으니까 슬슬 씻고 시작해도 될 시간이었다. 그런데 우리가 산 비행기 티켓은 정말 열악한 항공기인가 보다. 좌석도 스티커로 하고 검사대도 다른 항공회사 쉴 때 얻어서 하고 있었다. 여권 검사하고 스탬프 받고 기다리는데 이건 또 완전 덴뿌라 비행기다. 오전 8시 출

242

발이었는데 9시 5분에 도착하더니 30분 만에 사람 다 태우고 떠난다. 양쪽 3자리씩 총 6자리의 비행기였다. 그런 대로 깨끗하다 싶어 아까의 불쾌감을 잊고 다들 식사만을 기다렸다. 이 비행기가 아침 비행기라 분명히 아침밥을 줄 거야 라고 믿고 있던 우리들이었다. 기내식 두 개 먹어야겠다고 말하던 동생들도 있었다. 그러나 나중에 우리가 받아든 기내식은 그야말로 왕 썰렁이었다. 90불에 많은 걸 바란 건 우리 잘못이겠지만 빵 두 쪽, 햄 하나, 치즈 하나, 잼 하나, 버터 하나, 오이 두 조각, 콩 두 알, 주스 한 잔. 그래 이거라도 어디냐 감지덕지 먹어야 했다. 대신 본전 뽑을 양으로 주스 한 잔씩들 더 마셨다. 그리고 바로 잠을 청했다. 비행기가 작으니 정말 리얼하다. 그 느낌, 그 섬칫함이.

비행기는 2시간의 짧은 항공 끝에 뮌헨에 도착. 금방 눈 감았다 뜬 사이에 뮌헨이 깔려 있었다. 비행기가 착륙을 알리는 방송과 함께 둔탁한 비행기 땅바닥 닿는 소리가 나면서 무사히 폭발하지(?) 않고 착륙할 때였다. 박수소리가 터져나왔다. 박수를 치지 않는 사람은 우리 일행과 일본인들뿐. 무사 귀환을 축하하는 뜻에서 치는 박수라고 하는데 우린 계속 킥킥대며 웃고만 있었다.

입국 심사대는 두 개로 나뉘어 있었다. 유럽인과 비유럽인 이렇게 두 종류였는데 유럽인은 그냥 아무 검사 없이 통과였고 비유럽인들은 여권과 얼굴을 꼼꼼히 대조해 가며 도장을 받아야 했다.

▲ 노이슈반스타인 성-월트 디즈니 사 마크의 모태인 성, 그 앞 높은 마리엔 다리에서 내려다보는 것이 가장 절경이다.

아름다운 성/슈방가우 성에서 몸은 산산 히 부서지고…

떡대의 비애

짐을 찾아 S-Bahn을 타고 뮌헨 중앙역으로 향했다. 아침까지도 터키였는데 벌써 유럽 대륙으로 나왔다니 쉽게 실감나지 않는다. 그리고 대륙에서 어떻게 해야 되는 건지 다 까먹어 버린 거 같다. 코인락커에 정남이와 짐을 맡기고 우리 둘은 퓌센을 향했고 남겨진 명구와 호중이는 기차대합실에서 우리가 올 때까지 쉬고 있겠다며 잠시 이별을 고했다.

노이슈반스타인 성이 있는 곳. 기차 안에서 밖을 내다보는 건 정말 환상이었다. 내가 제일 좋아하는 풍경중에 하나가 넓은 초원에 나무 한 그루가 서있고 하늘만 있으면 맛이 가는데 그런 풍경이 퓌센에 도착할 때까지 계속되었다. 정말 엽서 안을, 달력 사이를 달리는 기분이었다. 기차 안에서 새로운 동행을 만났다. 행정학을 전공하는 정우라는 남학생이었는데 유머가 나와 대적할 만하다.

퓌센 역 안에서 자전거를 렌트하면 좋다는 이야길 정우가 들었다며 자전거 렌트할 곳을 찾는데 역 안에 있었다. 생각보다 비싼 가격이었다. 하지만 뜻이 있는 곳에 길이 있다고. 그 역장 아저씨인 듯한 분이 3대를 2대 값으로 빌려 준다는 제의를 했다. 아저씨가 친절히 키에 맞는 자전거를 찾아 주다 날 떡 보더니 날 과대평가하셨는지 엄청 높이가 높은 걸 주신다. 내가 웃으며 내 다리는 짧다고 작은 것을 달라니까 아저씨가 귀여워 죽겠다는 듯이(?) 마구 웃으신다. 숏다리의 비애다. 이렇게 자전거 렌트해서 그거 타고 성까지 가는 것이었다. 너무너무 이쁘다고밖엔 말할 수 없는 풍경이었다. 길을 가다 잘 몰라 아줌아 붙잡고 "노이슈반스타인 캐슬"하니까 전혀 모르겠단 눈초리다. 이상하다. 그래서 이름 빼고 "캐슬"찾는다니까

"아 슈방가우~~~~~" 한다. 그래 바로 그거야~~.

사실 난 자전거를 능숙하게 타진 못한다. 그러니 청춘의 정력이 넘치는 정우와 정남이를 따라가자니 숨이 찼다. 그래도 정우와 정남이가 교대로 날 버리지 않고 챙기며 앞서거니 뒤서거니한다. 이 시원한 들판을 가르며 지나가는 이 기분이란. 그렇게 숲길을 지나고 언덕을 오르고 도착한 인포메이션 앞에서 시원한 물을 한 잔 들이킬 때의 그 짜릿함. 물은 맘껏 들이먹고 자전거를 갖고 성까지 올라갈 것인가를 논의 끝에 일단 가져가 보기로 했다. 그러나 언덕을 지나고부터는 언덕이 장난이 아니다. 그래서 더 이상 가져가는 것은 포기하고 우리는 숲속 귀퉁이에 쇠줄로 자전거 3대를 묶어 놓고 걸어 올라가기 시작했다. 언덕은 역시 힘들었다. 올라가는 길엔 한국인과 일본인으로 인산인해를 이룬다. 옆으로 관광객을 태운 마차가 오르락내리락한다. 그리고 그 뒤로는 말똥을 치우는 차도 있다. 역시 틀리단 생각이다.

일단 올라가 성에서 조금 떨어진 마리엔 다리에서 보는 노이슈반스타인 성은 정말 가관이었다. 성 앞에선 너무 커서 전체가 잘 보이지 않으니 몰랐었는데 이렇게 한 치 앞 멀리 떨어져서 보니 성을 가

장 아름다운 자태로 구경할 수 있었다. 구름이 성 위를 흐르고 밑으로 펼쳐진 마을, 다리밑으로 떨어지는 폭포, 한 장소에서는 한 번만 눌러 대던 카메라 셔터를 나도 모르게 여러 번 누르고 있었다.

내려오는 길에 웬지 지름길인 거 같아 내려오다 힝 잔머리 쓰다 또 망가진 최후였다. 얼추 많이 내려왔었는데 길이 없고 낭떠러지였다. 다시 올라갈 수밖에. 인생은 이래서 쉽지 않나 보다. 다시 정상적인 길로 나와 내려와서 세워 두었던 자전거를 타고 내려오는데 난 비탈길이 나오면 무서워 내려서 끌고 갔는데 두 동생들은 함성까지 질러 대며 즐겨 내려가고 있었다. 중간쯤 가고 있으려니 비가 내리기 시작한다. 신나게 신나게 달려가니 비도 안 맞는 것 같다. 그렇게 신나게 달려가고 있을 때였다. 한참 가속도가 붙어 있었는데 갑자기 저멀리 굴이 보이고 길이 급경사인 것이 시야로 들어왔다. 기분학상 웬지 뭔가가 터질 듯하더니 자 기대하시라.

꽝!!!

내 안경은 하늘 높이 튀어 올라갔고, 난 한동안 공중에 떠있던 기분이 들더니 잠시 후 바닥에 쓰러져 있었다. 독일 할머니가 타고 있던 자전거와 굴 속에서 정면충돌이었다.

나 어떻게 된 건지 궁금해서?

자전거끼리 부딪치면서 튕겨져 나가면서 왼손 짚었어.(왼쪽 손목 삐심이야)

안경이 벗겨저 튕겨져 나가면서(오른쪽 안경다리 작살 나심이야)

오른손으로 벽 짚었어.(긁혀서 피범벅 되심이야)

왼쪽 무릎으로 몸 균형 잡았어.(왼쪽 무릎 깨짐이야)

대강 이러했다. 처음에 넘어져서는 정말 아무 생각이 없었다. 잠시 후 내가 부딪친 사람이 할머니라는 점에서 너무너무 미안했다. 젊은 나야 좀 지나면 금방 낫겠지만 할머니들은 다치면 잘 안 나으니까 말이다. 아픈 와중에도 할머니에게 쏘리를 연발하니 할머닌 괜찮다며 어깨를 토닥거려 주셨다. 그 옆 할아버지는 화가 나셨는지 말씀 한마디 안 하신다.

정우와 정남이가 저 할머니는 할머니인데도 멀쩡한데 오히려 들이받은 내가 더 걱정이라고 했다. 떡대에서 비교가 안 됐다. 역시 유럽은 여자들 체구가 대단하다. 그러니 남녀평등 부르짖고 이렇게 잘 살지. 웃겼던 건 부딪치자마자 정남이가 할머니에게 쭈뼛쭈뼛 다가가서 그랬다.

"아 유 오케이?"를 물어 보려고 했었단다. 그런데 정남이 입 밖으로 나온 말은

"유 아 웰컴????????????"

그렇게 할머니를 보내고 그 아픈 와중에 정우가 비도 오고 사고도 났으니까 빵이나 먹고 가자며 햄을 끼고 잼을 발라 나에게 주었다. 그 정신에도 그거 받아 먹고 있었다. 빵으로 주린 배를 채우고 비를 쫄딱 맞으며 역에 와 자전거를 반납하고 비오는 퓌센 역에 내리는 비를 바라보며 오늘은 웬지 아픔이 있었지만 흐뭇한 하루가 된 것 같다는 생각을 했다.

◀ 체인교/밤이면 너무
도 아름다운 야경을 자
랑하던 다리로 이곳을
중심으로 부다페스트
관광의 절정을 이룬다.

◀ 오누이/트램에서 길
을 묻다 알게 된 오누
이, 부다페스트 관광을
시켜 주겠다고 연락하
라고 했는데 다음날 사
정이 생겨 못 간 게 너
무 아쉽다. "너무 착해
요"라고 얼굴에 써있
다.

◀ 세 자매와 굴라쉬를
/유럽을 여행하고 있는
세 자매와 일행이 되어
우리 나라 육개장을 너
무도 닮은 굴라쉬를 땡
기며 찰깍~.〈세 자매
가 서로 안 닮았다.〉

발 큰 여자 지구가 좁다 249

▶ 어디에 있을까요?/부다에서 길을 잃다 만난 어느 작은 동상, 실제는 정말 성냥개비 크기다. 다음에 나처럼 길을 잃었다면 찾아보세요.

▲ 마차시?/그렇게 찾아 헤메던 마차시 교회, 그리고 내가 서있는 곳이 어부의 요새라니. 이렇게 모여 있을 줄 내 정말 상상도 못했건만….

▶ 부다페스트의 악사/아무도 지나지 않는 곳에 홀로 연주를 해 더 멋있다. 저 초연함.

내가 어떻게 했었지??/헝가리

The train finish(?)

정우와 함께 체코를 가려고 했는데 호중이와 명구가 헝가릴 먼저 갔다오는 게 낫다고 해서 아직 안 가본 정남이와 나는 헝가리로, 정우는 체코로, 명구와 호중이는 파리로 헤어졌다. 아쉬운 작별을 고하며 정남이와 난 헝가리 가는 기차를 타, 자리 잘 맡는 것까진 좋았다. 다음날 잠에서 깰 때쯤 스피커로 오스트리아 빈이라는 기내방송이 나오면서 웅성웅성 사람들이 많이 내리는 소리가 들렸다. 두 눈을 다 떴을 때쯤에 그 칸에는 정남이와 나만 남아 있었다. 다들 내려 버려서 의아해 하는 정남이와 나 사이에 승무원이 들어왔다. 혹시나 싶어 승무원에게 물었다. 이거 헝가리 가는 거 아니냐고?

"This train finish~."

그의 짧은 영어 세 마디에 맞이 갈 수밖에 없었다. 헝가리로 들어가는 기차는 이미 짤츠부르크에서 잘려 나간 걸 모르고 배 째고 자고 있다가 그만 망가져 버린 것이었다. 그동안 터키에 짱박혀 있다 보니 기차 타기 전에 그 칸이 어디로 향하고 있는 건지 확인해 보고 타는 것을 잊은 거였다. 어떻게 할까 일단은 내린 빈 역에 쪼그리고 앉아 생각했다. 사실 난 빈을 아직 구경 안했으니 온 김에 여기 있어도 괜찮았지만, 이미 빈에 다녀온 정남이가 누나 여기서 배신하면 자기한테 칼 맞을 거라면서 을러 대는 것이었다. 그래 그동안 서고 기대고 왔는데 죽어도 같이 죽고 살아도 같이 살아야지 싶다는 생각이 든 건 진정한 전우애(?) 그래서 다시 한 시간 후 있을 헝가리 행을 타기로 했다. 터키에서 잠깐 봤던 애가 나타난 건 잠시 후였다. 정남이와 안면이 있던 그 친구도 우리가 헝가리 가자고 꼬시니까 "그래요 그럼" 하더니 쉽게 일행이 되었다. 정오가 되어서야 부다페스트에 도착할 수 있었다.

전 부 다의 삐끼입니다

부다페스트가 가까와 오면서 일제히 삐끼들이 올라탔다. 가격이나 알아볼까 해 이 삐끼 저 삐끼 자나갈 때마다 물어 보니 한 삐끼가 우리가 한국인임을 알자

"나는 부다의 삐끼입니다~."

를 능청스럽게 능숙한 한국말로 해대는 것이 아닌가? 그 누가 가르쳐 줬는지 정말 웃음이 나왔다. 그 열심으로 일하던 삐끼 아직도 잊을 수 없다. 방을 잡아야 하긴 했는데 여긴 유달리 유스호스텔이 많았다. 우와 다 유스호스텔이었다. 역을 내려 어찌할까를 상의하다 보니 그 많던 삐끼들은 이미 할당량을 데리고 간 상태였고 남겨진 사람들은 얼마 안 되었다. 그중에 한국말로 "민박~"을 외쳐 대던 할머니가 있었다. 그 할머니는 자신을 『우리는 지금 배낭 메고 유럽으로 간다: 우간다』에 소개된 민박집 테레사 할머니라며 그 책의 페이지를 펴서 보여 주셨다. 그 할머니와 우리는 7달러로 합의. 환전을 하고

할머니에게 가보니 한 3명만 더 찾아봐 달라는 것이었다. 그래 우린 다시 역에 돌아가 아직도 방을 못 잡고 헤매고 있는 일행 여자 3명을 만났다. 난 삐끼처럼 저 할머니가 6명에 7불씩 해준다고 했더니 그쪽도 쉽게 그러자고 했다. 3명의 여자는 자매라고 했다. 근데 서로 너무 안닮았다. 수녀가 될 큰언니, 맥킨토시 디자이너 둘째 언니, 영화광 셋째, 정말 보기좋은 모습이었다.

할머니를 따라 할머니집에 갔더니 할머니집에 기거하고 있던 일본인이 나와 여긴 무척 조심해야 된다고 했다. 여긴 경찰도 믿지 말고 절대 조심하라며 우리가 방을 기다리는 동안에 여러 가지를 조언해주었다. 할머니집엔 방이 꽉 차서 같이 픽업된 일본인만 묵고 우린 할머니와 아는 사람이 하고 있다는 숙소를 소개받아 그쪽으로 갔다. 일단 욕실이 많았다. 보통의 가정집이었는데 한쪽은 주인네가 살고, 우리는 큰 방 두 개를 빌려 쓰게 되었다. 남자들은 온천 간다고 나갔고 우리들은 이따 저녁 8시 30분에 다리 앞에서 만나기로 하고 여자들은 빨래하고 이렇게 낮잠을 즐겨 봤다.

한 시간 전쯤 먼저 일어나 일행 세 자매를 깨워 이것저것 준비하다 보니 약속시간에 30분 정도 늦고 말았다. 만나기로 한 다리를 찾아갈때 내가 이 사람 저 사람 물어 보다가 헝가리에 사는 남매를 만났는데 여자애가 나중에 전화하면 헝가리를 구경시켜 준다고 했다. 트램 타고 가는 동안 같이 얘기하고 주소, 전화번호를 교환하고 사진 한 방만을 찍고 헤어졌다. 너무 착하다.

트램에서 내릴 때였다. 이미 날은 어둑어둑해져 잘 알아볼 수 없었지만 저쪽에 우리 일행인 듯한 남자애들이 몰려 있길래 당연히 난 그쪽인 줄 알고 아주 아주 반가운 마음으로 영화에서처럼 달려갔다. 저쪽에서도 누군가 나를 향해 뛰어왔다. 잉? 근데 이건 웬 서양인? 후

후 내가 어찌나 반갑게 달려갔던지 그쪽에서도 반갑게 날 맞으려고 뛰어오다 내가 알아보고 딱 멈춰 버리자 실망한 듯이

"OH ~~my god~."

하며 웃는 것이었다. 암튼 재밌는 재회였다. 저쪽에 진짜 우리 일행들은 그 외국인하고 나하고 아는 사이인 줄 알았단다. 너무 반갑게 달려가서 말이다.

섬 위의 다리에서 보는 헝가리의 야경, 다리가 있는 왼쪽에 국회의사당이 있고 오른쪽에 어부의 요새, 마차시 교회, 왕궁이 있는 곳. 그 곳을 바라보고 있으려니 탁 트인 시야가 시원하다. 일행 남자들은 온천에 너무 늦어 못 가고 대신 헝가리 전통음식인 '굴라쉬'를 먹었다면서 거기 가서 그거나 한번 더 먹자고 했다. 어느 자그마한 음식점에 들어가 굴라쉬(우리 나라 육개장과 비슷하다) 한 그릇에 맥주 한 병을 마시고 남자들은 이제서야 피곤하다며 집에 들어간다고 해서 우리들은 세 자매와 또 다른 남매 팀과 같이 헝가리의 야경을 더 보기 위해 영웅광장과 시립공원 쪽을 향해 걸었다. 그 야경 속에서 헝가리는 또 다른 웅장하고 당당한 모습으로 다가왔다.

세 자매 언니 중 대빵 언니가 겔레르트 언덕에서 보는 야경이 죽인다며 거기 가보지 않겠느냐고 했다. 이왕 늦은 거 가보자 해서 언덕을 찾아가는데 모두들 갑자기 들어간 맥주 때문인지 화장실이 급했었나 보다. 맥도날드를 찾는데 시간이 너무 늦은지라 문을 닫아, 모두들 표정들이 일그러지기 시작했다. 그래 의지로 참자 하고 서성거리는데 저쪽 한 켠에 96 애틀랜타 올림픽 여자 핸드볼 여자 경기결승전이 중계되고 있었다. 우리 한국과 덴마크였는데 모두들 화장실을 잊고 유리창에 둘러싸인 텔레비전 앞으로 군집. 한 골 한 골 넣을 때마다 환호를 질러 대니 지나던 헝가리 인이 신기했나 보다. 그들도 우리 틈에 와서 같이 한국을 응원하고 있었다. 덴마크와의 역전을 지

켜 보는데 아마도 애국심이었을까? 연장전까지 손에 땀을 쥐게 한 경기였지만 결국 덴마크의 승리로 끝나 같이 보고 있던 헝가리인들에게 위로를 받으며 허탈한 심정으로 야경이고 뭐고 다 불이 꺼져 버려서 포기하고 돌아와 자야 했다.

아침 체크아웃 시간은 8시 30분이었다. 다른 손님이 기차역에서 오고 있는 중이라며 좀 빨리 나가달란 요구를 해왔다. 후닥닥 챙겨 우리는 가방만이라도 좀 맡길 수 없냐니까 거의 안 된다고 했다. 그래 우린 아침 일찍 역에 가 락커에 짐을 맡기고 영수증 받고 그리고 선 우리가 오늘 나갈 뮌헨 가는 기차표 예약하고 세 자매와는 헤어지고 나는 남자 일행들과 굴라쉬 먹으러 갔다. 어제 만난 일본 친구가 거기에서 먼저 굴라쉬를 먹고 있었다. 아는 체를 해왔다. 아침으로 굴라쉬를 먹고 일어나니 남자 일행들은 어제 못 간 온천에 가겠다고 반드시 가야만 한다고 했다. 이그 못 말리셔다. 다른 건 안 봐도 좋단다. 여행이 중반기에 접어 들면 보는 것보단 먹는 거 자는 것에 더 돈을 쓰게 된다. 딱 이런 경우다.

겔레르트 호텔까지 같이 가고 남자 일행들은 겔레르트 호텔 온천으로 가고 난 혼자서 여행하겠다고 혼자 겔레르트 언덕을 오르는데, 이게 정말 징크스다. 혼자만 떨어졌다 하면 길을 잃어 버리는 거다. 자 그럼 어떻게 된 건지 얘기나 들어봐 주세요.

혼자 겔레르트 전도사상이 있는 곳까지 간 건 정말 잘한 일이었다. 그곳에서 시가지를 내려다보면서 난 계속해서 위로만 올라갔다. 그 다음부터 이상한 높은 고개길로 접어든 게 실수였다. 아차 싶어 한참을 걸은 후 마차시 교회를 향해 걷는다고 걷는데 안 나오는 것이었다. 그래도 그냥 가면 뭔가 하난 나오겠지 싶어 걸어가는데 어 그래도 안 나온다. 더워 가게 들어가 아이스티 하난 사 입에 물고 물어 보니 잘 모르겠다는 눈초리다. 어설픈 지도를 그리며 가르쳐 주는데 가르쳐 주면서도 불안한 눈초리다. 이거 믿어도 되나? 싶을 정도다. 역시 가도 안 나왔다. 다시 안 되겠다 싶어 할아버지에게 여쭈어 보니 전혀 다른 또 다른 길을 가르쳐 주신다. 다시 지나던 꼬맹이들에게 물어 보니 자기네들끼리 신났다. 쭉 가라고 해놓고선 사요나라 한다. 정류장에 한 스마트한 청년이 앉아 있었다. 꽤 영어한다 싶더니 나보러 메트로를 타고 가란다. 메드로는 잘 모르고 복잡해서 못 타겠다고 했다. 공원 안으로 접어 들어 한 할아버지에게 여쭈어 보니 친절하게도 공원 밖까지 데려다 주신다. 영어를 못 하셨지만… 그래서 내 고맙단 인사도 못 알아들으셨다. 그렇게 가다 보니 다리가 아파 온다. 그렇게 한참을 가고서야 왕궁이라고 씌어진 이정표를 우연히 발견했다. 일단 왕궁이라도 먼저 가보자 싶었는데 이런 알고 보니 여기가 바로 내가 그렇게 찾고 있던 마차시 교회며 어부의 요새, 왕궁이었다. 결국 찾았는데 이렇게 뭉쳐 있을 줄 몰랐었다.

어부의 요새에 올라 전망하니 날씨가 찌뿌둥한 게 내가 좋아하는 전형적인 날씨다. 한참을 그러고서 돌아다니다가 엽서 몇 개 사고 성위에 있는 슈퍼에서 먹을 거 사서 왕궁으로 향했다. 왕궁에선 미술관에 들어갔는데 카메라도 그 어떤 짐도 갖고 들어가는 것이 허락되지 않았다. 짐을 맡기고 화장실에 들렀는데 운좋게도 돈 받는 아줌마가 없어서 공짜로 해결할 수 있었다. 미술관은 내가 좋아하는 소묘들과 여러 가지 화려한 그림들이 많았다. 천천히 오르며 4층에 걸쳐 모든 작품을 보고 난 이제 슬슬 돌아가려고 했다. 사람은 항상 여유를 가지고 무슨 일을 해야지 싶은 생각에 오후 9시에 역에서 만나기로 한 일행에게 돌아가기 위해 5시 40분부터 하산하기 시작했다.

이렇게 대충 찾았는데 정석으로 찾아간 길이 아니라 돌아갈 때도 길을 잘 몰랐다. 역이름도 몰랐고 길도 잘 몰랐다. 대충 내 나름대로 에이 시간도 많은데 머~하며 슬슬 내려오는데 이번엔 내가 지도가 없는 게 실수였다. 내가 가지고 있는 건 여행 책자 하나. 그 책에 '서역'이라고 적혀 있길래 당연히 영어로 '부다페스트 웨스트 역'을 물어 보니 다들 갸우뚱한다. 이구구... 암튼~ 그래도 다행히 히치 하이킹해서 어젯밤 야경 보던 다리까진 도착을 했다. 이제부턴 아는 길이다라고 자신감을 가지고 길을 찾았다. 어제 묵었던 우리 숙소에서부터 다시 찾아갈 계산이었다.

숙소에서 얼마 안 되는 거리에 역이 있었다고 생각되는데 내가 찾으려고 하니 가도가도 아무리 가도 역은 나오지 않았다. 그래도 계속 돌고 헤매면 찾아지겠지? 시간도 많으니까 그래 7시까지만 찾자. 그때 골목으로 정말 잘생기고 귀여운 헝가리 남자애가 눈에 띄었다. 나는 급한 마음에 내가 역을 찾고 있다고-- 영어를 못해 못 알아들었다-- 칙칙폭폭하니까 이 총각이 너무 재밌어 한다.

"오 칙칙폭폭????"하며 날 재밌다는 듯이 쳐다만 본다. 그래 아직 급하지 않으니까 너 잘생겨서 봐준다하고 인사만 하고 다시 열심히 서역을 찾으러 갔다. 어떤 사람은 트램을 타고 4정거장을 가라는 사람도 있었고, 어떤 사람은 온 길로 다시 되돌아가라는 사람도 있었고 암튼 가지각색이었다. 그렇지만 아무리 생각해 봐도 여기서부터 걸어서 10분 안에 있었던 것 같은데 물어 보고도 믿을 수가 없었다. 여전히 내 고집대로 난 그래도 내가 찾겠다고 당당하게 걸어가는데 한 시간 후 아까 그 잘생긴 남자 애를 옆골목에서 만났다. 아니 야도 길 잃어버렸남? 이젠 먼저 아는 체를 한다.

"너 아직도 칙칙폭폭 못 찾았니?"하는 듯한 얼굴에 아직도 웃음가득이다. 내가 아까와는 달리 아주 급한 얼굴과 난처한 표정을 짓자

(그때는 만나기로 한 1시간 전이었다) 그 애가 안돼 보였는지 트램을 태워 주며 아무래도 트램 타고 가야 할 것 같다고 자기가 표를 끊어 주며 손을 흔들며 헤어졌다. 내가 여유가 좀 있었더라면 그 애 사진이나 한 방 박아 놓고 싶었는데 정말 귀엽게 잘 생긴 애였다.

자 그러나 아직 얘긴 안 끝났다. 그 다음이 더 가관이다. 후후 트램 타면서도 이상한 예감을 떨쳐 버릴 수 없었는데 네 정거장 있다 내리라니 거기서 내릴 수밖에 없었다. 역에 들어가 보니 아침에 간 역이랑 생긴 건 같은데 분위기가 영 이상했다. 컴컴하고 사람도 별로 없고, 중요한 건 짐 찾는 데가 없다는 것이었다. 아하 이 역이 아니구나~싶자 그때 시간 8시 30분. 스낵코너 애한테 (급하니까) 여기 말고 다른 역이 또 있냐고 하자, 이스트에 역이 또 하나 있다고 하는 것이었다. 여기서 어떻게 가느냐고 하자 73번 일렉트릭 버스를 타고 가란다. 얼마나 걸리냐니까 그 영어는 못 알아듣는다. 우와 정말 미치겠다. 냅킨에 그 애가 적어 준 73이란 숫자를 갖고 길거리에 나가 묻는데 상당히 먼 곳에 버스 정류장이 있었다. 열심히 뛰어 다시 한번 확인차 여기가 73번 타는 데가 맞냐고 서있는 여자 애 둘한테 물어 보니 멀뚱멀뚱, 애가 뭔 소리 하나다. 영어 못하는 거였다. 저쪽에서 누군가 영어 할 줄 안다고 자기한테 물어 보라고 했다. 그때부터 나는 자초지종을 설명하자, "나 늦었다. 투나잇에 뮌헨에 가야 하기 때문이다. 그러나 내 짐과 일행들이 역에 있다. 동역과 서역이 두 갠 줄 몰랐다. 난 돈도 다 써버렸다. 큰일났다." 그러자 그 여자애가 말이다. 너무 걱정하지 말라고 만약 니가 못 찾으면 지네 집에서 재워 줄 것이며 돈도 빌려 준다는 것이었다. 우와 어떻게 버스 정류장에서 만나 낯선 외국인에게 이리 자비로울 수가 있단 말인가? 조바심 나는 와중에서도 너무도 고마워 눈물이 흘렀다. 전화번호와 이름을 적어 주며 그 애는 72번 버스를 타고 먼저 헤어졌다. 버스를 타고도 날 너무 안타깝게 쳐다보는 그녀의 마음이 너무나도 이쁘게 다가왔다.

8시 45분쯤에 버스가 왔다. 15분 정도 걸린댔다. 마지막 정거장, 9시 5분 전 역에 도착. 마라톤 시작. 짐 찾으러 가보니 영수증이 어디로 가버리고 없다. 여권 보여 주고 내 짐이에요 하니 서류를 작성해야 된단다. 정말 끝까지 날 안 도와 준다. 서류 작성하니 200코로나를 내란다. 내가 돈이 없다고 하자 그럼 2달러 내란다. 어떻게 2달러하고 얘네돈 200코로나가 같은 개념을 가질 수 있단 말인가? 내참 안 내려고 게겼더니 주머니에 기념으로 남겨 두었던 200코로나 있는 거 눈치챘군~ 돈을 내고 짐을 찾아 나가니 정남이가 걱정스런 눈빛으로 나와 있었다. 짜식~의리있어. 내가 안 와서 걱정 많이 하고 있었나 보다. 내가 너무 사색이 돼있으니까 걱정스런 눈빛이다. 들어가 얘기해 준다며 자리에 앉아 헉헉거리다 숨 좀 돌리고 그 얘기를 하니까 다들 뒤집어진다. 헉헉… 얘기해 놓고 나니 정말 별거 아니게 몇 분 안에 얘기하지만 그때의 그 긴장감, 불안감. 그때그때 도와 주던 많은 사람들. 잊지 못할 헝가리에서의 하루였다. 차 놓친 척하고 그 여자네서 자보는건데 하는 후회도 생기지만… 또다시 난 미지의 짤츠부르크를 향해 떠난다.

▲ 사운드 오브 뮤직 기차/영화에서 마리아와 아이들이 놀러 갈 때 타고 가던 이 기차는 아직도 석탄을 때서 간다.

▲ 짤츠캄마구트 정상/기차를 타고 올라가면 호수와 산으로 둘러싸인 언덕 이곳에 닿게 된다.

사운드 오브 뮤직/짤츠부르크

도 는 도 라지의 도 , 미 는 미나리의 미~

 식은땀으로 범벅되었던 아슬아슬했던 부다의 밤을 지나 기차는 새벽 3시 30분에 짤츠부르크의 아침에 닿아 있었다. 한참 잠맛을 알 때 깨니 정말 따뜻했던 기차간에서 내리기가 싫었다. 눈을 떠보니 신체 사이즈가 남들보다 꽤 긴 데다 숙녀 앞이라 이리저리 자세를 못 잡던 부산 사시던 분은 어제의 그 긴 다리를 복도 중앙에 쭉 뻗고 만세를 부르고 자고 있었다. 유럽의 기차 사이즈에 딱 맞는 나같은 몸매도 여행 때에는 참 좋은 선물이라는 생각이 든다.

 세 자매와 다시 만나 그들의 권유로 짤츠부르크에서 같이 따라 내린 거였는데 너무도 이른 새벽이라 역 대합실 의자 한 칸씩 잡고 다시 잠을 청해 봤다. 따뜻한 객실과는 비교도 안 될 정도로 춥다. 게다가 그 옆에서 먼저 터를 잡고 소리를 고래고래 질러 대던 외국인들은 거의 미친 듯이 아침이 다 밝도록 큰소리로 웃고 떠들고, 그래도 꿋꿋하게 끝까지 잘 수 있다니 어지간히 독하다. 나도.

 새벽 6시 30분에 일어나 사운드 오브 뮤직에 나오는 짤츠캄마구트로 가는 버스를 타기 위해 일어나자마자 우르르 정류장에 가보니 조금 늑장을 부리다 보니 이미 첫차는 떠나고 난 뒤였다. 다음 차는 8시 15분. 일찍 올라갈 수 있었으면 안개와 운무에 뒤덮인 보다 시원한 풍경을 구경할 수도 있었겠지만 조금 잠을 더 잔 대가로 우리는 한 시간을 버스 정류장 난간에 쪼그리고 앉아 다음 차에 오를 수 있었다. 버스값만 57실링이다. 가는 길은 이제껏 많이 봐왔던 독일+스위스 전원 풍경의 합작품 같다. 여행일수가 많아지면 많아질수록 감동이 줄어든다. 이젠 머 많이 본 거네 하며 옆 사람과의 대화에 열을 올리게 된다. 오스트리아 여기저기서 독일 돈도 같이 사용할 수 있다는 것이 신기했었는데 돌아와 사운드 오브 뮤직을 다시 보고 나니 왜 오스트리아에서 독일 돈도 쓸 수 있는 게 가능한지 알게 되었다. 유레일이 있으면 공짜인 유람선을 타고 내려서 협궤열차로 올라가게 된다. 스위스의 융프라우요흐~와 분위기가 많이 비슷하다. 거기서 눈이 없는 산만 연상하면 거기가 짤츠캄마구트다.

협궤열차는 석탄을 때면서 올라가는 기차였다. 깎아지는 절벽같은 급경사에 철로를 놓아 그곳을 관광지화 시켜 놓은 그들의 정성이 탄복스러워진다. 높은 곳에 올라 밑을 보니 호수로 부서져 내리는 오후 햇살이 은빛 고기마냥 비닐을 반짝여 보인다. 산 정상이 이렇게 아름다울 수가 있단 말인가? 그래서 산을 좋아하는 사람은 어질다고 했을까? 특히나 아름다운 이 풍경 앞에 잠시 넋이 나가 버린 양 바라보고 탄성을 내지를 수밖에 내 표현의 한계가 아쉽다. 산 위로 시원한 바람이 내 옷깃 안에 안겨 온다. 바람도 참 향기롭다.

다시 기차를 타고 나오니 언제 찍었는지 아까 기차 탈 때 사람들 표정을 찍어 놓은 스냅 사진이 게재되어 있었다. 난 찍어 놔도 못 찾을 것 같이 없어 보였는지(?) 없어서 조금은 서운했다. 날 찍었어야 했는데… 스타를 못 알아보다니….

세 자매는 이제 뮌헨을 향해서 떠나갔고 난 사운드 오브 뮤직의 무대가 되었던 미라벨 정원과 슈베르트 생가를 가기 위해 그들과 정말로 헤어졌다. 미라벨 정원을 가는 건 대빵 언니가 가르쳐 주어서 쉽게 찾을 수 있었다. 몇 번의 골목을 돌아 나가니 큰 시가지 옆으로 사람들이 웅성거리고 있는 것이 딱 보니 관광지였다. 미라벨 정원--너무도 이쁜 꽃들이 너무도 이쁜 모양으로 잘 가꾸어져 있었다. 마치 내가 마리아 선생님이 된 양 정원을 펄쩍펄쩍 뛰어다녀 보지만 제가 왜 저러냐 싶은 얼굴들이다. 그들이 노래부르며 뛰놀던 분수대, 조각이 있는 문, 말이 조각된 분수, 나무로 된 숲속 정원 그들처럼 걸어 본다. 배고프면 한 켠에서 그네들이 먹었을 것처럼 쪼그리고 앉아 허기진 배를 채운다. 나무 새로 부서지는 햇살이 좋다. 하루에 세 탕을 뛰려 하니 좀 무리다 싶어 슈베르트 생가는 가지 않고 아름다운 미라벨 정원 뒤쪽 언덕에 올라 잔디밭에서 한숨 잔 후 천천히 역으로 돌아간다.

▲ 자유/체코엔 어딜 가나 자유롭게 질펀하게 아무데나 앉아 노래하는 젊은이들이 가득하다.

▲ 어느 것이 인형?/ 꼭두각시 인형보다 더 인형같이 신기하고 더 재밌게 생겼다.

▲ 체코의 거리공연/엄청난 길바닥쇼였다. 한 가족쇼였는데 귀에 익은 팝송을 들으며 아름다운 리듬체조를 보고 있노라니 정말 이국감에 흠뻑 취할 수 있었다.

264

◀ 인형극이요?/공연 1
시간 전까지 인형극인
줄도 몰랐지만 그것은
또 다른 예술적 느낌이
들었다.

◀ 인형극 돈 지오반니
/인간과 인형이 하나가
되었던 너무도 벅찬 감
동을 주었던 인형극.

◀ 자유/어느 나이트클
럽 광고단이라고 상상
이 가는가?

◀ 돈 먹는 코인락커/
짐을 넣고 락커가 잠길
때까지 저렇게 다섯 칸
인가를 옮기고서야 성
공할 수 있었다.

밤이 아름다워/체코의 프라하

체코 가는 기차는 지옥철

뮌헨은 교통의 중심지다. 다시 체코를 가기 위해 들른 뮌헨 역에 앉는다. 체코 가는 사람들로 북새통을 이루고 있다. 예약을 하지 않았다면 가기 힘들 것이라는 말에, 한 부부 여행자가 편법을 가르쳐 주었다. 지름길이었다. 체코를 고생하지 않으며 갈 수 있는, 바로 직방으로 체코 가는 기차를 타지 말고, 뉴른버그 가는 기차를 타고 뉴른버그에서 내리면, 12번 플랫폼으로 한 시간 후 체코로 가는 기차가 들어온다고 했다. 그 기차를 타면 그 기차가 잘려 13번 플랫폼에 있는 체코에 직방으로 가는 기차와 합쳐져 같이 간다는 것이었다. 난 이 엄청난 사실을 알고 사람들을 꼬셨다. 그러나 쉽사리 사람들은 믿어 주지 않았다. 그래 겨우겨우 꼬신 부산 사는 오빠와 함께 남들이 우르르 체코 직행을 향해 뛸 때 예약하지 않았어도 편히 앉아 가고 누워도 갈 수 있는 뉴른버그 행을 탔다. 뛰다 보니 아까 헤어졌던 세 자매를 또 만났다. 또다시 일행이 되었다.

나도 만약 어느 여행객이 이야기한 것처럼 그렇게 되지 않으면 어쩌나 싶어 걱정이 되었지만 기차는 순조롭게 말한 대로 12번 플랫폼으로 들어와 13번 플랫폼에서 합쳐지고야 말았으니… 모두들 안도의 숨을 쉬며 이제야 맘놓고 긴잠을 청해 본다.

잠을 청하기도 잠깐, 국경검사대가 들어왔다. 체코는 유레일이 통용 안 되는 나라이기 때문에 들어가기 위해선 통행세를 내야 하는데 그 통행세란 것이 부르는 게 값이라 인원이 많으면 많을수록 깎기가 좋단 이야기는 익히 들어 알고 있었다. 그러나 내가 간 방법으로 탄 기차는 딱 잘라 에누리 없이 110크로네였다. 기분좋게 서로 낯 붉히지 않고 건네니 쉽게 지나쳐 간다.

프라하 역에 내리니 세 자매는 한국에 돌아갈 시간이 임박해, 오늘 보고 바로 오늘 체코를 떠난다고 했다. 이별을 하고 나니 부산 오빠, 기차칸에서 만난 전라도 아저씨, 이렇게 세 명이서 방을 잡아야 했다. 이 이 인원으로 쉽사리 방을 잡기가 어렵다는 게 먼저 체코를 다녀간 사람들의 이야기였다. 그래서 내가 부랴부랴 열차로 가 이제 막 내리는 따끈따끈한 청년 2명을 삐끼해 왔다. 이렇게 해서 5명으로 불어난 우리들은 안내창구에서 아파트 하나를 렌트하려고 하였으나 이미 풀로 다 찼다고 했다. 어쩔 줄 몰라 서로 상의를 하고 있으니 이때 접선해 오는 삐끼. 아파트를 5명이서 300크로네씩 해서 빌려 주겠다고 했다. 아침부터 실랑이하기도 귀찮고, 이 가격이면 괜찮다 싶어 바로 오케이를 했다.

체코에서 우릴 꼬신 삐끼는 부부 삐끼였는데 영어를 잘하는 아내가 접선하고, 영어 못하는 남편이 기사와 슈퍼마켓 위치 소개, 아파트 키 넘겨 주기 등의 잔일을 도맡아 하고 있었다. 우리가 소개받은 아파트는 영웅광장을 한참 지난 어느 아파트 주택가 단지였다. 말만 큼 좋은 시설은 아니었다. 아파트가 넓기만 넓지 화장실 물이 망가져 물도 못 내렸지… 욕조가 물이 잘 안 빠져… 식기 모자라… 암튼 맘에 안 드는 아파트 그 자체였다. 그러나 이미 때는 늦어 있었다. 아무도 환전을 안 했기 때문에 2명은 남아서 밥 해놓기로 하고 3명은 나머지 2명 것까지 환전하러 삐끼 아저씨 차 타고 갔다.

영웅광장 앞. 환전소. T/C는 수수료가 없었는데 현금 환전은 20%나 떼어서 황당했다. 그것도 모르고 현금도 수수료가 없는 줄 알고 다섯 명 것을 따로따로 하고 있었으니 수수료를 100%나 뗀 셈이 되어 버렸던 것이다. 영수증을 보면서 무슨 일을 처리해야 하는데 실수였다. 일단 숙박비는 차안에서 계산하고 우리는 슈퍼에 내려 달라고 했다. 차안의 부부는 다른 이들을 또 삐끼하러 역에 가봐야 한다며 나에게 갑자기 부탁을 했다. 부인은 코인 수집을 한다며 한국 동전이 있으면 나중에 체크아웃할 때 탁자 위에 놓고 나가 달라고 했다. 후에 아파트 시설이 너무 엉망이어서 안 주고 나와 버렸더니 지금 와서는 너무 미안하다. 슈퍼에서 밥과 함께 끓여 먹을 국거리를 잔뜩 사고서 고기까지 사서 이걸 다 먹을 생각으로 가슴 뿌듯하게 집을 찾아가는데… 애참. 또 길을 잃어 버린 것이다. 나하고만 같이 다니면 다들 방향치가 되는 건지? 왜 이러는 거야….

우리가 아침에 잡은 아파트가 어딘지 셋 다 모르는 거였다. 그렇다고 주소 쓴 걸 갖고 나온 것도 아니고, 이런 아침부터 이렇게 황당한 일이… 가서 얼렁 씻고 편히 한숨 때릴려고 했었는데 매번 이렇게 나라마다 망가지다니….

그래도 감각적으로 한번 찾아보려고 호수도 모르는 아파트를 양손 가득 찬거리를 들고 찾기로 했다. 이놈의 아파트 이 집이고 저 집이고 뭐 이리 다 똑같이 생긴 게 다 있나? 머 이런 게 다 있나???

여기다 싶어 가보면 여기가 아니고, 저길 거 같아 가봐도 없고 그렇게 식전부터 헤매기 시작한 게 2시간 30분째였다. 도저히 안 되겠다 싶었다. 다시 원점으로 돌아가 슈퍼 앞으로 가있으면 남겨진 일행이 우릴 찾으러 오겠지였다. 그래도 부산 오빠는 오빠인지라 책임을 통감하고 다시 한번만 돌아보고 가마 하고 우리 둘을 먼저 보냈다. 다행히 슈퍼 앞에는 찬거리 사러 나간 지가 언젠데 돌아오지 않고 있는 우리를 위해 전라도 아저씨가 나와 있었다. 그렇게 찾던 숙소는 슈퍼 앞 골목이었다. 이런이런... 이렇게 지척에 두고 먼 데서만 찾고 있었으니, 우리 숙소가 없는 건 당연한 이치였던 것이다.

가보니 꼬실꼬실하게 흰 쌀밥은 김을 내고 있었다. 반찬이 문제였는데 처음에 감자, 고기, 버섯, 파 넣는 것이 익는데 시간이 좀 걸릴 거 같아 국은 포기하려다가 기왕 늦어진 거 한번 해먹어 보자고 썰고 다듬고 해서 얹어 놨는데 소금이 없는 거였다. 가방에 남겨진 라면 스프로 대충 간을 맞춰 보지만 5명 인원에 턱도 없다. 대표로 지리를 잘 아는 전라도 아저씨가 뛰어가 소금을 사와 완전히 양념으로 맛을 내고 원없이 먹고 깨끗이 씻고 다들 개인 침대에 누워 한숨 잤다. 저녁 7시까지. 체코는 야경의 도시라 오후까진 자더라도 별 문제가 없다. 다들 뒤늦게 일어나서 슬슬 관광을 시작하는데 그렇게 체코 가면 맥도날드에서 아이스크림(우리 돈으로 150원밖에 안 한다)을 사먹으라 해 바로 나오자마자 일제히 맥도날드로 들어갔다. 그 옆에 햄버거 먹고 있던 한국애 여자 둘이 있어 아는 체를 했더니 자기네들은 체코 구경 다 하고 떠난다면서 지도를 우리에게 주었다. 아까 먼저 일어나 가족, 친구들에게 쓴 엽서를 부치러 우체국을 향했다. 우표값도 제일 싸다. 국제우편인데 우리 돈으로 치자면 180원밖에 안 하는 것이다. 그동안 써놓고 부치치 못했던 많은 엽서를 10통이나 부치고 나니 웬지 돈번 기분이다.

프라하는 밤의 도시였다. 시계가 9시를 알렸을까? 등뒤부터 모든 건물에 불이 들어오는데 정말 이렇게 이쁜 조명이 성마다 건물마다 비추니 체코에 갈 땐 사랑하는 연인과 같이 가라는 말이 그제야 이해가 갔다. 그 한쪽에선 광장 한복판에 거리 공연이 펼쳐지는데 이건 왜 동부유럽의 공산국가들이 체조에 강한지를 직접 길바닥에서 실감나게 해주었다. 그 옆으로는 연인이 불을 가지고 갖가지 묘기를 펼치고 있었다. 정말 너무너무나 이 밤을 밝히는 공연이다. 그의 말이 기억에 남는다. 공연을 마치고 그는 이렇게 말했다. 당신들이 내 공연을 보고 나에게 100원을 주면 나는 행복을 느끼고 200원을 주면 사랑을 바칠 것이고 1,000원을 주면 오늘 밤은 그 사람과 같이 자겠다고 했다. 관객들이 다들 그의 재치있는 말에 탄복했는지 그와 자고 싶어서였는지 돈들이 쏟아져 나왔다.

참 멋있는 공연가와 그를 알아봐 주는 관광객이다라고 생각하며 카를 교를 지나 프라하 성에서 그리고 그 길 사이사이를 걸어 돌아오면서 아름답구나 하는 것을 느낄 수 있었다. 밤이 아름답다는 말이 있다. 그 밤을 버리고 잘 수가 없어 우리는 새벽 3시까지 걸어다니며 다리에서 그들과 같이 앉아 노래도 하고 떠들고 웃고 젊음으로 밤을 불태우며 어느새 밤은 새벽으로 가고 있었다.

아침 일찍 일어나 제일 먼저 일어나 세수하고 나니까 나머지 일행들도 일어나기 시작했다. 일어나자마자 내가 감자에 물을 얹어 찌고 스프 끓이고, 밥까지 해서 부지런히 먹이고 나니 체크아웃하러 온다던 부부 삐끼는 오지 않았다. 아마도 우리가 컴플레인할지 알았나 보다. 아님 다른 여행객을 꼬시러 역에 가서 부지런히 생업에 종사하고 있던지. 가방을 둘러메고 이번엔 프라하 중앙역이 아니고 북역으로 가서 코인락커에 짐을 넣으려고 하는데 정말 웃기는 일이 발생했다. 돈을 넣고 비밀번호를 누르며 하는 코인락커였는데 처음에 돈만 먹고 잠기지가 않는 것이었다. 코인락커에 돈을 넣고 윙~~하는 소리가 나다가 그 소리가 그치면 문을 다시 한번 열었다 닫아야 닫히는 것이었다. 별 신기한 게 다 있다. 그런데 그게 안됐다. 삐 소리가 안 나든지, 소리가 끝났다 싶어 열었다 닫으면 전혀 닫히지 않아 우리 일행들은 이쪽 코인락커로 저쪽 코인락커로 옮겨다니며 엄청난 돈을 날리고서야 문을 닫는 데 성공했다. 그 옆에 독일여자 둘도 만만치 않게 고생하다가 우리 문이 먼저 닫히자 축하의 박수를 쳐주었다. 그래서 우리편에서 그녀들의 코인락커를 잠그는데 마구마구 도와 줘 그쪽도 두 번쨀 성공할 수 있었다.

체코를 나갈 때에는 체코 국경까지는 따로 돈을 내어 표를 끊고, 그 다음부터는 유레일 패스로 가는 거였다. 체코 국경까지 표를 예매하는데 웃기는 게 창구 3개가 같은 국경인데도 사람 따라 값이 틀리다는 것이었다. 그래서 제일 싼 3번 창구 아가씨에게 표를 예매하고 다시 전철로 영웅광장으로 돌아왔다. 오늘은 체코에서 열리고 있는 오페라 돈 지오반니를 보기로 했다. 남자 일행들은 과히 땡기지 않는 눈치였지만 그래도 체코에 왔으니까라는 의무감 반으로 우리 모두 표를 예매하고 낮 관광을 시작했다. 기념품이 특이하다. 그중에서도 인형 속에 인형이 그 인형 속에 또 인형이 들어 있는 5단짜리 인형을 샀다. 맨 위는 옐친 대통령, 그 속에 고르바초프, 그 안에 막스, 레닌이 들어 있는 참 별난 물건이었다.

그렇게 슬슬 구경을 하다가 오페라 시작하기 한 시간 전쯤 좋은 자리를 맡으러 우리는 극장으로 찾아갔다. 그러나 우리가 예약한 '돈 지오반니'는 오페라가 아니라 인형극 오페라 돈 지오반니였다. 어쩐지 매회 매진이라는 표가 5장이나 있어서 어리둥절했었는데 말이다. 남자 일행들은 돈 아까워서 인형극은 못 보겠다고 했다. 부랴부랴 표 산 곳으로 가봤지만 이미 문을 닫고 있었다. 다른 곳으로 가 알아보니 표 산 곳에서만 환불이 가능하다고 하는 설명이었다. 그때 돈 지오반니는 오페라와 인형극이 동시에 하고 있었다. 각각 다른 곳에서. 그 중 우리는 무정보로 인형극 돈 지오반니를 예약한 거였다. 남자일행들은 극장에 가서 환불해서 먹을 거나 배 터지게 먹을 거라 했다. 그러나 난 보고 싶었다. 그래서 과감히 그들과 결별을 하고 나 혼자 들어가 인형극 돈지오반니를 봤다. 너무 감동적이었다. 훌륭했다. 사람이 하는 것에서는 느낄 수 없는 유머와 인형과 사람이 어울려 이렇게 재미를 주는 인형극 돈 지오반니를 할 수 있다는 것이 대단하게 느껴졌다. 혼을 다해 인형 하나하나를 조정하던 사람들의 모습이 아직도 선하다. 이렇게 훌륭한 걸 안 본다고 했던 남자 일행들이 이해가 가지 않았다. 작은 소극장에 작은 무대였지만 큰 감동을 안고서 나올 수 있었다.

북역에서 11시 30분에 만나 가방을 찾기로 한 일행들은 아직 오지 않고 있었다. 내가 예상보다 일찍 역에 도착했는데 이 역 분위기가 아까하곤 틀리게 좀 살벌하다. 여기저기 술병을 들고 방황하는 거지도 있었고 좀 험악하게 생긴 사람만이 혼자 있는 내 눈에 들어오는 것이었다. 북역에 와 남은 돈으로 서울에 전화나 할까 해 잔돈으로 50크로네나 남겨 왔는데 이곳은 공중전화로 국제전화가 되지 않는다고 했다. 그래서 그 많은 돈을 음료수로 그동안 먹고 싶었던 콜라와 미린다 한 병씩 사먹고 날려 버렸다. 일행 2명은 베를린으로, 나는 오스트리아 빈으로 향해 체코를 나왔다. 오스트리아 빈으로 가는 기차안에는 건축학과에서 단체로 건축기행을 떠나 온 일행들을 만나 재밌는 밤을 보낼 수 있었다.

◀ 시청사 앞/늦은 밤
9시부터 매일 시청사
대형 스크린에는 Film
festival이 열린다. 광장
을 가득 메운 의자는
인파로 꽉 찬다.

◀ 쉰부른 궁전/누렇게
뜬 궁전과 잘 가꾸어진
정원이 너무도 매력적
이다.

◀ 수면제 합창단/날
잠들게 했던 스페인 아
카펠라 합창단이 예행
연습중이다.

빈(?) 가슴 하나로/오스트리아 빈

환상도로 일주기

추적추적 내리는 비. 빈은 아침 일찍부터 차가운 비에 젖은 채 나를 맞이해 주었다. 회색빛에 젖은 빈의 거리를 걷는 기분이 음산한 날씨를 좋아하는 나에게 멜랑꼬리를 준다. 빈은 환상도로를 중심으로 모든 관광지가 위치해 있기 때문에 혼자 여행하기에 참 좋은 곳이었다. 단 한번의 헤매임도 없이 얼만큼 가면 하나 하나씩 나타나 주는 명소들, 모짜르트가 서있는 공원을 지나 스테판 성당-왕궁-자연사 박물관-미술사 박물관-시청사-빈 대학 그렇게 쭈욱 따라 걸었다. 빈 대학은 특이한 엘리베이터가 눈길을 끌었다. 문이 열고 닫히는 게 아니라 엘리베이터가 위아래로 움직이면 문도 없는 그곳에 올라타는데 하도 재밌어 혼자서 한 10분을 놀았다. 혼자서. 역시 학교라고 하면 우리네처럼 확 다 모여 있어 시끌벅적한 상가까지, 늘 그런 분위기에 젖어 있다. 이렇게 한적한 학교에 오니 좀 무료하다.

빈 여행을 얼추 마치고 좀 떨어져 있는 쉰부른 궁전을 갈까 말까하는데 이렇게 순조롭게 여행이 이루어지고 있는데 계속해서 가보자 해서 지하철을 타러 내려가니 급하게 지나가던 한국인이 말을 걸어온다. 미국에서 어학연수를 끝내고 돌아가기 전에 유럽을 돌고 있다던 여행 중 가장 짧은 동행자로 지하철 네 정거장의 동행자였다.

쇤부른 궁전 가는 길은 쉬웠다. 많은 이정표가 쉽게 찾아갈 수 있게끔 잘 배려돼 있었다. 베르사이유 궁전이 궁전을 언덕에 짓고 정원을 아래쪽에 지은 구조라면 쇤부른 궁전은 정원을 언덕 쪽에 구성해 놓아 그 장대함이 더해졌다. 샛노란 궁전 또한 특이했고, 프랑스 식 정원에 세워져 있던 그 거대한 탑. 탑을 향해 걸어가 그 안에 놓여진 의자에 앉아 성을 내려다보는 여유를 가져 봤다. 풍경을 감상하고 3시에 있다던 합창을 구경하기 위해 자리잡고 앉았는데 간밤에 잠을 잘 못 자서인지 노래가 좀 지루했는지 공연이 막을 내릴 때까지 맨 앞자리에 앉아 고개까지 떨어뜨려가며 계속해서 잤다. 잘 보려고 앞자리에 앉았는데 자세가 안 된 구경꾼이 돼버린 하루였다.

모든 공연이 끝나고 빈으로 돌아갈 때 무임승차를 해보았다. 이젠 간덩이까지 부어올랐나 보다. 그래도 가슴이 두 근 반 세 근 반 하는 게 진짜 떨린다. 문이 열리면 곧 경찰이나 타지 않을까? 그러다 걸리면 이 쪽팔림을 어떻게 감당하지? 하며 가슴 졸였는데 운이 좋아서였는지 다신 하지 말란 신의 배려였는지 걸리지 않았다. 그런데 말이다. 안 걸리고 나니 아까 갈 때도 표 안 사고 가는 건데 하는 아쉬움이 남는 거였다는 것이다.

Film festival

그 유명한 시청사 앞에서 여름 밤마다 펼쳐지는 필름 페스티벌은 저녁 9시에 시작된다. 시청사 앞 마당에 놓여진 의자수에서도 그 규모가 짐작이 갔다. 그 주변으로 먹거리 시장이 들어서 있어 공연보다 배고프면 먹고 또 와서 보고… 정말 살기 진짜 좋은 세상이다. 모든 곳을 다 둘러본 나는 오후 6시부터 앉아서 기다렸는데 그 많은 의자에 앉아 있는 이가 나밖에 없었다. 약간 머한 생각도 들고, 할 일 없어 보이는 거 같아 소일삼아 그 주변 산책에 나서 보았다.

화장실이 가보고 싶어 맥도날드를 들어갔는데 으레 2층에 있던 화장실이 없었다. 그래서 모르는 척하고 햄버거 사는 척하면서 물어 봤더니 지하에 있다는 거였다. 깨갱이다. 괜스레 미안한 마음에 산 거였다. 그래 덕분에 햄버거 잘 먹고 다시 시청사 의자에 한 시간 만에 돌아와 앉아 있는데 조금씩 추워짐을 느낄 수 있었다. 한 시간 전인 8시가 되어서야 의자가 하나둘씩 채워져 나갔다. 오늘은 말러의 심포니 3번 발레였다. 떠나야 되는 차시간 때문에 1시간밖에 볼 수 없었던 공연이었지만 와 그 남자무용수들의 강한 율동과 표현력, 말러 음악은 회의적이고 난해하다고 그러지만 내가 들었던 말러 음악은 격동적이고 힘찼다. 쌀쌀한 날씨에 대비해 앞줄에 앉은 할머니는 방석에 스카프에 단단한 준비를 하고 와서 보고 있었다. 할머니까지~ 말러 음악을?

똑같은 상상을 서울 시청사 앞에 연세 지긋하신 할머니가 클래식을 감상하고 있다 생각하니 웬지 어색한 기분에 웃어 버리고 만다.

차 시간에 맞춰 U-Bahn을 찾는데 이번에도 여행객을 만났다. 이분은 더 재밌다. 학교를 91, 92, 93년도 시험을 매년 다 보고 다 붙어 몇 학번이냐는 질문에 어찌 대답해야 될지 난감해 했다. 91년도에 학교 다니다 적성에 안 맞아 92년에 다시 시험봐 다니다 93년도에 다시 또 다른 대학으로 옮겨 이제야 학교를 다닌다고 하니 그분도 참 평범한 사람은 아닌 거 같았다. 그래서였을까? 자기가 가지고 있던 빵과 크림을 잔뜩 주고 떠나갔다. 너무도 배가 고픈 참이었는데 염치 불구하고 차간에서 다 먹어 버렸다. 또다시 뮌헨을 향해 난 오늘도 알지 못하는 사람과 동석해 쉽게 웃으며 하루를 그렇게 마감하고 잠을 청한 뒤 내일은 또 나에게 무슨 일이 일어날까를 꿈꾸어 본다.

가방 찾고 자유를 찾아/독일의 문지그, 암스테르담

문지그의 필영 언니를 찾아

뮌헨에서 내려 바로 쮜리히로 가는 기차를 타러 플랫폼에 나가 있을 때였다. 한 여학생이 지나가며 나에게 슬쩍 인사를 건네 본다. 내가 너무 타버린 까닭에 한국인인지 확인 사살이었다. 서울여대 독문과 대학원에 재학중인 유선 언니였다. 언니와 이런저런 이야기를 하다 보니 같은 동네 지역구 구민이었다. 영어학원도 같은 걸 다녔고 또 언니 친구 동생이 우리 과 후배였다. 꼬이고 꼬이다 보니 다 통한다. 언니와 그렇게 재밌게 얘길 하고 언니는 인터라켄으로 가고 나는 배째고 큰 배낭을 맡겨 논 독일 프라이버그로 간다.

프라이버그로 가는 길은 독일과 스위스 접경인 바젤에서 기차를 타고 버스를 타고 들어가야 하는 약간의 벽촌이었다. 버스를 타면서 차표를 살까 말까 고민을 했다. 그러나 일단은 사놓고 보자 해, 사고 티켓팅은 안 하고 앉아서 언니가 살고 있는 하숙집을 향해 걸었다. 문을 열려 있었다. 그래도 벨을 누르니 한국 언니가 나온다. 난 그 언니가 내 가방을 맡고 있는 필영 언닌 줄 알고 반가히 인사를 건네 보았다. 그러나 그 언니는 아니었다. 옆 방 언니였는데 필영이요?하며 금방 나올 거라며 나를 안내해 주었다. 염치도 없이 파렴치하게 주인

없는 틈을 타 가방을 맡기고 튄 주인공이 눈앞에 나타났는데도 불구하고 착하게 생긴 필영 언니는 초면의 나에게 어서 오라며 너무나도 반갑게 환대해 주었다.

얼마나 힘들었느냐며 일단 더운데 씻고 나오라며 배려 또한 아끼지 않았다. 그래 그동안 좀 지저분해 있던 몸을 씻고 나오니 옆방에 하숙하고 있던 남학생이 친구 왔느냐며 문을 열어 본다. 필영 언니가 "전에 가방 맡기고 간 아가씨가 왔네"하는 것이 내가 그전에 가방 맡기고 튄 걸 다들 아는 눈치였다. 언니는 한국에서 사학을 전공하고 교사생활을 하다가 더 많은 공부를 위해 독일로 유학와 지금은 랭귀지 코스에 다니고 있다고 했다. 독일어 배워 봐서 알지만 그리 쉽게 정복되는 언어가 아니라 많이 힘들다며 읽고 쓰기는 어느 정도 하겠지만 듣기가 아직도 어렵단다. 그러면서 나에게 공부를 계속할 생각이 있으면 일찌감치 시작하라고 돈 벌어 나중에 30이 넘어 그러지 말고 바로바로 연결해 시작하라는 언니의 말 흘려 보낼 수가 없었다.

언니와 이야기꽃을 피우고 있는 동안 두 명의 한국유학생분들이 날 위해 만찬을 준비하고 계셨던 모양이었다. 구수한 된장찌개 냄새가 내 코를 간지럽히고 지나간다. 의심했다. 내 코를~~여기가 어딘데 내 코에 된장냄새가 난단 말인가? 하고 그러나 꿈은 아니었다. 주인 할머니의 세심한 배려로 서양인이 맡으면 이상하게 역했을 된장국을 자주자주 끓여 먹을 수가 있다고 하는 언니의 설명이었다. 한국노래 테이프는 몇 개 없었지만 밥 먹을 때 틀어 주던 '넌 할 수 있어~'가 그렇게 그들에게 힘들 때 위안이 될 수 없다며 설명해 주는데 나에게도 커다란 힘이 되어 주었다. 그래 여러분들도 잘할 수 있고 나도 뭐든지 할 수 있다구요!!!!!!
언니 오빠들의 따뜻한 배려를 뒤로 하고 떠나 올 때 이렇게 타국에서 신세진 사이로 처음 만났는데 이리 큰 은혜를 입고 돌아갈 수 있는 난 정말 행복한 사람일 거라는 뿌듯함이 가슴을 적셔왔다.

창뒤로 사라져 가는 필영 언니에게 계속 손을 흔들며 이젠 아까 산 표에 보란 듯이 티켓팅을 하고 앉았다. 그때였다. 한 정거장이나 남았을까? 창밖만 열심히 보고 있는데 문이 열리더니 사복 경찰이 들어왔다. 표 검사 때문이었다. 그때 속으로 얼마나 쾌재를 불렀는지 모른다. 내가 선견지명이 있었지 하며 떳떳하게 앉아 있으니 그들의 제일 타겟은 나였다. 내가 보란듯이 표를 내밀자 아까 티켓팅할 때 찍힌 시간까지 확인하며 고맙다고 다시 돌려 주더니 내렸다.

아마 표를 안 사고 왔더라면, 또 티켓팅을 안 하고 탔었더라면 하고 생각해 보니 앞이 깜깜해진다. 100마르크의 벌금도 벌금이지만 이건 나라 망신이다. 운이 정말 좋았다.

◀ 길바닥에서 다국적 식사를/대만 친구와 내가 먹고 있는데 영국인 제임스가 같이 먹자고 합석해 왔다. 뒷말처럼 암스테르담이 하나이듯이 우리도 쉽게 먹는 걸로 하나가 될 수 있었다.

◀ 안네 프랑크의 집/줄이 너무 길다며 사진 한 장만을 남기고 떠난 오빠. 이름도 몰라~ 성도 몰라~.

◀ 안네 일기/실제 안네의 자필로 씌어 있는 안네 일기를 보고 있노라니 눈시울이 뜨거워졌다.

발 큰 여자 지구가 좁다 281

◀ 섹스 박물관/오잉 이게 뭐
야?
난 이 한 장을 찍기 위해 얼마
나 마음을 다부지게 잡아 먹었
는지 모른다. 함 찍어나 보자였
다.

▼ 암스테르담 역에서 나를 대
만 사람인 줄 알고 접선해 왔던
대만 친구와 우리 까맣다는 이
유로 너무도 쉽게 친해질 수 있
었다.

SEX 유 람(?)

 바젤에서 다시 그 날 밤 늦은 시간에 암스테르담을 가기 위해 난 바젤 역 구석에 앉아 있다가 책 보다가 했다. 드뎌 오늘부터 본격적으로 북유럽을 가는 기차를 타기 위해 올라가기 시작했다. 혼자 콤파트먼트에서 잘까봐 걱정했었는데 오늘도 어김없이 동행자 한국인을 만나 같이 안전하게 다음날 암스테르담에 닿았다. 일행중 한 명은 우리가 잘 때 쾰른에서 내렸고 다음날까지 남겨진 사람은 내일 한국으로 돌아가기 위해 암스테르담으로 향하고 있던 오빠였다. 내일 돌아간다니 너무도 부러웠다. 난 아직도 보름이나 남아 있었으니까… 일행 오빠가 오늘 마지막 날이라 올 때 같이 온 친구를 만나기로 했다면서 오전 10시까지 기다려 주면 미팅을 시켜 준다고 해서 기다렸다. 그러나 시계가 11시를 쳐도 오지 않았다(아마도 못생기고 시커먼 내가 기다리고 있는 줄 눈치챘었나 보다) 그때쯤이었었다. 나만큼이나 결코 만만치 않게 시커먼 여자애가 나타났다. 날 보고 타이완이냐고 물었다. 아니라고 말하고 나서 그 애를 보니 그 애와 나는 좀 닮았다. 그네 나라 사람처럼 보인다 그 말이었다. 시커무리한 남방계통에다 머리도 비스무리하게 부세세하다. 누가 타이완이고 누가 코리안인지 내가 봐도 구분은 잘 안 간다. 그 여자애는 숙소를 구해야 하는데 아침 늦게 도착이 돼 못 구했다며 날보고 숙소 아는 데 있으면 좀 가르쳐 달라고 했다. 난 한국에서 통신을 통해 알게 된 숙소 전화번호를 몇 개 적어 주었다. 부랴부랴 전화해 본다고 가더니 역시 방이 다 차서 없다며 어쩔 줄 몰라했다. 그러더니 안 되겠다 싶었던지 우리와 오늘 같이 여행하고 싶다는 제의를 해왔다. 그래서 그럼 같이 하자고 그렇게 해서 오빠와 나 타이완 친구는 가방을 셋이서 꼬깃꼬깃 코인락커에 넣고 바로 섹스 박물관으로 향해 걸었다.

타이완 친구가 자기는 섹스 박물관 얘긴 못 들어 봤다고 했다. 난 그녀에게 한국 여행객들에겐 누구나 꼭 한 번 가봐야 하는 필수 코스라 말해 주니 왜냐고 대뜸 묻는다. 내가 한국에선 호박씨를 잘 까서 암암리에 아는 이야기여서 남모르게 관심들이 많다고 했더니 고개만 갸우뚱해 보인다.

분명히 역 근처라고 했는데 아무리 봐도 박물관은 없었다. 그래서 여러 사람 붙잡고 물어 보긴 하는데 '섹스'자가 들어가니 물어 보기도 좀 그렇다. 그렇게 왔다갔다 하다가 우린 드디어 발견했다. 글쎄 골목 한 귀퉁이에 필통만한 크기의 간판이 걸려 있었으니 우리가 못 찾는 것도 무리는 아니었다. 세 명이 같이 들어갔으나 오빠 민망했던지 이내 이따 앞에서 보자며 먼저 올라갔다. 남겨진 타이완 친구와 나는 들어서자마자 이건 쇼크 그 자체였다. 뭐라 말이 필요없었다. 나도 결혼하게 되면 그렇게 해야 하는 건가?싶어 무섭고도 징그럽고 한편으로 재밌기도 하고 해서 어떤 표정을 딱 골라 지을 수가 없어 난처해 하고 있는데 타이완 친구는 처음부터 이렇게 재밌는 건 처음 봤다며 배꼽이 빠질 정도로 웃어 버리는 거였다. 내참 무안하게 그렇다고 난 안 웃을 수도 없고 겸연쩍게 따라 웃어 보지만… 정말 깬다. 이런 게 다 있었구나? 정말 별세계였다. 그렇게 푹 빠져 돌다 보니 일행들은 어느새 하나도 보이지 않았고 구경을 마치고 나왔을 땐 왜 이리 늦게 나오냐며 이미 나와 있던 두 사람에게 난 괜히 이상하게 밝히는 애가 되어 버리고 말았다.

일단 그렇게 보고 싶던 걸(?) 보고 나니 배가 고팠다. 이상하게 몇 블럭을 걸어왔는데도 슈퍼는 보이지 않았다. 지나가다 땅바닥에서 빵을 먹고 있던 한국애들을 발견해 물어 보니 슈퍼는 바로 뒤였다. 항상 철퍼덕 땅바닥에 퍼져서 먹는 모습은 자유롭다. 내일부터 북유럽을 올라가야 했기 때문에 비싼 북유럽의 물가를 견디기 위해 난 여기서 장을 많이많이 봐야 했다. 제법 싸다. 이것저것 사고 나와 우리도 아무데나 자리를 잡고 앉아서 먹고 있으려니 영국애가 같이 먹을 수 없냐며 우리 한 켠에 자리를 마련하다. 그런데 우와 정말 잘생겼다. 제임스였는데 내가 본 서양애들중에서 제일 잘생겼다. 너무너무 예뻐 보고 있기만 해도 배가 안 고플 정도로. 그러나 그는 짧은 식사를 마치고 쉽게 떠나갔다.

제임스 날 잊지 마~~~~~~~~.

영어론 "Please, Don't forget me."

자 다음엔 반 고흐 미술관. 미술관을 향해 걸어가고 있을 때였다. 신호등 앞에 서있던 할머니와 할아버지가 타이완 친구에게 말을 걸어 왔다. 그들의 말은 이러했다. 자기네가 오늘 모든 박물관을 볼 수 있는 티켓을 샀는데 지금 떠나야 하기 때문에 우리에게 주고 싶다는 것이었다. 보니 모든 박물관 표가 2장씩 있었다. 우리 일행은 3명이었지만 그래도 너무도 큰 횡재였다. 일행 오빠는 더 이상의 박물관은 자기에겐 고문이라며 들어가지 않으려 했지만 내가 오빠에게 고흐만은 틀려요 하고 꼬셔서 결국 들어가게 되었다. 역동감 있는 고흐의 작품. 이런 작품을 안 보려 했다면 아쉬워했을 텐데… 푹 빠져 4층에 걸친 작품들을 다 보고 나오려니 눈이 부시다. 그러나 오빠 아는 작품 몇 개 빼면 역시 미술관은 미술관일 뿐이야 한다.

그 다음으로 안네 프랑크의 집으로 갔다. 거기도 티켓이 있었다. 그러나 200여 명이 넘는 인원이 줄을 서있는 것을 보고 오빠는 맛이 갔는지 자기는 안 봐도 된다며 보고 오라고 역으로 돌아가 버렸다. 안네가 서운하게시리 말이다.

"우리 집에 왜 왔니? 왜 왔어?"하고 물으면 어쩌려고? 순간 나도 갈등됐다. 그러나 타이완 친구가 우린 시간도 많고, 공짜표도 있으니 들어가야 한다고 설득해 나는 그녀와 끝까지 남기로 했다. 타이완 친구와 나는 꿋꿋하게 줄 섰다가 안네 프랑크의 집으로 들어갔다. 처음 들어가면 영어, 일어, 네덜란드 어로 대략적인 소개가 모니터 화면을 통해 나왔다. 그리고 이어지는 안네가 살았던 방들. 그 감수성 많고 예민한 시기에 2년여 동안이나 갇혀 살아야 했던 일이 너무나도 안쓰럽게 생각되었다.

특히 안네 방에 붙어 있던 사진들. 그 나이 또래들이 그러했듯 여러 유명인의 사진이 붙은 방을 지날 땐 정말 가슴이 짠해져 왔다. 윗층은 안네의 일기가 각국어로 번역된 책이 전시 판매되고 있었다. 그 감동을 잊지 않기 위해 난 영문판 안네의 일기를 사 남은 여행기간 내내 읽어 볼 수 있었다.

타이완 친구와 이런 저런 이야기를 나누며 역으로 다시 돌아와 오빠는 공항으로, 타이완 친구는 그녀의 다음 목적지로 그리고 난 덴마크로 가기 위해 조금의 시간을 더 역에서 허비해야 해 남게 되었다. 서로 더 좋은 여행이 되길 바라며, 연락하기로 하고 헤어졌다. 그러나 회자정리일 텐데, 어느 순간 어느 곳에서라도 또 볼 날이 있을 것이다, 라며 위안을 삼아 본다.

여행이 끝나가서인지 방학이 끝나가서인지 덴마크로 들어가는 한국인은 보이지 않았다. 난 차시간이 임박하면 나타나겠지 싶어 기다리고 기다렸다. 시간이 가면 갈수록 기골이 장대한 떡대들의 유럽애들, 미국, 캐나다애들만 몰려올 뿐 동양애라곤 하나도 보이지 않았다. 무서웠다. 게다 난 예약도 하지 않아 복도에서 자야 될지도 모르는 부담감조차 안고 있었다. 그래도 그래도 라는 희망을 잃지 않고 기다렸다. 저쪽 끝으로 가 없으면 또다시 이쪽 끝에는 있을 거야, 라는 생각으로 그렇지 않았으면 난 아마도 외로움과 두려움에 떨다 그대로 굳어 버렸을지도 모를 일이었다. 희망을 버리지 않는다는 것. 그 얼마나 강인함을 주는가? 그렇게 열 번 정도를 플랫폼 이끝 저끝으로 서성이던 바로 그때. 내 눈앞으로 동양인 두 명이 나타나며 그들 중 한명과 눈이 띵용용 하고 맞았다. 하지만 순간적인 직감으로 석연치 않아 보였다. 얼핏 보기엔 한국인 같았는데 지나갈 때 들어보니 우리말을 쓰지 않고 있는 듯했다. 그래도 할 수 없었다. 용기를 내어 다가갈 수밖에, 그렇지 않으면 도저히 이 밤 혼자서 해낼 자신이 없었다.

"한국인이세요?
"네 아 저만 한국인이구요 이쪽은 일본인인데요!"
영국에서 어학연수중 룸메이트로 만난 그 두 남자분은 침낭만을 가지고 '절대노숙'을 목표로 유럽을 여행중이라고 했다. 혼자 외로이 이 무서운 역에서 떨고 있는 아낙을 거두어 주어 나는 그들이 지켜 주겠다는 약조를 받고 그들과 일행이 될 수 있었다. 한국분하고는 한국말로, 일본분과는 일본어로, 그 두 분은 서로 영어로… 내가 영어를 쓰지 않아서(난 잉글랜드와 관련된 사람 앞에선 절대 영어를 안 쓰는 습관이 생겼다) 남겨진 사람은 혹시 자기 얘기를 하지 않는 게 아닌가 의심해 보며… 이제는 느긋하고 여유있게 기다릴 수 있었다.
"카미사마(일본어로 신이시여) very very (두 분을 위해) 땡큐이옵니다"였다. 3개 국어가 절로 나오는 밤이었다.

열차가 들어오니 밀치고 밀치는 기차에 어느샌가 올라 자리를 잡고 날 기다려 주고 있었다. 그들이 잡은 콤파트먼트는 세 좌석만 예약된 자리로 나머지 세 좌석이 빈 좌석이었다. 우리는 일단 그것만 보고 들어가 일단 자리를 잡으니 한숨 놓인다. 우리는 다들 좋아하는 창가 쪽을 중심으로 앉았다. 그리고 내일 아침까지 누워 갈 수 있다는 생각을 하니 내가 팔자 하난 정말 좋구나, 하며 마음껏 꿈에 부풀어 있었다.

자리를 잡지 못한 애들은 이 방 저 방 돌아다니며 열심히 빈 자리가 있는지를 물어 보며 문 닫는 소리, 영어, 그러더니 이윽고 우리 방에도 어여쁜 아가씨 세 명이 들어왔다. 신사도의 나라 영국에서 공부하고 있다가 잠깐 나왔다는 두 분은 역시 신사도를 발휘해 숙녀(?)들을 보자 얼렁 들어오라며 가방도 들어 주고 대신 이 콤파트먼트는 세 자리가 예약이 돼있다는 정보까지 해, 이하 기타 시중을 너무도 잘 들어 주는 것이었다. 그러나 이것이 사건의 발달이 될 줄이야... 그저 너무 좋은 사람들 만나게 된 것을 흐뭇해 하던 나는 멍해져 있었나 보다.

자리를 맡지 못한 이들은 복도에서 그리고 화장실 앞에서 진을 치고 자리를 잡고 이제 더 이상 기차의 빈 공간이 보이지 않을 때까지 여행객들이 들어왔다. 이런 치열한 경쟁을 뚫고 난 자리까지 잡았으니 흐흐흐 복도 지지리도 많아~.

그렇게 한 두 정거장을 갔다. 어느 간이역이었다. 기차가 서자 또 다시 우르르 여행객들이 타는 소리가 들린다. 그러더니 갑자기 우리 방문이 거세게 열리더니 무슨 표를 들이대며 갸우뚱거리는 여행객 일당이 들어왔다. 무슨 일이냐며 우리의 기사(?) 일행이 물어 보니 자리를 예약한 사람들이었다. 여섯 명은 일제히 서로를 쳐다보며(이때까진 물론 우리가 먼저 자리를 맡았으니까 으레 나가야 할 애들은 나중에 온 아이들일 거야 했다. 그러나 그게 아니었다. 그들이 예약한 좌석번호는 나의 일행들 셋이 앉고 있는 자리 번호였다) 서로를 의심했지만 결국 우리 쪽의 처절한 참패였다. 그렇다고 그들 앞에서 우리가 먼저 탄 거니까 나중에 들어온 너희가 나가라고 할 수도 없었다. 깨깽을 외치며 우린 짐을 들고 나갈 수밖에 달리 방도는 없어 보였다. 예약된 자리가 몇 번인지 확인을 했어야 하는데 매번 타는 기차이면서도 자그마한 실수로 인해 이렇게 긴긴 밤을 어디서 세워야 할지 막연해져 우리는 굿 바이를 외치며 콤파트먼트를 나왔다.

복도도 만원이었다. 가뜩이나 신체 사이즈 긴 애들이 복도마다 쭉쭉 침낭에 누에처럼 콕 파묻혀 발 디딜 수도 없을 정도였다. 막막했다. 어떻게 할 것인가를 논의하다가 일단 자리가 있나 없나를 보자며 나를 남겨 두고 자리를 알아보러 간다며 저쪽 칸으로 갔다. 잠시 후 저쪽에 자리가 많이 있다며 가자고 한 곳은 덴마크까진 아니었지만 그래도 그게 웬 횡재냐 싶어 우리는 거기에 짐을 다시 풀고 밀린 잠을 청해 보였다. 그렇게 달짝지근하게 뻑적지근한 몸을 풀고 있으니 안내원 아가씨가 이 기차 뜯어질 지점이라며 덴마크 갈 거면 저쪽으로 건너가라고 알려 주러 와서야 우리는 깰 수 있었다.

다시 복잡한 복도로 나와 보니 더 이상의 빈 자리는 기대하기 힘들었고 우린 그래도 좀 자리가 나있는 복도에 가방을 놓았다. 체면이 있었다. 그래서 복도에 눕진 않았다. 그러나 이 자세로 아직도 많이 남아 있는 긴밤을 세우려니 막막했다. 허리는 자꾸 밑으로 처지면서 나의 나의 의지와 상관없이 난 기차 복도 바닥에 누워 자고 있었다. 바닥은 너무도 차가웠다. 내 여지껏 기차 타면서 바닥에 그것도 복도 바닥에 잔 적은 없는데 참 막판에 별일 다 당해 본다. 그래 이런 게 여행이 주는 묘미다. 나름대로 위안을 해보지만 춥고 또 화장실 간다며 왜 이리 날 넘어 다니는지…. 게다가 유레일 검사며 여권 검사는 두 개 같이 하면 안 되나? 하나 보여 주고 잠들 만하면 30분 있다 또 딴 거 보러 오고… 그렇게 다섯 번을 체크하고서야 난 어렵게 덴마크에 입성할 수 있었다. 입성부터 난관의 연속이다.

▲ 가이렝커 피요르드/지명을 알리는 간판이 너무도 귀엽다.

◀ 피요르드란?/하늘 빛이 그대로 묻어나 호수에 잠긴 것을 말함. 정말 한 폭의 그림이라고밖에 말할 수 없는 저 코스를 실제로 가본다는 건 가슴 미어지는 흥분이었다.

290

▲ 노르웨이의 하이디〈?〉/지붕이 풀로 덮인 캠핑장에선 나도 하나의 풀이 되고 싶었다.

▲ 노르웨이엔 왜 이런 게 있나요?/상징물인 듯
한 조각상을 학대해 본다.

▲ 마실 나왔어요~/샤워를 마치고 산뜻한 기분
으로 나온 모습이 시골에서 마실 가는 처자같이
조금은 촌스러웠지만 웃음이 있어 좋다.

북유럽은 멋있다?/노르웨이, 스웨덴, 핀란드

북유럽이다!

아침 그렇게 버텨 낸 찬란한 아침을 맞이했다. 부서져 내리는 아침
햇살을 받으며 난 밤새 같이 동고동락한 일행 신사들과 헤어지고 기
차 대합실로 올라갔다.

기차시간을 대충 보고 일수를 계산해 보니 일단 빨리 북유럽을 올
라갔다 온 후에 내려오면서 덴마크를 보는 것이 낫겠다는 판단이 섰
다. 판단 뒤엔 과감하게 행동으로. 밤새 그렇게 찾아도 한 개도(?) 안
보이던 한국인들이 대합실에 여기저기 하나둘씩 눈에 들어왔다. 일
단은 배가 고프니 가차 대합실 의자도 아닌 맨바닥에 이젠 버릇이 되
어 버려 으레 더 자연스럽게 바닥에 앉아 주린 배를 빵으로 채우고
나니 노르웨이 행 기차를 탈 마음이 생겼다. 여러 명이 기차 시간표
앞에서 서성거리고 있었다. 흐흐… 혼자 가기 심심하잖여… 그래 나의
이 이빨로 슬며시 다가가 다들 노르웨이 가지 않겠느냐고 내가 아주
죽여 주는 피요르드 코스를 알고 있다고 꼬셨더니 남자 둘에 여자 하
나가 그냥 도끼도 들기 전에 퍽퍽 다 넘어가 버린다.

우리는 피요르드 빙하 침식 작용에 의해 생긴 그 광활한 자연을 향
해 노르웨이 바이킹의 후예를 찾아 힘차게 기차에 첫발을 내딛었다.

늘상 하던 것처럼 먼저 통성명을 하니 세 명이 다 같은 92학번이다. 대신 카톨릭의대를 다니고 있는 정호 오빠는 재수를 했다 해서 호칭은 오빠로 하고 나니 다들 한 가족 같은 기분이 든다. 기차에 앉아 나와 어린 동준이는 계속해서 잤다. 앞에 앉은 정호 오빠와 상희는 얘기 나누는지 웃음소리가 끊이질 않는다. 자다가 눈 뜨면『안네의 일기』읽고, 읽다 졸리면 또 자고 하니까 앞에 둘이 어쩜 그렇게 잘 자느냐고 같이 놀자고 제의를 한다.

북유럽이라고 의식해서 그런지 차창 밖 풍경이 참 새롭다. 역시 북유럽이라 그런가? 진짜 표 검사 많이 한다.

여권 - 유레일 - 다시 여권 - 또 유레일 - 여권-….

그래도 검사하는 이들의 매너가 좋아 짜증은 나지 않는다. 단지 좀 귀찮을 뿐이다. 네 명이서 원카드를 해서 진 사람이 물가 비싸다고 소문이 자자한 오슬로에서 1.5리터짜리 물을 사기로 했다. 내기에 약한 나! 나운영, 엄청난 점수차를 내고 꼴등을 차지하고야 말았다. 정호 오빠도 한 명이 사면 부담된다고 해 같이 걸렸다. 이렇게 재밌게 놀면서 가고 있는데 기차가 이상한 소리가 나기 시작했다. 그리고 움직이지 않고 있었다. 움직여도 조금씩뿐이었다. 기차가 분리되고 있었다. 덴마크에서 떨어져 있는 북유럽을 가기 위해 기차가 배에 실리는 과정으로 한 칸씩 한 칸씩 뜯겨 배 안에 잘 넣고 있는 것이었다. 너무도 신기한 일이 지금 내가 타고 있는 기차 안에서 이루어지고 있었다. 배에 다 옮겨진 기차 안에서는 갑판에 나가도 된다는 방송이 나오고 있었다. 신기한 마음에 다들 나가 보니 육지는 저만치 멀어지고 있었고 또 다른 대륙이 서서히 다가오고 있는 것이 보였다.

인터레일 센터_씻고 가야징~

바로 앞 노르웨이에 도착한 배는 다시 우리 기차를 원상태로 잘 맞춰 주고 또다시 합체된 기차는 아직 남은 길을 달려가기 시작했다. 오슬로 역은 상상을 초월한 압도적인 규모였다. 수시로 돌고 있는 무장한 경찰들이며 잘 정비돼 있는 역내 상점들. 감탄해 마지않으며 제일 급선무인 환전에 나섰다. 나야 한국에서 바꿀 수 있는 모든 나라의 돈을 다 바꿔 왔기 때문에 문제가 없었지만 예정에 없던 북유럽들을 왔는지 나머지 일행들은 수수료 비싸서 울고 나온다는 노르웨이 오슬로에서 눈물을 머금고 환전을 해야만 했다. 게다가 같이 모아서 환전을 했더라면 수수료는 한 명분만을 떼었을 텐데 계산하기 힘들다며 각자 하는 바람에 정말 장난 아니게 수수료로만 엄청 떼었다. 협동이 필요했는데 그렇게 하지 못한 것이다. 늘 환전 때마다 보아 온 아쉬운 모습 중의 하나였다. 나야 환전할 일 없어 일행의 가방을 맡고서 열심히 지나가는 동양인들을 찝쩍(?)대고 있었다. 그러던 중 한국인 일행들을 너무도 반가이 아는 체했더니 건축기행을 나왔다는 그들은 나에게 오슬로 공짜 이용권을 주셨다. 차시간 때문에 바삐 돌아가야 한다는 것이었다. 이래서 한국인들이 좋은 것이다.

북유럽 기차역 안에서는 인터레일 센터라 하여 가방도 공짜로 맡아 주고 취사도 할 수 있게끔 젊은 여행자를 배려하여 만들어 놓은 공간이 있다. 아까 게임에서 걸렸던 나는 정호 오빠와 물도 살 겸해서 내려갔으나 우와 물 1.5리터 값이 무슨 양주값만하냐? 이때 나오는 잔꾀. 오빠와 나만 알고 우리는 병 안에 수도물을 받기로 하고 그렇게 내려간 인터레일 센터 안에는 아니 이게 누구야? 미국 사는 마이클, 영국 사는 제임스, 네덜란드 사는 차흐, 중국 사는 니와땅, 일본 사는 와리바시 상 등….

암튼 이 동네 저 동네 언니 오빠들이 쫙 퍼진 모습으로 여기저기 모여 앉아 기타 치며 노랠 하든가 맛있는 스프를 끓여 먹고 있었다. 방명록에 한마디 쓰고 있는 애들. 한 몇 년 동안 모아 둔 방명록을 쌓아 놓고 여행정보를 수집하는 애들로 인터레일 센터는 뜨거웠다. 근데 이건 또 누구야??????????

히트 언니였다. 터키에서 헤어져 그 후문이 궁금하던 언니를 여기서 또 만나다니. 인연도 대단하서… 그때하곤 다른 아주 반가운 마음에 언니를 불렀다.

"이야 ~또 만났네?"

언니에게 난 독일 필영 언니에게 들러 가방을 찾아 올라왔다고 하니 아직 언닌 시간이 없어서 가지 못했다고 했다. 베르겐 간다면서 갔다가 이젠 한국으로 돌아갈 거라고, 필영이가 가방 몰래 놓고 갔다고 화는 내지 않더냐고 묻는다. 언니 화는? 얼마나 잘 해줬는데….

암튼 반가웠다. 지나고 나니 그때가 벌써 추억이 된 모양이다. 정확히 인터레일 센터의 짐 보관 및 취사 그리고 탁자, 화장실 이용은 무료였다. 그러나 샤워만은 역시 공짜가 아니었다. 난 그것도 모르고 물 만난 고기마냥 샤워를 하려고 열심히 꼭지를 돌렸지만 물이 나오지 않아 옆에서 열심히 샤워하고 있던 일본애한테 물어 보니 코인샤워라며 돈이 좀 들 거라고 그래서 자기도 하는 수 없이 한다고 하면서 열심히 때를 민다. 그래 일단 앞길이 어떻게 될지 몰라 가렵고 찝찝했지만 좀더 참아 보기로 하고 세면대에 머리를 들이대고 아쉬운 대로 머리를 감기 시작했다. 옆에서 샤워했던 일본애도 머리 감다 샤워물이 끝났는지 나머지 한쪽 세면대에 머리를 들이대며 멋쩍었는지 날 보며 씩 웃어 보인다. 통한 것이다. 머리를 다 감은 후 이어 세면대에서 빨래를 시작하니 옆에 일본 친구도 만만치 않다. 둘이 코스가 같다. 그녀도 가방을 열더니 그동안 빨지 못한 양말이며 빤쓰며

티며 한가득 꺼내 같이 빨기 시작한다. 일본어가 가능한 난 솔직히 대학에서 일본어를 전공하고 있다며 그녀와 본격적으로 대화를 시작했다. 그녀의 대답은 의외였다. 그녀는 재일교포였다. 어쩐지 생긴 게 둥글둥글하다 싶었더니… 그녀 이름은 김 후미코, 내가 후미코의 얼굴은 한국인보다 중국인을 더 닮았다고 하니 일본에서도 그런 소리 많이 듣는다며 그게 차라리 낫다며 다음과 같은 설명을 덧붙였다. 어차피 일본에서도 완전한 일본인이지 못하고 한국인에게도 완전히 포함되지 못하고 있다고. 그래서 차라리 외국인인 중국인처럼 생긴 게 살아가는 데 더 낫다고… 그녀가 한때는 갈등으로 꽤 고민했었을 문제를 그냥 씩 웃어 보이며 말하니 자못 미안해진다. 그녀는 그렇기에 이 넓은 대륙을 혼자 여행할 수 있었을 것이다. 차 시간이 임박했다며 서로 좋은 여행이 되길 원한다며 아쉬운 작별을 나누었다.

방명록을 뒤적이며 내가 가게 될 가이렝거 피요르드 일정을 적어 처음으로 타보는 노르웨이 기차에 올랐다. 북유럽엔 콤파트먼트가 없다더니 진짜 일반 객실 모양이다. 각기 나눠진 예약자리로 뿔뿔이 흩어져 앉아 다음날 정호 오빠가 내리라며 깨울 때까지 처절하게 잤다. 항상 기차가 목적지에 가까워지면 불안해진다. 앞으로의 일정에 대한 염려 때문인가? 기차가 가는 동안은 어떤 목적지가 정해져 있어 안심하고 풍경을 즐길 수 있지만 내리고 나면 혼자의 힘으로 찾고 묻고 하는 것에 꽤 지쳐 있었나 보다.

피요르드, 거 정말 죽이네~

이른 새벽녘, 다들 잠에서 덜 깬 눈으로 멍하다. 오덜슨스 가는 버스는 이미 기차 도착 시간에 맞춰 이른 새벽인데도 나와 대기하고 있었다. 버스 가격을 흥정하고 있는데 정호 오빠가 갑자기 다른 데가 더 좋다고 간밤에 옆자리에 앉은 할머니가 그랬다며 약간 방황한다. 자유배낭자 -- 언제든, 어디서든 여정을 바꿀 자세가 되어 있다며 난 괜찮다며 그쪽으로 가자고 했더니 또다시 아니란다. 그냥 가기로 했던 대로 가자고 한다. 버스 맨 앞쪽에 앉아 자리를 잡고 가는데 이 동네 버스는 완전히 관광버스화 되어 있었다. 버스가 거대한 자연을 통과해 가다 경치가 좋은 곳이 나오면 기사 아저씨는 운전을 멈추고 "5분 관광"이라며 마이크를 잡고 외쳐 대던 늙으신 기사 아저씨셨다. 이른 새벽의 도착이라 자연은 산뜻하게 새 단장을 시작하고 있었다. 다들 우르르 내려 거대한 자연에 이야~~하는 탄성을 보내며 기념 사진을 찍는데 아무리 봐도 우리처럼 열심히 사진 찍는 민족도 드물어 좀 찍기가 민망했었던 거 같다. 특히 절정은 완전 꾸불꾸불한 언덕을 오를 때였다. 턴을 할 때 정말 버스가 벼랑으로 떨어져 버릴 것만 같은 특히나 앞자리에 앉아 그 실감이 더했는데 운전사 할아버지는 이미 진력이 난 듯 아슬아슬하게 턴을 하고 계셨다. 정말 재밌는 버스다. 버스 한 대로 88열차 기분을 느끼게 해주다니 말이다.

피요르드. 말만 들어도 가슴이 벅차오르던 장엄한 피요르드. 그 중에 한국인에겐 아직 잘 안 알려져 있는 곳이 가이렝거 피요르드였다. 예전에 어느 달력에선가 한번쯤 봐 익숙한 피요르드 협곡 사이로 흐르는 거룩한 물살과 그 위를 가로질러가는 배를 이제 나도 탈 수 있게 된 것이다. 멀찍히 떨어져 사이사이를 가르며 가는 광대한 자연은 그 위엄을 더하고 있었다. 배 위로 차가운 새벽 공기가 흘러 너무도 추워 선실로 들어갈까도 했지만 좀 춥더라도 이 절경을 유리창을 통해 볼 수는 없다는 신명으로 열심히 추위와 맞서며 당당하게 배위에서 피요르드를 맞이했다. 피요르드를 지나 건너편 육지에 닿고 나니 "Stay or not stay, that is question!"이었다.

결국 이 아름다운 자연을 그냥 떠날 수가 없다고 만장일치로 머무를 수밖에 없다는 결론하에 물가 비싸다는 노르웨이에서 우리는 하룻밤을 세우게 되었다. 장을 보고 인포메이션에 가 캐빈을 물어 보니 3킬로 정도 걸어가면 있다고 하는 정보를 가지고 걸어가는데 우와 3 키로가 먼 거리구나…….

등에 맨 가방이 무게를 더해 와 정말 걸어가기가 너무 힘들었다. 히치 하이크를 시도했지만 지나가던 트럭이 바쁘다며 미안하다고 그냥 지나쳐 버려 실패했다. 그냥 포기하고 걸어가니 잠시 후 지붕 위로 나무와 풀이 자고 있는 예쁜 캐빈 네 채가 있는 곳이 눈에 들어왔다. 아직 문을 열지 않은 모양이었다. 그래 일단 무거운 짐을 내려 놓고 앉아 쉬고 있으려니 어느 할아버지가 도와 드릴까요?하며 다가왔다. 난 여기서 머물길 원한다고 했다. 우리더러 일단 맘에 드는 캐빈 아무데나 여장을 풀고 이따 체크인 하는 시간에 돈을 내라고 하신다. 믿어 주니 좋다.

우린 개중에 가장 맘에 드는 캐빈에 여장을 풀고 코인샤워에 한이 맺혀 샤워를 포기했던 나는 제일 먼저 샤워장에 들어가 샤워를 하는데 뜨거운 물은 아직 나오지 않았다. 뼈속까지 스며드는 엄청나게 시원하다 못해 얼얼한 냉수 지하수로 샤워를 하는데 정말 눈물났다. 비누는 풀리지 않아 거품도 나지 않고 일단 난 거품은 잘 씻겨지지가 않았다. 그리고 나중에 알게 된 것이지만 결정적으로 난 천연덕스럽게 남자 샤워실에서 샤워를 하고 있었다. 어쩐지 좀 낯설다 싶더니만… 헤헤다.

꽃과 어린 왕자와 노르웨이

아직 캐빈에 전기 및 취사도구가 없어 빵에 잼만 발라 먹고 허기만 가라앉히고 우리는 등산을 가기로 했다. 캐빈을 뒤로 하고 쭈욱 올라가니 길 한 켠으론 빙하수 녹아 흐른 옥빛의 시원한 폭포가 떨어지고 있고 다른 한 켠으로는 많이 보지 못한 나무와 풀들이 여기 노르웨이요~하며 우리를 맞이하고 있었다. 길을 따라 양떼 소리를 따라 한 2시간여 만에 올라간 곳엔 우연히도 오래된 캐빈이 있었다. 이제는 등산을 하지 않는지 등산로는 키가 큰 풀로 막혀 있기가 허다했다. 쉬어갈 양으로 캐빈에 자리를 잡고 우리 넷 모두 다 하늘을 향해 누웠다. 하늘 위로 구름 한 점 없다. 내리쬐는 햇살이 이불마냥 따뜻하다. 쉽게 잠이 스르르 온다… 우린 자연 한가운데서 한국에서 가장 서정적이고 아름다운 가사를 가진 노래 '꽃과 어린 왕자'를 같이 불렀다.

"밤 하늘에 빛나는 수 많은 저 별들 중에서
유난히도 작은 별이 하나 있었다네…
그 작은 별에 꽃이 하나 살았다네…
그 꽃을 사랑한 어린 왕자 있었다네~~"

아마도 그 별은 여기 노르웨이가 아니었을까? 그리고 우린 어린 왕자가 된 기분으로, 한 송이 꽃냄새를 맡으며 노르웨이에서의 한낮을 그렇게 너무도 평화롭게 보냈다. 평화도 허기 앞에선 어쩔 수 없다. 서서히 배가 고파 오는 것이 내려가야 할 시간임을 알려 오고 있었다. 내려오던 길에 우린 또다시 재밌는 경험을 했다. 내려오다 길을 잃어 버렸는데 그 길을 물으러 들어간 어느 민가 아저씨가 자기가 키우고 있는 염소를 구경시켜 준다며 우릴 염소 우리로 안내해 주었다. 수많은 염소들이 우릴 일제히 쳐다보더니 반가워 그러나? 음메에~~하며 귀엽게 울어제낀다. 감사를 표하고 슬슬 내려오니 캐빈 담당자가 와있다. 놀랍게도 조그만 꼬마 아가씨였다. 한 초등학교 5학년 정도나 됐을까 한 나이였지만 차분하게 돈을 계산하고 서류를 작성하고 우리에게 취사도구를 빌려 주고 좋은 여행되라며 웃어 주었다. 오늘에서야 흰 쌀밥을 지어 먹게 된 감격에 이게 얼마 만에 먹는 밥이냐? 정호 오빠가 가져온 고추장 반찬 하나로 우린 양배추를 썰어 넣고 맛있게 비벼 먹었다. 서로들 좀 많이 먹는다 싶으면

"어 너 좀 많이 먹는다."
"너 밥 뜨는 숟가락 횟수가 좀 빠르다."

으이그~ 별걸 다 체크하는 동행들이다. 그래도 굴하지 않고 엄청 먹었다. 이렇게 똑같이 해서 한국에서 밥을 먹으며 이만큼 맛있으려나??

또 망가졌군

새벽에 한번 깨서 나가 본 밤하늘은 수많은 별들로 밤하늘에 떠 눈을 들어 손가락으로 감히 그 개수를 헤아리기 어려울 만치 빛나고 있었다. 잘 보호된 자연에서 느낄 수 있는 아름다운 혜택이었으리라. 다음날 이른 새벽에 떠나는 배가 있어 우리는 일찍 일어나야 한다는 약속을 하고 알람을 무려 2개나 맞춰 두고 있었건만 배 떠날 시간은 7시 45분이었는데 우린 6시 30분에야 일어났다. 항구까지 걸어가는데 한 30분 걸리니까 시간이 정말 얼마 없었다. 어제 밥할 때 태운 냄비도 닦아 놓고 가야 했는데, 일단은 세수만 하고 나와 정호 오빠는 뜨거운 물로 냄비를 닦고 나머지 상회와 동준이는 캐빈 뒷정리를 나눠 하기로 하고 부랴부랴 챙기고 닦고 하고 있었다. 그런데 옆에 캠핑카로 놀러 왔던 독일인 부부가 항구까지 갈 거면 자기네가 태워 준다고 제의를 해왔다. 어여어여 거절 않고 탄다. 타보니 우와 캠핑차가 이렇게 좋게 잘 되어 있구나. 그 안에는 거실부터 부엌, 텔레비전.

정말 집 한 채를 차 크기로 축소해 놓은 형태였다. 이들은 노르웨이를 여행중이라고 했다.

아침 일찍 피요르드 사이를 가르며 나아가는 기분이란. 바람이 올 때마다 세게 불었지만 이제 두 번 다시 오지 못할 심정으로 애정을 담아 보니 또한 너무도 아쉬운 절경이어서 눈이 시려 온다. 다시 건너온 우리들은 독일인 부부에게 고마웠다며 인사를 건네니 독일인 부부가 방향이 같으면 자기네 차 계속 타고 가라고 어디 가냐고 했다. (아까비~진짜 시간만 많았다면 우리 방향을 그 부부의 방향과 맞췄을 텐데… 그러나 아쉽게도) 가야 할 방향이 정반대였다. 서로 아쉬움을 남기고 헤어지고 나니 정말 아쉽다. 버스 정류장을 향해 우리는 또다시 타고 갈 버스시간표를 알아보니 잉??? 이럴 수가 없었다. 인포메이션에 가서 알아보니 버스가 오후 1시와 4시 30분 딱 2대뿐이란다. 이런 내리자마자 갈 차 시간표를 체크 안 하고 온 것이 화근이었다. 이때부터 일행들과 불화가 시작되면서 삐걱거리기 시작했다. 가만히 지켜만 보던 동준이가 우리에게 따끔한 일격을 가했다. 우린 그때 가위바위보로 조장을 뽑아 숙소 잡고, 인포메이션 가서 정보 알아 오기를 시키고 있었는데 정호 오빠와 내가 그 역할을 잘 못했다는 것이었다. 우리끼리 알아만 보고 얘길 안 해주니까 이런 불상사가 생긴 거라며 동준인 혼자 가겠다고 우리와 헤어져 갔다. 정말 미안했다. 어제까지 그렇게 같이 노래부르고 같은 밥그릇에 밥 먹던 사이였는데 이렇게 하루 아침에 헤어지게 돼버리니 정말 너무 서운했다.

남겨진 우리들은 버스가 아니 히치 하이크를 해서 역으로 가볼 양으로 무려 3시간여에 걸쳐 히치 하이크를 하는데
"누구야? 누가 북유럽에서 히치하면 다 태워 준다고???"
우리 일행이 많아 그랬는지 아님 우리 목적지가 너무나도 먼 거리

여서 그랬는지 차는 꾸준히 섰지만 우리 탈 자리가 모자라거나 가는 방향이 맞지 않았다. 한 30분만 더 잡아 보다가 안 되면 포기하고 이 동네 구경하기로 했는데 결국은 동네 구경했다. 짐은 코인락커도 없고 해서 그냥 길바닥에 쌓아 두고 우리 일행은 가이렝거 언덕, 교회가 있는 마당에 올라 앞에 쭈악 펼쳐져 있는 피요르드를 관망했다. 배가 다니고 때론 경비행기가 물살을 가르며 떠오르는 너무도 한적한 자연이 정말 위대함을 느낄 수 있는 교회 앞 벤치에서 내 비록 시간 죽이려고 앉아 보는 거였지만, 또 다른 감회를 주게 만드는 내 눈 앞에 모든 것을 사랑할 수밖에 없었다.

더 높은 곳엔 노르웨이 국기가 휘날리고 있고 바닥엔 이름모를 꽃 사이로 앉은 노인들의 모습이 참 한가로워 보인다.

올 때 관광명소마다 내려 5분씩 관광하는 것은 참 좋았지만 차시간에 늦을 것 같은 이 시각에도 그 똑같은 장소에서 서는 것은 정말로 용서(?)할 수 없었다. 그래도 꼬박꼬박 우리의 바람과는 상관없이 다 섰다. 그것도 5분이 아닌 10분씩말이다.

기차 시간은 임박해 오는데 정말 아슬아슬. 정류장에서 사람 내릴 때면 (우리 나라 같으면 후닥닥 챙겨서 퍼뜩 퍼뜩 내렸을 텐데) 세월아 내월아 버스 섰냐? 나 인제 내릴란다. 기다려라. 여유를 넘어 이건 정말 머라 말할 수도 없고… 아저씨 퍼뜩 갑시다, 라고 목구멍이 근질근질했지만 어글리해질까봐 그냥 맘만 졸이고 있었다. 다행히 급하게 설 때 다 서고 멈출 때 다 멈추더니만, 도착은 극적으로 10분 전에 했다. 그 걱정, 그 긴장, 웬만한 영화 한 편 저리 가라였다.

모든 북유럽은 예약이 필수이다. 그러나 이미 부을 대로 부은 간을 가지고 있는 나는 정호 오빠와 예약은 무슨~ 그러며 배를 쨌는데 거한번 안 걸리니까 다음에 또다시 예약을 안 하게 되는 악순환(?)이 거듭됐다. 오슬로에 다시 와 스웨덴을 향해 가려는데 이번엔 그래도

나라가 바뀌고, 노르웨이 돈도 좀 남아 예약을 할까 해서 달려가 보
니 차 떠날 시간이 10분 후라며 너무 늦었다고 그냥 타고 가라고 했
다. 갑자기 그렇게 돼버리니 잔돈 처리가 문제였다. 슈퍼로 슈퍼우먼
처럼 뛰어가 빵 제일 큰 걸 있는 돈 없는 돈 다 털어 사오니까 앞에서
만나기로 한 정호 오빠는 보이지 않았다. 시계 보니 장난 아니다. 그
냥 죽어라 뛰어 플랫폼에 나가 보니 아니나 다를까? 정호 오빠 두리
번거리면서 날 찾고 있었다. 너무 늦어 예약이 안 되었다는 소식을
전해 주고 나니 오빠가 맡아 놓은 예약 안 된 자리에 앉아 숨을 돌리
고 빵을 그 자리에서 다 발라 먹어 버렸다. 옆자리엔 체코에서 같이
지냈던 부산 오빠가 어 또 만났네요? 하며 인사를 건네 왔다.

한적한 노르웨이에서의 하룻밤. 매일 보던 관광지를 떠나 아무것
도 보지 않았지만 관광보다 더 큰 자연을 느끼고 와 배가 부른 여행
을 할 수 있어서 너무도 좋았던 곳. 노르웨이를 내 다시 오리라 마음
먹으며 바쁜 일정을 재촉한다.

북유럽은 올라가고 내려올 때 또다시 꼭 그곳을 거쳐 가야 하는 단
점 아닌 단점이 있다. 대개가 자신이 치고 올라가는 북유럽의 루트는
내려올 때 또다시 거쳐 가야 할 루트이기 때문에 생각을 잘 해야만
했다. 일단은 계속 치고 올라가기로 마음먹은 터라 스톡홀롬인 수도
는 내려올 때 보기로 하고, 일단 올라가는 도중에는 웁살라 대학으로
유명한 스톡홀롬에서 약 한 시간여 떨어진 곳으로 향했다.

◀ 웁살라의 아름다운
다리1

◀ 웁살라의 아름다운
다리2

◀ 웁살라의 아름다운
묘지/공원처럼 가꾸어
놓은 묘지는 동떨어져
있지 않고 사람과 같이
한다. 그들은 살아 있
는 동안에도 여기서 살
고 숨쉬고 휴식하다 죽
으면 그곳에서 묻히는
것이다.

◀ 린네 공원/종속과목강문
계를 기억하는가?

◀ 초호화 유람선 실자라인/
스웨덴 다운타운에 자리잡고
있는 실자라인 앞에는 모형
배가 왔다갔다 하는 모습이
보였다.

지성의 전당 웁살라 대학/스웨덴의 웁살라

여기 대학 맞어?

스톡홀름은 역 안이 참 편안한 집마냥 꾸며져 있다. 군데군데 놓여 있는 텔레비전과 나무의자들. 항상 그 의자들을 차지하고 누워 자고 있는 여행객들은 이제 같은 한국인일 수도 있고, 외국인일 수도 있었다. 그만큼 우리들도 이제 공공장소에서 누워 지내는 일(?)에 익숙해져 있었다.

웁살라로 가기 전에 북유럽의 최종 목적지인 핀란드로 가기 위해서는 배편을 이용하지 않으면 안 되었다. 내 펜팔 친구가 살고 있는 곳. 정말 오지 아닌 오지 같다는 느낌이 든다. 스톡홀름과 핀란드를 연결하는 여객선은 두 회사가 있다. 바이킹과 실자라인이 그것으로, 익히 실자라인의 명성을 들은 터라 우리 일행은 일단 실자 회사가 있는 스톡홀름 다운타운으로 향했다. 스톡홀름에서 얼마 전까지만 해도 재즈 페스티발이 있었다고 했다. 정보는 있었지만 맞춰 오지 못해 우리 그 좋은 구경거리를 놓쳐 버린 것이다. 이른 아침은 어느 나라건 활기에 차있어 좋다. 열심히 과일을 정리하는 시장이 다운타운 내에서 반짝 시장처럼 문전성시를 이루고 있었다. 그 안으로 과일을 장만하려는 주부들이나 혹은 식사거리를 사는 여행객들이 분주히 움직인다. 스톡홀름은 참 깨끗하다. 건물들도 이제껏 보아 오던 것과는 달라 보였다. 여기가 그 수잔 브링크가 입양된 스웨덴이란 나라군… 연결된 것이 있어서 그런지 낯설지만은 않아 보인다.

실자라인 회사는 아직 문을 열지 않았다. 우리 그 앞 잘 차려진 벤치에 누워 있다가 문 열자마자 튀어 들어갔다. 핀란드의 수도인 헬싱키까지는 130FIM을 주어야 하고 더더욱 데크는 신 실자에는 없다고 했다. 없이족 운영이와 나에게 물든 일당들. 만만치 않은 가격에 갈등이 생겼다. 난감해 하고 있자 담당자가 데크라면 헬싱키가 아닌 투르크로 가는 구 실자가 있다며 그걸 타고 가면 유레일로는 공짜라고 알려 주었다. 얼른 예약을 후닥닥 마치는 편인 나에 비해 정호 오빠는 무척 꼼꼼하게 내가 이미 표를 다 샀는데 뒤늦게 진지한 질문을 해댔다. 여행 중 나를 맞가게 했던 질문맨의 탄생이었다. 이 오빠의 질문은 내 친구가 사는 핀란드 편에서 기대하면 된다. 부랴부랴 역으로 돌아가면서 아침 시장에 들러 복숭아 한 꾸러미를 점심 식사 겸으로 사고 나니 다음 차 오전 10시 3분 웁살라 행을 탈 수 있었다. 기차 안에서 우리는 사온 복숭아를 정확히 나누기 3으로 하여 더도 말고 덜고 말고 똑같이 나누어 먹고 계속 잤다. 상희는 이야기하는 것을 좋아하고, 나는 바깥 풍경 보는 것을 좋아하니 대화가 허공에 떠버렸다. 내 친구중에 귓속말이 안 되는 미나라고 있다. 그녀는 그녀 나름대로 남에게 안 들리게 말할 때 (가령 수업시간이라든가 앞에 당사자가 있을 때) 귓속말을 하는 경우가 있는데 그녀가 하는 귓속말은 어찌나 톤이 높은지 누구든 전방 10미터 내에 있는 사람은 다같이 알아들을 수가 있다. 각설하고 그 정도를 버금 가는 붕붕 뜨는 경쾌한 목소리였지만 언제나 기차만 타면 홀로 창문 보기를 일삼아 왔던 나에겐 웬지 부담스러웠나 보다.

읍살라는 작은 소도시이다. 소도시 구성은 읍살라 대학을 중심으로 이루어져 있었고, 그 유명한 린네의 정원도 여기에 있었다. 셋이 같이 다니다 드디어 일이 벌어졌다. 서로 보려고 하는 데는 다르고 여행에 지치니 의견충돌이 잦아졌다. 참다 못한 일행 중 한 명이 각자 찢어지자고 제의를 해왔다. 그래서 우린 가위바위보로 한 명이 지도를 갖고 나머진 그 지도를 보고 가고 싶은 곳만 대충 적어 역에서 몇 시에 만나자고 하고 헤어졌다.

그전에 대학 건물 안에서 우연찮게 여행을 다 하고 돌아가는 외국인이 있었다. 내 생각으론 미국인이었던 거 같다. 그녀는 잘 만났다며 그녀가 관광을 마친 지도를 우리에게 주고 몇 군데의 장소를 추천해 주었다. 그리고 제일 먼저 찾은 곳이 무덤 옆에 위치하고 있던 식물 정원이었다. 굉장한 규모도 규모였지만 린네의 업적을 빛내게 하려고 하는 건지 없는 식물이 없을 정도로 린네의 분류대로 분류되어 심어져 있었다. 한쪽으로 쫙 돌아나왔다가 다시 연결된 문으로 쫙 돌아나가는 식으로 정말 없는 거 빼고 다 있었다. 린네가 왜 100짜리 지폐에 나와 있는지 이제서야 그의 위대함을 이 정원에서 느낄 수가 있었다.

정원을 조금 지나 가면 언덕으로 시청사와 미술관이 보였다. 그곳을 지나 밑으로 계속 걸어가면 성당이 보인다. 성당 안에 들어가 유리문에 그려진 갖가지 그림들과 여기저기 성자들의 두 손 모으고 신과 대화를 하고 있는 모습이 눈에 들어왔다. 성당 끝에서 상희를 한번 만나 웃고 헤어져 나가 보니 바로 밑에 정호 오빠가 그 사이 스웨덴 청년들을 두 명 잡고 이야기를 하고 있었다. 가볍게 하이~하고 지나쳐 이쁜 다리가 많은 다리를 왔다갔다 물밑을 한동안 보다가 린네 정원이라고 이름붙은 곳으로 향했다. 혼자 떨어지면 항상 길을 잃는다 - 여기서도 예외는 아니었다. 분명히 지도대로 따라 왔는데 린네 정원은 보이지 않았다. 내 특유의 방식대로 돌고 또 돌고 한 몇 번을 돌고 나니 역시 지가 안 나오고 배기남? 나오고야 말았다. 그런데 여긴 웬 파고다 공원 분위기??? 할머니, 할아버지들이 왜 이리 많으신지요? 린네가 분류했던 식물 종류대로 작은 정원이 형성되어 있었는데 마침 여름에 피는 꽃들이 한창 열심히 피고 있어 정원이 더한층 풍부해 보였다.

사진 찍는 학자부터 그늘에 더위를 피하고 있는 노인들의 모습이 평화스러워 보였다.

한 바퀴 돌고 나와 음악소리가 꿍쾅거리는 레코드 샵으로 들어갔다. 스웨덴하면 그룹 아바를 떠올리지 않을 수 없어 온 김에 아바 시리즈를 다 사려고 보니 좀 비싸다. 우리 나라에서 사는 가격이 더 낮겠다 싶어 다른 건 뭐가 있나 살피고 있는데 갑자기 내 귀로 너무나도 멋있는 남자 가수의 목소리가 걸쭉하게 들려 왔다. 맘에 들었다. 카운터로 가 지금 나오고 있는 이 노래를 사고 싶다고 하니 그 남자도 참 틀고 있던 시디를 빼서 나에게 팔고 다른 새 시디로 갈아 끼우지 뭔가? 그 걸쭉한 시디의 주인공은 알고 보니 레오나르도 코엔이었다. 중고 시디여서 바로 빼서 판 것이었다. 시디를 들고 나와 물을 한 번 마시고 웁살라 뮤지움으로 향한다. 웁살라의 옛 모습부터 지금까지의 모습을 아주 재미있게 구성한 귀여운 느낌의 박물관이었다. 웁살라 대학을 배회하다 이젠 돌아갈 시간이 됐다 싶어 슬슬 역으로 발걸음을 향하려고 했다. 그런데 시계를 보니 시간이 얼마 안 남아 있었다. 마구마구 뛰어서 역에 도착해 보니 상희가 제일 먼저 도착해 있었다. 정호 오빠는 기차가 출발할 때 겨우겨우 타서 우리의 원성을 한 몸에 받아야 했다. 스톡홀름으로 돌아가는 햇살은 참 따뜻했다.

▲ 실자라인/안에서는 손님을 위한 각종 버라이어티쇼와 가족들의 즐거운 댄싱 파티가 마련되어 있어 여유롭게 낭만을 마음껏 즐길 수 있도록 해주었다.

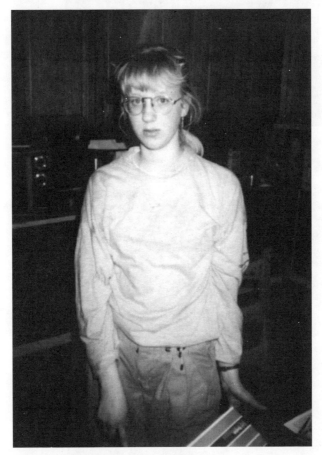

▲ 고3 때 처음으로 받아 봤던 리나의 사진. 그녀 사진 뒤에는
'Here I am, not so pretty, but I am'
이라고 적혀 있었다.

◀ 리나의 교회/펜팔 친구 리나가 결혼식을 올린 교회 앞에서 한 방. 여행 말기라 가뜩이나 하얀 리나의 피부와 나의 피부는 쌍극을 이루고 말았다.

◀ 염소하고 색깔이 좀 맞네?/전통집 박물관 마당에서 자고 있던 염소와 가이드 아가씨. 리나가 사는 핀란드는 삐삐처럼 핸드폰이 잘 보급되어 있었다.〈그녀 허리를 보시오〉

◀ 후루쿠 사촌/나의 후루쿠 사촌이었던 정호오빠와 선상에서 서로 닮기에 연습했다. 그러고 보니 좀 닮긴 닮은 것도 같다.

AKSELIN JA ELINAN HÄÄVALSSI

1.   *Kauan katsoin sinua syvälle silmiin,*
        kauan katsoin, katsoin ja ajattelin.
        :,: Kenties kerran vihille käydä saamme,
        kenties kerran olet rinnallain:,:

2.   *Kauan katsoin sinua syvälle silmiin,*
        kauan katsoin, katsoin ja ajattelin.
        :,: Puutteen, murheen, yhteisen riemun jaamme,
        kunnes pois häivymme unholaan. :,:

▲ 리나 결혼식 때 리나가 직접 만든 청첩장 겸 예식순서장.

◀ 겨울 사냥터 및
전망대로 이용되는
별장이 포레스트 여
기저기에 깔려 있었
다.

▼ 포레스트 지도.

▲ 돌아가는 길/우리는 이렇게 평지만 몇 킬로를 걷다가 말았다.
◀ 신라면인데!/라면을 맛있게 먹어 주는 영화배우를 닮은 착한 남편 유호였다.

▶ 정력에 좋아!/ 유호는 개미집에 침을 묻힌 막대를 들이댔다.

발 큰 여자 지구가 좁다 315

효호화 유람선 실자라인

그렇게 와서 실자(스웨덴에서 핀란드로 가는 유람선)를 타러 가기 위해 전철을 이용했다. 일단 상희가 앞장섰는데 상희가 잠깐 실수를 해서 우린 다시 돌아와 타고 다시 가야 했다. 그 지정된 역에 도착하면 무료로 운행하고 있다는 실자버스는 보이지 않고 벽 한 면에 "무료였던 버스는 없어졌습니다"라는 말만 적혀 있었다. 그 앞에 상당히 난감해 하는 외국인 부부가 있었다. 그 일행들이 우리를 보자 실자라인 타러 갈 거면 지금 너무 늦어 그러니 같이 택시를 타고 가자고 했다. 그러나 우린 한두시간의 여유를 잡고 온 거라서 먼저 가라고 했더니 허둥지둥하며 떠나갔다. 다행히 우리가 전철탈 때 샀던 표가 버스도 환승이 되는 표라 우리는 76번 버스를 타고 한 정거장(?) 뒤에서 내렸다. 왜 이렇게 가까이 있는 거야??? 에스컬레이터를 타고 오르는데 아까 택시 같이 타자던 부인이 내려오며 연착되어 안늦게 되었다며 좋은 여행 되길 빈다고 함빡 웃음을 지으며 내려갔다. 아깐 어쩔 줄 몰라 하더니 여유가 있어 보여 우리도 안심이 되었다.

실자라인 선착장은 상당히 고급시설이었다. 게다가 그 좋고 넓은 화장실이 무료라 참을 일도 무리할 일도 없게 된 것이다. 한동안 알아듣지도 못하는 텔레비전을 보며 앉아 있다가 한 시간 전에 체크인을 하고 기다렸다. 이윽고 사람들이 왁자지껄하게 큰 창으로 모였고 거대한 실자라는 배가 우리를 향해 뱃고동소리를 내며 다가왔다. 규모면에서 압도해 버린다. 내가 타고 갈 배는 구실자라고 앞에 구자가 붙긴 했지만 배 안에 없는 게 없었다. 마도로스 옷을 입은 남녀 승무원이 어서오세요, 하며 양 옆으로 서서 우리를 맞이했다. 우리 표를 보더니 아무데나 맘에 드는 데 가라고 했다. 왜냐 하면 우리는 데크였으니까~ 대신 우리는 아낀 돈으로 그 전설(?) 깊은 실자 뷔페를 먹

316

기로 했다. 거금을 털어 자릴 잡고 폭식을 하기 시작했다. 우린 음료수도 곁들여 가면서 멋있게 먹자고 웨이터를 불렀는데 가격이 음~나중에 직접 가서 보기 바란다. 한참 보는 척하다가 결국 웃는 얼굴로 공짜인 물을 시켰다. 후후~ 그 다음부터 우린 엉덩이가 의자에 붙는 시간을 최소화했다. 우리가 얼마나 많이 왔다갔다했으면 옆에 앉아 있던 사람이 열심히 고개 처박고 말도 안 하고 먹고 있는 나를 향해 (마침 혼자였다)

"Is it good?"
을 물어 보는데 그 어투가 "너 이런 거 처음 먹어 보지? 니네 나라 이런 거 없나 보구나? 그러니까 환장한 듯이 먹지~"였다. 먹다 말고 생각하니 정말 쪽팔렸다. 그래도 난 이렇게 대답했다.

'It's very good~you too?'
먹을 걸 보더니 너무 광분하긴 했었나 보다. 그때까지만 해도 그 아저씨가 내가 먹는 게 이뻐(?) 친근감 있게 물어 본 거려니 했는데 소화될 때쯤 생각해 보니 진짜 기분 나쁘네… 그거~.
찬 음식은 찬 음식끼리 어울려 먹고 더운 음식은 더운 음식끼리 먹는 거라며 옆에 보다 못한 여행객이 말해 줄 때까지 우린 맘 내키는 대로 아이스크림 먼저 푸고 그 옆에 고기도 갖다 먹고 했으니 말이다. 물론 그 말을 들은 후에도 우린 맘 내키는 대로 아무렇게나 먹었다. 그렇게 배가 터져라 먹고 틈틈이 가방 속에 챙겨 넣었던 과일을 들고 나와 다음으로 간 곳이 화장실이었다. 너무 거북했다. 그러나 꿋꿋이, 먹어야 산다는 신념으로 정말 조국을 걸고 열심히 먹었다. 그러니 우리 조국이 이렇게 되지 싶지만 말이다.

구경 삼아 배 안을 돌아다니고 있는데 어느 방에서 뮤직비디오가

상영되고 있는 곳이 있었다. 우린 방이 없어 쉴 곳도 마땅치 않던 차에 그곳에 들어가 방은 컴컴하겠다 의자를 점령하고 자고 있었다. 그런데 시간이 좀 흐르자 갑자기 노래방으로 바뀌었다. 노랜 독일어, 스웨덴 어, 노르웨이 어, 영어, 핀란드 어로 되어 있었는데 서양애들 노래 실력을 실제로 보니 가지각색이다. 가라오케가 세계를 장악했다. 노래방에 이어 그 방은 나이트로도 바뀌었다. 자연스럽게 나와 춤을 추며 즐기는 그들을 내 눈앞에 놓고 난 정말 자연스럽게 체득한 자유가 무엇인가를 그리고 그게 어떻게 펼쳐지는 것이 바람직한 것인지를 느낄 수 있었다. 비록 잠이 와 미치겠는데 음악을 크게 틀어대서 죽을 것 같았지만….

우린 이제 서서히 잘 곳을 찾아서 나가야 했다. 아무리 둘러봐도 우리처럼 아무데나 자는 애는 없었다. 그 난감함. 어디서 이 긴긴 밤을 자야 하나? 제일 그래도 만만한 데가 7층 인포메이션 뒤라며 슈퍼에 물건 파는 아가씨가 귀띔해 주었다. 7층에 갔더니 우리의 근심은 기우였다. 이미 바닥 이곳저곳에 침낭을 펼쳐 놓고 좋은 자리는 다 침낭으로 뒤덮여 있었다. 우리 일행은 문 잠긴 놀이방 앞에 침낭을 깔고 침낭이 없는 상희는 가방을 내팽개친 채 어떤 의자에 가서 자고 왔다. 나야 공항숙부터해서 여러 가지로 다 해봐 익숙한 솜씨로 자릴 잡고 누웠지만 정호 오빠는 이렇게 자는 게 처음인지 상당히 관객을 의식했다. 그러나 끝내 자리잡고 우린 다음날 해가 동창에 떠오를 때까지 따뜻한 침낭 속에서 잘 잤다. 흐흐~ 난 역시 체질이야.

일부러 화장실 앞에다 잠자릴 잡은 것은 참 잘한 생각이었다. 이제 여기서 내리면 또 언제 씻으랴 싶어 머리를 세면대에 들이 대고 감고, 빨래하고 (식전부터 말이다) 핸드드라이기에 머리말리고(채 3분이면 완전 포송포송해진다) 드뎌 오늘 내 펜팔 친구 리나를 만나기로 계획하고 난 치마로 갈아 입었다. 준비를 다 하고 앉아 있는데 분명히 배가 멈춘 거 같은 느낌이 드는데 아무도 안 내리는 분위기였다. 나중에 가보니 우리가 자고 있던 사이에 내릴 사람은 다 내리고 배 안에서 좀더 즐길 사람만이 남아 있었던 것이었던 것이었던 것이다.

제일 늦게 거무튀튀한 그리고 약간은 빈티(?)가 나는 모습으로 짐을 바리바리 들고 내리려니 우리 앞으로 경찰이 앞을 막는다. 여권을 보잔다. 그리고 며칠 있을 거며, 어디에 갈 거냐고 물어 본다. 헬싱키로 해서 한 4~5일 머무르려고 한다니까 그러냐며 그럼 잘 가라고 보내 준다. 싱겁다. 그 경찰 눈이 녹색이었다. 핀란드는 자연이 아름답다더니 그 안에 살고 있는 이의 눈빛도 가장 아름답다던 녹색이다. 너무 멋있었다.

내리자마자 바로 앞에 각각의 중심지로 향하는 기차가 연결이 돼 있다. 일단은 기차 타고 투르크로 갔다. 내려서부터 셋의 길은 달라졌다. 이제 한국에 돌아갈 날이 멀지 않던 상희는 투르크만 거치고 돌아가는 시간이 오래 걸려 더 이상 올라가지 않고 돌아가기로 했고 정호 오빠는 조용히 어젯밤 나에게 부탁했던(내 펜팔 친구집에 같이 데려가 달라고 물어 왔다) 것을 감추고 자신은 계속해서 올라간다고 말했다. 결국 투르크 역에서 우린 상희와 일단 먼저 헤어지고 정호 오빠의 제의를 고려했던 나는 5년 동안의 펜팔 친구를 혼자 찾아가는 것도 멋쩍을 것 같아 오빠와 같이 리나를 찾아가기로 결정을 하고 그녀가 여행 전에 보내 준 편지에 적힌 전화번호를 눌렀다. 신호가 수분 가더니 갑자기 일방적인 목소리가 잔뜩 들리더니 마지막으로 뚜~하는 소리가 들렸다. 순간 핀란드 어라곤 한 마디도 할 줄 모르는 나였지만 자동응답기일 거 같다는 느낌은 들었다. 그녀가 없다면 어떻게 하나? 라는 근심이 덮쳤다. 다시 걸었다. 그대로 물러설 수가 없

었다. 아니 사실을 말하자면 그 날 가야 할 데가 없었기 때문이라고
도 해야겠다.

다시 뭐라뭐라 혼자 말하더니 마찬가지로 삐~ 소리가 난 뒤 난 나
도 혼자 일방적으로 영어로 말하고 끊었다. 번역해 보면 다음과 같
다.

"리나 안녕~.(최대한 귀엽고 무척 반가운 목소리다)
나 운영이야 한국에서 온다고 했던.(코리아에 힘을 준다)
나 여기 투르크에 오늘 도착했는데 전화하니 안 받네.(무척 당황
한 척한다)
나 그래도 이따가 몇 시 차 타고 갈게.(안면을 깐다)
그때 다시 전화할게.(완전 철면피다)"

그리고선 마지막에 굿 바이를 하고 끊어야 하는데 내가 한 말은 다
름아닌 "땡큐"였다. 앞으로 워낙 신세를 질려고 하니 먼저 튀어나간
말이었다.

전화를 끊고 다시 의자에 앉아 봐도 내가 남긴 메세지가 제대로 녹
음이 된 건가? 리나가 들으려나? 혹 리나가 어디 멀리 떠나 버렸다는
얘긴 아닌가? 여러 가지로 걱정이 됐다. 해결책을 찾아야 했다.

내 옆에 앉아 있던 핀란드 여자에게 다가갔다. 흐흐 불안해 하는
그 애의 눈초리에도 불구하고 그녀의 짧은 영어를 믿고 난 상황을 설
명했다. 내 친구가 있다. 그녀가 전화를 안 받는다. 근데 전화하면 무
슨 말이 나온다. 그 말을 들어 보고 무슨 말인지 영어로 해석 좀 해달
라고 최대한 동정 어린 눈빛으로 부탁을 했다. 그녀가 자신의 짧은
영어로 될지 모르겠다며 거절을 하려고 하길래 최대한 불쌍한 표정
을 지어 보이니 그렇게 해보겠다며 전화기로 갔다. 내가 버튼을 눌러
주고 밖에서 기다렸다. 그녀의 표정이 밝아진다. 웃는다. 별거 아니

었다. 그런데 또 답답한 건 그녀가 이 말만 영어로 잘하더니 그 다음 말 즉 중요한 본론은 영어로 못 옮기는 것이었다. 겨우겨우 지금 나오고 있는 말은 집전화가 아니라 핸드폰이라는 것과 말하는 사람도 리나가 아니라 안내방송이라는 것이었다. 짐작컨대 사용자의 위치가 확인이 안 되든가 스위치를 껐던가 한 모양이었다. 아까 그 아가씨는 그냥 메세지를 남기면 된다고 그 자리를 떠났다.

이젠 가는 수밖에 없었다. 리나가 산다는 콕콜라에. 그곳은 상당한 시골 같아 보였다. 두 번의 열차를 갈아 타고 산림을 지나 호수를 지나 나무만 있는 들판을 지나 해질 무렵에서야 리나가 살고 있는 콕콜라에 닿을 수 있었다. 이제 정말 전화를 해야 했고, 그녀가 안 받으면 오늘 밤 우린 망가지는 것이었다. 버튼을 누른다. 신호가 간다. 누군가 나온다. 리나라고 한다.

"리나 팔라토(그녀의 이름과 성이다) 어쩌구 저쩌구 핀란드 어야 해~."

그 감동. 편지 속에서 글로 만나다가 목소리로 직접 만나다니… 그 찐하디 찐한 감동을 어찌 하찮은 말로 표현할 수 있겠는가? 리나는 아주 차분한 목소리로 내가 너 진짜 리나 맞냐는 질문에

"그래그래~"하면서 반갑게 응답해 주었다. 막상 이렇게 통화가 되니 미안한 기분이 들었다. 왜일까? 그녀는 지금 어디냐고 물었고 난 콕콜라 역이며 나의 인상착의는 남색 치마에 남색 잠바를 입고 안경을 끼고 있다고 말해 주었다. 그런데 그녀는 9시 30분(PM)에 데리러 오겠다며 그때 보자며 전화를 끊었다. 내가 도착한 시간은 저녁 7시경이었다. 이국 만 리에서 찾아온 손님을 이리 기다리게 하다니 약간 어리둥절했지만 내 입장이 찬 밥 더운 밥 가릴 처지가 아니라 그녀 나름대로 사정이 있겠지 싶어 난 그러마, 하고 끊은 거였으니까. 이제 할 일은 기다리는 것뿐이었다. 전화를 하고 오니 정호 오빠는 자

기도 같이 왔다고 말했느냐고 물었다. 아참 그걸 얘기 안 했다! 리나는 나 혼자 올 줄 알고 있을 텐데 에고 이런 동행 있다고 사전에 말해주는 게 예의일 텐데… 해보지만 이미 때는 늦었다.

☆ 렁에서 건진 배다른 형제?

정호 오빠와 나는 새로운 문제에 봉착해 있었다. 정호 오빠와 나의 관계. 리나에게 여행다니다 맘이 맞고 여정이 많아 이렇게 데려왔노라고 말하긴 그랬다. 내가 질 신세만으로도 미안한데 여행하다 전혀 모르는 사이였는데 이렇게 데려왔다고 하면 그녀가 얼마나 황당해 하겠는가? 여러 가지 관계를 생각해 봤다. 이모 아들? 삼촌 조카? 사돈의 팔촌? 약혼자?(나의 일방적 의견이었다) 남편? 아님 친오빠? 둘러 댈 관계는 많았지만 정말 그럴싸한 관계는 생각했던 것만큼 나타나주지 않았다. 그때였다. 정호 오빠가 뒤통수를 칠 만한 제안을 내놓았다.

"배다른 형제"

사연인즉 서로 같은 형제로 태어난 것을 모르다가 여행을 와 우연찮게 만나 알고 보니 배만 달랐지 아버지가 같은, 형제로 하자는 얘기였다. 재미있어 보였지만 그 복잡 미묘한 말을 도저히 웃겨 설명할 수가 없을 거 같아 포기하고 결국 사촌에서 합의를 봤다. 영어로는 커즌 아주 간단해서 좋잖아? 팔자에도 없는 사촌을 하나 얻으니 수확치곤 괜찮다 싶다.

콕콜라 역은 상당히 작았다. 이미 시간이 늦어 이용하는 사람도 없는지 역 안의 가게는 문을 닫은 상태였고 나와 정호 오빠만 덩그러니 남아 블랙잭을 하며 2시간 동안을 땜빵하고 있었다. 그러면서 리나를 만나면 어떤 식으로 인사를 할까 하고 한참을 고민했다. 껴안을까? 아님 투키스? 악수? 그냥 우리식으로 고개를 까딱? 방법은 많았다. 그러나 그녀가 어떻게 나올지 그건 예상할 수 없었다. 시간이 가까워지면서 역 안으로 간혹 여자 한 명이 들어왔다. 그때마다 리나가 아닐까 싶었지만 다들 리나는 아니었다. 아직도 멀었겠거니 하며 열심히 블랙잭을 할 때였다. 등 뒤에서였다.

"하이~~~~~."

순간 돌아봤고 거기엔 언제 역으로 들어왔는지 리나와 그녀의 어머니인 듯한 분이 웃음을 머금고 서계셨다. 5년 만의 만남이었다. 심심해서 장난삼아 해본 펜팔이 이렇게 먼 대륙과 바다를 건너 한국에서 핀란드를 찾아오고야 말았다니… 그녀는 날 꼬옥 안아 주었다. 그녀는 상당히 키가 커서 난 그녀 안에 아기처럼 쏘옥 들어갈 수 있었다. 그녀는 그녀의 어머니를 난 후루쿠 사촌 정호 오빠를 소개시키고 그녀의 집으로 가기 위해 그녀의 어머니 차에 올랐다. vlovo였다.

편지로 이미 소식은 들었지만 그녀의 어머니와 아버지는 계속되는 불화로 2년 전에 이혼하셨고 그녀도 지난 달에 결혼식을 무사히 치렀다며 그때 보내 준 선물(그냥 신세 지기가 미안해 서울을 떠나기 전 그녀에게 결혼 축하선물을 보냈었다. 나의 이 자상함이라 해야 하나? 치밀함이라 해야 하나?)은 잘 받았다며 너무 고맙다고 했다.

나의 후루쿠 사촌의 출현에 다소 당황한 빛도 보였지만 그대로 믿어 주는 눈치였다. 차는 한 10분을 달려 하얀 지붕이 있고 담장에는 이쁜 꽃이 가득 담겨 있는 집으로 들어갔다. 그곳은 그녀의 어머니 혼자 사는 곳으로 얼마 전 결혼한 리나도 거기 살았었다고 했다. 결혼과 함께 분가해 나갔다고 했다. 그녀의 어머니는 나와 후루쿠 사촌 정호 오빠에게 각각 방을 하나씩 배정해 주는 세심한 배려를 해주셨다. 내가 받은 방은 예전에 리나가 쓰던 방으로 한 면이 거울로 장식돼 있는 그런 방이었다. 리나가 공주병에 걸렸었나? 방에 거울을 이렇게나 많이 갖다 놓은 걸 보니 말이다. 방문을 잠그고 들어가 일단 침대에 누워 본다. 아무리 생각해도 너무 신기하기만 하다. 내가 여기 정말 핀란드 펜팔 친구집에 와있단 말인가???

옷을 갈아 입고 거실로 나가 보니 리나가 사우나를 하자고 했다. 사우나 내 또 익히 들어 알고 있지… 핀란드 인은 친해지자고 할 때 같이 사우나를 하자고 하니 절대 거절하지 말 것이라고 여행책자에서 눈이 빠지게 읽고 오지 않았겠어? 그러나 한국에서도 공중목욕탕 가길 머 알듯이 안 가던 나였는데….

리나가 정호 오빠에게도 똑같은 제의를 했다. 오잉? 정호 오빠 얼굴이 빨개진다. 고맙긴 하지만 한국에선 남녀 같이는 사우나를 안 한다며 사양을 하니 리나가 웃으며 미안하다고 우리식만 생각했다고 난 너희를 존중한다며 너희 나라가 그렇다면 너희 나라식으로 하라고 했다. "정호 오빠 같이 하자~^^;" 했더니 오빠가 입에 거품을 문다. 오빤 농담이지… 그렇다고 그렇게 놀라긴~ 새가슴이구나?

에구 모르겠다. 그러자, 하며 허락하고 속옷을 챙겨 나오니 리나는 벌써 다 벗고 수건으로만 가리고 거실을 돌아다니고 있었다. 정호 오빠 나오지도 못한다. 그녀는 사우나실로 날 데려갔다. 리나는 그곳에 들어가자마자 수건을 확 벗으니 홀러덩 알몸이 나온다. 음마야… 나 어떻게 해~~.

이 먼 이국땅에 와서 나의 알몸을 보여야 하다니. 똑같이 난 그녀의 알몸을 봐야만 하다니… 그렇다고 나만 옷 입고 사우나 할 순 없는 노릇이었다. 나도 그녀 앞에서 마치 새색시가 신랑 앞에서 옷을 벗을 때의 수줍음으로 옷을 하나씩 하나씩 벗기 시작했다. 벗겨 놓고 나니 리나는 키도 크고 잘 빠져 이쁜데 난 짜리몽땅에다 팔다리는 금 거놓은 양 타서 볼 만했다. 일단 리나와 난 샤워로 몸을 적시고 사우나실에 들어가 뜨거운 물을 끼얹으며 김이 모락모락 나 저절로 땀이 흐르는 사우나를 세 차례 정도 반복하고 풀려 나올 수(?) 있었다. 사우나실에 양동이가 있다. 그 안에는 뜨거운 물이 있다. 너무 덥다 싶으면 그 물을 바닥에 부어 올라오는 김을 쐬는 방식으로 진행됐다. 그리고 나와 다시 찬물로 샤워하고 다시 한번 들어가고 회수는 마음대로였다.

암튼 태어나 처음 사우나하는 거라 리나가 하는 대로만 똑같이 따라하고 나오니 리나 어머니가 사우나 어땠느냐고 소감을 물어 보신다. 아주 즐거웠다는 표정으로 "Very good!" 해보이니 좋아하신다.

정호 오빠는 내 다음으로 혼자서 했다. 먼저 한 내가 설명해 주라고 해서 대강의 방법을 설명해 주니까 오빠가 나더러 어땠냐고 물어본다. 한번만 해봐 대답했다.

그렇게 사우나를 마치면 속옷은 아무것도 입지 않고 가운만 걸치고 정원에 앉아 시원한 바람을 쐬며 주스를 한잔 들이키는 거라며 옷을 다 껴입는 나를 이상하다는 듯이 리나가 말했다. 그러냐며 우리는 목욕하고 나면 이렇게 얼렁 옷을 다 껴입는다는 걸 문화의 차이로 돌리고 정원에서 리나와 나는 같이 앉아 시원한 주스로 목을 축였다. 정원에는 어찌나 모기가 많던지 그 짧은 순간에 열 방이나 물렸다. 오늘 밤은 다같이 피곤하다며 일찍 자라고 하시며 우리가 기대했던 특별식은 나오지 않고 간단하게 빵과 우유로만 저녁을 하고 잘 수밖에 없었다.

침대 너 이리 와아~~~~~~~~~~~~~~~~~~~~~~~~~.

박물관 기행

아침에 일찍 화장실에 가려고 눈을 떠보니 리나 어머니가 회사 출근 준비하시는 소리가 들렸지만 난 화장실 가서 볼일만 보고 너무 졸려 또 들어가 잤다. 한참 후에 다시 일어나 보니 리나가 부엌에서 아침을 만들고 있었다. 굿 모닝을 외치며 뭐 도와 줄 게 없냐고 물으니 그냥 앉아 텔레비전이나 보란다.

그러지 머~. 아침은 이상한 흐물그래한 죽을 내왔다. 거기에 시커먼 보리빵을 곁들여 나왔는데 리나야 왜 이렇게 썰렁하대니? 우리같아 봐라… 상다리 부러진다. 리나야? 너도 상다리 아니 유럽이니까 식탁이 부러져라 한 상 거나하게 차려 봐야 되지 않겠니? 후후 농담이야. 재워 주고 먹여 주는 것만 해도 어딘데 그자? 그래 아주아주 맛있어 하며 난 한 그릇을 뚝딱 해치우고 리나에게 한 그릇 더 달라고 해서 두 그릇을 비우고 아침을 마감했다. 리나가 세탁기 돌려 준다며 빨래거리 달라고 해 난 가방 안에 있던 모든 걸 들고 나가니 정호 오빠가 나보러 아무리 빨아 준다고 했다고 다 들고 나오면 어떻게 하느냐고 한 소리해 각성하고 다시 들어가 빨기 쉽고 마르기 쉬운 것만 도로 골라 나와 리나에게 주었다. 우리는 리나가 계획한 일정에 맞추었다. 리난 처음에 은행에 가 돈을 찾은 후 베이커리 가서 빵을 사고 사진관 가서 결혼사진을 찾은 후 그 다음부터 뮤지움에 간다고 했다. 리나가 찾은 결혼사진에 리나 신랑은 그야말로 영화배우 휴 그란트를 너무도 꼭 빼닮았다. 그래 내가 니 남편 영화배우 휴 그란트 닮았다고 하니까 그가 누구냐고 반문해 와서 그만 말은 중단되었다.

뮤지움 순례는 다음과 같다. 처음엔 무슨 집 발달사, 농기구 발달사, 전형적인 핀란드 집 박물관이었다. 다들 한 가지 주제로 일맥 상통하는데 특히 이 작은 마을에 이렇게 많은 박물관이 잘 마련되어 있다고 하는 것에 놀라지 않을 수 없었다. 그리고 그곳들은 반드시 가이드가 붙어 설명을 해주고 있었다. 일단 손님이 오면 같이 따라다니며 차근차근 영어로 하나하나 설명해 주는 그들의 세심한 배려에 놀라지 않을 수 없었다.

다음으로 아트 갤러리 쪽으로 우리는 방향을 바꾸었다. 북유럽 아니 핀란드의 미술은 너무도 아름답다. 복잡하지 않게 경쾌하고 간단하게 표현된 것을 핀란드 미술이라고 줄여 말할 수 있었다. 리나도 한때 미술을 했다. 그녀는 한때 그녀를 가르쳤던 그녀의 선생님을 길거리에서 만나 소개시켜 주기도 했다. 아트 갤러리를 비롯해 그곳에 마침 목가구전이 열리고 있었는데 너무도 세련되고 자연스런 목재가 주 재료로 기억에 남는다. 별별 전시관도 많았다. 산림이 풍부해서인지 우드 박물관도 있었다. 그곳엔 나무로 만들 수 있는 모든 것이 진열되어 있었고 마지막으로 들른 자연 박물관은 어느 한 개인이 수집하여 만든 박물관이라고 하는데 지렁이부터 거대한 코끼리까지 없는 박제가 없었다. 이것이 한 개인의 힘으로 이루어진 거라 믿어지지 않을 정도였다. 마지막으로 자연 박물관을 돌고 나니 리나가 엄마가 점심식사 마련해 놓았을 거라며 집으로 가자고 했다. 그렇지 않아도 하루에 너무나도 많은 박물관을 돈 탓으로 리나도 우리도 모두 지쳐 있었다. 박물관이 많은 나라 핀란드다.

실리~

리나 어머니는 이미 점심을 다 차려 놓고 우릴 기다리고 계셨다. 우와 이게 얼마 만에 보는 고기냐? 감자와 고기가 식탁이 휘어져라 놓여 있었고 우리가 그것을 먹으려고 하는 순간 순서가 기다리고 있었다. 본격적으로 먹기 전에 시작하는 서양의 스프가 그러하듯이 우리는 어머니가 내놓은 이상한 생선조림을 맞이하고 있었다. 그 생선 이름은 실리. 병 속에 초절임 상태로 들어 있었다. 뚜껑을 열자 이상한 향료 냄새와 비린내 때문에 주신 성의를 봐서는 먹어야 옳았지만 절대로 못 먹을 성질의 맛이었다.

리나의 어머니가 하시는 대로 생선을 꺼내고 칼로 먹을 만큼의 크기로 자른 거까진 좋았는데 먹으니까 우웩이었다. 결국 그걸로 책잡혀 리나의 어머니에게 번번히 놀림감이 되어 버렸다. 무얼 시켜도 안 하거나 안 먹으면 얼굴에 웃음이 퍼지며 "실리~~" 하신다. 마치 "순경아저씨 온다"하면 어린 아이가 무서워 말 잘 듣듯이 말이다.

다음 코스부턴 정말 맛있었다. 고기와 감자 샐러드 각종 야채들. 특이했던 것은 애호박을 오이 썰듯 썰더니 그것도 같이 맨걸로 아삭아삭 먹는 것이었다. 오잉 어떻게 이런 걸 먹지? 하면서도 같이 천연덕스럽게 먹어 보지만 호박맛이 핀란드라고 해서 다를 건 없었다.

먹고 나서 좀 쉬더니 또 먹는다. 이런 거 있는 줄 모르고 아까 감자와 고기 순서 때 배가 터져라 다 먹었는데 후식으로 이런 맛있는 딸기 크림빵이 나올 줄이야? 그래도 또 먹고 차 마시고 쉬고 아이스크림까지 어머닌 우리를 원 없이 먹여 주셨다. 어제의 한을 아마도 눈치채셨던 모양이다.

우리처럼 한 큐에 다 먹고 끝내는 민족에게 여러 번 나눠 먹기는 역시 너무 어려운 일이었다. 식사 후 우리는 거실 소파에 앉아 언어에 대해 이야기를 나누었다. 참고로 핀란드 어에 '코리아'라는 단어가 있는데 그 뜻은 '귀여운'이라고 말해 주었다. 한국=귀여운? 어쩐지 안 어울린다.

오늘은 리나의 남편 유호가 온다고 했다. 그리고 오늘 밤부터는 리나의 어머니 집을 떠나 유호의 할머니 집에서 자야 한다고 우리 짐을 다 챙기고 어머니에게 인사하고 우리가 처음 리나를 만났던 역으로 향했다. 그때까지만 해도 그게 그녀의 어머니와는 마지막이란 것을 모르고 대충 인사만 하고 헤어졌는데 핀란드를 떠날 때 다시 그녀의 어머니를 만날 수는 없었다. 그게 지금도 미안하다.

콕콜라 역에는 많은 사람들이 기차가 들어오기만을 기다리고 있었다. 우리의 등장으로 역 안에 있던 사람들의 시선이 온통 우리에게 집중되면서 우리는 원숭이가 되어 버렸다. 어쩜 그리 신기한 눈빛으로 쳐다보던지 아무리 의식하지 않으려 했지만 그 눈빛들이 너무 버거웠다. 하긴 이런 시골에선 보기 힘든 동양애가 왔으니 이해는 가지만서도 쩝이다. 그것만이 아니었다. 잠시 후 기차가 도착하고 나타난 유호. 분명히 사진에서는 멋있는 젠틀맨 냄새의 휴 그란트였는데 기차가 서고 저멀리 리나를 보고 손 흔들며 뛰어오는 저 남자는 완전한 왕 건달 그 자체였다. 가장 껄렁껄렁해 보이는 복장과 걸음걸이. 진짜 처음 보는 순간 후루쿠 사촌 정호 오빠와 난 맞이 갈 수밖에 없었다. 달라도 어쩜 이렇게 철저하게 다를수 있을까? 하며 마구마구 소리내어 웃어 버렸다. 역시 신혼부부답게 플랫폼에서 진한 롱키스를 나누더니 이제야 나에게 인사를 한다.(근데 내 눈에 왜 이리 멋있게 보이냐? 유부남인데…)

다시 차에 타고 유호 할머니가 휴가 가고 안 계신 아파트로 와 짐을 풀고 리나와 유호는 장을 보러 슈퍼로 갔고 남겨진 우리는 유호를 씹으며 텔레비전을 보고 있었다. 잠시 후 그들의 손에 가볍게 들린 우유와 빵을 보고 대강의 오늘저녁 메뉴를 짐작할 수 있었다. 유호 역시 부인 리나가 부엌일을 하는 동안 거들어 주지 않고 우리에게 그의 어릴 적 사진을 보여 주었다. 리나가 가끔씩 들어와 안 도와 줄 거냐고 일부러 우리도 알아들으라고 영어로 말하는 것이 참 세심한 여자로구나 라는 것을 느낄 수 있었다. 유호 꿈쩍도 안 한다. 한참을 그들이 차린 빵을 먹고 있다가 그들에게 너무 고마운 감정이 벅차올랐다. 유호와 리나에게 무엇인가를 해주고만 싶었다. 물질적으로 해줄 수 있는 건 없고 해서 난 내가 그동안 가장 아끼던 신라면 한 봉을 꺼냈다. 마지막 한 봉이었다. 마지막에 처절하게 한국이 그리워 눈물이 날 때 끓여 먹으려고 안 먹고 안 뺏기고 안 팔고 남겨 놓은 마지막 라면이었는데 나 그것을 그들에게 기꺼이 제공했다. 매워서 못 먹으면 나 좋은 일이라며 끓였는데 걱정했던 것과는 너무도 판이하게 유호가 잘 먹어 버려서 우린 국물밖에 먹지 못했다.

처음 라면을 어느 그릇에 퍼야 할지 몰라 리나가 납작한 접시를 가져왔을 때 파안대소하고 말았지만 잘 먹어 준 리나와 유호에게 너무 고마웠다. 주부들의 기분이 이런 걸까? 자신이 정성들여 한 음식을 남편과 자식들이 많이 먹어 줄 때 행복을 느끼는 것처럼 그 기분을 흠뻑 맛볼 수 있었다.

포 레스 트 검프 (?)

한 10시를 넘어서야 저쪽 방(리나, 유호)에서 일어나는 기척이 들렸다. 여전히 이쪽 방 정호 오빠는 자고 있었고 난 일찍 일어나 터키에서 산 테잎을 틀어 놓고 밀린 일기를 쓰고 있었다. 리나가 밥을 하는지 부엌에서 달그락달그락거리는 소리가 들려 온다. 전혀 개의치 않고 나가서 도와 줘야겠다는 생각이 하나도 안 들고 계속 배째고 난 일기를 썼다.

정호 오빠를 깨웠다. 같이 나가 굿 모닝하고 나니까 유호가 아침 일찍부터 보이지 않는다. 목이 아파서 약국에 약 사러 갔다고 했다. 리나 역시 독감이 단단히 걸린 듯 보였다. 아임 어프레이드이지만 오늘 포레스트(숲)에 가는 것은 리나는 아마도 가지 못할 거 같다고 했다. 아침에 맛가는 죽을 먹으려고 하니 유호가 약을 사서 밥먹을 시간에 맞춰 들어왔다. 4명에서 같이 죽을 먹으면서 오늘 갈 숲과 일정에 대해 이야기를 나누었다. 밥을 먹고 있으니 친구가 한 명 더 같이 간다고 했다. 리나가 못 가는 대신 가는 거 같았다. 정말 세심한 배려였다. 아리라는 친구였는데 어제 자연박물관 가는 길에 유호 형 옆에 있던 친구였다. 유호는 아리가 샤이(shy)해 하는 것은 아니지만 매우 조용하다고 했다. 정말 몇 마디 말이 없긴 했지만 상당히 착하고 순해 보였다.

리나는 자신이 가지 않기에 등산화를 빌려 주었다. 다행히 발사이즈가 맞아 리나의 신발을 내가 신을 수 있었다. 근데 키 차이는 그렇게 나면서 어떻게 발 사이즈는 같을 수가 있단 말인가?

콕콜라를 빠져나간 우리 일행은 유호의 할머니의 여름 별장으로 향했다. 거기에 리나를 내려놓고 나머지 네 명은 포레스트를 향해 떠나기로 되어 있었다. 유호의 할머니도 우릴 너무 신기하게 쳐다보셨다. 유호는 한 가정의 가장답지 않게 할머니를 보더니 어리광이 심해졌다. 할머니한테 안기고 징징거리고… 귀여운 유호다. 정호 오빠는 앞자리에 앉아 시종일관 말을 시켰고 나와 아리는 조용히 밖을 관망했다. 처음에 포레스트 간다고 했을 때 커다랗고 높은 산을 생각하고 당연히 등산을 연상했다. 그런데 오잉? 계속 들판만 한 4킬로 정도 걸었던 것이 다였다. 높은 언덕이라곤 코빼기도 보이지 않았고 아무리 가도 가도 끝없는 들판과 호수 그리고 나무뿐이었다. 환경지배론인가, 등산의 개념이 다른 걸 보니?

정력은 여기서도 ?

갑자기 가던 길을 멈추더니 목에 걸고 있는 맥가이버 칼을 좀 빌려 주면 재밌는 것을 보여 주겠다고 했다. 그러더니 유호는 나뭇가지를 꺾어 칼로 껍질을 벗겨 내기 시작했다. 이윽고 다 벗기고 나서 유호는 무슨 쌀켜가 쌓여 있는 듯한 것을 가리키며 무엇인지 알겠느냐고 물었다. 그래서 모른다고 대답했다. 유호가 이게 바로 개미집이라고 했다. 으레 개미집 하면 땅바닥에 조그맣게 쌓아올린 집을 보고 살던 우리와 다르게 땅덩이도 크니까 개미집도 덩달아 크다. 유호가 깎은 나뭇가지에 침을 발라 개미가 잘 묻어 나도록 한 후 개미집에 푹푹 쑤셔 댔다. 나와 정호 오빠는 그러다가 개미에게 복수당하면 어떻게 하냐고 수선을 떨어 보지만 벌써 유호가 쑤셔 놓은 막대기에 개미가 한 움큼 묻어 나온다. 유호는 많이 해봤다는 듯이 후욱 불어 개미를 다 떨구어뜨린 후 그 나뭇가지를 맛보았다. 맛있다며 우리에게도 맛을 보여 주는데 신맛이 났다. 유호가 웃으며 정력에 좋다고 농담을 하니까 그새 질세라 가짜 사촌 정호 오빠가 "To whom?"

순진한 유호~괜히 농담 한번 잘못 건넸다가 대중 앞에서 창피당해 버렸다. 우리는 수많은 이끼들과 나무들 그리고 줄창 따라다니며 물고 다니는 모기떼들과 함께 포레스트를 마구마구 걸어다니는 마치 산림욕과 같은 것을 했다. 근처 호수가 있고 캠핑장 있는 곳에 좀 쉬어 가기도 하고 리나가 정성스레 싸준 점심식사를 꺼냈다. 간단했다. 집밥이 생각났지만 우리는 오렌지 주스와 그리고 여기서 '맛가라'라고 불리우는 후랑크소세지를 구워 먹을 수 있었다.

모닥불을 지필 수 있도록 캠핑장에는 장작이 마련되어 있었고 맛가라, (한번 먹어 보면 정말 맛갈 정도로 맛이 좋다. 그리고 발음 또

한 맛간다)를 찔러서 구울 수 있도록 쇠창살이 준비되어 있었다. 맛가라를 삼지창 같은 쇠창살에 꽂고 한참을 굽다 보면 맛가라 등짝이 쩍쩍 갈라진다. 그때 먹으면 기가 막히게 맛있다. 내가 무려 3개나 먹으니까 유호와 정호 오빠가 마구 구박이다. 그래 놓고 정호 오빠가 맛있으니까 마지막 남은 하나를 더 구워 먹었다. 먹고 바로 일어나 불을 끄고 다음 사람을 위해 우리가 사용한 뒷처리를 하고 동굴을 향해 걸었다. 지나가는 길에 붉은 신비한 바위며, 높은 겨울 사냥터라고 지어 놓은 캐빈, 유호가 세세하게 설명을 해주었다. 정말 유호 너무 잘생겼어잉~~ 내 친구 남편만 아니면 확 어떻게 해보겠는데 말이다. 그 그윽한 눈빛, 외국인도 거부감 없이 이렇게 멋있을 수가 있다는 걸 유호를 통해 처음 느껴 보았다. 그러나 내 친구 남편인 걸 어찌하랴~.

동굴이라고 하는 것은 바위가 내려앉아 우연히 생기게 된 것으로 그 안은 냉장고 안을 연상할 정도로 서늘한 바람이 불었다. 플래시 하나만으로 좁디좁은 경로를 따라 걸어 우리는 나올 수 있었다. 이것으로 오늘 포레스트를 마쳤으면 한다고 유호가 좀 피곤한 듯이 말해 왔다. 나중에 알고 보니 유호도 무척 아팠는데 우릴 위해서, 아픈 리나를 대신해서 가이드를 해준 거였다고 한다. 유호의 할머니집에 돌아온 우리는 할머니와 리나가 미리 사둔 아이스크림을 먹었다. 또다시 사우나를 하겠냐는 제의를 정중히 거절했다. 유호와 어느 면에서나(?) 왜소할 거라며 정호 오빠는 단호히 사양했다. 그랬더니 할머니께서 그 좋은 걸 왜 안 한다고 하는지 이해 못하겠다는 눈치시다. 할머니 함 벗겨 놓고 생각해 봐요~그쵸 할머니 조카며느리와 손주라 괜찮겠죠?
마지막으로 유호 할머니와 이별을 고하고 콕콜라로 돌아왔다. 유호는 피곤해 뻗어 버렸고 돌아온 리나는 배가 고프냐며 물어 와 내가 다짜고짜 '응' 해버려서 쉬지도 못하고 곧장 부엌으로 직행시키게 돼버렸다. 정호 오빠가 나보러 완전한 철판구이(?)라며 핀잔을 준다.

기다리고 기다리니 우리 나라 육개장과 비슷한 스프를 끓여 왔다. 정말 고추가루만 안 넣었다 뿐이지 우리 거랑 똑같았다. 너무 맛있어 두 그릇을 해치우고 나서 살며시 이 밥을 다 먹으면 우리는 가봐야 할 거 같다고 했다. 너희는 피곤하니까 우리가 간 후 잠을 푹 자라고 했더니 왕 노발대발 안 된다는 것이다. 절대 먼저 보내 주지 않겠다고 했다. 이따 기차시간까지 같이 지내다 차로 데려다 준다고 했다. 우린 너무 폐를 많이 끼쳐서 미안해서 기차역 가서 밤차를 기다리려고 한 것이었는데 리나는 정말로 고맙고 미안하게 자상한 배려를 해준 것이다. 너무 완강해 거절하지 못하고 그럼 설거지만이라도 하게 해달라고 했더니 처음엔 역시 또 안 된다고 했다. 그러더니 정호 오빠와 내가 하도 하겠다고 하니까 그럼 해보라며 설거지 방식을 가르쳐준다.

식탁에 앉아서 넷이서 얘기하다가 그러고 있기가 서먹서먹했던지 유호가 낮에 안 먹은 '맛가라'가 남았다며 원하면 밑에 가서 구워 먹자고 제의를 한다. 나는 괜찮다고 그랬는데 정호 오빠가 이번엔 예스를 하는 바람에 우르르 나가야 했다. 한참 나가려고 문밖을 서성거리는데 유호의 장가 못 간 큰형이 그의 여자친구와 놀러 온다고 했다며 조금만 기다렸다 나가자고 했다. 유호 형도 역시 잘생겼다. 그러나 머리를 쥐 뜯어 먹다 만 것처럼 길러서 미모가 가려졌다. 그의 여자친구는 자연박물관 가이드였다. 조금은 뚱뚱하고 웃음이 많던 '튜티'였다.

기다리던 유호의 형과 튜티가 도착하자마자 밖에 있는 오두막집에 둘러앉아 정호 오빠와 나는 맛가라를 구워 먹고 나머지 일행은 화로불에 둘러 앉아 오손도손 이야기를 나누었다. 서로의 나라에 대해서 이야기를 하는데 유호가 미국애들은 핀란드에는 아직도 곰이 거리를 활보하고 다니는 줄 알고 있다고 했다. 겨울에 한국을 눈이 얼만큼 오는지? 인구는 몇인지? 그리고 정호 오빠와 내가 얼마나 자주 만나는지?(이 일은 정호 오빠가 내가 사촌인 줄 알고 있기 때문에 즉 이 질문은 친척관계가 얼마나 좋으냐를 묻는 것 같았다. 순간 당황했지만… 한국말로 정호 오빠와 짠 후 위기를 모면할 수 있었다)

맛가라를 맛있게 먹고 다시 아파트로 올라가 나는 튜티와 사진 보면서 이야기하고 정호 오빠는 핀란드 자연이 나온 백과사전을 같이 보면서 얘기하고 우리들의 그 화기애애한 밤은 깊어 가고 서로에게 호의와 정도 깊어 갔다. 떠나기 전에 정호오빠는 한국에서 가져온 다 쓴 전화카드(그렇지만 민화와 한국문화가 조금은 담겨 있는)를 다 주고 나는 유호가 동전수집이 취미라 해서 그에게 여행지마다 쓰고 남은 잔돈을 다 주었다. 유호 형 커플과는 아파트에서 껴안으며 작별인사를 나누는데 핀란드에서는 껴안는 거보다 악수가 더 일반적이라며 서로의 껴안음을 어색해 했다.

그래도 할 거 다 하고 유호와 리나가 우리를 픽업해 줘 차를 타고 가는데 우와 이제 이게 마지막이구나 너무도 잘 해줘서 눈물나게 고마웠던 내 친구 리나와 유호 난 그들을 평생토록 잊지 못할 것이다.

시간은 다 되어 정말 역에 도착하고 나니 마지막 인사만이 남아 있었다. 갑자기 나의 눈에서 핑도는 눈물. 그렁그렁 맺히네. 리나가 꼬옥 껴안아 주면서 위로했다. 유호와도 꼬옥 껴안고 힝 떨어지기 시져 시져~~. 다시 리나가 아쉬운 듯 꼬옥 껴안아 주며 귀에 대고 하는 말.

"go to church."

압권이었다. 사연은 이러하다. 크리스찬인 리나는 예전에 크리스

찬이었던 나를 위해 계속해서 편지와 이야기로 다시 하나님에게 돌아가라고 한 것이었는데 마지막까지도 이렇게. 사우나할 때도 그 얘기 하더니….

기차가 도착했다. 리나와 유호는 손을 꼬옥 잡고 끝까지 걸어가는 것을 다 보고 나서 기차에 올랐다. 헬싱키로 향한다. 이제 난 내려가는 것이다. 그리고 돌아가게 되는 것이다. 내 고향 한국으로.

헬싱키를 돌고 돌아 바다 내음 짭조름한 항구로 돌아온 나는 이제 떠나갈 핀란드를 아쉬워하며 리나 덕택에 한 푼도 안 쓴 핀란드 돈을 갈 때 타고 갈 신 실자라인 캐빈을 끊고(마지막이라 생각하니 내 생애에 또 언제 실자라인 타보겠나 싶었다) 뷔페도 저녁과 다음날 아침 거까지 해서 배를 타기 전에 사면 100FIM이나 더 싸다고 해서 그래 먹고 보자. 먹고 죽은 귀신 때깔도 곱다더라는 한국말의 근성을 살려 마음껏 가진 돈을 다 쓰고 나서 헬싱키 시내를 한 바퀴 돌아 나왔다. 호수가 많아 내가 지금 오스트리아에 있는 양 느껴지던 헷갈렸던 도시였던 걸로 기억된다. 핀란드 올림픽 스타디움을 뛰어 보았고 음악가 쉰베르크 그 썰렁한 조각상을 찾아 펼쳐진 숲길을 조깅했으며 아름다운 자연 핀란드의 유에프오 교회에서 남 몰래 들어가 예배도 드렸으나 하도 않았다 일어났다 해 중간에 도망치고 말았다. 시청사 그 많은 계단에 누워 자다가 먹다가 우린 한껏 돌아갈 것에 부풀어 시내를 돌아다녔다.

핀란드-- 한껏 자연에 젖어 있는 아름다운 내 정다운 친구가 살고 있는 나라의 수도. 아침처럼 상쾌한 느낌으로 다가온다.

신 실자라인은 역시 '신'이라는 이름이 붙을 정도로 뷔페가 뛰어났다. 캐빈 또한 4개의 침대와 욕실이 딸려 있고 드라이기며 전화며 각종 시설이 잘 갖추어진 시설을 자랑했다. 일단 짐 풀고 샤워하고 뷔페로 향했다. 이번 배는 정말 스케일이 컸다. 그러나 먹기엔 지난

번 타고 온 배가 더 좋았던 것 같았다. 자리는 구석으로 잡았다. 구석을 차지하면 과일을 가방에 빼돌리기가 눈치도 안 보이고 상당히 용이하기 때문이다. 또 미친 듯이 일어섰다 앉았다 먹어 대고 올 때마다 사과나 오렌지, 바나나를 챙겨서 가방에 넣고 옆을 쳐다보니 마찬가지더군. 갈수록 위가 줄어드나 보다. 저번보다 조금밖에 못 먹고 숟가락을 놓을 수밖에 없었다. 먹고 나와 나중에 챙긴 거 확인해 보니 사과 5개, 오렌지 2개, 배1, 바나나 2개-- 정말 내가 생각해도 난 타고나셨어~~.

다 먹고 갈 때쯤 이번에도 지난번 배와 마찬가지로 거의 우리가 나가는 마지막 손님이었다. 나와서 화장실 다녀오니 정호 오빠가 없어져 버렸다. 어쩔 수 없었다. 이 넓은 배에서 찾는다는 건 포기하고 홀로 엘리베이터 타고 13층에 올라가니 바다가 보였다. 사우나도 있고 나는 위에 나가 찬 바닷바람을 쐬며 여행이 나에게 주는 의미가 무엇일까를 생각해 보곤 했다. 시간이 가고 바다가 어두워지면서 바다와 하늘이 하나로 검게 되어 아무것도 구분할 수 없게 되었다. 거센 바람.

정호 오빠는 사우나가 공짜라며 내일 아침 몇 시에 문 여는지 알아보러 간 거였다며 13층에서 다시 만났다. 혼자서 다시 내려와 샵에 가서 이것저것 기념이 될 만한 것을 골라 보지만 가격이 만만치 않다. 내가 가진 돈에서 1FIM이 모자라 결국 난 그 돈을 기념주화로 남겨야만 했던 상당히 높은 물가였다. 그렇게 돌아다니며 가게란 가게는 다 들어갔는데 어느 방에 우연찮게 들어갔다가 거기서 스텝진을 소개하는 프로그램이 한창이었다. 난 바닥에 앉아 스텝 소개가 끝난 후 벌어지는 마술쇼와 그리고 디스코타임을 지켜 본 후 피곤해 내일을 기약하며 내 캐빈 침대에 올라가 잠을 청했다. 내가 샤워할 땐 나밖에 없었는데 언제 다들 들어왔는지 자고 있었다. 방해되지 않도록 조심조심 2층에 올라가 잤다. 다음날 아침 뷔페를 먹기 위해 일어나자마자 한번씩 웃어 보이고 후닥닥 일어나서 세수도 안 하고 올라갔더니 우와~ 사람들이 왕 많으심이다. 암튼 먹는 거엔 애, 어른 할 것 없이 다들 빠르다. 국적을 넘어서 말이다. 아침 뷔페는 지정 좌석이 없이 티켓만 내고 아무데서나 먹는 사람이 임자였다. 젤 먼저 주메뉴에 줄을 딱 서서 먹고 나와 돌고 있는데, 평상시 늦잠 자던 정호 오빠가 보였다. 같이 먹자고 내 자리에 가서 앉아 있으라고 했다. 그리고선 다시 본업으로 돌아가 음식 고르기에 진념했다.

다분히 서양식 아침이었다. 빵, 요쿠르트, 콘프레이크, 우유, 감자, 달걀 등 이그~ 누가 여기 서양 아니랄까봐… 티를 너무 낸다. 여기다 밥이랑 김치랑 갖다 놓으려면 우리 나라가 얼렁 잘살아야 할 텐데….

오늘 내려 어디를 갈까 이래저래 짜보니 오늘부터 서서히 파리를 향해 내려가는 게 나을 듯싶었다. 스톡홀롬에 내려 돌고 저녁 때 다시 오슬로로 향했고 오슬로를 돌고 또다시 밤차를 타고 타고 또 타고 해서 내려가고 있었다. 배에서 나오면서 헤어진 정호 오빠도 어딘가에서 잘 돌고 있으리라 생각하면서.

드디어 덴마크. 다시 거대한 유럽 대륙에 돌아왔다. 참 운이 좋았던건 항상 차시간에 딱딱 맞게 도착했다는 것이다. 몰라서 물어 볼 때도 시간에 맞춰서 물어 봤으니까말이다. 그래서 이 붙어 있는 유럽 땅에 오기까지 기차 2번, 배 한 번, 다시 기차 한 번을 갈아 타는 긴긴 여정 끝에 코펜하겐 도착, 7분을 두고 난 뮌헨 행을 탈 수 있었다.

7분이란 여유로 자리를 맡는 것은 참 힘든 것이었다. 다행히 어떤 칸에 여자애 둘만 앉아 있길래 같이 앉아 가도 괜찮겠느냐고 물어 보니 거뜬히 오케이를 해 같이 친해지려고 하는데 승무원이 오더니 이 칸을 쓰려면 추가요금을 더 내야 한다고 했다. 돈을 더 내라니 무슨 말이냐고 물어 보니까 그 방은 담요가 지원되는 그런 방이라 그런다는 것이었다. 여자 동행과 나는 재빨리 일어나 다음 칸으로 이동했다. 처음 간 곳은 남자투성이로 내 가방도 들어 올려 주는 자상한 배려를 보였지만 생긴 게 하룻밤을 같이 지내기엔 좀 섬뜩했다. 조용히 일단 딴 자리를 알아보고 빈 콤파트먼트를 점해 놓고 돌아와 미안한 표정을 지어 보이고 그곳으로 옮겼다. 여자만 있는 방이었다. 4명이서 그렇게 썰렁하게 불편하게 앉아 가는데 내 앞 여자애 잊을 수가 없는 엄청난 모든 것을 나에게 보여 줘 이렇게 적어 본다.

옷을 상당히 야하게 입었다. 까만 나시에 까만 쫄바지다. 허리에 스웨터 하날 감고 자고 있었다. 그러다가 한참을 달게 잤는지 이번엔 일어나 혼자서 밖에 나가 복도에서 옷을 갈아 입기 시작했다. 날씨가 좀 추워졌으므로 딴 옷으로 갈아 입는데 아슬아슬 보이지 않게 잘도 갈아 입더니, 이번엔 빵을 꺼낸다. 가방 안전장치 하나는 확실하다. 열쇠가 나보다 더 많이 달려 있다. 빵을 벌리더니 최대한 바를 수 있는 거 낄 수 있는 걸 다 넣더니 냉철하게 투철하게 다 먹고 가방을 치웠다. 그 여자애 말라서 그런지 자세를 그렇게 불편하게 잡고도 꾸부리고 잘도 잔다. 나는 에라 모르겠다하고 다리 쭉 뻗어 버리고 잤는데 다음날 아침 일찍 일어나 보니까 그 여자애도 나 따라 두 다리를 내 쪽으로 하고 따라 자고 있었다. 창가에 두 아줌마--무슨 할 얘기가 그리 많은지 잠도 안 자고 새벽 내내 얘기하더니만 또 아침에 일어나 자마자 또 얘기다. 신기한 방에 앉아 있다 나온 기분이다.

돌 아 가 자

뮌헨에 세 번쨘가 네 번째다. 제법 북적북적대던 대합실에 한국 사람이 거의 없었다. 모두들 돌아가 버린 모양이다. 락커에 짐을 맡기고 오늘에서야 뮌헨을 구경하기로 해보는데 영 관광하기 싫다. 그래도 이렇게 많이 왔는데 뭐가 있는지나 봐야지 하는 맘으로 지도도 안

구하고 혼자서 뮌헨 뒤쪽으로 나가다 보니 공중전화가 눈에 들어왔다. 엄마 생각이 나 일단은 형부에게 전화를 하고 엄마한테 했다. 엄마였다. 나는 그 와중에도 여행하는 동안 잃어 버리거나 다치거나 그런 일이 하나도 없으니까 걱정 마시라고 안심을 시켜 드리고, 오늘 이곳 관광만 끝내면 파리로 돌아갈 거라고 했다. 엄마 볼 날도 이렇게 서서히 돌아오고야 만 것이다. 그래도 마지막까지 긴장 풀지 말고 잘 하란다. 넵~하고 끊고 나니 오늘까지 지내 온 모든 날이 꿈만 같다.

　독일 돈이 정확히 7마르크 있었다. 그중에 2마르크는 이미 락커 값으로 들어갔고 남은 건 5마르크였다. 오늘부터 실자라인에서 챙긴 사과만 먹고 이제 슬슬 다이어트를 하려고 했는데 긴장이 풀린 데다 고향을 생각하니 배가 고파 와 그것만으로는 참을 수가 없었다. 싼 슈퍼 알디를 찾아서 가장 싼 빵과 음료수(아이스티 유사품인데 결정적으로 불량식품 맛이 난다)를 사서 가방에 넣고 걸어가 보는데 영 분위기가 할렘 가 분위기다. 이쪽이 아니었나 보다 싶어 다시 역으로 돌아갔다. 여전히 한국인은 눈에 띄지 않는다. 진짜 이상하다. 뮌헨에 오면 한국인은 원없이 만났는데 다들 정말 가버렸나 봐… 다시 나갈까 역에서 잘까 생각해 보지만 역은 너무 재미없다. 다시 슬슬 나가 보자 해서 이번엔 반대 방향으로 나가 보니 오잉? 역 정문 쪽으로 명동거리 비슷하게 쭈악 펼쳐져 있는데 음 나오길 정말 잘했다. 쇼핑몰에 들어가 구경하기전 습관처럼 슈퍼로 들어가 나머지 3마르크를 가지고 그동안 못 먹던 과자를 사들고 나와 1층부터 쇼핑을 시작하는데 오잉 내가 좋아하는 시디가 0.99마르크로 채 1마르크가 안 되는 것이었다. 내가 과자만 안 샀으면 중고 시디 3장을 살 수 있었는데… 그러나 이미 때는 늦었다. 여기서 가족 선물을 살까 생각해 봤지만 돈환전하기도 귀찮고 해 이태리에 가 살 생각으로 내내 시내 구경하다 어느 공원에 앉아 빵하고 음료수를 먹고 누워서 좀 쉬기로 했다. 뮌헨 시가지를 한참 돌고 다시 역으로 들어와 대합실에 앉아 그리운 엄마를 생각해 본다. 우리 엄마, 너무 좋다. 돌아가면 정말 잘해드려야지… 하는 맘으로 멍하니 앉아 있었더니 "안녕하세요?"하며 반가히 인사를 건네는 한국인이 있었다. 내일 한국 들어가는데 마지막으로 이체 한 번 더 타보고 가려고 왔다고 했다. 귀한 소세지를 반이나 잘라 주며 먹으란다. 두 말 않고 넙죽 받아 먹고 만다. 나중에

"저 맥주도 한 캔 얻을 수 있을까요?"(야 나운영 너 정말 두꺼워져도 엄청나게 두꺼워졌구나?) 암튼 놀랐다. 그래도 넉넉하게 나누어 주던 남자애. 여행 말기라 더 이상의 통성명도 없다. 그래서 누군지 모르겠다. 그래도 참 잘 될 분이다. 그 옆에 있던 성현이와는 묘한 인연으로 이어졌던 아이다. 처음엔 시큰둥 지나치던 사람 대하듯 성의 없이 얘기했는데 나중에 보니 참 착했다. 좋은 여행 하라며 소세지준 애들이 먼저 가고 성현이가 가방만 두고 어디로 간 사이에 기다리다 내 짐을 지고 14번 플랫폼에 가보니 거기에 성현이가 어슬렁거리고 있다. 인사도 제대로 못하고 헤어지는가 했더니, 거기서 인사를 하고 기차를 기다리는데 이젠 정말 여행이 끝나는구나….

오늘 밤은 혼자 가야 하나 보다 하고 기차를 타는데 내 앞으로 작은 동양 남자애가 걸어간다. 분간이 안 간다. 한? 일? 중? 어디야?

일단은 그 남자애 옆 콤파트먼트 옆에 자리를 잡고 내가 먼저 다가갔다.

"저 한국분이세요?" 했더니 와 맞단다.

"저 같이 자면 안 될까요?"(?)했더니 마침 그쪽 콤파트먼트가 망가졌다며 내 쪽으로 오겠다고 했다. 그래서 오늘 밤도 같이 가는데 성공했다. 둘이서 그 넓은 콤파트먼트 차지하고 커텐을 치고 더 이상 누구도 들어올 수 없게(들어올 사람도 없는 듯 한적했다) 둘이 앉아 얘기를 나눠 보니 개성이 상당히 강하다. 사진도 찍고 시디도 많이

모았다며 그동안 여행 중에 모은 것을 보여 주었다. 그는 6형제의 막내로 모두 잘 나가고 있기 때문에 자신도 잘 나가야 한다며 웃어 보였다. 한참을 얘기하다 보니 사는 동네 얘기까지 나왔다.

 "어디 사세요?"
 "전농동이요."
 "네? 저 휘경동 살아요!"
 "그럼 휘경여고 나왔어요? 그럼 우리 후배 알겠다. 혹 김지민 알아요?"
 "네, 고3 때 제일 친한 친구였어요! 그럼 인하대 다니나 봐요?"
 "네."

 이런 정말 세상은 좁다. 동네 사람에다 내 친구 동문회 사람과 하룻밤을 동행하게 되다니? 우리는 서울에 가볼 날짜 요일 시간까지 정해 버렸다. 새벽 1시에서야 오늘은 내일을 위해 자면서 정말 이제 끝인 여행인가 아쉬움에 젖어 잠들었다. 기차는 또 파리에 도착하고 있었다.

최종 망가지기/파리, 베니스

정말 처절하군

파리 하얀집에 여장을 풀고 진득하게 파리나 돌아 볼까 했는데 이 젠 마지막이구나 하니 가슴이 턱 막히는 게 웬지 아쉽다는 생각이 들 기 시작한 거부터가 화근이었다. 아직 남아 있는 유레일 마지막 뽕을 뽑아야겠다는 환장할 생각이 들어 버린 것이다. 그랴그랴~짐 여기다 두고 가뿐하게 다시 가보고 싶은 베니스로 해서 이태리 가뿐하게 한 번만 더 돌고 오자, 가족 선물도 살 겸… 음 좋은 생각이군… 하고 흐 뭇한 웃음을 지으며 또다시 작은 가방을 들쳐 메고 역으로 향했다.

아차아차~ 비행기 리컨펌을 안 했군하는 생각이 들어 비행기표를 바지춤에서 꼼지락꼼지락거리며 꺼내 공중전화에서 전화를 걸었다. 뚜르르~~ 신호가 간다. 뭐라뭐라하더니 음악이 나온다. 한참을 나온 다. 아마도 기다리란 뜻인가 보다 싶어 한 5분 정도를 들고 있어도 사람이 안 나온다. 내가 리컨펌을 할 줄 몰라서 그런가 싶어 다시 숙 소로 돌아와 아줌마에게 리컨펌 어떻게 하는 거냐고 물으니 그냥 비 행기표 주고 갔다 오면 아줌마가 해놓겠다고 하는 것이었다. 뜻밖의 친절에 대뜸 "그래도 돼요?" 두세 번씩이나 더 물어 보고서 "그럼 아 줌마만 믿고 다녀오겠습니다"하며 비행기표를 식당 서랍에 두고 나갔다. 그러나 이 순간이 또다시 나의 파리 행을 망가뜨려 놓았으니….

파리에서 마지막 난리 부르스를

숙소를 빠져나온 나는 오스트레일리치 역으로 향했다. 마지막으로 유람삼아 느낌이 좋았던 베네치아나 한번 더 다녀올 요량으로 그쪽으로 들어가기 쉬운 뮌헨 행을 타기 위해서였다. 기차는 마지막 여행이라서인지 디한층 느낌이 새롭다. 뮌헨으로 들어가 그 날 밤에 베니스를 들어가는 기차를 기다리려고 뮌헨 역에 내리니 어제 거기서 봤던 성현이가 아직도 그곳에 있었다. 어제 시간도 늦고 목적지도 정하지 않아 그냥 역에서 노숙을 했다고 했다. (참고로 뮌헨 역은 역 안에서 잘 수가 있으며 자는 동안 경찰이 보호를 해준다. 그러나 새벽일찍 다 깨운다.) 반가웠다. 난 베네치아 가는데 같이 안 갈래 했더니 "그러죠 머~"하며 같이 동행해 준다.

또다시 이태리 행 기차를 타고 나니 여전히 악명은 높다. 겁 많은 한국인들은 문에다 쇠사슬 감고 난리 아닌 난리를 피우고 있었다. 이미 두 차례나 아무 일 없이 다녀온지라 성현이를 안심시켜 본다. 저런 거 다 쓸데없는 짓이라고, 안심 붙들어 매고 잠이나 자라고, 성현이 조금은 불안한 듯한 눈초리지만 그래도 누나라 그런지 믿어 준다. 우리끼리 하는 얘기가 재미있어 보였는지 옆자리에 앉아 있던 독일 아주머니와 유창한 영어로 말을 걸어 오신다. 그 아줌마 앞에 앉은 이 세상에서 제일 순진할 거같이 생긴 베니스 청년까지, 너무도 좋은 사람들이 만난 그 콤파트먼트 안에 정이 흐른다. 아줌마도 베니스 청년도 성현이도 나도 우린 하룻밤을 서로를 믿으며 성현이와 내가 출입문 쪽에서 자며 이불도 나누어 덮은 그 정으로 쇠사슬로 걸어 잠그네, 짐을 서로 묶네 하는 옆 한국인들과는 달리 아무 한 것도 없이 무사히 서로 헤어질 때까지 잘 보냈다. 여행이 끝나가니 더 잘해 주고 싶고, 더 많은 이야기를 나눠 보고 싶어지나 보다.

이윽고 내 눈앞에 또다시 물의 나라 베니스가 넘실거리는 그 자태를 드러냈다. 처음 와보는 성현이는 처음 보는 이 분위기에 넋을 잃은 눈치이다. 짭조름한 바다 내음이랄까 기차 안 차창 안으로 새어 들어온다. 기차는 어김없이 종착역에 도착했고 잠시 긴 휴식에 들어갔다.

나는 성현이에게 표 같은 거 안 사도 된다고 그건 정말 돈 낭비이고 절대 검사 안 한다고 안심을 시키고 우린 뱃심 좋게 무임승차로 산마르코 광장을 향했다. 드넓은 광장과 아직도 개떼 근성을 버리지 못하고 있는 비둘기떼들을 다시 만나며 이제 곧 이런 곳을 자주 올 수 없는 곳으로 떠나야 한다는 슬픔에 젖어 본다. 성현이를 책임지고 꼬셔 데리고 온 이상 유명한 무라노 섬으로, 리도 섬으로, 시장으로 열심히 가이드를 하고 있었다. 베니스에 다시 온 것은 돌아갈 때 가족에게 줄 선물을 사려고 한 것이었다. 이미 환전해 온 이태리 돈은 다 쓴 상태여서 환전을 해야 했는데 돌아다녀 보니 환율이 정말 형편 없었다. 이럴 줄 알았으면 스위스 먼저 들러서 환전 좀 해오는 건데 하는 후회가 생기지만 이미 난 여기 와있으니 방법은 하느냐 안 하느냐에만 달려 있었다.

환전은 둘째치고 선물을 누구에게 뭐, 누구에게 뭐, 사려고 하니 골머리가 아파 왔다. 내가 제일 못하는 것 중의 하나가 줄 사람에게 맞는 선물 고르는 거다. 한참을 할까 말까 망설이다가 순간 며칠 전 전화 통화했던 엄마의 말씀이 떠올랐다.

"머 선물 같은 거 사올 생각 하지 말고 너나 맛있는 거 사먹고 와!"

게다가 친구들도

"너나 건강하게 잘 하고 와라~."

했었다. 그래! 다들 원한다는데 그대로 해줘야지 하는 생각이 드는
건 왜였을까? 난 과감히 선물을 포기했다. 그러나 그렇게 선물 같은
거 필요없다던 우리 집 식구들도 내 친구들도 정말 안 사갔더니 모두
들 기가 막혀 했다. 내참 사오지 말래 놓고… 참 이상한 사람들이다.
말하고 행동하고 저렇게 틀려서야?

오 잉? 이럴 수 가???

이제 마지막 여행지가 될 베니스도 어둑어둑해지며 우린 돌아갈
길을 재촉했다. 항상 떠날 무렵이 되면 이곳에선 비가 내렸다. 갑자
기 꾸물꾸물한 날씨에 제법 바람이 차다. 성현이와 나는 오늘 나의
마지막 여행지로서의 베니스와 기존에 보지 못했던 신기한 물의 나
라에 대한 소감을 나누며 처음과 마찬가지로 천연덕스럽게 무임승
차를 하고 있었다. 배 밖으로 보이는 풍경을, 성현이 또한 아무 말 없
이 바라보고만 있었다. 사람들이 상당히 많다라는 생각이 들었다. 그
때였다. 누군가 등을 찌르고 있다는 느낌이 들었다. 그러면서 내 귀
로 어렴풋이

"Ticket, please~."

하는 말이 들려 왔다. 내 귀를 의심해 봤지만 아니었다. 현실이었다.
뒤를 살짝 쳐다본 나는 전 정거장에서 탄 티켓 요원이 내 뒤에 서있
음을 볼 수 있었다. 내 주위로 모든 사람들은 티켓을 검사받고 있었
다. 난 정말 운이 없어도 이렇게 없냐? 일 년에 한두 번 할까 말까 한
다는 그 한두 번의 티켓검사에 걸린 것이다. 정말 복도 많다. 하지만
당장이 문제였다. 난 성현이를 쳐다봤다. 들었는지 못 들었는지 여전
히 보고만 서있다. 다시 뒤에서 표검사원이 이번엔 성현이를 찔렀다.
성현이가 카메라로 무엇을 찍는 척하더니

"Wait a moment!" 한다.

아니 얘가 무슨 배짱이래??? 표도 없으면서. 그때부터 가슴이 울렁울렁 뛰며 어쩔 줄을 몰라 서있는데 나도 무슨 깡인지 뒤도 안 돌아보고 성현이에게 자꾸만 말을 걸며 게기고 있었다. 표 검사원이 다시 갔다 올 심산으로 내 옆 사람으로 건너갔다.

"성현아 어떻게 해??"

"누나 튀어야죠! 어떡하긴!"

그때 우리 배는 다음 역에 다 와가고 있었다. 하지만 우린 아직 물 위였고 언제 다시 그 표검사요원이 우릴 잡을지 모를 일이었다. 그때 그 표검사요원이 손님 중 하나와 시끄럽게 언쟁을 벌이기 시작했다. 보기에 무임승차하다 걸린 것 같았다. 저런 바보 같으니라고~이런 생각을 할 때가 아닌데… 이젠 우리도 꼼짝없이 걸렸구나 했을 때였다. 배가 정류장에 선 것이었다. 우리는 아주 능청스럽게 정말 우리가 내리려고 했던 역이었던 것처럼 표검사원 반대쪽을 돌아 부지런히 튀었다. 때마침 누군가 대신 걸려서 시간을 벌어 준 게 다행이었다. 벌금 낼 돈이 없었던 건 아니다. 그러나 그 돈이면 피자가 몇 조각이냐? 벌금이 우리 돈 25,000원 정도에 해당했으니 말이다. 결국 우린 산타루치아 역까지 걸어가면서도 아직도 정신 못 차리고

"누나 우리 그 돈 번 셈치고 피자나 맘껏 사먹을까요?"

"그럴까?"

우린 역으로 돌아오는 길에 25,000원씩 2명이니까 50,000원씩을 번 셈치고 아주 크고 맛있는 피자를 손에 들고 먹으면서 운이 좋았던 것을 자축하며 기뻐했다. 여행 말기에 쫄딱 망할 뻔했으나 하늘이 도우사 이렇게 빠져나오게 되었으니 말이다. 정말 이 나라나 저 나라나 일 년에 한두 번 한다는 표검사만 있는 대로 다 걸리고 다니고 있었다.

정말 나 간대이

로마에 더 들어가겠다는 성현이와 마지막 파트너로 이별을 고하고 난 정말로 정말로 이젠 맥이 딱 풀린 상태로 연이어 기차에 기타를 타고 차창 밖으로 모든 걸 흘려보내며 파리로 돌아가고 있었다. 파리엔 늦은 시간에 도착이 되었다. 밤차를 타지 않고 오니 하루 종일을 기차 안에서만 보내야 했다. 하얀대문집. 마지막 나의 휴식처가 될 곳을 향해 뚜벅뚜벅 이젠 제법 익숙해진 자리 탓인지 긴장 없이도 찾아 낼 수 있었다. 아직도 하얀대문집은 마지막 떠날 사람들로 만원이었다. 내가 도착했을 때 아줌마는 보이지 않았다. 비행기 리컨펌이 어떻게 되었을까? 궁금했지만 그렇게 당부를 했으니까 잘 해두셨겠지 하고 방에 들어가 난 못 다한 잠을 자기 시작했다. 그렇게 자고 일어나 다음날 새벽같이 식당에 마련된 양배추로 담근 김치와 밥을 먹으며 오늘은 박물관이나 구경해야지 하고 있었다. 아줌마가 들어오셨다. 웃으면서 "안녕하세요?"한다.

"응 잘 다녀왔어?"

"네 참 제 비행기표 리컨펌은요?"

"무슨 얘기야?"

"네?????????????????????"

"어머 어쩌니 내 정신 좀 봐~~~~~~~."

정말 큰일이었다. 그렇게 믿고 맡기고 갔건만 아줌마는 천연덕스럽게 잊어 버리고 있었던 것이다. 이젠 집에 돌아가나 싶었는데…아찔했다. 혹시 만에 하나 집에 못 가게 된다면? 난 돌아가 복학도 해야 하는데 정말 가슴이 철렁 내려 앉는 게 애라도 있었으면 다 떨어져버렸을 것이다(?). 아줌마는 내심 날 안심시키려는지 어떤지 만일 못 가면 갈 때까지 공짜로 재워 주겠다고 위로 아닌 위로를 해주셨다. 그때 떠오른 생각이 시차가 빠른 한국에 전화를 걸어 그쪽에서 리컨펌을 해야겠다고 생각했다. 마지막까지 정말 또 혼나겠다 싶었는데 집에서도 어찌나 걱정을 하던지 오히려 걱정하지 말라고 집에서 할 수 있는 대로 최대로 다 해보겠다고 했다. 그러나 잠시 후 다시 건 전화에서는 한국에서 한 건 소용이 없고 본인이 현지에서 해야 한다는 정말 꼬이는 말만 전해 왔다. 마침 일요일이라 공항은 전화를 받지 않았고 사무실은 이미 퇴근 후였다. 말없이 이층으로 올라가 내 짐을 정리했다. 며칠간 쓰려고 전철표도 열 장이나 사놨는데 난 출발 전전날 공항으로 직접 가지 않으면 안 되었기에 눈물을 머금고 같은 방에 머물고 있는 사람에게 모두 나누어 줘버리고 일어났다. 마지막으로 희망을 갖고 공항으로 향했다. 내 유레일은 오늘 끝이다. 공항에서 자고 내일 떠날 수 있다면… 하는 맘으로 다부지게 뛰어간 공항에서였다. 리컨펌을 하러 왔다는 말에

"이 비행기 티켓은 이미 올 때 오케이를 받아서 리컨펌 안 해도 되는 거예요~."

얼굴에 웃음이 가득한 금발 아가씨 말이었다.

'꾸당~~~~~.'

그 날 밤 난 공항을 마스터하며 내일 떠날 일행을 만나 침낭을 깔고 공항바닥에서 하룻밤 잔 뒤 이른 아침 원래 타고 오기로 예정되었던 비행기를 타고 싱가폴을 거쳐 서울에 올 수 있었다. 몇 달 만에 보는 서울은 가을을 재촉하는 이른 비가 추적추적 내리고 있었다. 떠날 땐 더운 여름이었는데 말이다. 내가 살고 있는 작은 공간의 소중함은 한동안 떠나 있음으로써 내가 생활하고 있는 나의 공간의 소중함을 절실히 깨달을 수 있던 것이다. 아무리 보잘 것 없더라도 내가 돌아갈 자리가 있다는 것은, 나를 기다리는 사람이 있다는 것은 제일 가치있는 일이라고….

❶ 얼마면 갈 수 있는데?

정답 : 두 달 오 일에 2,700,000원 썼어!

1. 한국에서 떠나기 전 사야 할 것에 들어가는 돈은 여행경비에 절반에 해당한다. 굵직굵직하게 나가는 돈이 꽤 많기 때문이다. 비행기 값이 그렇고, 자유롭게 국경을 넘나들 수 있는 유레일 티켓 구입이 대표적이라 할 수 있다. 여기서는 옷이라든가 신발류를 제외하곤 쓴 돈은 굵직굵직하게 적어 본다.

* 싱가폴 항공(SEOUL→PARIS) 680,000원(성수기 요금 적용)
→ 알다시피 싱가폴항공은 싸서 좋다. 단 경유해야 하는 아픔이 있지만… 나름대로 싱가폴도 가볼 수 있어 좋긴 하다. 경유시간은 될 수 있으면 3, 4시간이 적당하다. 1시간은 너무 짧아 싱가폴 공항밖에 구경 못한다. 3시간이 넘어가면 싱가폴 무료 투어로 가볍게 싱가폴에서 제공하는 관광버스를 타고 시내를 돌아볼 수 있다. 9시간 머물다 가는 건 차라리 하루를 자다 가라! 기다리다 환장할 수가 있으므로 정말 조심할 것!!

* 유레일 패스 2개월짜리 2class(이등석이란 말임)
  USD : 798
→ 유레일 패스는 달러 가격에 사는 날의 환율을 곱해서 판다. 그러므로 사는 달의 달러가 최고치일 경우 완전 피보는 수가 생기므로 달러가 뛰지 않기를 기대하든가 내리기를 기다렸다 떠나도록! 근데 머피의 법칙은 항상 싸다가도 꼭 내가 갈 때면 깡충 뛴다던데… 쩝쩝~.

* 국제학생증 8,000dnjs
→ 박물관 이용시 깎아 줘서 쓸 만하다. 꼭 학생이 아니더라도 만 26세 미만

은 가능하다. 그러므로 만들 수 있다면 만들어 가자.

* 유스호스텔(Youth Hostel) 증 12,000원
→ 혼자 가는 사람 중 숙소를 Youth로 잡을 때 쓸 수 있다. 없어도 되긴 되지만 그래도 있으면 써먹을 때가 있다. 단 참고로 필자는 두 번밖에 안 썼다.

2. 환전은요? → 여기서 다 바꿔 가요!!
무식하면 힘이 세다 했던가? 환전하기가 가장 힘들었던 필자는 여행을 다녀온 사람들 2명에게 물었다. 그 중 한 명의 강력한 추천으로 여기(한국)서 바꿔 갈 수 있는 돈은 모두 다 외환은행 본점에 가서 다 바꿨다. 방법은 하루 예상하는 원(won) × 머무를 일수다.
예를 들면 25,000원 × 4일=100,000원. 파리에 4일 머무르는데 하루 25,000원씩 쓴다고 생각해서 100,000원을 하루 예상치로 잡았을 때 사람들이 그 돈 갖고 택도 없다고 혼자 가면 30,000원에서 35,000원 잡아야 된다고 하는데 다 자기 하기 나름이다. 25,000원도 하루에 매일 쓰려면 뼈빠진다. 10,000원으로도 거뜬히 날 수 있는 데가 Europe이다. 걱정하지 말자.
그리고 여기서 바꿔 갈 수 없는 나라의 돈(ex : 그리스, 터키, 헝가리, 체코)을 위해 안전한 스위스 여행자 수표(T/C)와 어디서나 돈 되는 미국 달러로 바꿔 갔다. 독일 마르크도 좋다. 그리고 쓰다 남은 유럽 돈을 바꿔 써도 되니까 걱정하지 말자. 갖고 다니기가 좀 위험스러워 보여서 그렇지 환전할 때마다 환율 체크 안 해서 좋고 수수료 안 내서 좋고, 언제 어디서나 바로 바로 꺼내 쓸 수 있어 좋고, 아쉬운 사람 꿔줄 수 있어 좋다.
참고로 신용 카드는 나를 못 믿겠다는(?) 가족의 불신으로 인해 하나도 안 가져갔다. 내 생각에도 안 가져가도 될 거 같다. 다만 믿고 사는 사회가 빨리 정착하길 바랄 뿐이다.

ATS(오스트리아 : 실링) 1,000ATs (1실링 = 우리 나라 돈 74.85원)
BEF(벨기에 : 프랑) 3,300Bfr (1프랑 = 25.72원)
DEM(독일 : 마르크) 200DM (1마르크 = 529.14원)
ESP(스페인 : 페세타) 15,000pst (100페세타 = 631.41원)
FRF(프랑스 : 프랑) 800Fr (1프랑 = 156.15원)

NLG(네덜란드 : 길더) 100G (1길더 = 472.43원)

NOK(노르웨이 : 크로네) 700NKr (1크로네 = 123.74원)

SEK(스웨덴 : 크로네) 700SKr (1크로네 = 119.74원)

FIM(핀란드 : 마르카) 500FIM (1마르카 = 171.76원)

DKK(덴마크 : 크로네) 300DKr (1크로네 = 136.94원)

CHF(스위스 : 프랑) 현금 500SFr (1프랑 = 644.46원)

여행자 수표(T/C) 900SFr

ITL(이태리 : 리라) 210,000Lire (100리라 = 52.29원)

USD(미국 : 달러) 246 $ (1달러 = 807.80원)

→ 바꿔 가지 못한 나라(환율폭이 하루가 다른 나라는 : 그리스, 터키, 헝가리 체코)의 돈은 다른 나라 돈(독일 스위스, 달러)으로 재환전했다. 그러므로 독일의 마르크나 스위스의 프랑을 추가로 더 환전해 가면 O.K다.
주의할 점은 그리스와 터키는 그 나라 돈은 그 나라에서 다 쓰는 게 더 유리하다. 두 나라 사이가 안 좋아 완전히 서로 껌값 취급하기 때문이다.
동부유럽과 같은 곳의 화폐도 그 나라 안에서 다 쓰고 나오도록 한다. Coin 수집이 취미라면 한두 개쯤만 남겨 두고 껌이라도 사갖고 나오자. 다른 나라에서는 인정도 안 해주고 바꿔 주지도 않으므로 주의!! 필자의 경우는 독일의 마르크는 유용하게 잘 썼다.

→ 마지막 정리 : 하루 30,000원의 소요 경비를 예상 30,000원×65일 = 1,950,000원이나 돈이 모자라는 관계로 1,800,000원을 들고 떠났다. 그러나 650,000원은 남겨 왔다. 고로 하루 30,000원 예상경비를 책정했다면 밤이면 밤마다 두 다리 뻗고 이불 덮고 잘 수 있다. 걱정 말고 하루 20,000원을 잡았다고 하더라도 두려움 없이 가보자.

3 여행경비 정산

6월 24일	싱가폴. 쓴 돈 없음.
6월 25일 프랑스 파리	프랑스 도착. Hotel 숙박비 75Fr, 식사 100Fr, 3days Ticket 106Fr
6월 26일	Hotel 숙박비 75Fr, evian보다 싼 물 3.5Fr, 하루 제낌.
6월 27일	Hotel 숙박비 100Fr,. 물 1.5L 한 병 3.5Fr., 베르사이유 궁전 입장료 35Fr(학생 할인), 맥도날드 햄버거 set 14.5Fr, 노촌 카페에서 커피 땡김 15Fr.
6월 28일	Hotel 숙박비 100Fr, 바게트 빵 2개 7.8Fr, 전화카드 40.6Fr, TGV(파리→스위스) 20Fr.
6월 29일 스위스 이동	숙박(유스호스텔) 18SFr. 차비 4.6SFr.
6월 30일	숙박(캐빈) 20.5SFr, 차비 4.6SFr, 엽서 1.5SFr. 융프라우요흐 Ticket 예매 75SFr, 식비(공동 부담) 15SFr.
7월 1일	코인락커 3SFr, 맥가이버 칼 구입 17.4SFr, 차비 4.6SFr., 빵 5SFr, 엽서 1.6SFr, 우표 1.8SFr, 빵 8SFr. →SFr 잔돈 같이 모아서 햄버거, 콜라, 핫도그 사먹어서 다 처리?
7월 2일 베네치아	One day Ticket 15,000 Lire, 샌드위치＋물＋과자 15,000Lire, 기념품 20,000Lire
7월 3일	Hotel 숙박비 20$, 기차표 예매 5,000Lire, 유인락커 5,000Lire
7월 4일	Hotel 숙박비 32,000Lire, 피자 & 콜라(아침) 8,000Lire, 차비, 피자(점심), 장미, 기념품.
7월 5일 프랑스	전철 차비 16Fr, 음식값 30Fr, 스페인 가는 TGV 예약비 39Fr.
7월 6일 스페인	숙박비(아리랑 민박) 1,000pst., 차비 700pst., 엽서 75pst, 식사값 200pst., 목걸이 100pst., 오렌지 1봉다리 99pst
7월 7일	기차 예약비(To 팜플로나) 1,300pst., 가방 구입 600pst., 팔찌 2개 구입 200pst, 방값 100pst, 차비 340pst
7월 8일	기차 예약비 500pst. 오카리나 2개 구입 2,000pst.

7월 8일	과자 200pst, 식빵 85pst, 차비 85pst., 엽서 50pst., 포도주 1잔 150pst.
7월 9일	식대 407pst, 예약비(그라나다) 1,000pst..
7월 10일	알함브라 궁전 입장료 675pst, 코인락커비 200pst, 엽서 구입 50pst., 기차 예약비(바르셀로나) 500pst.
7월 11일	아리랑 민박, 육개장 승재 거까지 1,800pst., 우표값 220pst..
7월 12일 프랑스	신라면 5Fr, 식비 50Fr, 환전해서 154.,20Fr 생김, 바게트빵 3.5Fr, 전철차비 16Fr.
7월 13일	풍차 입장료 3.5G, 식비(슈퍼) 11.5G, 학생감옥 입장료 1DM, 식비 5.06DM.
7월 14일	TGV 예약비(→니스) 20Fr, 빵값 3.5Fr.
7월 15일 프랑스 니스, 모나코	바게뜨빵 2개 10Fr.
7월 16일 독일 문지그 & 스위스 바젤	필영 언니네 가는 버스비 6DM, 슈퍼마켓(스위스) 2.9SFr.
7월 17일 이태리 피렌체	우피지 박물관 팜플렛 10,000Lire, 입장료 10,000Lire, 팔찌 구입 5,000Lire, 당근 1,000Lire, 물 1,500Lire, 복숭아 1,300Lire, 원피스 30,000Lire, 피자 5,050Lire
7월 18일 이태리→그리스 가는 배	데크 이용료(배값) 19,000Lire, 식비(슈퍼마켓) 7,067Lire.
7월 19일 ~ 20일 그리스 아테네	Hotel 숙박비 2,000Dr, 로도스 갈 배 예약 4,600Dr, 맥도날드 Set 620Dr, 전철 80Dr, 엽서 구입 70Dr, 식비 1,700Dr, 아크로폴리스 입장료 1,300Dr, 가방 구입 2,000Dr.
7월 21일 산토리니 섬	숙소 3,000Dr. 식비 930Dr
7월 22일 ~ 24일	산토리니→로도스 가는 배값 2,975Dr

산토리니→ 로도스 섬	배 안에서 지냄.
7월 25일	로도스 섬 → 터키 마르마리스 10,000Dr. 그리스 잔돈 처리(빵 & 콜라 & 과자 ?) 터키 입국세 10 $, 통닭 3,300TL, 수박 & 아이스크림 350TL, 버스비(안탈랴까지) 6,500TL, 터키 음악 Tape 구입 3,250TL * TL(터키 리라는 뒤에 0을 2개씩 더 붙인다. 여기선 보기 편하게 00을 뺐다. 두 개 빼면 우리 나라 돈과 똑같다. (즉, 3,250TL = 3,250원)
7월 26일	방값 3,650TL, 아이스크림＋물 1,150TL, 통닭＋콜라＋과일＋터키 빈대떡 2,300TL, 아이스크림 500TL.
7월 27일	버스비 예약(안탈랴→파우칼레) 6,500TL, 밥값 4,350TL, 돌무시 미니버스 3번 600TL, 폭포 입장료 150TL, 버스비(안탈랴→시대) 1,500TL, 빵＋물 1,000TL
7월 28일	버스비(파우칼레→카파도키아) 10,000TL, 전화카드 구입 4,500TL, 식비 1,000TL.
7월 29일	버스비 예약(카파도키아→이스탄불) 14,000TL, 화장실 이용료 100TL, 지하도시 입장료 750TL, 돌무시 미니버스 3번 600TL, 빵 530TL, 오후 식비(케밥) 1,690TL, 돌무시 미니버스 200TL, *환전 독일돈 70DM→터키 돈 38,780TL
7월 30일	유스호스텔 3,000TL, 밥값 2,000TL, 전철비 600TL, 맥주값 1,000TL
7월 31일	유스호스텔 4,000TL, 먹는 거 3,800TL, 입장료(토카피 궁, 블루 모스크) 3,400TL 비행기표 예약(이스탄불→독일 뮌헨) 90 $. 공항 셔틀버스 예약 1,000TL
8월 1일 이스탄불 공항	식비 1,100TL, 청반바지 5,000TL, 맥도날드 햄버거 1,700TL, 허리띠 9,000TL, 우표 600TL, 엽서 200TL, 공항에서 잠.

8월 2일	자전거 렌트 10DM, 락카비 2DM, 정남이 준 돈 4DM
8월 3일 헝가리 부다페스트	*환전(스위스 T/C & 오스트리아 실링 약간→4,401FT) 방값(아파트 렌트) 1,000FT, 밥값 520FT, 아이스크림 49FT.
8월 4일	기차 예약비(부다페스트 → 뮌헨) 500FT, 굴라쉬(밥값)＋기타 입장료＋차비(트램, 버스) 2,892FT.
8월 5일 오스트리아 짤츠부르크	짤츠캄마쿠트 왕복 버스차비 114실링, 식비 19.8실링
8월 6일 체코	*환전(스위스 T/C 50SFR＋20실링→1,507Korun) 체코 들어가는 국경차비 110Korun, 숙박(아파트 렌트) 300Korun., 식비 100Korun, 꼭두각시 인형구입 400Korun, 우표 64Korun, 화장실 값 30Korun, 거리 공연 관람비 20Korun.
8월 7일	인형극 ‘돈 지오반니’ 예매 390Korun, 식비 107.2Korun, 엽서 구입 20Korun, 맥주값 14Korun, 체코 국경 넘어가는 차비 추가 174Korun, 고르바초프 인형 250Korun, 티셔츠 구입 299Korun, 체코 노래 Tape 99Korun.
8월 8일	맥도날드 햄버거 set 34Korun, 전철차비 17Korun, 락커비 15Korun.
8월 9일 독일 문지그 & 스위스 바젤	버스비 3DM, 식비 3.5SFr.
8월 10일 네덜란드 암스테르담	『안네의 일기』 구입 25K, 반 고흐 박물관 입장료 12.5K, Sex 박물관 입장료 10K, 락카비 4K, 식비 15K.
8월 11일 덴마크	락카비 20DKr.
8월 12일 노르웨이	버스비 54NKr, 기차 예약비 20NKr, 배값 30NKr, 숙소값＋식비 67NKr.

8월 13일	버스비 56NKr, 배값 30NKr, 빵 26NKr.
8월 14일 스웨덴	레오나르도 코헨 CD 구입 70SKr, 빵＋복숭아＋차비＋락카 20SKr, 정호 오빠 꿔준 돈 70SKr, 차비 30SKr, 실자라인 뷔페 70SKr.
8월 15일 ～17일 핀란드	박물관 팜플렛 구입 3FIM, 전화카드 구입 100FIM *핀란드에서는 펜팔 친구 Riina가 다 내서 돈 거의 하나도 안 썼음.
8월 18일	실자라인 Cabin 예약＋뷔페 예약 275FIM, 코인락커비 10FIM, 카메라 건전지 구입 49FIM, 볼펜 구입 10FIM.
8월 19일 스웨덴	스웨덴 항구 → 전철역까지 가는 셔틀버스 20SKr., 콜라로 잔돈 처리 10SKr, 기차 예약 안 해서 걸림 30SKr.
8월 20일 독일 뮌헨	코인락커 2DM. 식비 5DM
8월 21일 프랑스	전철표 10장 구입 46Fr, 신라면 5Fr.
8월 22일 이태리 베네치아	돈 안 씀.
8월 23일 스위스	역시 돈 안 씀.
8월 24일 프랑스	방값 70Fr, 환전 수수료 12Fr. *환전 40DM → 112Fr.
8월 25일	방값 70Fr, 신라면 5Fr.
8월 26일 파리 공항	선물비 100Fr, 빵＋물 60Fr, 우표＋엽서＋잔돈 처리 35Fr.
8월 27일 싱가폴	샌드위치＋음료수 10＄.
8월 28일	서울 도착.

프랑스

파리
베르사이유

모나코
니스
칸

스위스

바젤
융프라우요흐 산
베른
로잔
인터라켄
래만 호

이태리

베네치아
피렌체
로마
브린디쉬

스페인

독일

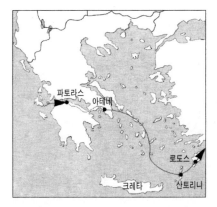

그리스

터키

헝가리

체코

오스트리아

네덜란드

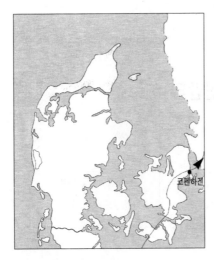

덴마크

노르웨이

올데(가이렝거 피요르드)
오덜슨스
오슬로

스웨덴

웁살라
스톡홀롬
헬싱보리

핀란드

콕콜라
헬싱키
투르크

● ^__^ 감사해요

유럽에서 돌아오니 가도가도 끝이 없는 고달픈 내 앞길이 쭈악 펼쳐져 있었다. 그러나 더더욱 큰일은 아직도 유럽을 못 벗어 나고 매일 밤만 되면 서울역이나 가까운 청량리역에 가서 다른 나라로 빠져나가야 하는 게 아닌가 노심초사였고, 역 안에 있는 코인락카만 보면 들고 가던 책가방을 고스란히 락카에 넣어 두고 가고 싶었다. 지나는 길에 파리바게트만 보면 바케트 빵을 3개씩 사야 했고, 싼 여관만 보면 왠지 값을 깎고 튕겨 보고 자다 가고 싶었다. 그러나 그나마 그 욕망을 자제할 수 있었던 것은 나 빛나는 양반 나주 나씨의 자손이었기에 가능했다고 이 연사는 강력히 외칩니다.(여기저기 나씨들이 던지는 짱돌에 나 맞음 어떡하지? 웜메~)

유럽에서 한국 돌아가면 맵고 얼큰한 부대찌개나 실컷 먹다 죽도록 해달라고 내가 최대한 불쌍하게 엽서를 보내 놨던 친구들, 아는 사람들을 하나씩 만나게 됐다. 그러면서 모두들 만나면 반갑다고 부대찌갤 먹었고 헤어질 땐 또 만나요~부대찌개집에서~였다. 그때 내가 먹은 부대찌개만 합해도 일 개 부대가 새참으로 먹고도 남을 분량이었다. 그러니 내 남자친구 군대 보내고 고무신 거꾸로 신어 보는 게 작은 소원이었던 어린 시절의 꿈을 부대찌개로나마 달랬던 것이다. 부연하자면 결국 남자친구도 군대 가는 거 못 봤고, 고무신은커녕 짚신도 한번 거꾸로 신어 보지 못했으니 이 아니 슬플쏘냐.

돌아오던 날 역시 의리있던 부산의 승재에게도 연락이 왔으나 터키에서 거의 시커먼스 부부로 의심을 받던 상모 오빠에게서 연락이 온 건 의외였다. 야, 그래도 나 돌아오는 날 어떻게 안 잊고 이렇게 다 연락을 줬지?(역시 이쁘긴 이쁜가 봐~ 내가~, 게다가 인간성 또한 캡인 지점에 달해 있으니… 캬~) 그 이후로도 계속해서 연락이 왔다.

일본어 지원이 잘 돼있는, 그 당시 티코 값과 맞먹던 맥킨토시를 사달라고. 그러면 말 잘 듣고, 방청소 잘하고, 가정에 충실하겠다고 시집간 언니를 졸라 형부 카드를 북~하고 긁었다. 그렇게 할 수 있었던 건 내 우수한 성적 덕택이었으나, 결국 4학년 2학기 논문 제출일이 다가왔을 땐 열심히 손으로 베끼고 있었다. 그때는 자판과 안 친한 상태였기 때문에 완전히 내 손이 승리했다. 3일 만에 50장으로 완성된 논문을 제출하던 날, 손가락에 점 하나만 찍으면 용 되기(수룡첨점이라고 들어나 보셨나?) 바로 일 보 직전이었다.

학교를 떠났던 1년이라는 기간은 망가지는 덴 직격이었다. 수업을 들으려고 강의실에 앉아 있으면 허리가 쑤셨고 칠판은 매직아이였다. 보였다 안 보였다, '월리를 찾아라'가 아니고 '교수님을 찾아라'였다. 때문에 뒤쪽 멀찍이 자리를 잡아 후배들 수업 잘 듣나 보고 있으려니 학번 높은 것이 이렇게 힘들 줄이야~역시 우리 나라는 장유유서로 승부하는 좋은 나라야~였다.

시간은 흘러 이력서 쓰는 season이 돌아오고 있었다. 나는 포부도 당당하게 특기사항란에 "유럽 17개국과 터키 배낭여행 65일 혼자 여행" ← 난 이렇게 쓰면 어느 대기업이고 다 붙여 줄 줄 알았다. 그러나 조금 불안한 마음에 다음 줄에 다음과 같이 한 줄을 더 썼다. "Canada도 갔다 왔음" ← 완전 나 잘났으니 안 뽑으면 쏜다!였다.

그렇게 시작한 이력서가 100장을 넘어 대기업 공채가 다가올 때까지 그 어느 조그만 회사에도 서류 합격했다는 소식이 들리지 않았다. 아무리 무소식이 회소식이라지만 무소식이 사람 하나 망가뜨리는 건 시간문제였다. 남들은 몇 개씩 된 거 골라서 간다는데 난 이제나 저제나 합격 소식이라도 전해 받기를 목메어 기다렸다. 날은 점점 추워지고 있었고 토익 점수 낮단 이유로 어디 하나 붙여 주는 회사 없이 졸업을 맞이하고 있었다. 다들 회사며 친구들이며 가족이며 친척이며 떼거지로 몰려와 졸업을 축하해 주고 있을 때

· 회사 - 붙은 데 없음이셔~.

· 친구들 - 작년에 다 졸업해서 회사 다니느라 못 오심이셔~.
· 가족들 - 다 왔는데 대학까지 보내 놨더니 취직도 못하고 있어 죄송하셔 미치심이셔~.
· 친척들 - 취직도 안 됐는데 절대 가족들이 못 오게 하심이셔~.

백수가 된 후 처음으로 보는 토익란에 생각지도 못한 상황에 빠져 있었다. 학생이라고 쓰기엔 속이는 거 같아 싫었고 그렇다고 주부로 쓰자니 결혼도 안 했는데 혹 나를 맘에 두고 있을지도 모르는 내 뒤의 남자가 슬퍼할까봐 쓰지도 못했다. 결정적으로 '무직'을 쓰자니 자존심이 허락하지 않았다. 끝끝내 시험 끝날 때까지 빈 칸으로 남겨 두었다가 그래 내가 지금 무직이지 뭐냐? 괴로운 맘을 가라앉히고 무직란에 기입한 후 허탈한 심정으로 교정을 빠져 나왔다. 내 토익 문제가 어려운 건 참을 수 있었다. 그러나 2시간 동안 고개 숙이고 있던 나의 목이 아프심에는 도저히 참을 수 없었다.

그 후 다행인지 불행인지 토익 점수가 나오기 전 나의 진가를 알아 주는 회사에 취직이 되었고, 토익 성적증명서는 취직 후 며칠이 지난 후 내 손으로 들어왔다. 내 정말 이거 믿고 끝까지 게기고 있었다가는 완전히 일 년 동안 백수할 뻔했다.

책 곧 나올 거라고 4학년 2학기 때부터 외치고 다녔건만 책은 나오지 않았고, 언제 나오느냐고 관심있게 지켜 보던 사람들마저 이제 나오기는 하냐? 라는 식이 되었다. 한 달, 보름, 삼 일 뒤로 늦춰지고 있던 중 아직 책에 이름이 달리지 않았다는 것을 그제서야 알았다. 책의 얼굴에 해당하는 제목을 어떻게 지을까 고심하던 끝에

1. 묻지 마 배낭여행 - 기정이가 제안했으나 퇴폐성이 농후한 관계로 거절당함. 그 당시 아줌마들의 묻지 마 해외여행으로 야한 거 좋아하는 아줌마 정서에는 맞아떨어졌으나, 미래의 역군인 청소년에게는 악영향을 미칠 수 있다는 이유로 탈락됨. 유사 제목으로 '그런 건 왜 묻는데? 배낭여행'이 있었다.

2. 혼자서 다 했어요 - 'TV 유치원 혼자서도 잘해요'와 짜임새가 비슷해 저작권 소송이 와도 배상해 줄 돈이 없어서 탈락됨.

3. 배낭여행 떡대가 하면 각이 나옵니다! - 내게 떡대라는 별명을 붙여 준 서클의 선일 선배가 난 끝까지 떡대로 승부를 해야만 이 책이 뜬다고 주장하며 술자리에서 낸 제목이었다. 그러나 홍경인 씨 앞에는 '아름다운 청년'이 붙는데 내 이름 앞에는 '아름다운 떡대'가 따라다니게 생겨서 술 한잔 완샷하고 거절했다.

4. 기타 - '발만 크냐 간도 크다', '떡대도 했는데 배낭여행', '개나 소나 다 하는 배낭여행', '너두 한번 해봐 얼마나 힘든가? 배낭여행', '떡대 유럽에서 망가지다', '떡대와 유럽', '내일 지구가 망한다 해도 난 65일간 배낭여행을 하겠다', '내가 배낭여행했다는 걸 적장에게 알리지 마오~' 등등.

책 제목을 짓는 건 생각같이 쉽지 않았다. 한눈에 쏙 들어오면서도 내용을 다 포괄하고, 재미있고 읽고 싶은 충동에 책을 사지 않으면 몇 분 안에 입에 거품을 물 것 같은 손바닥을 칠 만한 제목을 정하긴 참 어려웠다. 어느 일요일에 형부와 언니, 조카 승연이와 시립대 배드민턴 치러 갔다가 잠시 나무 그늘에 앉아 쉬고 있을 때 평상시와는 달리 번뜩이는 제목을 형부가 제안했다.

'발 큰 여자 지구가 좁다' 이거였다. 아니 우리 형부 맞아? 하는 반문 속에 책제목은 급기야 '발 큰 여자 지구가 좁다'로 되었고 평민사에서도 제목이 좋다고 했다. 그러나 나중에 친구들이나 아는 사람이 서점에 가서 '발 큰 여자 지구가 좁다 주세요' 할라치면 창피한 마음에 말끝을 흐렸다고 한다. 나도 책제목이 뭐예요, 하고 물어 오는 사람들에게 '발 큰 여자'라고 말할 때마다 얼마나 쑥스럽던지… 크지도 않은 발 가지고 크다고 사기치는 거 같다는 느낌도 들고….

문제는 표지였다. 표지 또한 책을 살 때 중요한 것이므로 이 머리 저 머리 굴리다가 재밌게 가자라는 생각으로 만화를 넣는 것을 제안

했다. 이러다 내게 붙잡힌 게 오사모의 그림 잘 그리던 희주 언니였다. 내 캐리커처 그리느라 이렇게 운영 씨 얼굴 자세하게 보고 또 보게 될 줄은 몰랐다고~원망했다. 이렇게 해서 이쁘게 그려 준 큰 발과 헤벌레 웃는 얼굴이 책의 중앙에 놓일 수 있었던 것이다.

책이 나와 출판사로 책 받으러 가던 날 그 30권의 책을 낑낑거리며 전철역으로 가는데 "같이 들어 드릴까요"하며 강남역까지 도와주었던 어느 이름모를 청년에게, 고맙다고 책 한 권을 주고 "제가 쓴 건데 앞으로 엄청나게 히트 칠 거니까 보세요." 할 때의 그 뿌듯함.

그 후 대형서점에 책이 배포되면서 도저히 잠을 이룰 수 없었다. 자고 일어났더니 유명해졌다는 그 수많은 스타들처럼 자고 일어나면 유명해질까봐… 였지만 전철을 타도 길을 걸어다녀 봐도 심지어 내 책 옆에서 기웃거려 봐도 전혀 아무도 못 알아보았던 것이다. 지금은 깨끗해지고 머리도 길러서일 거야… 그래서 날 못 알아보는 걸 거야, 하며 위로를 해보았지만 조금은 섭섭했다.

일단 우리 회사 사람들에게 끈끈한 동료애를 발휘해 달라며 한 권씩은 공짜로 주고 2~3권씩을 강매했다. 한글을 전혀 모르시던 부사장님도 책을 사주셨고, 일본에서 출장 나왔다 책 냈단 소식 듣고 제목 씌어진 메모지만 들고 가 사주었던 이노우에 상 덕분에 나의 책은 발매 후 2주일 만에 진솔문고 여행 부문 베스트셀러 4위로 진입했다. 진솔문고에서 이 사실을 알면 이 책이 날개 돋힌 듯이 팔렸던 이유를 알게 될 것이다.

자기네 학보에 내 책 기사 나왔다면서 신문 주는 대신, 재판 찍을 땐 꼭 자기 이름 앞에 '멋있는'을 넣어 달라고 했던 초등학교 적 친구 성록이. 어느날 부사장님실에 콘센트가 고장나 수리하러 오셨다가 다 고치고 나서도 나가시지 않고 쑥스러운 몸짓으로 나운영 씨 책 샀는데 사인 안 해줄 거냐며 날 알아봐 주셨던 관리아저씨.

책 보고 깊은 감명받은 친구가 있다며 학교에 와서 강연을 해달라고 했던 적십자 간호전문대학 학생회 조숙경 씨. 경향신문에 내 책을 좋게 평해 주셨던 이름모를 기자님부터 각종 신문과 잡지 Calla와 리더스투데이의 기자님들.

재판 나오면 또 두 권씩 사야 되냐며 갑작스런 결혼 발표로 분명히 사고쳤을 거라고 추정하던 직원들 때문에 업무를 마비시켰던 야사시이(일본어로 친절한) 오덕환 씨(이젠 떡팔이라고 부르면 부인 되실 분한테 한 대 맞겠죠? 그쵸 떡팔 씨?)

통신으로 이름과 목소리만 알고 가끔 연락 주시나가 어느날 책 샀는데 사인 안 해줄 거냐고 했던 미도파건설의 전용석 씨(maruchic).

친구가 작가라며 여기저기 자랑해 주었던 꺽다리 윤성이와 예전에 옆반이었는 줄 몰랐던 지금이나 중학교 때나 눈 예쁜 건 변함없는 이승원 군과 캐나다에서 돌아왔다 내 책 하루 만에 다 읽고 맥도날드가 화장실 체인점인 줄 알았다는 병수 오빠.

서클 선배 결혼식 갔다가 저자 사인 들어 있다고 10,000원에 강매해 주었던 내 유일한 여자 동기~언니 같고 좋은 친구 같은 용경이와, 바가진 줄 알면서도 사주었던 넉넉한 기우회 선배들 덕분에 나는 썰렁하게 마쳤던 에필로그를 다시 쓸 수 있게 되었던 것이다.

무슨 일을 하기엔 주저하게 되는 나이이면서도 일단 저지르고 보자는 식으로 덤볐던 나의 여행기를 다른 사람들에게 보인다는 게 정말 미안하고 쑥스러웠다. 그치만 나로 인해 많이 망가지고(?), 도전자들이 많이 생기시길 바란다. 사진들이 시커멓게 나오고, 저자 약력 사진은 칼라라 잘 나오길 기대했는데 그것마저 헤벌레 웃는 모습에 인쇄도 깨끗하지 못해 지금껏 한 통의 팬레터도 못 받았다. 하지만 이 책을 읽고 여름이면 발이 근질근질할 대학생활이 되고, 젊은 시절 꺾어진 50이 되기 전에 무언가 미쳐서 해보고 싶은 마음을 가지시길 바라면서 이 글을 마친다.

감사합니다.